Sahar
형상, 성상, 그리고 구약
Khalifeh

형상, 성상, 그리고 구약

초판인쇄 2016년 7월 15일 **초판발행** 2016년 7월 20일

지은이 사하르 칼리파 **옮긴이** 백혜원

펴낸이 공홍 **펴낸곳** 케포이북스 **출판등록** 제22-3210호

주소 서울시 서초구 반포대로 14길 71, 302호

전화 02-521-7840 **팩스** 02-6442-7840 **전자우편** kephoibooks@naver.com

값 18,000원 ⓒ 케포이북스, 2016

ISBN 978-89-94519-88-3 03890

THE IMAGE, THE ICON, AND THE COVENANT

형상, 성상, 그리고

사하르 칼리파 지음 | **백혜원** 옮김

구약

케포이북스
KEPHOI BOOKS

CONTENTS

형상	5
성상	133
구약	275
역자 후기	383

형상

마리암은 가장 아름다운 기억이자 가장 소중한 역사였고 동시에 가장 아름다운 형상이었다. 마리암은 내게 문득 찾아오는 향수와 그리움 속에 늘 존재했었다. 그녀를 생각할 때마다 나는 내 영혼이 어느새 나를 예루살렘으로 이끌어 가고 있음을 느꼈다. 그곳에서 카네이션과 같은 꽃들이 내 목을 감싸왔고 동시에 나는 이십 대의 뜨겁게 사랑했던 그 시절로 돌아갔다. 그 시절은 내게 친구이기도 했고 더 나아가 나의 사랑이기도 했다. 그때의 나는 단단한 금과 거울로 된 두 눈과 날개를 가진 참새와도 같았다. 거울로 만들어진 투명한 두 눈을 통해 나는 내 주변의 세상과 예루살렘의 돌들을 온전히 내 안에 담아냈었다.

　하지만 지금의 예루살렘은 달라졌다. 예루살렘은 이제 역사 속의 도시가 되어버렸다. 나에게 있어 예루살렘은 마리암이었다. 그런 예루살렘과 나의 추억들, 그리고 내 첫사랑은 이제 모두 역사 속의 일부가 되었다. 그리고 오늘 이 하루를 살아가고 있는 지금의 내게는 마리암도, 역사도 존재하지 않는다. 과거 내가 '나'라는 존재를 포기했을 때, 내 첫사랑과 영혼의 조각들은 파편이 되어 여기저기 흩어져버렸었다. 이후 나는 오랫동안 내 사랑과 추억, 그리고 미래를 찾아 헤맸지만 결국 내가 찾아낸 것이라고는 과거와 바랜 사진 한 장, 수도원 뜰에서 멀리 들려오는 오래된 종소리뿐이었다. 예루살렘은 거기에 있었던 걸까? 마리암과 나의 사랑, 추억, 영혼의 향수는 결국 그곳에 있던 걸까? 하늘 위로 더 올라가지도 않고 땅으로 떨어지지도 않은 채 지평선에서 날고 있는 저 종이 연 끝에 내 영혼이 매달려 있다. 나와 내 영혼, 내 기억과 추억들은 내 사랑 이야기와 닮은 저 종이 연과 함께 계속 하늘을 부유하며 날고 있다.

이 이야기는 내가 외삼촌이 추진한 근친혼*에 반항하여 그 혼인으로부터 도망친 것으로 시작된다. 나는 집을 나와 예루살렘 경계지역에 있는 변두리 마을에서 직장을 구했다. 그러나 나는 예술가 기질을 갖고 있던 외삼촌에 대해 양심의 가책과 애정을 동시에 가지고 있었기에, 그의 슬픔과 나에 대한 실망이 모두 내 책임인 것처럼 느껴졌고 내가 그의 바람을 저버린 것에 대해서도 책임감을 느꼈다. 외삼촌은 내가 입을 '헤' 벌리고 그의 멋진 글씨와 그림 솜씨를 봐왔고 그가 우드**를 연주하는 모습을 넋 놓고 지켜보았던 것을 알았기에, 내심 내게 큰 기대를 가졌었다. "네가 내 아들이었어야 했는데. 너는 예술가의 기질을 지니고 있단다." 가끔 외삼촌은 슬픈 목소리로 내게 이렇게 말하곤 했다. 외삼촌이 이런 말을 했던 이유는 그의 자식들이 거의 장애인과 다름없었고 그는 이것에 대한 일종의 보상심리를 가지고 있었기 때문이다. 외삼촌은 우유를 담는 그릇의 유리처럼 파란 눈을 가지고 있는 자신의 딸과 나를 혼인시키고 싶어 했다. 물론 그녀는 아름다웠지만 마치 장난감 인형이나 장식품 같았다. 그래서 나는 외삼촌과 아름다운 인형 같은 그의 딸로부터 도망쳤다. 나는 아버지에게 버려져 홀로 된 어머니와 누나인 사라를 예

---

* 가까운 친족관계에 있는 구성원 사이의 혼인을 말하는데, 아랍 국가에서는 아직까지 흔하게 여겨진다.

** 아랍과 터키의 대표적인 발현악기, 나무로 둥근 통을 만들고 그 위에 줄을 늘인 모양으로 만돌린보다 크며 기타보다 작다.

루살렘 중심에 남겨두고 떠나왔고, 새로 옮겨온 마을에서 음침한 방 하나를 빌렸다. 그리고 학교 휴일이나 공휴일을 제외하고는 가족이 있는 집에 돌아가지 않았다.

** **

내가 살던 방은 넓어서 방 하나로 집을 가득 채울 정도였다. 오래 전에 만들어진 이 방은 자연에서 얻은 재료를 통해 커다란 돌들이 서로 단단히 붙어 있는 형태로 지어졌다. 방이 만들어질 당시 시멘 트가 발명되지 않았기 때문에 건축 재료들 중 대부분은 짐승의 배설 물이었다. 사원의 천장과 같이 둥근 돔 모양의 천장이 방을 덮고 있 었고 창문은 작아서 빛이 거의 들어오지 않았다. 그래서 나는 방 안 에서 움직일 때 이리저리 더듬거리며 다니지 않도록 밤낮을 가리지 않고 램프를 켜두었다. 방 안에 있던 한때 물을 담아 놓거나 소, 닭의 사료를 담아 두었던 통들은 나무로 된 선반이나 덮개를 덮어서 의자 나 선반, 저장용 통으로 사용했다. 나는 닭장 같은 그 방에서 겨우겨 우 지내며 밖으로 거의 나가지 않고 주변의 일에도 전혀 관심을 갖 지 않았다. 봄이 찾아와 대지에 온기가 생기고 만물이 푸르러지며 싹을 틔우고 나서야 나는 밖으로 나갔다.

그리고 마을의 이곳저곳을 돌아다니기 시작했다. 그러다 언덕과 그곳을 둘러싼 계곡을 발견한 나는 산 정상에 있는 돌로 올라가서 네타냐, 야파, 그리고 텔아비브의 해변 위로 펼쳐진 지평선을 내려다보았다. 그리고 이 땅과 이곳에서 일어났던 지난 역사에 대해 논하는 장편소설 집필을 꿈꿔 보았다. 내가 이렇게 예술의 세계에 흠뻑 빠져 있다는 것을 외삼촌이 안다면 얼마나 기뻐할지 상상해 보았다. 외삼촌은 자라나는 새싹에 처음 물을 주는 것처럼, 내게 예술이 무엇인지 처음으로 알려준 분이었기에 좋아할 것이 분명했다. 하지만 그것도 잠시, 난 백치인 그의 딸과 혼인하라는 외삼촌의 제안을 거절했을 때, 그의 얼굴에 드러났던 슬픔과 비애를 기억해버렸다. 그래서 나는 다시 내 방으로 돌아와 이 우울함이 가실 때까지 계속 방 안에 숨어 있었다. 그러다가 봄과 과수원에서 나는 향기의 부름에 이끌려 나는 다시 방에서 나와 마을 길을 멍하니 걸으며 나의 꿈에 대해 생각하며 새들의 지저귐을 들었다.

어느 날 나는 우연히 발이 이끄는 대로 마을의 남쪽으로 향했는데, 그곳에서 전에는 몰랐던 새로운 묘지를 발견했다. 그곳의 무덤들은 낮고 평평했으며 십자가로 장식이 되어 있었다. 그리고 거기에는 낯선 이름들이 적혀 있었다 : 미셸, 안쏘니, 앙투아네트, 씨몬. 나는 그제야 매주 일요일마다 교회의 종소리가 울리면 마을 사람들의 절반이 사라져버리고 많은 수의 가게들이 문을 닫는다는 사실을 인식하게 되었다. 또 그곳에는 공립도 아니고 구호단체에 속하지도 않은 교회가 운영하는 학교가 있다는 것을 알게 되었다. 그 교회에는 예술가처럼 뾰족한 수염을 기른 목사가 있었다. 목사는 아랍어를 어색하지 않게 잘 구사했고, 어쩌면 나보다 더 나은 실력의 아랍어로 신자들에게 설교를 하기도 했다. 그는 아랍의 역사를 찬양하며 자

힐리야시대*의 시를 읊었고, 학교 학생들에게는 노래나 조국에 대한 애정이 듬뿍 담긴 국가를 가르치기도 했다. 나는 목사가 가르치는 노래들을 듣고 와서 내가 가르치는 학생들에게 그것을 외우게 했다. 이렇게 나는 내가 살고 있는 이 사회 안에서 자신만의 특징과 모습, 뿌리를 지니고 공존하는 또 다른 사회에 대해 알아가기 시작했다. 이들의 사회는 실로 숭고하고 아름다워서 나는 그곳에 새롭게 내 뿌리를 내려 정착을 하고 싶었다.

그 이후로 나는 일요일마다 그곳에 가서 교회 마당과 묘지가 내려다보이는 언덕 위 바위에 앉아 있었다. 그리고 밝은 옷을 입고 천진난만하게 웃는 소녀들과 젊은이들이 예배를 드리러 가는 모습을 지켜보았다. 그들 뒤로는 검은 옷을 입고 수놓인 면사포를 쓴 노인들이 배가 부른 오리 떼처럼 양쪽으로 뒤뚱뒤뚱 걸어갔다. 곧이어 남녀의 목소리가 한데 어우러진 노랫소리가 들려왔다. 그 멜로디는 교회의 벽을 타고 나와 올리브나무, 소나무 숲 위로 퍼져나가더니 지평선에 맴돌았다. 그 노래를 듣고 있자니 나는 마치 내 영혼이 몸에서 빠져나가 새들과 구름 위를 나는 듯한 기분이 들었다.

* *

언제, 그리고 어떻게 내가 마리암을 사랑하게 됐는지 모르겠다.

---

* 사전적 의미는 '무지(無知)'이며, 이슬람에서는 '신에 대해 무지한 상태' 즉 이슬람 출현 이전의 시기 혹은 그 상태를 의미한다.

내가 그녀에게 매혹된 이유는 아마도 신비함과 모호함으로 가득 찬 그녀가 가진 특유의 분위기 때문일 것이다. 아니면 마리암과 그녀를 둘러싼 이상한 이야기들이 나의 상상력을 자극한 가장 큰 이유일지도 모르겠다. 나는 아무 단계도 거치지 않은 채 그녀에게 흠뻑 빠져 버렸다. 어느 날 갑자기, 나는 아무것에도 집중할 수 없는 사랑의 노예가 된 나 자신을 발견하게 되었다. 정신이 산란해지며 속이 탔고, 원인을 알 수 없는 열망과 슬픔이 내 가슴을 꽉 메웠다. 나는 그녀를 가까이에서 보지 못했고 그녀의 목소리를 듣지도 못했으며 그녀와 이야기도 해본 적도 없었다. 그녀 역시 몇 달 동안 나라는 존재를 전혀 알지 못했다. 그 몇 달 동안의 봄과 꽃, 시, 교회의 노래, 오르간, 아마도 그것들 때문에 나는 그렇게 아팠던 것이고 사랑에 빠지게 된 것일지도 모르겠다. 아니면 해질녘 언덕 위로 보이는 하늘의 색과 붉은 노을 때문인지도 모른다. 마리암은 이 세상과 과거를 담고 있는 무덤들에서 빛이 사라질 때, 그림자와 함께 등장하는 검은 환영 같았다. 그리고 묘지의 무덤들은 언제 만들어졌는지 그 시기를 추정할 수 없는, 역사 속에 찍힌 한 점과도 같았다.

묘지에는 십자가와 로마시대에 만들어진 기둥들이 잔뜩 늘어서 있었고 예수가 살았던 시대부터 지금까지 뿌리내리고 있는 오래된 올리브나무들이 있었다. 예루살렘 해방을 위한 정복 시대에 '누르 앗딘 앗장기'*가 그 나무 그늘 아래 앉아 있었다고도 전해졌다. 어떻

---

* 장기왕조의 왕(재위 1146~1174). 이슬람교도로, 십자군에 격렬하게 반격한 인물이다. 알레포 등에서 그리스도교도를 몰살시키고 제2십자군도 격퇴하였으며 예루살렘

게 이 모든 것들이 한데 뒤섞여 이곳이 마치 천국과 비밀의 사원처럼 보이게 되었을까? 이것은 실로 꿈같은 일이고, 시나 전설 속 이야기, 오십 년대 문학가들이 쓴 소설 내용 같은 일이기도 하다.

본격적인 내 이야기의 시작은 지난 일요일로 거슬러 올라간다. 나는 평소와 같이 언덕에 앉아 교회 신자들의 예배 의식을 지켜보고 있었다. 그들은 마을의 좁은 길을 지나 교회 뜰에 함께 모여 예배를 시작했다. 그리고 뒤따라 들려오는 오르간 소리, 힘이 느껴지는 목사의 설교 소리, 성경 낭독 소리가 봄의 향기와 소나무의 그늘 아래 한데 어우러졌다. 곧 해가 지기 시작하자 신자들은 교회에서 나왔다. 나는 그들 무리에서 한 개의 그림자가 따로 떨어져 나와 무덤으로 홀로 향하는 것을 보았는데, 그 그림자는 곧 어느 무덤 앞에서 걸음을 멈추었다. 내 눈에는 그것이 마치 하나의 점처럼 보였다. 그 검은 점은 숨 막히게 고요한 침묵 속에서 서서히 움직이기 시작했다. 어느새 떠들썩하던 소리와 형체들, 그리고 신자들의 무리가 사라졌고 붉게 변한 저녁노을 속에서 움직이는 한 개의 검은 점만이 남게 되었다. 나는 마음속 깊이 약간의 혼란스러움을 느꼈다. 마치 내가 어떤 낭떠러지 끝에 서 있다는 느낌이랄까? 아니면 이 분위기가 주는 신비함과 모호함 때문일까, 그것도 아니라면 혼자라는 슬픔, 젊은 남자의 열정, 또는 나의 상상력 때문이었을까? 그녀는 울고 있지 않았다. 대신 작은 책을 읽고 있었고 가느다란 묵주가 그녀의 손목

왕국 타도 계획 중에 병사하였다.

에 드리워져 있었다. 나는 그녀가 나비 크기의 작은 십자가와 레이스 장식이 된 검은 면사포를 두르고 있는 것을 보고 그녀가 혹시 수녀는 아닐까라고 생각해 봤다. 아니면 아직 수련을 마치지 않은 수녀 준비생일지도 모르겠다고 짐작했다. 나는 언덕에서 뛰어 내려가 당장이라도 그녀에게 달려가서 위로를 해주고 싶었다. 그리고 그녀에게 "당신은 한 폭의 그림이고 한 편의 시 같습니다. 마치 천사를 보는 것 같군요. 당신은 인생을 살아갈 가치를 느끼게 해줄 한 편의 로맨스 소설 같아요, 우리 함께 멀리 달아납시다"라고 말하고 싶었다. 하지만 어디로, 대체 어떻게 갈 수 있단 말인가? 그녀, 그녀는 누구인가? 그녀가 어떤 사연을 가지고 있는지, 어떤 사람인지, 무엇을 잃어버렸는지 알 수 없었다. 그녀의 이름은 살마일까? 아니면 파드와? 나즈와? 오랜 물음 끝에 겨우 알아낸 그녀의 이름은 '마리암'이었다.

그리고 내가 알아낸 사실은 그녀의 남동생이 죽었고 이제 그녀는 거의 혼자나 다름없다는 것이었다. 그녀의 나머지 형제들은 브라질에 있고, 그녀는 이 마을에서 어머니와 둘이 살고 있었다. 그녀의 어머니는 시력이 나빠서 거의 장님이나 다름없었고, 이곳에 사는 자신의 형제들과 친척들에게 보살핌을 받으며 살고 있었다. 그들은 대가족이었는데, 이들이 가진 재산에는 산까지도 포함됐다. 올리브, 포도, 무화과 과수원까지 모두 그들의 소유였다. 마리암과 그녀의 어머니는 외국에서 자식들이 보내준 돈으로 산 한편에 새 집을 지어 살고 있었다. 그 집 주위에는 포도 넝쿨과 석류나무, 소나무가 무성했고 소, 닭, 곡식 창고와 작동하지 않는 올리브 착유기가 있었다. 마리암의 아버지는 오래 전 그의 사촌 여동생(마리암의 어머니)과 결혼한 뒤 바로 외국으로 떠났고 거기에서 여러 명의 아들과 외동딸을 낳았는데 그 외동딸이 바로 '마리암'이었다. 타지에서 마리암의 아버지가 사망하자 장성한 아들들은 아버지의 사업과 재산을 물려받았다. 그리고 마리암이 장성하자 형제들은 마리암을 어머니와 그녀의 작은 남동생과 함께 이 시골 마을로 돌려보내기로 했고, 그들은 상파울루에 남기로 했다. 어떻게 그녀의 사정을 내가 이렇게 자세히 알게 되었을까? 상점 주인에게서 듣기도 하고, 마을 사람들이 서로 자진해서 내게 마리암에 대한 이야기를 해주기도 했다. 누군가에 대한 정보를 얻고자 한다면, 가게 앞에 앉아서 커피를 마시고 물담배를 시켜서 수다를 떨다가 귀를 쫑긋 기울여 사람들의 말을 듣기만 하면 된다. '누군가가 죽고, 살고, 어떤 남자는 결혼을 했다가 계속 딸만 낳아서 부인과 이혼을 했다더라' 식의 소문도 들려왔고 '어떤 여자가 악행을 저질렀는데 내가 만약 그 여자의 오빠나 아버지라면 내 손으로 직접 그녀의 목을 졸라 숨통을 끊어놓겠다!'라는 식의 무시무시한 이야기도 들려왔다. 이게 바로 이 마을 사람들의 전통이자 그들만의 삶의 방식이었다.

그렇다면 마리암은, 마리암은 대체 누구인가? 이번에는 마리암에 대한 이상한 이야기가 시작됐다. 어떤 사람들은 그녀가 이 마을에 살고 있는 친척과 결혼하기 위해 이곳으로 돌아왔다고 했고, 어떤 이들은 그녀가 브라질에 있을 때 구속 없이 자유롭게 살아서 결국 가족들이 그녀를 이곳에 보내 집 안에서만 조용히 살게끔 만들었다고 했다. 또 다른 이들은 마리암의 어머니가 눈이 안 보이게 되면서 타지 생활이 힘들어졌기 때문에 그들이 다시 이곳으로 돌아왔다고 했다.

내게 있어 중요한 것은 가는 곳마다 마리암의 이름을 듣고 그녀에 대한 이미지를 얻을 수 있다는 것이었다. 물론 나는 언덕 위에 앉아 교회와 묘지를 바라보면서 계속 그녀를 관찰했다. 나는 아무 이유 없이 그녀에게 빠져버렸다. 내 상상이 그녀에 대한 아름다운 이미지를 만들어냈기 때문일까, 전설적인 사랑 이야기에 나오는 그런 멋진 이미지 말이다. 그녀에 대해 더 많은 단서를 얻어낼수록 나는 마치 그녀를 더 잘 알게 되는 것만 같았다. 그 당시에는 다른 사람들도 나와 거의 같은 상상을 하고 있다는 것을 알지 못했다. 사람들은 저마다 자신의 생각으로 그녀를 바라보았고 결국 그녀에 대한 갖가지 소문들과 이야기, 분석들이 난무한 나머지 서로 충돌하는 사태까지 일어났다. 하지만 그때 내가 품고 있던 상상과 젊음, 공허함 그리고 좁은 마을과 한정된 나의 삶은 내게 그 모순된 소문들이 단지 마리암이 가지고 있는 다양한 성격들과 드라마틱하게 복잡한 그녀의 삶을 반영한 것이라고 단정짓게 만들었다. 그리고 그 검은 옷과 면사포, 염소, 오르간 소리, 교회까지. 이것은 분명 내 사랑 이야기였고, 이것은 우리를 지켜보는 신이 만들어내고 운명적인 계획을 통해 탄생한 '의도된 것'임이 분명했다. 나는 내가 읽었던 소설들을 다시금 돌이켜 생각해 보았다. 너무 좋아했고 깊게 빠져버린 나머지, 나는 그 책들을 통해 작가가 무슨 생각을 했고, 어떻게 살았으며, 실제로 어떤 삶을 살기를 원했는지까지도 알 수 있었다. 그때의 나는 여전히 이십 대였고 예술을 가지고 놀거나 이미지를 창조할 줄 몰랐다. 왜냐하면 나는 소설 속 모든 이야기는 작가가 실제로 경험한 이야기일 것이고, 현실에서 일어난 일을 차용하는 것이라 생각했기 때문이다. 또 소설 속에 명시된 일들은 우리가 살고 있는 현실의 이미지를 그대로 반영하는 것이라고 여겼었다. 나는 마리암을 가까이에서 보거나 그녀의 목소리를 들어 본 적도 없었고 사람들이 있는 장소에서 직접 만나지도 않았지만, 내게 중요했던 사실은 그때의 분위기와 그녀에 대한 나의 생각, 꿈, 그리고 광적일 정도로 내가 그녀에게 빠져버렸다는 사실이었다. 나에게 있어 그녀는 사람이 아니었다. 마리암은 형체이자, 하나의 이미지였다.

드디어 마리암을 만나 직접 그녀의 목소리를 듣고, 가까운 거리에서 그녀를 볼 수 있는 날이 내게도 찾아왔다. 어느 명절에 목사님은 나를 점심식사에 초대해주셨는데 그곳에는 마리암도 있었다. 서너 명 되는 사람들이 탁자 앞에 앉았고 목사님은 가장 상석에, 그리고 목사님의 부인 '이본'은 맨 끝자리에 앉았다. 이본이 "자, 우리 먼저 시작하죠. 보다시피 남은 사람들은 참석하지 않을 것 같네요"라고 하자, 목사님은 "조금만 더 기다려 보지 않겠소?"라며 그녀를 너그럽게 타일렀다. 하지만 이본은 "만약 오려고 했다면 이렇게 늦지는 않을 거예요"라고 받아쳤고, 결국 우리는 먼저 식사를 하기 시작했다. 탁자 위에는 포도주가 있었는데 목사님은 약간 주저하며 내게 포도주를 한 잔 권했다. 그래서 나는 "네, 마시겠습니다. 안 될 것도 없지요"라고 응했다. 그러자 목사님은 "술 한 잔 정도는 사람의 마음을 즐겁게 해준다네"라며 약간 미안하다는 듯이 내게 말했다. 나는 "맞습니다"라며 고개를 끄덕이고는 포도주를 한 모금 크게 마셨다.

그 자리에 있던 사람들 중 하나가 "옛날에 사막에 사는 사람들은 대추야자로 만든 야자주(酒)를 마셨지, 그 술은 아주 매혹적이고 치명적이야, 한 잔만 마셔도 바로 취해버리고 현기증이 나는데, 그 사막의 열기와 함께 마시는 술이란…… 오 상상만 해도 끝내주네!"라고 말했다. 그러자 모두가 미소를 지었고 나 또한 미소를 띠며 한 잔을 더 마셨다. 그러자 머리가 어지러워지기 시작했다. 그 술은 야자주도 아니었고 그 자리에는 사막에서 불어오는 뜨거운 바람도 없었다. 하지만 나는 그전에 술을 입에 대본 적도 없었고 알지도 못했기에 약간의 술에 온 세상이 빙빙 도는 것처럼 느껴졌다. 내가 처음으로 술을 알게 된 것은 영화를 통해서였다. 그 영화에서 '파리드 샤우끼'라는 배우는 또 다른 부랑자 같은 남자와 함께 술잔으로 건배를 하고 있었고, 그 옆에서 댄서는 술잔을 흔들고 있었다. 그 영화는 오십 년대에 만들어진 것이었고 그 당시 나는 어린 아이였다. 내 아버지와 어머니는 보수적인 분들이었다. 우리 집은 '알아크사 사원'* 주위를 에워싼 예루살렘의 한 동네에 있었고, 그런 동네에서 술은 절대 집 안에 들일 수 없었다. 우리는 술이 뭔지도 몰랐고 그것이 좋은 것이라고 여기지도 않았다. 오히려 간통, 도박, 정치적 활동을 두려

---

* 예루살렘의 성전산 남쪽에 위치한 이슬람 사원으로 메카, 메디나와 더불어 이슬람교의 3대 성지이다.

위하는 것처럼 술을 두려워했다. 다른 말로 우리의 삶은 '가난하지만 모범적인 삶'이었다. 그러던 어느 날, 부모님은 이혼을 했고 아버지는 곧장 재혼을 했다. 우리는 아버지가 정신을 잃고 떡이 될 정도로 술을 마신다는 소문을 들었다. 하지만 우리는 그 말을 믿지 않았다. 정확히는 반신반의했던 것 같다.

재혼 뒤에 아버지의 삶을 우리가 어떻게 알 수 있었겠는가? 인간은 환경에 따라 변하게 마련이다. 어떤 사람에 대해서 끝까지 계속 알아가거나, 그 사람에 대한 모든 것을 완전히 알 수 있을까? 아니면 그 사람의 어떤 일부분만 보게 되는 걸까? 어쨌든 중요한 것은 과거 아버지는 술을 마시지 않았다는 것이고, 영화에서 스테파 로스티가 껄껄 웃으며 "이보게 크리스토, 술 한 잔 더 주게"라고 말하는 장면을 빼고는 그동안 살면서 나는 술이라는 것을 보지 못했다는 것이다.

**

벨이 울리더니 문이 열리고 밖에서 떠들썩한 소리가 들려왔다. 목사님이 "드디어 왔나 보군"이라고 말하자 그의 아내 이본은 "카나페*가 도착했나 봐요"라고 작은 목소리로 속삭였다. 우리는 다시 식사에 집중하기 시작했는데, 문 쪽을 바라보고 앉아 있던 이본이 갑자기 자리에서 일어나더니 "어서 와요, 늦었네! 오는 길에 무슨 일이

---

* 아랍식 디저트, '할와' 종류의 하나로 단맛이 강하다.

생긴 건 아니죠?"라고 말했다. 나는 그제야 내 뒤로 몇 미터 떨어져 있는 그녀, 마리암의 모습을 보았다. 온몸의 피가 머리로 쏠려서 하마터면 숨이 멎을 뻔 했다. 뭔가로 맞은 듯한 충격 때문에 심장이 몇 분간 멈춘 것처럼 느껴졌다. 피가 다시 아래로 쏟아지듯 퍼져나가며 온몸의 장기들과 세상을 빨갛게 물들였다. 땅이 이리저리 흔들리는 것 같았다. 몇 초간 앞이 보이지 않더니 더 이상 아무것도 보이지도, 들리지도 않았다. 겨우 정신을 차렸을 때, 마리암은 내 앞에 앉아서 냅킨을 펴고 있었다. 내 앞, 불과 몇 미터도 안 되는 거리에서, 아니 일 미터 조금 넘는 거리였다. 믿을 수 없었다!

그녀는 내 나이 또래, 아니 나보다 더 어렸다. 피부는 우유처럼 새하얬고 검은 옷을 입었는데 꼬불꼬불한 머리가 어깨까지 닿았다. 얼굴은 계란형이었지만 마르고 뼈가 얇아서인지 살짝 길게 느껴졌다. 그리고 이가 돌출되어 입술이 살짝 튀어 나와서 약간 강하게도 보였다. 두 눈은 정말이지 놀라웠다. 풍성하고 검은 속눈썹 뒤로 반짝이는 흰자와 비밀들로 가득 찬 검은 눈동자가 보였다.

그녀를 바라보면 심장이 바닥으로 뚝 떨어지고 어지러움에 비틀 거릴 것만 같았다. 혹시 술기운 때문일까, 아니면 갑작스러운 만남의 충격 때문일까?!

목사님은 익살스럽게 말했다.

"마리암이 수녀원에 들어가기를 원한다니, 대체 누가 믿겠소?"

그러자 이본이 꾸짖듯이 말했다.

"그 이야기는 꺼내지 않기로 했잖아요?"

목사님은 "참, 그랬었지"라며 사과의 의미로 더 이상 그 주제에 대해 언급하지 않았다. 그러다가 내 쪽을 바라보더니 그는 말을 이어갔다.

"이브라힘, 자네는 무엇을 하고 싶은가?"

갑작스러운 질문에 나는 그의 질문을 제대로 이해하지 못했다. 그래서 목사님이 대체 무슨 질문을 했는지 멍청하게 되물었다.

"제가 무엇을 하다니요?"

그러자 목사님은 보다 자세하게 내게 질문을 해왔다.

"내 말은 자네의 인생 말일세, 자네에게 인생의 의미란 무엇인가. 자네의 세계 말이야. 무엇을 할 겐가?"

나는 주위를 힐끔 처다보다가 마리암 쪽을 몰래 보면서 말했다.

"별 거 없습니다. 그냥 계속 공부를 할 예정입니다만."

말을 마치고 목사님을 보자 그는 마치 나를 응원한다는 듯한 미소를 지으며, 내가 거기서 멈추지 않고 그 이상의 것을 말하기를 기다리는 듯했다. 그래서 나는 부끄러워하며 말을 이어갔다.

"그리고 런던에 있는 대학에 연락을 해보려고 합니다."

내 말을 듣던 목사님은 내게 말했다.

"나는 자네가 시를 쓰는 것을 알고 있네."

나는 왠지 부끄러워졌다.

"시는 아니고, 소설이나 사람들의 이야기와 비밀 같은 것들을 씁니다."

이번에는 이본이 내게 물었다,

"그렇다면 글을 쓰기 위해 사람들의 비밀을 파헤친다는 겁니까?"

그 말을 듣자 나는 두 귀가 빨갛게 익어가는 느낌이 들었다. 그래서 얼버무렸다.

"아뇨, 물론 아닙니다. 저는 그냥 제가 모르는 숨겨진 사람의 심리나 정신적인 측면에 대해 씁니다. 저는 그냥 그것을 알고 싶을 뿐, 그이상도 그 이하도 아닙니다."

자리에 함께 있던 사람들 중 하나가 농담을 던지듯 말했다.

"그 비밀은 조물주만이 아신다네. 그렇지 않습니까 목사님?"

목사님은 잠시 생각을 하더니 그의 말에 동의했다.

"그렇지."

그러고는 조용히 침묵을 지키다가 마치 혼잣말을 하는 것처럼 속삭였다.

"작가들도 알 것이네, 몇몇 작가들은 그 비밀을 알 테지."

술을 마셔서인지 아니면 아름다운 소녀의 시선을 끌기 위해서인지, 그 말을 들은 남자는 논쟁이라도 하듯 큰 소리로 말했다.

"작가요? 어떤 작가를 말씀하시는 겁니까? 그렇다면 점쟁이들이나 천문학자, 세이카 파티마, 아니면 람의 목사님은 어떤가요? 모두틀렸어요, 거짓말이라고요. 오직 창조주만이 그것을 아십니다."

그 말을 들은 목사님은 가만히 미소 지었다. 그는 당시 중독의 수준에 이를 정도로 러시아 문학을 좋아했었다. 그는 곧 부드러운 어조로 말을 꺼내기 시작했다.

"혹시 도스토옙스키나 체호프의 글을 읽어 봤나? 『전쟁과 평화』

는?『카라마조프 가의 형제들』이라는 소설도 읽어 봤나?"

목사님은 도스토옙스키의 위대함과 더불어, 인간의 심리와 그 숨겨진 비밀을 분석한 소설에 대해 장황하게 설명하기 시작했다. 나는 어느새 그의 이야기 속으로 빠져들고 있는 나 자신을 발견했다. 어둡고, 우울한 분위기, 다양한 삶의 모습과 등장 인물, 여러 장면들로 가득 찬 소설들 속에서 이반과 디미트리, 엘리사가 등장했다. 그리고 어느새 나도 소설 속 그들과 함께 있었다. 나와 마리암도 그 이야기 속에 있었다. 한참 목사님의 이야기에 빠져 있던 나는 마리암을 빤히 바라보았다. 그러자 내 영혼이 "마리암, 당신은 이 이야기의 주인공이고, 한 편의 이야기 같은 존재야, 당신은 내가 꿈꾸는 것을 현실로 만들어 준 사람이야"라고 속삭였다. 나는 술을 한 모금 더 마셨다.

그렇게 마리암은 얼마 떨어지지 않은 내 맞은편에 앉아서 아무 말 없이 조용히 이야기를 듣기만 했다. 잠시 딴 생각을 하는 것 같다가도 분위기를 파악하거나 오가는 말들을 듣기 위해 다시 눈을 크게 뜨고 집중하는 모습을 보였다. 그녀는 나와 다른 사람들처럼 미소를 짓거나 고개를 끄덕이지는 않았다. 오히려 깊이 생각에 빠진 듯했고 두 눈을 내리깔고 마치 이 장소에 없는 존재인 양 행동했다. 나는 그녀가 속삭일 때를 제외하고는 그녀의 목소리도 제대로 듣지 못했다. 물론 그녀가 계속 침묵했기에 묘지, 검은 옷, 붉은 노을을 보며 내가 상상했던 그녀의 신비로움과 후광이 더욱 깊어지게 되었다. 나는 매복자나 첩자처럼 계속해서 그녀를 몰래 지켜보았다. 그녀의 모든 시선과 미소, 속눈썹까지 관찰하며 그 행동 하나하나의 의미를 수천 가지로 헤아려 보았다. 나의 이런 행동이 가져온 결과는 단 하나였다. 그녀에 대한 내 상상의 폭은 더욱 넓어졌고 나는 내 감정과 억압된 사랑, 상상, 꿈이 만들어낸 더 커져버린 감옥에 갇혀버렸다.

목사님이 갑자기 내게 물었다.

"자네 그 책을 읽어본 적이 있나?"

나는 그제야 정신을 차리고 되물었다.

"어떤 책을 말씀하시는 겁니까?"

내 어리둥절함에 사람들이 웃었고 그녀도 웃으며 미소 지었는데 입가 사이로 빛나는 그녀의 치아가 드러났다. 나는 또다시 설렘을 느꼈다.

이번에는 이본이 말했다.

"내일 도서관으로 오시면, 그 책을 찾을 수 있을 겁니다."

목사님이 운영하는 학교에는 도서관이 있었는데 그 도서관은 교회 바로 뒤편에 자리했다. 기와로 된 지붕이 있는 오두막이 바로 도서관이었다. 지붕 위로는 소나무와 사이프러스나무가 보였다. 이본은 책들을 정리하고 도서관을 감독하는 일을 맡았다. 목사님이 나에게 어떤 책을 읽어 보라고 권유할 때마다 그는 그의 부인을 보며 "그 책을 가져다주시게"라고 말했다. 그러면 이본은 내게 "내일 아침에 봅시다"라며 성심성의껏 대답해주었다. 그리고 그 다음 날, 나는 내가 일하는 학교에서 몰래 빠져나와 그 도서관으로 갔다. 그리고 선반 위에서 나를 기다리고 있는 책을 발견했다. 이렇게 목사님이 내게 어떤 책을 추천해주면 나는 쉬는 시간에 도서관에 가서 그 책을 빌리고 수업 종이 울리기 전까지 학교로 다시 돌아오는 일을 반복했다.

그러던 어느 날, 나는 상상만 하거나 혹은 계획했던 대로, 그렇게도 바라왔던 그녀, 마리암을 직접 만나게 되었다. 마리암은 다 읽은 책을 반납하고 있었고 나는 그녀가 책장들 사이로 사라질 때까지 기다렸다가 그녀가 반납한 책을 얼른 가져와서 다시 내 이름으로 빌렸다. 그러고는 그 책을 가지고 학교로, 집으로 돌아와서 정독하기 시작했다. 마리암의 세계를 담고 있던 그 책에 나 역시 흠뻑 빠지게 되었다.

그 책은 프랑수아즈 사강의 작품이었는데, 그녀는 작품을 쓸 당시 채 스무 살이 되지 않았음에도 불구하고 문학세계에서 폭발적인 재능을 보였다. 그 책은 생각과 감정, 욕망과 좌절이 뒤섞인 놀라운 작품이었다. 그리고 닳을 대로 닳은 낡은 책이기도 했다.

분명 이 책은 그동안 여러 사람의 손을 거쳐 왔을 것이다. 책에는 펜, 연필로 무언가를 쓴 흔적들이 있었다. 일부는 지워졌지만 잉크로 쓰인 나머지 글씨들은 잘 지워지지 않기에 여전히 남아 있었다. 나는 이 책이 목사님이 베이루트에 있는 아메리칸 대학교에서 가져온 수집품들 중 하나임을 알고 있었다. 그리고 책에 밑줄 친 부분들과 낙서들 역시 그 대학에서 공부한 학생들의 것임을 짐작할 수 있었다. 하지만 나는 사랑에 빠진 남자와 염탐꾼이라는 역할을 충실히 수행하고 있었기에, 책에 그어진 밑줄들과 낙서를 하나도 빠짐없이 꼼꼼히 살피며 그것들을 내 좋을 대로 해석했다. 그것들이 마치 마리암이 가지고 있는 여러 성격과 면모를 파악할 증거 자료인 양 여겨졌다. 그래서 자아를 찾는 것과 관련된 철학적 사상에 밑줄이 그어진 것을 보고 나는, '나의 그녀, 마리암이 자아의 의미를 찾고 있구나!'라고 생각했다. 또 감정이나 감성적인 느낌을 묘사한 문단에 밑줄이 처진 것을 발견하고 나는, '마리암이 지금 감성의 소용돌이에 빠져 있구나!'라고 무릎을 쳤다. 그녀의 나른하고 방랑하는 듯한, 하지만 동시에 강했던 눈빛은 매우 섬세한 감성을 가진 소녀가 아니고는 가질 수 없는 눈빛이었다. 그리고 집단의 구속으로부터 개인의 영혼이 자유로워진다는 내용에 그어진 밑줄을 보고 나는 '그래서 마리암이 사람들이 사는 이 세상으로부터 벗어나서 묘지로, 수녀원으로 가고자 하는구나'라고 생각했다. 책 속의 여자 주인공이 어떤 일로 인해 울게 되었다면 나는 그 장면을 여러 가지 시각으로 해석해보았다. 이러한 행위를 통해 나는 마리암이 무엇을 좋아하고 느끼고 원하는지 흩어진 퍼즐 조각들을 하나씩 찾아나갈 수 있었다. 어느새 마리암은 책 속의 주인공이 되었고, 그 여자 주인공 역시 마리암이 되어버렸다. 그러자 나는 대체 내가 누구와 함께 있고 누구를 사랑하는지 더 이상 알 수 없게 되어버렸다. 내가 책을 통해 마리암과 함께 공존하게 된 것이고, 책들과 도서관의 분위기, 문학이 주는 이미지 때문에 마리암을 사랑하게 된 걸까? 그때의 나는 내가 가지고 있던 혼란이 나 자신 때문에 생겼다는 생각은 절대 하지 않았다. 그 원인은 오히려 마리암인 것만 같았다. 하지만 십 년, 이십 년, 삼십 년, 아니면 그보다 더 오랜 시간이 지나고 나서야 나는 이것이 모두 내 잘못에서 비롯된 것임을 알게 되었다. 이러한 성향 때문에 나는 지금까지도 사람들과의 관계에서 항상 불안정하다.

왜냐하면 사람들을 만날 때마다, 나는 책 속이나 나의 상상 속에서 만들어낸 대로 그 사람들을 대했기 때문이다. 내 생각과 마음대로 그들을 분석했고, 내가 원하는 대로, 내 머릿속에 맴도는 생각이나 바람대로 그들의 성향과 운명을 점쳐보기도 했다. 나는 그렇게 나만의 분석을 통해 한참을 들떠 하다가 결국에는 실망하고 가라앉아버렸다. 나만의 생각대로 섣부른 예측을 했다가 그녀, 또는 그가, 아니면 어떤 일이 나를 실망시키고 속였다고 생각했을 때 엄습해오는 충격은 마치 화산의 큰 폭발과도 같았다. 마음에 깊은 상처를 입고 내 꿈이 소금처럼 녹아버렸기에, 내 영혼이 그림자처럼 내려 앉아버렸기 때문에, 그 실망감에 나는 며칠을, 몇 주를 괴로워했고 특히 여자에게 품은 환상이 깨졌을 때 그 상처는 몇 달간 지속되기도 했다. 나만의 이야기가 시작되기 전으로, 그들을 만나기 전으로 혼자 돌아와서 책의 내용을 되새김질하고 무너진 나의 꿈과 환상을 다시 정비하기에 시간은 다소 오래 걸렸다.

이본은 책장 뒤에서 몰래 마리암을 관찰하고 있는 나를 발견하고는 물었다.

"마리암을 좋아해요?"

나는 "네? 무슨 말씀을 하시는 겁니까?"라고 말하며 이본의 눈을 피해 창문 사이 먼 곳을 응시했다. 그러자 이본이 속삭였다.

"조심해요, 그리고 마리암과 거리를 두세요."

나는 이본을 돌아보았지만 그녀는 책을 정리하느라 바쁜 모습이었다. 하지만 그녀는 인자하게 미소 짓고 있었다. 아마 그녀는 내가 항상 마리암을 주시하고 그녀가 올 때마다 의도적으로 도서관에 왔다는 사실을 눈치 챈 것 같았다. 처음에는 그것이 우연으로 보였겠지만 계속 반복되는 마리암과 나의 우연한 만남에 이본은 의심을 하기 시작한 것 같았다. 그리고 그날 이본은 나에게 인자한 모습으로 경고했다.

"조심해요, 그리고 마리암에게 거리를 둬요."

그리고 그녀는 계속 말했다.

"마리암은 충분히 많은 일들을 겪었어요. 일곱이나 되는 경호원 같은 오빠들 속에서 그녀는 혼자라고요. 목사님이 아니었다면 벌써 수녀원에 들어갔을 겁니다."

나는 놀랐다.

"목사님이, 수녀원이요? 무슨 소리인지 이해할 수 없네요!"

이본은 미소 지었다.

"아니, 아니에요. 제 말은 마리암은 가톨릭 수녀원에, 아니 어쨌든 여기 빌린 책 가져가세요."

나는 이본에게서 책을 건네받고 얼이 빠진 상태로 서둘러 도서관을 빠져나왔다. 금지된 것은 더욱 달콤하게 느껴지고, 결국 그것은 광기가 되어버리는 것을 나는 알고 있었다. 나는 철저히 피해자였고 마리암은 가해자였다.

**

'어서 도망가.' 걱정과 아픔으로 얼룩진 힘든 밤을 보낸 뒤 내가 내린 결론이었다. '너는 꿈을 꾸고 환상을 가졌을 뿐이야. 너에게 마리암이 대체 뭔데? 마리암은 아무것도 아니야. 네가 꿈꾸고 만들어 낸 사람일 뿐이라고. 네가 마리암의 삶과 그녀에 대해 무엇을 알고 있는데? 그녀가 너를 원하는지, 아니면 다른 남자를 원하는지, 아니면 수녀원에 가기를 원하는지 알고 이러는 거야? 그녀가 너를 받아 준다고 해도 종교의 차이와 가난은 대체 어떻게 해결할 건데, 너는 아무것도 가진 것이 없잖아. 네 홀어머니는? 네 누나는? 가족, 사람들, 예루살렘에 있는 너의 이웃들은? 잘 생각해봐, 그리고 제발 꿈에서 깨어나!'

이렇게 나는 첫 주말이 시작됨과 동시에 작은 가방을 메고 어머니가 있는 고향으로 도망쳐버렸다. 집으로 들어서자 어두운 주방에서 어머니가 요리를 하고 있었다. 우리 가족이 살고 있는 이 오래된 집은 이스라엘 건국과 동시에 피난이 시작됐을 때, 내 아버지가 미국으로 이민 간 가족에게서 산 집이다.

당시 집은 화려했고 집에 놓인 가구들 역시 값비싸고 정교했다. 아버지는 야파*에 있는 가장 좋은 가게에서 가구들을 사왔고 그것들을 집에 들여놓고 뿌듯해했다. 또 아버지는 자신에게 '도레미'를 가

---

* 이스라엘 텔아비브에 속한 도시로, 세계에서 가장 오래된 항구 도시 가운데 하나이다.

르쳐 주고 어떻게 베토벤의 노래를 들어야 하는지 알려줬던, 지금은 이민을 간 유대인에게서 오래된 피아노를 샀다. 하지만 아버지는 결국 피아노를 치는 데 실패했고 여전히 '움무 쿨쑴'*의 노래를 들었다. 그는 노래와 영화, 연극을 좋아했고 '삶'을 사랑했다. 그런 아버지는 더 혈기 넘치고 신나는 새로운 환경에서 살 기회를 찾았다. 그래서 어머니와 나, 그리고 누나를 버리고 자신보다 스무 살이나 어리고 우드를 잘 다루는 어린 여자와 재혼했다. 하지만 과거 우리 어머니는 아름다웠고, 오랜 혈통을 자랑하는 가문에서 가장 빼어난 외모를 지니고 있었다. 외할아버지는 오스만제국 시절 이스탄불에서 판사 직을 맡기도 했다. 그러나 외할아버지의 뒤를 이어야 할 외삼촌들은 아무것도 가진 것 없이 콧대만 높았고 거드름만 피웠다. 어머니는 여전히 과거의 영광을 잊지 못하고 가문의 이름에 대한 자부심으로 가득 차 있었다. 또 아버지가 자신과 약혼을 하기 위해 청혼했을 때, 외할아버지가 두 번이나 그 청혼을 거절했던 것을 자랑스러워했다. 아버지는 돈이 많았지만 어머니의 가족만큼 사회적 지위가 높지는 않았다. 그러나 그는 알아크사 사원과 수백 명의 증인들 앞에서 "무프티**의 딸인 위다드는 나의 여자이고, 딸을 주지 않으면 나는 자살할 겁니다"라고 대담하게 맹세했다. 그러자 어머니에게 청혼한 다른 남자들은 그 위협에 도망을 치기까지 했고, 결국 마지막까지 남은 사람은 '심부름을 받고 일하는, 석공의 아들놈', 바로 우리 아버지였

* 이집트 출신의 전설적인 아랍 여가수이다.
** 이슬람법의 해석과 적용에 관하여 의견을 진술하는 자격을 가진 법학자이다.

다. 아버지의 행동에 진노했던 외할아버지는 당시 아버지를 그렇게 불렀었다. 그 이유는 외할아버지는 고상한 터번을 썼던 유명한 판사였던 반면에 친할아버지는 낙하산처럼 통이 넓은 바지를 입은 돌장이, 석공이었기 때문이다.

하지만 넓은 통의 바지를 입었던 친할아버지는 야파에서 톱을 사오더니 더 이상 돌을 두드려 다듬는 일을 하지 않고, 대신 산에 있는 돌을 깎아서 팔더니 결국 큰 부자가 되었다. 반대로 터번을 두르고 반지를 끼고 이스탄불에서 고위직까지 올랐던 외할아버지는 이스라엘 문제와 문화에 대해 꽤나 박식했다. 그래서 친할아버지를 보면 "저 파렴치한 놈이 이스라엘에게 우리 땅을 팔아먹는구나!"라고 비난했다.

외할아버지의 말대로 친할아버지와 그 뒤를 이은 우리 아버지는 서예루살렘에 위치한 유대인 구역에 집을 짓는 데 필요한 돌들을 팔고 있었다. 하지만 문제될 것은 없었다. 아버지는 지금까지도 농담처럼 자랑스럽게 읊조리는 혼인 계약을 결국에는 성사시켰고 어머니와의 결혼에도 성공했다. 그도 그럴 것이 외할아버지는 말년을 가난하게 살다가 돌아가셨고 그의 무지한 아들들, 나의 외삼촌들은 명필인 한 명을 제외하고는 하나같이 자랑스러워할 만한 구석이 없었다. 아버지는 백 파운드의 금으로 어머니를 샀다. 외삼촌들은 신부 값으로 받은 이 금을 서로 나눠가졌고 어머니에게는 벨벳 끈에 달린 금 오 파운드만 남겨줬다. 어머니는 그것을 목에 걸어서 금의 아름다움과 비싼 가격을 자랑했다.

하지만 당시 아름다움을 뽐냈던 여인의 모습은 이제 '과거의 이미지'로만 남아 있다. 지금 내 눈앞에 있는 어머니의 모습은 정돈되지 않은 머리카락에 곳곳에 흰머리가 보였고, 뚱뚱해진 몸은 축 늘어져 있었다. 살 때문에 접히는 목은 여전히 터키 사탕*처럼 하얬지만 핏기가 없는 왁스 같은 흰색을 띠고 있었다. 아름답고 콧대가 높고 생기 있던 여인의 모습은 사라지고 주름이 가득한 뚱뚱한 여인이 그 자리를 대신하고 있다. 세월의 흐름 때문일까, 아니면 삶의 고뇌가 남기고 간 흔적들일까? 물론 두 가지 모두 영향을 미쳤을 것이다. 하지만 근심은 어머니에게 남아 있던 건강과 자존심, 생기를 빼앗아 가버렸다. 이제 어머니는 겨우 움직일 수 있을 정도로 쇠약해졌다. 그런 어머니가 나를 보더니 소리쳤다. "이브라힘! 늦었구나!" 그리고 두 팔로 나를 감싸 안았다. 나는 어머니의 몸과 약해진 뼈들이 울먹임에 떨리는 것을 느낄 수 있었다. 어머니는 얼른 눈물을 닦고 나를 집 안으로 이끌며 걱정이 가득한 목소리로 물었다. "그동안 어떻게 지냈는지 이야기를 좀 해보렴, 처음부터 좀 자세히 얘기해봐." 나는 자리에 앉아서 새로 구한 직장과 학교 이야기, 내가 사는 방에 대한 이야기, 그리고 어떻게 먹고 지내는지, 계속 공부를 하기 위해 대학에 연락을 했던 이야기 등 최근의 이야기를 어머니께 들려주었다. 또 어떻게 몇 년 뒤 그 대학에서 학위를 따서 직장의 높은 지위로 갈지에 대한 미래 구상도 함께 이야기했다. 어머니는 애타게 물었다.

---

* 터키쉬 딜라이트, 과일향이 나는 젤리 같은 것에 설탕 가루를 입힌 것이다.

"예루살렘에는 돌아오는 거니?" 나는 알 수 없는 슬픔과 마음이 짠해짐을 느꼈다.

해가 지기 전, 혼수 준비에 바쁜 누나가 집에 돌아왔다. 같이 저녁 식사를 하던 중에 사라는 '아버지가 무엇을 했다더라'라며 작게 웅얼거렸다.

갑자기 어머니가 화를 내며 사라의 말에 끼어드는 통에 나는 사라의 나머지 말은 제대로 듣지 못했다. 어머니는 "왜 그렇게 혼자 중얼거리는 건데? 다 들도록 크게 말하여라." 사라는 입을 다물었다. 그리고 "질문하는 것도 안 되나요? 이브라힘, 그 마을은 어때? 잘 적응하면서 살고 있어?" 그러자 어머니는 작게 중얼거렸다. "신이시여 무함마드를 용서하소서!" 무함마드는 명필가인 외삼촌의 이름이었다. 그리고 동시에 내가 집을 떠나게 된 원인의 제공자이기도 했다.

사라는 말했다.

"외삼촌 딸도 이미 약혼을 했고 이제 다 끝났는데, 왜 집에 돌아오지 않는 거야?"

그러자 어머니도 명령조로 거들었다.

"너는 집으로 돌아와야 해, 내가 이렇게 혼자 사는 것이 옳은 일이니? 네 사촌은 이미 약혼해서 떠났어. 그 일은 다 끝난 거야. 네 외삼촌도 만족해하고 기뻐하고 있단다, 내가 하고 싶은 말은, 그 일은 이제 다 끝났고 네가 집으로 돌아와야 한다는 거야. 집이 이렇게 비어 있잖니. 네 누나도 이제 곧 결혼해서 집을 떠나면 나 혼자 집에 있게 되는데, 당연히 네가 돌아와야지."

나는 어머니가 힘없이 하는 말에 슬퍼졌다. 어머니는 예전의 어머니가 아니었다. 젊고 아름다웠던 한창 때의 어머니는 불같이 강한 성격의 소유자였다. 한마디만 외쳐도 집안이 흔들렸고 우리는 복도에서 계단으로 뛰어 올라가 침대 밑이나 옷장 뒤, 화장실 안에 숨었다. 그렇다고 어머니가 우리를 때린다든가 소리를 질렀던 것은 아니었다. 단지 독수리처럼 강렬한 눈빛으로 우리를 뚫어지게 바라보고는 했는데, 그때마다 우리는 꼼짝도 못하고 두려움에 아무 말도 하지 못했다. 하지만 어머니가 우리를 그렇게 바라볼 때마다, 어린 나이었음에도 불구하고 나와 누나는 그 속에서 슬픔을 느낄 수 있었다. 아무리 시간이 흘러도 어머니는 계속 애도의 끈을 놓지 않고 있었기 때문이다. 운명은 얄궂게도 어머니의 가장 아끼는 사람을 앗아가버렸고, 어머니는 자신의 희망의 불꽃이었던 큰아들을 잃었다. 큰형은 어릴 때 학교에서 도망쳐 나와, 알후세이니 해방군에 가입했다가 결국 예루살렘의 변두리 지역에서 순교했다. 형의 죽음 뒤 내가 태어나면서 그 자리가 채워졌지만 그 이후에도 어머니는 출혈과 이름 모를 질병에 시달리며 여러 차례 유산을 했다. 그래서 우리 집은 나와 누나 둘밖에 없는 단출한 집이 되었고, 이는 많은 식구와 다산 (多産)을 좋아하는 아랍 남자의 욕구를 채워주지 못했다.

물론 이것은 아버지가 재혼을 했을 때 우리에게 내놓은 변명이기도 했다. 아버지는 사람들에게 "나는 아들을 낳아줄 여자를 원한다네"라고 말했다. 그렇다면 나는? 나는 아들이 아니었던가? 나는 사실 아버지의 마음에 드는 아들은 아니었다. 작은 몸집에 얼굴은 창백해서 핏기도 없었고 몸이 약했다. 그래서인지 아버지는 항상 의심스러운 눈빛으로 나를 쳐다보고는 했다. 아마도 '앞으로 내가 과연 아버지의 이름을 물려받아서 살아갈 수 있을지' 확신하지 못하는 것 같았다. 그래서 아버지는 재혼을 할 당시, "나에게는 내 이름을 이어받을 아들이 필요하다네. 내가 죽으면 '이스마일'이라는 이름의 대가 끊기게 된다고!"라고 말했다. "그래 좋아요, 그럼 나는요?" 그 말을 듣던 나는 갑자기 거실로 뛰쳐나가 훌쩍거리며 아버지에게 물었다. 그러자 내가 가구 뒤에 숨어서 그 얘기를 듣고 있었는지 몰랐던 아버지는 나를 보고 깜짝 놀랐는지 허둥지둥 말했다. "너는? 너지!" 그러고는 당황해서 함께 앉아 있던 손님 쪽으로 시선을 옮기며 내가 이야기에 끼어든 것에 대해 사과하고 머리를 저었다. 그러자 손님은 혼자 중얼거렸다. "거 참 안된 일이구만!"

내 누나인 사라는 아들이 아니었기에 뭐라고 말할 것도 없었다. 단지 사라는 그 말을 듣고는 다른 곳을 보며 어깨를 으쓱하더니 조용히 비웃었다. "또 시작이군!"

어머니와 누나는 나에게 걱정거리였다. 만약 어머니가 살아 있지 않았다면, 나는 아버지에게 가서 그와 함께, 그가 가진 좋은 환경을 누리면서 우드를 연주하는 새어머니와 함께 살았을 것이다. 그러면 아버지는 모든 지역 유지들의 자제들처럼 나를 베이루트에 있는 아메리칸 대학교에 보내줬을 것이다. 그리고 그가 가진 것들을 내게 주었을 것이고, 내가 지금처럼 양치기 방이나 동물의 우리와 다름없는 방에서 가난하게 살도록 내버려두지 않았을 것이다. 하지만 나는 고집이 있었고 책들과 교육을 통해, 그리고 죽은 내 형을 보고 어머니와 함께 있기로 하며 아버지를 부정했다. 그렇게 시간이 흐르면서 나는 아버지를 잊었고 아버지 역시 나를 잊게 되면서 우리는 남이 되어버렸다.

어머니가 내게 말했다.

"사라는 네가 아버지를 좀 찾아가 봤으면 하는 것 같더라. 너희 아버지가 사라의 결혼에 드는 비용도 주고, 집에 놓을 가구들도 사주기로 약속했어."

어머니는 잠시 조용해지더니 더 말을 잇지 않고 나를 쳐다보았다. 나는 먼 곳을 응시하며 아무 말도 하지 않았다.

그러자 어머니는 성을 냈다.

"고작 가구들?! 재산, 집, 창고, 건물들을 그렇게 많이 갖고 있는 사람이라면 적어도 사람들 앞에서는 더 좋은 것을 줘야 할 것 아니니? 너희 아버지라는 사람, 정말 창피하구나⋯⋯."

그렇게 어머니가 중얼거리기 시작하자 사라는 조용히 속삭였다. "또 시작이야!" 어머니는 그 말을 듣더니 사라를 노려보다가 그릇을 들고 주방으로 갔다.

나는 사라에게 물었다.

"누나 생각은 어때?"

사라는 나를 보지도 않고 차갑게 말했다.

"내 생각?"

나는 누나에게 다시 상기시켜 주려 말했다.

"가구 얘기 말이야."

"무슨 가구를 말하는 거야?"

이렇게 제대로 된 반응을 보이지 않는 사라의 태도에 나는 이성을 잃고 소리를 지르기 시작했다. "무슨 가구를 말하는 거냐고? 정말 무슨 말인지 몰라서 하는 소리야? 아니면 내 말을 못 들은 거야? 누나 방금 여기에 없었어?" 그러자 사라는 놀라서 내 얼굴을 몇 초간 바라보더니 어깨를 으쓱하고 중얼댔다. "또 시작이군!" 그 말을 듣고 나는 솔직히 부끄러워졌다. 나는 지난 몇 주간 집을 비웠고 그동안 마리암에 대한 생각으로만 가득 차서, 사라가 결혼을 하고 어머니가 혼자 남게 될 것이라는 사실을 잊었기 때문이다.

하지만 나의 영혼과 삶, 문학은 그 시골 마을에 있었기에 나는 예루살렘에 있는 집으로 돌아오지 않을 생각이었다. 그 시골 마을은 내게 마법의 피난처와도 같았다. 나는 아버지, 어머니, 사라의 무반응, 외삼촌의 노여움, 가족 일처럼 나를 괴롭히는 모든 문제들과 세상으로부터 도망쳐 이곳에서 숨어 지낼 수 있었다.

나는 주제를 조금 바꿔서 조용히 말했다.

"누나, 그 사람 집에 가보고 싶어?"

"누구를 말하는 거야?"

나는 화가 났지만 참고 말했다.

"아버지 말이야."

사라는 마치 매우 중요하고 어려운 일에 대해 생각하는 것처럼 잠시 아무 말도 하지 않다가 말했다.

"네가 가고 싶다면."

순간 이런 생각이 들었다. '누나 같은 여자가 내 부인이었다면, 나는 결혼한 지 이틀 만에 이혼했을 거야. 나도 이럴 정도인데 누나의 남편 될 사람은 어떻게 누나를 참아낼 수 있을까?' 사라는 자신의 남편이 될 남자가 누구인지 몰랐고 그 역시 사라에 대해 몰랐다. 남자는 사진과 전화를 통해서 사라를 알게 됐다. 아버지는 그만의 방법과 인맥을 통해 누나의 결혼을 준비했다. 여행 중 아버지는 누나의 남편이 될 남자를 만났는데, 함께 점심을 먹으면서 그에 대해 묻다가 그가 아이 셋 딸린 홀아비라는 사실을 알았다. 사별을 했는지 이혼을 했는지 기억이 나지 않지만 분명한 것은 그가 부인이 없는 상태였다는 것이다. 아버지는 곧장 "자네, 혹시 재혼할 생각이 있나?"라고 그에게 물었고 그는 "좋은 신붓감이라도 있습니까?"라고 물었다. 아버지는 냉큼 "예쁜 딸이 하나 있는데, 살짝 나이가 많아. 서른다섯인데 성숙해서 자네 아이들을 키우거나 자네를 내조하는 데 좋을 거야. 모든 면에서 뛰어나다고, 존경받는 집안의 딸이기도 하고 가정주부로서 아주 적합해, 바느질, 요리 모두 훌륭하다네." 그 남자는 "그녀가 저를 받아줄까요? 저는 악동 같은 애들이 딸린 남자인데."

아버지는 미소 지으며 말했다. "내 딸 역시 못 말리는 애라네, 좋을 대로 하시게나." 그 남자는 놀라서 물었다. "네?" 아버지는 얼른 말을 돌렸다. "똑똑하고 능력 있는 애야, 예술가적 기질도 있고 말이지. 내 말을 들으면 자네도 만족해할 걸세." 이렇게 사라의 약혼과 결혼은 일사천리로 진행됐다. 아버지와 남자는 사진을 주고받으며 코란의 '파티하'장*을 읽고 결혼 계약서를 썼다. 신랑이 될 남자는 그의 친척에게 부탁해서 대리인 역할을 하게 했고 그들은 전화와 사진을 통해 결혼 준비를 했다. 사라가 이 결혼에 대해 따지자 아버지는 전화로 말했다. "애야. 너도 이제 나이가 들었고 다른 대안이 있기라도 하니?" 사라는 아무 말도 하지 못하다가 조용히 말했다. "그에게는 애가 셋이나 있다고요." 그러자 아버지는 "그래, 그러면 그가 가진 재산은? 그는 회사 사장이야. 게다가 하는 일도 성공했고, 집안도 명문가란 말이다"라고 받아쳤다. 그러자 사라는 화난 목소리로 따졌다. "그러면 저보고 그 사막으로 가라는 말이에요?" 하지만 아버지는 "무슨 사막을 말하는 게냐?! 석유 천지에 달러들이 가득한데, 단 조금 더울 뿐이지, 그 정도는 참아야 해. 내가 머리끝부터 발끝까지 필요한 혼수품을 다 사주마. 자 어때?"라고 말했다. 그제야 사라는 조금 누그러져서 잠시 더 생각을 하고 아버지와 협상을 했다. "가구들도 사주시는 거죠?" 전화에서 아버지의 웃음소리가 들렸다. "그럼, 돈도 주고 가구도 해주마. 그런데 가구들을 어떻게 그 먼 곳에 보내나? 아니면 돈을 줄 테니 그 돈으로 가구를 사든 부엌을 꾸미든 네 마음대로 하여라. 어떠니?" "좋아요." 사라는 결국 동의했고 결혼 계약서에 서명했다. 그렇게 결혼은 사진을 통해 이루어졌다.

나는 물끄러미 누나를 쳐다보다가 문득 슬퍼졌다. 시간이 지나고 남편이 배신을 하기라도 한다면, 그가 아버지 같은 사람이면 어떻게

---

* 이슬람의 결혼에서는 양측의 결혼에 대한 동의 표시가 있고 그것이 증명되면, 그 자리에 모인 사람들이 코란의 제1장, 파티하장을 낭송한다.

하나, 그가 이혼하자고 하면, 누나를 마음에 들어 하지 않는다면, 남자에게 딸린 애들이 악마같이 말썽을 부린다면, 사라는 어떻게 해야 하는 걸까 걱정이 됐다. 사라는 남편이 될 남자에 대해 아무것도 모른다! 단지 사진으로만 얼굴을 봤을 뿐인데 어떻게 결혼을 하고 어떻게 서로 이해할 수 있겠는가? 사라가 남편에 대해 아는 것이라고는 달랑 그의 사진 한 장뿐이다.

나는 사라의 손을 잡고 슬프게 말했다. "누나, 누나는 이 결혼에 대한 확신이 들어?"

사라는 나를 물끄러미 바라보다가 나의 슬픔을 읽었는지 냉랭하던 기운을 가라앉혔다. 그리고 내게 자신의 속마음을 보이며 포기했다는 듯 말했다. "아니면 다른 대안이라도 있어?" 나는 순간 끓어오르는 무언가를 참지 못하고 내뱉어버렸다. "사진 한 장에 누나의 인생을 걸겠다는 거야?" 그러자 사라는 마치 비밀을 털어놓는 것처럼 조용히 속삭였다. "우리들 중 누가 자신의 뜻대로 삶을 살 수 있겠어?" 그러더니 그녀는 내게 잡힌 손을 빼내어 천천히 자리에서 일어났다. 그리고 이미 포기했다는 듯 생각이 많은 얼굴로 말했다. "사진 한 장이 또 다른 사진을 만나는 것뿐이야."

＊＊

'사진 한 장이 또 다른 사진을 만나는 것뿐이야'라는 사라의 말이 한밤중에 다시 내 머리에 파고들었고 온몸이 땀에 흠뻑 젖기 시작했다. 누나가 그런 생각을 하고 있다니, 그렇다면 마리암은 대체 누구인가? 나는 마리암에 대해 모르고, 그녀 역시 나에 대해 모른다. 하지만 난 마리암이라는 이름을 가진 여자 때문에 죽을 것 같았다. 그녀의 이름을 들으면 나도 모르게 노래를 흥얼거리게 되고 내 심장은 한여름의 나비처럼 날아오르고, 새하얀 솜처럼 아침의 산들바람과 꽃향기를 따라 자유롭게 흩날리게 된다. 나는 "마리암, 마리암"이라고 외치며 아침잠에서 깨어났다. 마리암이 마치 내 품 안에 있었던 것만 같았다. 나는 이불 속에서 뒹굴다 한숨을 쉬고 흐느끼다가 앓는 소리를 내기도 하며 뜨거운 사랑으로 마리암을 적셨다. 나는 두 입술 가득히 그녀에게 키스했고 두 팔, 두 다리, 온몸의 신경을 그녀에게 집중했다. 이것이 바로 나 같은 젊은 남자의 사랑이었다. 그리고 이것은 사라나 나 같은 이들을 위한 삶의 방식이기도 했다. 사라처럼 우리는 현실에 살고 있지 않았고 대신 삶의 이미지가 그것을 대신했다. 사진 한 장이 또 다른 사진을 만나는 것처럼.

나는 토요일에 시골 마을로 돌아왔다. 그리고 일요일에는 마리암을 보기 위해 언덕을 올랐다. 월요일에는 그녀가 도서관에 가는 것을 보고, 나 역시 책을 반납하기 위해 그녀를 따라 도서관으로 갔다.

나는 이본과 마리암에게 인사를 건네고 책을 반납했다. 이본은 목사님이 나에 대해 물어봤다고 하면서 목사님이 베이루트에 가있는 동안 내가 그 대신 수업을 해줄 수 있는지의 여부를 물었다. 나는 망설이다가 "다른 사람은 없나요?"라고 물었다. 그러자 이본은 그 수업은 아랍어 수업이고 본인은 아랍어를 잘 하지 못한다고 했다.

실제로 이본의 아랍어는 서툴고 부정확한 편이었다. 이번에는 이본이 마리암을 쳐다보더니 장난스럽게 말했다. "마리암, 네가 하면 되겠다!" 그러자 마리암은 미소를 지으며 이본과 나를 차례대로 쳐다보더니 말했다. "저는 안 될 것 같아요." 나는 그녀의 조금은 이상한 억양과 명확하지는 않지만 깊고 허스키한 목소리를 들었다. 순간 황홀해졌다. 음악을 연주하는 듯한 목소리라니! 저 허스키한 목소리란! 마리암은 나를 쳐다보더니 "저에게 수업을 해주실 수 있나요?"라고 물었다. 이번에는 명확하고 정확한 아랍어였다. 여전히 억양은 조금 어색했지만 그것은 오히려 마리암에 대한 신비로움과 환상을 배가시켰다.

이본은 미묘한 분위기를 감지하고 우리의 관계를 사전에 차단시키려는 듯 내게 무언의 시선을 보냈다. 나는 그 눈빛이 주는 의미를 이해했다. 그래서 마리암에게는 정확한 대답을 피해서 불분명하게 말했다. "네, 가능하기는 한데, 한번 생각해 보도록 하죠." 하지만 마리암은 집요하게 물었다. "언제 가능한데요?" 나는 조금 망설이다가 말했다. 심장이 고동치기 시작했다. "나중에요, 괜찮은 날이 있는지 한번 볼게요."

그 다음 주 일요일에도 나는 언덕 위에서 마리암을 지켜보고 있었다. 그런데 갑자기 그녀가 머리를 들어 물끄러미 나를 쳐다보았다. 마치 "나는 당신을 보고 있어요, 당신이 거기에 있다는 것을 나는 느낄 수 있어요"라고 말하는 것 같았다. 나는 혼란스러워졌고 마치 사람들의 비밀을 몰래 캐다가 잡힌 사람처럼 부끄러워졌다. 저 묘지는 그녀의 세계이고 그녀의 커다란 비애를 다룬 이야기의 무대이기도 했다. 동생의 무덤, 아니면 다른 이의 무덤일 수도 있었다. 하지만 나는 대체 그것과 무슨 관계를 가졌기에 그녀를 몰래 관찰하는 것일까? 그날 저녁 나는 사랑의 열병 때문이 아니라 부끄러움 때문에 쉽게 잠에 들지 못했다. 그녀가 나를 봤기에, 그녀의 두 눈에 비친 나 자신을 봤기에. 마리암은 내가 무언가를 훔치는 도둑처럼 뻔뻔하게 그녀의 세계에 침입했다는 듯이 나를 바라보았다. 그래서 나는 앞으로 그녀를 보지도, 따라다니지도 않기로 굳게 결심했다. 그리고 다시는 언덕에 올라가서 교회나 묘지를 지켜보는 행동을 하지 않기로 나 자신에게 약속했다.

하지만 아랍어 수업은, 목사님이 내게 맡긴 일들은 어떻게 해야 한다는 말인가! 아니, 이런 생각은 나 자신에게 다짐한 약속을 어기고 다시 의도적으로 묘지에 가는 것을 정당화하는 핑계일 뿐이었다. 그래서 나는 일요일을 피해서 다른 날에 그곳을 지나갔다. 마치 이미 종지부를 찍은 사랑 이야기가 펼쳐졌던 장소를 지나는 것만 같았다. 하지만 그 이야기는 메아리처럼 내 가슴속에 남아서 나를 아프게 했다.

일요일이 아닌 어느 날, 나는 교회 복도를 지나다가 무덤 옆을 지키고 있는 마리암의 모습을 보았다. 해가 지며 만들어낸 붉은 노을을 배경으로 그녀는 검은 옷을 입고 베일을 쓴 상태로 나무 밑에 앉아 있었다. 마리암은 울고 있었다. 슬픔의 무게에 짓눌린 가슴에서 그녀의 애처로운 울음소리가 가느다란 실처럼 새어 나오고 있었다. 나는 당황해서 그 자리에 동상처럼 우뚝 선 채 울고 있는 마리암의 모습을 지켜보았다. 그 장면은 실로 아름다워서 나를 온통 헤집어 놓았다. 무덤, 나무, 십자가, 꽃다발, 선인장 식물들, 저녁의 향기를 머금은 흰 꽃들, 비둘기 무리들까지. 마리암의 울음소리와 새들이 지저귀는 소리, 나뭇잎이 흔들리고 새들의 날개가 펄럭이는 소리를 제외하면 숨 막히게 고요했다. 나는 몇 분간 그 자리에 서 있다가 그녀에게 다가갔다. 마리암은 내가 다가가는 것을 느꼈는지 내 쪽을 바라보았다. 나는 그녀의 눈물을 보았지만 모르는 척하기로 했다. 그리고 그녀가 별다른 말을 하지 않을 때까지 그곳에 서 있었다. 마리암은 얼굴을 드러낸 채 계속 내 앞에 있었다. 얼굴을 드러낸 것은 마치 가슴을, 날개를, 그리고 숨겨진 비밀을 드러내는 것 같았다. 나는 더 가까이 다가갔지만 마리암은 아무 미동도 없었다. 더 가까이, 한 걸음 더 다가가자 마리암은 무덤의 가장자리에 풀썩 주저앉더니 몸을 웅크리고 다시 울기 시작했다. 나는 그녀에게 무슨 말이나 행동을 해야 할지 몰라서 몇 초간 그 앞에 서 있다가, 그녀 옆에 있는 다른 무덤가에 앉았다. 계속 그렇게 앉아 있다가 마침내 울음소리가 멈추고 고요함이 찾아왔다. 곧 밤의 어두움이 찾아왔고 그녀는 그 자리에서 그렇게 두 손에 얼굴을 묻고 있었다. 나는 용기를 내서 손을 뻗었고 마리암은 그런 나를 느꼈는지 자신도 손을 뻗었다. 그래서 나는 그녀의 손가락 끝을 살포시 잡았다.

나는 자리에서 일어났고 그녀도 나처럼 일어났다. 나는 여전히 그녀의 손가락을 잡은 상태였고 우리는 걷기 시작했다. 우울한 침묵

속에서 우리는 계속 걸었고 결국 갈림길에 다다르게 되었다. 마리암은 걸음을 멈추고 내 손을 눌렀다. 나는 마리암이 무엇을 원하는지, 내게 무엇을 시키려고 하는지 알기 위해 그녀를 바라보았다. 하지만 그녀는 아무 말도 하지 않고 머리를 살짝 끄덕이며 여기에서 그만 헤어지자는 듯한 뉘앙스를 풍겼다. 그렇게 그녀는 자신의 길로, 나는 다른 길로 가야 했다. 나는 마리암이 멀어질 때까지 그 자리에 남아서 그녀의 뒷모습을 응시했다. 그리고 뒤돌아서 나도 나의 길을 갔다.

그날 저녁에는 도무지 잠이 오지 않았다. 자비를 받지 못하는 사랑의 감정으로 인해 나는 다시 혼란스러워졌다. 사진같이 떠오르는 여러 장면들, 그녀와의 대화, 키스, 그리고 폭탄처럼 터져버릴 것 같은 감정들을 상상해 보았다. 마리암은 나에게 자신이 왜 그리도 슬퍼하는지 말해주었고, 나 역시 그녀에게 내 사랑의 비밀에 대해 알려주었다. 그녀는 자신의 이야기, 수녀원, 도망, 남동생의 죽음, 이민 생활, 자신의 오빠들, 그리고 내가 알지 못하고 상상만 하는 새로운 세계, 브라질에 대한 이야기를 해주었다. 적도의 푸른 숲, 커피, 바나나 농장, 신기루, 나무 사이를 오가는 원숭이들, 거의 나체로 다니는 사람들, 그리고 도보와 길, 숲, 거리에서 볼 수 있는 춤, 사랑, 노래들까지. 마리암은 대체 어디에 있었고 어떻게 살아왔을까? 그녀가 누군가를 사랑해 보기는 했을까? 왜 수녀원에 가려고 했을까? 그녀에 대한 질문과 그녀를 철저히 둘러싼 비밀의 벽들은 나의 사랑을 더욱 더 공고하게 만들었다. 아침이 오고 닭이 울었다. 학교의 종소리가 울리자 나는 이상하고도 놀라운 지금의 내 상황을 인식하게 되었다. 종소리에 부리나케 뛰어 교실에 도착했을 때에는 이미 교장 선생님이 소란스러운 교실의 상황을 정리하고 있었다. 그는 지각 때문에 정신을 못 차리는 나를 바라보았다. 내가 면도도 하지 않고 창백한 얼굴을 하고 있자, 그는 내게 "무슨 일인가? 어디 아픈가? 열이 나는 거 아니야? 그러면 병가를 내고 좀 쉬도록 하게"라고 말을 건넸다. 나는 왠지 모를 짜증에 고개를 젓고 "아니요, 괜찮습니다"라고 조용히 말했다. 그리고 바로 분필을 쥐고 칠판에 오늘의 단원을 써내려 가기 시작했다.

다음 날 같은 시각, 나는 교회 뒤편에 있는 복도를 지나다가 같은 자리에서 나를 기다리고 있는 마리암을 보았다. 물론 그녀가 나를 기다렸다는 것은 당시 나의 상상에 불과했다.

어찌됐든 나는 마리암에게 다가가서 어제처럼 그녀 옆에 있는 다른 무덤 앞에 앉았다. 정적과 고요함, 해질녘의 그림자와 어둠이 우리를 감싸왔다.

마리암은 조용히 속삭였다.

"여기에 있는 제 동생은 저 때문에 죽었어요."

나는 고개를 들어 마리암을 바라보았고 그녀의 두 눈과 마주쳤다. 마리암은 마치 자신의 죄를 판결하는 사람 앞에 선 것처럼 내 눈을 피해서 두 손을 꼼지락거리며 고개를 숙였다.

그녀는 슬픔에 가득 찬 목소리로 말했다.

"제가 의도한 게 아니에요, 우리 엄마도 그걸 알고 있어요. 하지만 사람들이 소름 끼치는 소리를 해요. 혹시 그 얘기를 들었나요?"

내가 대답을 하지 않자 그녀는 계속 말을 이어갔다.

"당연히 들었겠죠, 당연해요. 분명 그 얘기를 들었을 거예요."

나는 당황해서 말했다.

"나는 그런 말을 들어보지도 못했어요."

그리고 마리암에게 확신에 차서 말했다.

"하지만 지금 이 자리에서 제가 당신의 말을 듣고 있잖아요. 중요한 건 당신이에요. 당신은 어떻게 느끼는데요?"

마리암은 두 손을 가슴에 모으더니 혼란스럽다는 듯 훌쩍거리며 이야기했다.

"저도 잘 모르겠어요. 가끔 그 일에 대한 책임이 제게 있다는 생각이 들고, 어쩔 땐 동생처럼 저도 죽은 것 같다고 느껴져요. 저는 땅 위에 있고 동생은 땅 밑에 있을 뿐, 큰 차이는 없어요. 제 동생은 몸이 약했고 병에 시달렸어요. 어떤 상황이든 그 애는 곧 죽게 될 운명이었죠. 의사선생님들이 그렇게 말했어요."

"엄마도, 저도, 오빠들도 그 사실을 알고 있었죠. 저도 잘 알고 있지만, 왜 동생이 죽은 것이 제 탓으로 느껴지는지 모르겠어요."

마리암은 내 대답을 기다리는 듯 나를 물끄러미 쳐다봤다. 내가 아무 말도 하지 않는 것을 보자 그녀는 화를 내며 말했다.

"내 탓이 아니라고요, 걔는 아팠어요. 그런데 왜 내가 죄인인 양 느껴지는 거죠?"

나는 그녀를 진정시키며 말했다.

"당신 탓이 아니에요. 당신이 말한 대로 동생이 아팠다면, 의사들이 말한 대로 곧 죽을 운명이었다면 당신에게는 아무런 잘못이 없어요."

마리암은 자조 섞인 웃음을 지으며 말했다.

"내게 아무런 잘못이 없다고요?"

그녀는 낯선 눈빛으로 나를 바라보았다. 그녀의 두 눈에는 묘한 것이 있었다. 순수함과 착함과는 거리가 먼, 반항적인 것이 그녀의 눈에 있었다. 어쩌면 내가 상상한 그대로의 모습이기도 했다. 아름다운 외모와 검은 눈동자, 높게 자리한 눈썹, 그리고 속눈썹 밑으로 가려진 눈망울까지……. 말로 설명할 수 없는 묘한 것이었다. 나는 알 수 없는 무엇인가를 느꼈다. 신비롭고 모호하면서도 나의 오감을 정복했고 동시에 호기심을 자극했다.

마리암은 의심의 눈초리로 나를 구석구석 살펴보더니 내가 어떤 사람인지 알기 위해 노력하는 모습이었다.

"당신은 작가라던데, 그 말이 맞나요?"

나는 슬픔이 묻어나는 어조로 말했다.

"제가 작가라고요? 저는 학교 선생님이에요, 그냥 가르치는 일을 할 뿐이지 그 이상의 다른 일은 하지 않아요."

마리암은 내 말을 못 믿겠다는 듯이 나를 이리저리 살피며 말했다.

"부정하지 말아요, 당신은 작가가 맞죠? 목사님이나 이본 모두가 그렇게 말했어요."

나는 알 수 없는 기쁨을 느꼈다. 아니면 내가 사람들 사이에서 작가로 알려졌다는 사실에 우쭐해진 것인지도 모르겠다. 정말 중요한 것은 그녀의 눈에 내가 중요하면서 강한 사람인 동시에 능력 있는 사람으로 보이는 것이었다. 비록 나는 가난했고 열정을 불태울 만한 것이 전혀 없는 공립학교의 교사로 있지만 말이다. 깨진 유리와 비둘기들, 운동장의 흙과 비가 새는 지붕, 그리고 양치기 집 같은 내 방까지! 아무렴 어때, 마리암에게 나는 작가였다! 정말 멋진 일이 아닐 수 없었다. 꿈같은 일이었다.

마리암은 작가라는 일에 관심을 갖고 있었는지 나에게 여러 질문을 했다. 그녀의 관심에는 순수함이 묻어났다.

"어떻게 글을 쓰시나요?"

나는 어떻게 대답해야 할지 몰랐다. 어떻게 내가 글을 쓰냐고? 나는 내가 어떻게 글을 쓰는지 몰랐다. 우선 연필을 쥐고 내가 알고 있고, 내가 느끼고, 내가 알아낸 것들을 써내려 간다. 나는 사람들과 나무, 그리고 새들의 울음소리와 무덤, 십자가, 그리고 당신을 그려 나간다. 여기서 지금 나는 당신의 목소리를 듣고 당신을 통해 사물을 보고 있다. 나는 당신을 그리고, 내가 보는 것들을 그려 낸다. 내 속에서 당신을 그리면서 동시에 나 자신을 그려 낸다.

마리암은 살짝 화난 듯 말했다.

"어떻게 글을 쓰는데요? 저에게 말하기 싫으세요? 저는 책을 자주 읽어요. 서너 개의 언어로 된 책을 읽기도 해요."

나는 깜짝 놀라 그녀를 쳐다보았다.

"네 개의 언어요?!"

마리암은 내가 더 이상 말하지 못하도록, 그리고 자신도 나처럼 글에 대한 이해와 심미안을 가지고 있다는 것을 믿게 하려는 듯 재빨리 말을 이어갔다. 나는 책을 쓰고 그녀는 책을 읽는다, 그것도 서너 가지의 언어로 말이다.

"정확히는 세 개 반이요."

그녀는 손가락을 접어 수를 세기 시작했다.

"아랍어, 영어, 스페인어, 그리고 포르투갈어요."

나는 미소를 지으며 말했다.

"그렇다면 무엇이 반쪽짜리 언어인가요?"

그러자 마리암도 웃음을 띠고 나를 쳐다봤다.

"지금 저를 비웃는 건가요?"

나는 부정의 뜻으로 고개를 저었다.

"아뇨, 비웃지 않아요. 하지만 정말 부러워요, 복 받았네요."

"복을 받았다고요?!"

그녀는 슬픈 미소를 짓더니 그 말을 계속 되뇌었다.

"내가 복을 받았다니⋯⋯."

"물론이죠⋯⋯."

내가 그녀를 바라보자 마리암은 재빨리 말했다.

"마리, 마리요. 브라질에서 제 이름은 마리였어요. 물론 이곳에서의 이름은 마리암이고요."

나는 살짝 미소를 띠며 말했다.

"그렇다면 마리암 씨는 복 받은 사람이네요."

그녀는 의심의 눈초리로 나를 바라보았다.

"내가 복을 받았다니, 왜죠?"

나는 그녀를 바라보다가 그녀가 했던 그대로 손가락을 접으며 수를 셌다.

"아랍어, 영어, 스페인어, 그리고 포르투갈어까지. 그리고 당신에게는 '마리, 마리암' 이렇게 이름도 두 개나 있잖아요. 또 여기와 그곳 두 개의 조국까지 있고. 당신에게는 두 눈과 이렇게 아름다운 얼굴도 있고요. 당신은 아름다워요."

마리암은 이상하다는 눈빛으로 나를 탐색하듯이 쳐다봤다.

"지금 저를 놀리는 건가요?"

나는 고개를 젓고 망설임 없이 바로 그녀에게 말했다. 그때부터 나는 이미 실수를 한 것 같았다.

"제가 당신을 놀린다고요? 제가 감히 어떻게 그럴 수 있겠습니까?"

마리암은 못 믿겠다는 듯 말했다.

"당신은 작가이고, 일부 작가들은 사람들을 비웃기도 하지요. 조금 화가 나는군요."

나는 부정의 의미로 고개를 가로 저었다.

"하지만 저는 작가가 아니에요. 글쓰기는 취미일 뿐이고요."

마리암은 손을 저으며 말했다.

"부정하지 마세요, 당신은 작가잖아요. 목사님이 당신은 작가라고 말했다고요. 나는 목사님이 하는 말이라면 모두 믿어요. 목사님은 식견이 있는 분이니까요. 저는 그분을 믿어요."

"식견이 있다고요?!"

그녀는 두 손을 꼼지락거리며 무언가를 곰곰이 생각하는 듯했다. 아마 식견이 있다는 말을 어떻게 정확히 묘사해야 할지 생각하는 것 같았다.

"제 말은, 음, 대단하고 이해를 잘한다는 말이에요. 사람들과 인생을, 죽음을 이해한다는 말이죠. 아름다운 것들을 말하는 식견 있는 사람, 제 말을 이해하시겠어요?"

나는 그녀의 말을 이해했다는 뜻으로 고개를 끄덕였다.

"물론 이해합니다. 목사님은 대단하신 분이죠."

"목사님의 말을 믿으시나요?"

"물론 믿습니다."

"그렇다면 왜 목사님의 말을 부정하시나요? 목사님은 당신이 작가이고, 정말 아름답고 대단한 것들을 쓴다고 하셨단 말이에요."

"대단한 거라고요? 무엇이 대단하다는 거죠?"

나는 그 말에 속으로 뿌듯했고 기고만장해졌지만 이 여인, 마리암의 앞에서는 계속 겸손함을 보였다.

그러자 그녀는 확신한다는 듯 말했다.

"목사님이 그렇게 말씀하셨어요. 저는 그 말을 믿고요. 목사님은 당신이 앞으로 대단한 작가가 될 거라고 말씀하셨어요. 그게 중요한 거죠. 그렇게 생각하지 않으세요?"

그렇게 이야기하는 마리암이 순진하고 어리게 보였다. 그녀를 감싸고 있던 후광이 사라지는 듯했으나, 약간의 알아듣기 힘든 어조로 조곤조곤 말하는 모습에 그녀의 아름다움은 오히려 배가되었다. 그녀에 대한 실마리를 잡고 싶은 마음도 함께 커졌다.

마리암은 다시 고집스럽게 내게 물었다.

"대체 어떻게 글을 쓰시나요?"

나는 다시 빙긋 웃어 보이며 대답을 하지 않았다. 그러자 이번에
는 마리암이 열정으로 가득 찬 목소리로 말했다.

"만약 제가 이곳 사람들의 언어를 안다면 그들을 위해 아주 대단
한 이야기를 쓸 거예요. 하지만 안타깝게도 저는 그들의 언어를 잘
몰라요."

나는 망설임 없이 말했다.

"제게 해결책이 있어요. 당신이 말로 이야기를 하면, 제가 그 이야
기를 듣고 글로 옮길게요. 어때요?"

마리암은 여전히 의심과 망설임이 뒤섞인 눈빛으로 나를 바라보
며 내 말에 대답하지 않았다.

"절대 당신의 이야기를 그 누구에게도 말하지 않고 쓰기만 할게
요. 실명이나 장소의 이름도 거론하지 않고 모호하게 쓸게요. 그러
면 제가 누구에 대해 글을 썼는지 아무도 모를 거예요. 어때요?"

그 말을 듣자 미소를 짓고 있던 마리암의 입꼬리가 더 올라갔다.
급기야 그녀의 미소가 웃음으로 변할 뻔했다. 순간 우리가 지금 어
디에 있는지, 무슨 말을 했었는지, 어떻게 서로 이야기하기 시작했
는지 잊고 있었다. 우리는 분명 슬픔과 죽음의 이야기, 사람들이 전
하는 소문과 그들의 의심이라는 주제로 이야기를 시작했었다. 하지
만 지금은 서로의 미소를 보이고 상대방에 대해 알아가고 있었다.

우리는 끊임없이 계속 이야기했다. 이러한 순간을 어떻게 놓칠 수 있을까! 여기서 시간이, 그리고 세상이 멈추길 바랐다. 사람들이, 이 시골 마을이, 예루살렘의 산이, 이 십자가와 마리암의 동생이 묻힌 무덤이, 그리고 그녀, 마리암이 내 앞에 있었다. 그게 중요했다. 나에게는 그 순간 그녀가 내 앞에 있다는 사실이 중요했다.

**

　나는 도서관, 목사님의 집, 상점, 복도, 그리고 내가 가는 곳마다, 거의 모든 장소에서 마리암을 보게 되었다. 그녀가 나를 쫓아다녔던 걸까? 물론 내가 그래 왔었다. 하지만 그녀는? 마리암은 나를 보기 위해 내 뒤를 쫓은 적이 있을까? 나는 그 진위 여부를 전혀 알 수 없었고 앞으로도 알 수 없을 것이다. 나는 이제 그녀가 어디로 가는지, 어디에서 오는지, 누구를 만나는지, 누구를 피하는지도 알게 되었다. 더불어 마리암이 나에 대해서 좀 더 알게 되었고, 그녀가 다른 사람이 전혀 모르는 나의 습관까지 알게 됐다고 느꼈다. 왜냐하면 내가 일하는 학교의 창문을 통해 종종 그녀가 보였고, 오후에 식료품 가게에 앉아 있을 때에도 그곳에서 그녀를 볼 수 있었기 때문이다. 또 도서관에 갈 때마다 나는 이본과 함께 있는 마리암을 볼 수 있었다.

　그리고 묘지에서는 내가 있는 언덕 쪽을 바라보는 마리암을 볼 수 있었다. 그래서 나는 어디에 가든지 독서와 책에 몰두하는 척했다. 이렇게 우리는 멀리 떨어져 있는 연인이 된 것 같았다. 적어도 내게는 그렇게 보였다. 그리고 어느 날 예루살렘행 차를 타기 위해 길을 걷다가 내 앞에 있는 마리암을 발견했다. 그녀는 미소 지었고 나도 그녀를 따라 웃었다. 마리암은 예루살렘에 가서 친구의 결혼식에서 입을 전통 의상을 살 거라고 했다. 그리고 나에게 부탁하는 듯이 말했다. "저랑 같이 갈래요?" 나는 "물론이죠"라고 대답했다. 그렇게 우리는 좌석에 꼭 붙어 앉았다. 마치 날아갈 것만 같았다. 예루살렘으로 향하는 차도 하늘을 나는 것 같았다. 그녀의 비단 같은 머리카락도 바람에 날리며 내 얼굴을 때렸다. 바람에 날리는 머리카락은 새가 뜨는 모습과 여름 나비의 모습을 연상시켰다. 밀과 소나무의 향기가 나면서 아침의 산들바람이 느껴졌다. 마리암이 내 옆에 앉았고 그녀의 어깨가 내 어깨에 맞닿았다. 그녀의 허벅지와 나의 허벅지가 서로 맞닿았다. 그 느낌이란! 나는 그녀의 향기에 취해 어쩔 줄 몰랐다. 세월이 흐르고 여러 번 사랑을 경험했지만 마리암처럼 나를 완전히 정복해버린 여자는 없었다. 욕망이나 금지된 것에 대한 호기심 때문이었을까? 아니면 내가 어느 정도 순진했기 때문이었을까? 하지만 마음속 깊은 곳에서의 나는 순진하지 않았다. 그 속에서 나는 아무도 몰래 금지된 모든 것들을 했고, 머릿속으로 상상했던 모든 것을 마리암과 했다. 하지만 현실에서의 나는 삶에 억눌린 이십대의 청년이었다. 내가 할 수 있는 것이라고는 꿈을 꾸고 책을 읽는 것이었고, 내가 아는 것이라고는 알아크사 사원을 둘러싼 예루살렘 중심부의 우울한 동네, 그리고 시골에서 아이들을 가르치는 일뿐이었다. 하지만 마리암은 달랐다. 네 가지 언어를 할 수 있었고 일곱 명의 오빠들이 있었으며, 바다를 건너 여행을 다녔고, 브라질에서 살기도 했다. 그녀는 오빠들이 외국에서 보내준 돈으로 새 빌라를 지어 살았고 경제적으로도 부족함이 없었다.

그러다가 우리는 곧 시장에 도착했다. 시장의 문턱을 밟자마자 마리암은 또 다른 모습의 마리암으로 변했다. 그녀는 '마리'가 되었고, 시장의 물건에 정신이 팔린 관광객이 되어 나에게 소리쳤다.

"이브라힘, 이것 좀 봐요, 정말 예쁘지 않아요?", "이브라힘 살면서 이런 걸 봤어요?", "이브라힘, 이리 들어와서 이것 좀 봐요." 나는 쥐구멍에라도 숨고 싶어졌다. 땀이 온몸을 적시는 것 같았다. 사람이 모두 우리를 쳐다봤고 장사꾼들은 여기저기에서 "어서 오세요 손님!", "싸게 해드릴게요", "웰컴, 웰컴 환영합니다!"라고 외쳤다. 나는 같은 고등학교를 다녔던 친구가 저 멀리서 나를 보고 웃는 모습을 보았다. 그는 내게 윙크를 하며 "정말 예쁜 애를 하나 잡았구나!"라고 말했다. 나는 인상을 찌푸리며 그의 말에 대답하지 않았다. 그리고 마리암을 따라 가게에 들어가서 옷, 가죽 제품, 알칼릴 지역*의 유리공예 제품 뒤로 몸을 숨겼다. 마리암은 붉은색의 자수가 놓인 진홍색의 옷을 들고 나에게 말했다. "이브라힘, 이 옷 좀 봐요. 저한테 잘 어울리나요?" 가게 주인은 연신 감탄하며 고개를 끄덕였다. 그러고는 "그럼요, 어울리고말고요! 제가 살면서 손님처럼 이 옷에 잘 어울리는 사람은 본 적이 없어요!"라고 열변을 토했다. 그러자 마리암

---

* 헤브론이라고도 불리며, 요르단 서안 팔레스타인 자치구로 유대인과 이슬람교 모두의 성지인 동시에 양측 간의 분쟁이 심한 곳이기도 하다.

은 거울 앞에 서서 옷을 들고 어깨에 대보다가 이리저리 머리를 돌려보았다. 그리고 거울로 자신의 얼굴을 몰래 살펴보는 듯했다. 눈썹을 위로 떠보고 입술을 모으다가 턱을 살짝 들어올리는 것이 마치 미스코리아 퍼레이드에 서 있는 자신의 모습을 상상하는 듯했다. 마리암은 그 옷에, 그리고 거울에 비친 자신의 모습에 홀린 것 같았다. 옆에 있던 주인이 외쳤다. "마치 한 폭의 그림 같네요!" 그가 얘기한 그림이란 자수가 놓인 전통 의상을 입고 머리에는 머릿수건을 쓰고 목에는 금목걸이를 한 여인의 모습이었다. 그러자 마리암은 깔깔 웃으며 아름다운 치아를 드러냈다. 그녀는 "이브라힘, 내가 정말 그림 같아요?"라며 애교 있는 목소리로 나에게 물었다. 나는 그녀가 하는 행동을 쭉 지켜보고 있었다. 하지만 그 질문에 대답하지는 않았다. 나는 그동안 내가 보고 들었던 모든 것들을 돌이켜 생각해보며 지금 내 앞에 있는 마리암의 모습과 비교해 보았다. 대체 어떤 그림 같다는 말인가? 무덤 앞에서 울던 당신이 그려진 그림? 아니면 목사님 댁에서 식사를 할 때, 홀로 다른 생각에 빠져 있던 당신의 모습? 사람들 사이에서 소문이 무성한 당신의 모습? 아니면 여기서 이 옷을 입고 있는 당신의 모습이 담긴 그림? 아니면 내 상상 속의 그림을 말하는 것일까?

마리암은 옷을 입어보기 위해 커튼 뒤로 갔다가 잠시 뒤, 옷을 다 갈아입고 여왕처럼 등장했다. 짙은 검은색의 머리와 하얀 피부, 사슴처럼 길고 가느다란 목, 허리띠 밑으로 보이는 가는 나무처럼 잘록한 허리까지. 가게 주인은 연신 소리쳤다. "그림이네! 그림이야!"

나 역시 어느새 창피함을 잊고 미소를 짓고 있었다. 그리고 마법에 걸린 듯 감탄하며 속삭였다. '정말 그림 같아!' 나는 하마터면 마리암의 아름다움에 무릎을 꿇을 뻔했다.

　그 순간부터 나는 부끄러움을 잊은 채 마리암에게 전적으로 모든 것을 맞추고 그녀가 시키는 대로 다 하는 고분고분한 그녀의 종이 되었다. 마리암이 "우리 뭐 좀 먹죠"라고 하면, 나도 "그래 우리 뭐 좀 먹어요"라고 말했고, "우리 뭐 좀 마셔요"라고 하면, 나 역시 "그래요, 뭐 좀 마셔요"라고 응했다. 그녀가 "여기 들어가서 구경 좀 해요"라고 말하면, 나는 아무 말 없이 그녀의 뒤를 쫓아 그곳에 들어갔다. 우리는 셀 수 없이 많은 가게에 들어갔고 마리암은 나무로 만들어진 십자가, 장식용 조개껍데기, 묵주, 은장식품 등 정말 많은 물건들을 샀다. 물건들을 살 때마다 그녀는 지갑을 꺼내서 달러를 환전했다. 가끔 우리는 환전소에 들러 달러를 디나르*로 환전했고 어떤 경우에는 환전할 필요 없이 물건들을 살 수 있었다. 처음에 나는 마리암 대신 돈을 내려고 했었다, 아니 그러는 척을 하려고 했던 것 같다. 하지만 마리암에게 돈은 중요한 문제가 아니었기에 그녀는 내가 대신 돈을 내려는 것을 막았다. 그녀는 계속 물건들을 사면서 냉소적으로 말했다. "그들이 다 내줄 거예요." 처음에 나는 마리암이 무슨 말을 하는지 이해를 못했다. 궁금한 마음에 마리암에게 "그들이라뇨?"라고 물었다. 그러자 마리암은 시장을 가로지르는 길 한가운데 서서

---

* 여러 국가들이 사용하는 공식 통화의 이름인데, 요르단, 쿠웨이트, 바레인, 알제리 등 주로 아랍국가에서 널리 사용되고 있다.

다소 경박하게 웃었다. 그러고는 "그 사람들 몰라요? 일곱 명의 거인 과 백설공주 말이에요. 모르세요?" 나는 어리둥절했다. "일곱 거인 을 말하는 거예요, 아니면 일곱 난쟁이를 말하는 거예요?" 그러자 마 리암은 심통이 난 듯 웃더니 "맞아요, 맞아요 일곱 난쟁이요"라고 했 다. 나는 "그럼 당신이 백설공주라는 말인가요?"라고 추궁했다. 그 러자 마리암은 유혹하는 듯한 눈빛과 반항기가 섞인 눈빛으로 나를 빤히 바라보다가 "제가 백설공주냐고요? 그건 당신이 정하세요"라 고 말했다. 나는 어떻게 대답을 해야 할지 몰라서 아무 말도 하지 않 았다. 마리암은 백설공주일까, 아니면 쥬베이나*일까? 나는 결국 "아 랍에서는 백설공주를 쥬베이나라고 불러요"라는 말로 대답을 대신 했다.

마리암은 영특하게도 "아랍에서 마리는 마리암이라고 불리죠" 라며 내 말에 맞장구를 쳤다. 그런 마리암의 얼굴을 빤히 바라보다 가 문득 그녀를 깨물어 주고 싶다는 생각이 들었다. "당신은 백설공 주인가요 아니면 쥬베이나인가요?" 그러자 마리암은 "맞춰 보세요" 라고 답했다. 나는 어떻게 대답해야 할지 몰라 고개를 저으며 "모르 겠네요!"라고 했다. 이렇게 마리암은 종종 나를 혼란스럽게 했다. 그 혼란스러움은 성묘교회**에서 그녀가 사라져버리면서 더욱 커져만 갔다. 우리는 관광객 무리와 함께 교회 안으로 들어갔고 홍수처럼

---

* 팔레스타인에서 전해져 내려오는 민담의 여주인공으로, 치즈처럼 얼굴이 하얗다고 해서 붙여진 이름이다.

** 예수가 십자가에 못 박혀 죽음을 맞이한 뒤 안장된 묘지에 세워진 교회로 오늘날의 구 예루살렘 북서쪽의 골고다 언덕 위에 위치한다.

많은 사람들 속을 비집고 다녀야 했다. 내 앞에는 촛불과 향 냄새, 많은 기둥들과 구불구불한 계단과 어둠, 새들이 둥지를 튼 돔의 높은 지붕, 그리고 비둘기 떼들이 있었다. 그곳에 있는 수도사는 "이 길이 '골고다'*로 가는 길입니다"라고 관광객들에게 알려주었다. 사람들은 그 방향으로 걸어갔고 나도 마리암을 뒤쫓아 그쪽으로 걸어갔는데, 아마 내가 다른 사람을 마리암으로 착각했던 것 같기도 하다. 나는 마리암이 사람들 무리에 껴서 걸어가는 것을 보고 이곳저곳을 응시하며 천천히 뒤에서 따라갔다. 속삭이는 듯한 소리와 전 세계 언어들이 한데 모여 만들어내는, 알 수 없는 말들이 들려왔다. 스페인, 그리스, 미국 사람들 그리고 에티오피아와 이집트에서 온 순례자들의 무리였다. 이 동굴과, 좁은 길목, 돔, 대리석으로 만든 기둥에 전 세계 사람들이 모여 있었다. 그동안 몰랐던 이 커다란 세계가 내가 사는 곳에, 내 눈앞에 있다니 믿을 수 없었다! 지금까지 살아오면서 나는 이 교회를 지나치기만 했을 뿐 언젠가 내가 이 안으로 직접 들어올 것이라고 생각하지 못했다. 아마도 교회는 나와 아무런 관계가 없고 오직 기독교인들을 위한 곳이라는 생각에 익숙해져 있었기에 그랬을 것이다. 우리에게는 알아크사 사원이 있고 그들에게는 이 교회가 있다. 나는 수백 번도 넘게 알아크사 사원에 갔기 때문에 이제는 눈을 감고도 어디에 무엇이 있는지 알 수 있는 정도가 됐다. 하지만 나는 홍수처럼 넘쳐나는 방문객들과 모든 국적들이 한데 모여 만

---

* 예수가 십자가에 못 박혀 처형된 예루살렘 교외의 언덕이다.

든 작은 세계가 존재하는 이 교회를 지금껏 한 번도 와본 적이 없었다! 북적북적한 사람들 사이에서 천천히 발걸음을 옮기며 나는 이 낯선 분위기에 빠져들었다. 지난 역사와 성모 마리아, 그리고 골고다 언덕 위에서 나무로 만든 십자가에 못 박혀 죽은 그의 아들에 대한 이야기들은 또 다른 분위기를 환기시켰고 나는 나 자신도 모르게 그 속으로 빠져들었다. 그렇게 걷다가 나는 조용히 마리암을 불렀다. 하지만 마리암은 그곳에 없었다. 그리스인들 사이에도 없었고 콥트교 신자들이나 에티오피아 사람들 사이에서도 마리암을 볼 수 없었다. "마리암, 마리암!" 나는 계단을 올라가 촛불을 켜고 있는 사람들의 대열에 껴들었다.

그곳에는 한 목사가 수도사들에게 십자가에 못 박힌 예수와, 그가 십자가를 지고 걸어야 했던 길, 그리고 울부짖으며 그의 뒤를 쫓아 골고다 언덕으로 갔다가 로마 군에게 끌려간 그의 어머니에 대한 이야기를 자세히 하고 있었다. "마리암, 마리암!" 여기 이 복도와 저기에 있는 제단 그리고 곳곳마다 여러 국적을 가진 사람들과 다양한 의식들과 종파들, 민머리의 수도사들과 비둘기의 날개처럼 머리에 덮개를 쓴 수도사들이 입은 이상한 의복들, 그리고 동방정교회 신자들의 수염과 뒤로 묶은 머리까지 한데 어울려 공존하고 있었다. 이 분위기는 대체 뭘까? 나는 마치 마법의 세계에서 길을 잃어서 어디로, 어떻게 가야 할지 몰라 헤매는 이방인 같았다. "마리암, 마리암!" 나는 결국 성모 마리아상이 있는 모퉁이에서 마리암을 찾아냈다. 그녀는 나무로 된 긴 의자에 앉아서 성모상을 바라보며 손을 마주잡고

기도하고 있었다. 나는 발끝으로 걸으면서 조심스럽게 다가갔다. 그리고 몇 발짝 거리를 두고 그녀의 뒤에 앉았다. 그곳에는 아무도 없었다. 무서울 정도로 고요했고 천장 가까이에 붙은 색을 입힌 유리를 통해 아주 적은 양의 빛이 들어왔다. 곧 꺼질 것처럼 희미한 촛불은 습기와 바람에 위태롭게 흔들리고 있었다. 순간 마리암이 흐느끼며 "성모 마리아님, 성모 마리아시여"라고 말하는 소리가 들렸다. 하지만 그녀는 마리암에게 답하지 않고 조용히 침묵을 지키며 어떠한 눈빛을 보내거나 움직임 없이 미소를 짓고 있었다. 나는 마리암이 흐느껴 우는 소리를 듣고 걱정이 되어 그녀에게 다가가서 옆자리에 앉았다. 그리고 아무 말이나 준비 없이 그녀가 앉은 의자로 손을 뻗었다. 그러자 마리암은 내 품에 안겨 훌쩍거리며 알아들을 수 없는 말들을 내뱉었다. 그래서 나는 팔로 그녀를 감싸주었다. 우리는 종소리가 울리고 지붕과 교회의 기둥을 울릴 것같이 우렁찬 성가대의 노랫소리가 들려올 때까지 그곳에서 아무런 미동도 없이 같은 자세로 있었다. 우리는 함께 걷다가 아무 말 없이 교회를 빠져나왔다. 마리암은 여전히 내 품에 안겨서 마치 나의 일부분인 것 같았다. 우리는 계단을 올라서 동네가 있는 쪽으로 갔다. 그리고 아르메니아 수도원에 있는 한 모퉁이로 가서 서로를 꽉 껴안았다.

그것은 어머니를 제외하고 내가 여자와 했던 생애 첫 포옹이었다. 마리암은 어떨까, 내가 처음이었을까, 아니면 두 번째? 잘 모르겠다. 나는 그 이후에 어떻게 행동해야 할지 몰랐다. 그녀를 소설 속 주인공처럼 대해야 할지, 다른 일반 사람들처럼 대해야 할지 가늠이 되지 않았다. 하지만 그 당시의 나는 그녀라는 세상을 탐색하는 중이었고 이미 온몸의 세포가 그녀에게 흠뻑 빠져 있었기에 한 치의 망설임도 없이, 죽을 때까지 이 경험을 해보기로 마음먹었다.

우리는 수도원에서 나와 처음 가보는 동네로 발걸음을 옮겼다. 그 동네는 이 근방에서 유일하게 아르메니아, 그리스, 러시아, 독일 등 전 세계에서 모여든 소수 이민자들을 위한 동네였다. 그곳에 있는 수도원들을 지나면서, 앞장서서 걷던 마리암은 점차 내 옆으로 붙어서 걸었다. 나는 저 멀리 땅 밑에 존재할 것 같은 그녀의 미지의 세계를 탐색하고 있었다. 가끔 나는 산꼭대기 올리브나무들 사이에서, 그리고 예루살렘까지 뻗어진 그녀의 세계를 보았다. 마리암은 나에게 이민을 갔을 때 있었던 일들에 대해 이야기해주었다. 그녀는 자신의 조국인 이 땅에서도 이방인이었고 이민을 갔던 그곳에서도 이방인이었다. 그녀는 남자 형제들 사이에서 혼자였던 외동딸이었고, 그곳에 있던 낯선 외국인들 사이에서도 혼자였다. 예루살렘과 어두운 수녀원만이 그녀를 세상과 가족들, 오빠들의 감시로부터 벗어나게 해주었고 유일하게 자아를 찾을 수 있게 해주었다. 마리암은 춤을 사랑했고 신을 숭배했다. 예쁜 옷이라면 다 입어보고 싶어 했고 거울에 비친 자신의 모습을 바라보는 것을 좋아했다. 그런 그녀는 그곳에서 사제가 되려는 한 수도자를 사랑했고 하마터면 그를 수도원에서 퇴출시킬 뻔했다.

"그는 아름다웠어요." 마리암은 마치 몇 년 전에 읽었던 소설에 대해 이야기하듯 조용히 자신의 과거를 회상하기 시작했다. "그는 어떤 남자들보다, 이 세상의 어떤 것들보다 아름다웠어요. 그는 모든 것들을 마음속 깊이 느끼고 그것들과 교감하며 울기까지도 했어요. 그의 눈 속에 고인 눈물을 봤을 때, 저는 믿을 수 없었죠. 저 사람이 남자가 맞나? 여자가 아닐까? 아니면 남자의 모습을 한 천사가 아닐까? 라고 말이죠. 그는 저를 완전히 사로잡아버렸어요. 저에게 그는 악몽과 근심이 되어버렸죠. 그가 예비 사제가 되면서 저에게 그는 꿈같은 존재가 되어버렸어요. 하지만 저는 유리 뒤에서 그가 피아노와 오르간을 치는 모습을 몰래 봤고 그 연주 소리에 저는 하늘을 나는 것 같았어요. 그는 저를 미지의 세계로 발들이게 했고, 그가 없이는 도저히 살 수 없을 것 같았죠.

그래서 저는 그가 아침 예배를 드리러 가는 길에도, 여행객들의 방문이 있을 때에도 그가 가는 곳이라면 어디든지 쫓아 다녔어요. 그리고 아무 허락 없이 그가 학생들을 가르치는 교실에 들어가서 수업에 참여하기도 했죠. 그는 제가 학생들 사이에 앉아 있는 모습을 봤지만 못 본 척 무시했어요. 저는 그의 시선을 받기 위해 성가대에도 들어갔어요. 그는 제 목소리를 듣고는 마치 내가 아무도 만질 수 없는 천사인 것처럼 경건하게 제 노래를 경청하기만 했죠. 그는 나라는 존재는 아무것도 아닌 것처럼 느끼게 했어요. 계속 저를 모르는 척했어요. 우연히 그와 마주칠 때면, 그는 온순한 새끼 양처럼 조용하고도 감미로운 목소리로 말했어요. 그럴 때마다 그는 저를 미치게 만들었죠. 다른 사람들은 모두 저에게 먼저 다가와서 저의 관심과 호감을 사려고 했지만, 그는 그렇게 하지 않았어요. 저는 그가 나무 아래에 앉아서 책을 읽으며 생각에 빠진 모습을 몰래 지켜봤어요. 그는 책을 읽으며 사색하고 기도를 드리고 연주도 했어요. 그는 연주를 하면서 자신의 욕망을 꺼내서 잠재우는 듯했어요. 그의 연주 소리가 들리면 저는 수업을 듣다가도 몰래 빠져나와 유리문 뒤에서 몰래 그의 모습을 지켜봤죠. 언제인가 그는 제가 몰래 그의 연주하는 모습을 지켜보고 있는 것을 봤어요. 그러자 그는 상냥하게 "바흐를 좋아하나 봐요?"라고 말했죠. 그 이후로 저는 바흐를 싫어하게 됐어요. 그는 나의 마음을 전혀 느끼지 못하는 걸까? 눈치채지 못하는 걸까? 아니면 이해하지 못하는 걸까? 그 이후로 저는 그에게 짧은 편지를 보내기 시작했어요. 그 편지를 음악 책 사이에 껴놓았지만 그는 보지 않았죠. 저는 날짜만 바꿔서 다시 같은 편지를 썼고 그 편지를 피아노 의자 위에 놓았어요. 하지만 그는 제 편지를 읽지도 않고 피아노 위에 쌓여 있는 책 위로 치워버렸어요. 그래서 저는 책 사이에 편지를 넣어서 그에게 그 책을 빌려주었죠. 하지만 그는 "여기 편지요, 책 속에 두고 잊어버린 것 같아서요"라고 말하면서 제게 편지를 돌려 줬어요. 그런 그가 싫어졌지만 동시에 그를 숭배하게 됐어요. 그는 성자였고 저는 '타이스*'가 되었죠. 저는 이미 『타이스』라는 소설을 읽었어요. 그래서 소설 속 주인공 타이스처럼 행동하기로 했어요. 흥분됐고 설렜죠. 저는 다시 우편으로 편지를 보냈지만

---

* 아나톨 프랑스의 작품인 이 소설은 4세기 이집트를 배경으로 펼쳐지는 역사 로망 소설로, 경건하고 금욕적인 수도원장 파프누체와 미모의 배우이자 창녀인 타이스 사이의 관계를 다루고 있다.

그는 수도원에 숨어서 며칠 동안이나 저를 피해 다녔어요. 아무도 그를 보지 못했죠. 사람들은 그가 아프다고 했어요. 그래서 저는 그를 몰래 보기 위해 병원에 갔지만 그는 그곳에 없었어요. 그렇게 축제 기간이 다가왔어요. 그는 축제에서 꽃꽂이 대회의 진행을 맡았어요. 저는 그가 모르게 몰래 대회에 참석했고, 가장 아름다운 꽃 장식으로 그를 놀래게 만들었어요. 그는 제 장식이 그가 본 것들 중 가장 아름답다고 했어요. 하지만 그 꽃은 외부에서 가지고 왔기 때문에 제 꽃꽂이는 수상에서 제외됐죠.

모두가 제 주위에 모여서 저를 위로해줬고 수상하지는 못했지만 제 꽃 장식이 아름답다고 칭찬해줬어요. 그는 사람들이 제자리에 돌아가기를 기다렸고 잠시 생각하는 듯하다가 "정말 아름다워요, 아니 여기 있는 장식들 중 가장 아름다워요. 하지만 이 꽃은 외국에서 들여온 꽃이기 때문에 수상에서 제외합니다"라고 말했어요. 그리고 그는 십자가를 쥐어 입을 맞추고 돌아서서 사람들 사이로 사라져버렸어요. 저녁 식사 전, 저는 그에게 찾아갔어요. 그는 사무실에서 책을 읽고 있었고 학생들과 사제들이 없는 마당은 고요하기만 했죠. 저는 사무실 문을 두드리고 그 안으로 들어갔어요. 나는 정신을 가다듬고 그와 대면했어요. 그리고 그에게 "예수에게는 마리암이 있어요. 그리고 제가 바로 그 마리암이에요"라고 말했어요. 그는 제가 갑자기 사무실에 들어가서 그런 말을 뱉자 놀란 모습이었어요. 그는 자신이 방금 들은 말을 이해하려는 듯 눈을 휘둥그레 뜨고 있었어요. 그래서 저는 다시 한 번 "예수에게는 막달라 마리아가 있었다고요"라고 그에게 말했어요. 어쩌면 그렇게 대담할 수 있었을까요? 저도 잘 모르겠네요. 하지만 저는 머리끝부터 발끝까지 모든 신경이 당겨지는 듯한 느낌을 받았어요. 이빨과 주먹에 힘이 들어가고 온몸의 근육들이 당겨지는 것 같았어요. 마치 머리가 솜으로 가득 차버린 것 같았어요. 저도 모르게 무릎을 꿇고 앉아 그에게 "당신은 제게 너무나 큰 사랑이에요. 당신을 사랑해요"라고 말했어요. 그러자 그는 놀라서 충격을 받았는지 그동안 완강했던 모습은 어디 가고 밀가루 반죽처럼 연하고 부드러운 모습으로 변해버렸어요. 저는 두 손으로 그의 얼굴을 붙잡고 두 눈과 볼, 그리고 두 입술에 차례대로 입을 맞췄어요. 그러자 그는 두 팔로 나를 감싸 안더니 내게 키스하기 시작했어요. 그건 단순한 키스가 아니라 짐승이 먹잇감을 물어뜯는 듯한 입맞춤이었어요. 그는 저를 증오하려고 했고 저를 지옥으로 떨쳐 내려고 했지만 저는 어느새 그의 품 안에 있게 되었죠. 그는 양초처럼 서서히 녹아내렸고 끈이 풀린 목걸이의 장식처럼 여기저기 흩어져버렸어요. 그는 주저앉아 아이처럼 울었고 작은 새처럼 몸을 떨기 시작했어요. 나는 그를 더 사랑하게 되었어요. 저는 그에게 앞으로도 계속 그를 사랑하겠다고 약속했어요. 또 그가 원한다면 그를 위해서 나도 수녀가 되겠다고 했죠. 하지만 그는 미소를 지으며 슬프게 말했어요. "마리, 당신이 수녀가 된다고?" 나는 고집스럽게 말했죠. "네, 당신의 막달라가 되겠어요, 저는 마리암인걸요."

그게 마지막이었어요. 우리가 어둠 속에서 서로를 껴안고 있는 모습을 누군가 봤던 거예요. 그들은 그를 인도인들과 군 병영이 있는 남쪽 대륙의 끝에 위치한 수도원으로 데려갔어요. 저도 그 수녀원에서 내쳐졌고 집에 있는 지하에 감금됐어요. 몇 달이 지나고 그들은 저를 아주 엄격한 수녀들이 운영하는 또 다른 수녀원으로 데려갔어요. 저는 그곳에서 도망쳐서 그를 찾아가려 했지만 그 어느 곳에서도 그의 행방을 찾지 못했어요.

저는 삶의 희망을 잃은 채, 제 의지와는 상관없이 이곳에 오게 됐어요. 그들은 제가 이미 다 컸고 이곳 고향 땅이 제가 살기에 더 좋을 거라고 했어요. 여기서 다른 여자들처럼 결혼을 하고 임신을 해서 아이도 낳고, 그렇게 그를 잊을 거라고 했죠. 그래서 제가 여기에 이렇게 있어요. 하지만 제 머리와 제 가슴은, 제 마음은 여전히 그곳에 있어요. 저는 하루 종일 그를 생각해요."

"아직도 그를 사랑하나요?" 나는 슬퍼졌다. 마리암의 이야기에 가슴이 아팠고, 그녀가 나를 통해서 내가 아닌, 내 눈에는 보이지 않는 투명한 그 남자와 포옹을 했었다는 생각에 슬퍼졌다.

마리암은 "저는 그를 위해 수녀가 될 거예요"라고 우울하게 말했다. 나는 그녀를 바라보다가 눈썹을 위로 뜨며 거울 앞에서 자신의 모습을 보던, 옷을 들어 이리저리 대보던 마리암의 모습을 떠올렸다. 그래서 약간은 빈정거리듯 물었다. "마리, 당신이 수녀가 된다고요?"

마리암은 저 멀리 올리브나무들과 내 앞에 펼쳐진 예루살렘을 바라보며 조용히 속삭였다. "아니, 저는 막달라가 될 거예요. 저는 마리암이니까요."

＊＊

마리암은 나의 것이 아니었다. 모든 꿈과 환상들 그리고 나를 옥 죄던 고민들은 나의 박탈감을 더욱 크게 만들었다. 그녀의 슬픈 과 거 이야기는 나를 흔들어 놓았다. 그 이야기는 살아 있는 한 편의 드 라마였고 나는 그 드라마의 작가였다. 마리암의 '그'는 어느새 내 속 을 비집고 들어왔고 나는 그에 대한 질투심에 미칠 것만 같았다. 그 래서 나는 마리암과 거리를 두려고 했지만 결국 실패했다. 그녀는 내가 가는 곳마다 그곳에 있었다. 그래서 나는 내 두 눈과 귀를 의심 하기도 했다. 그녀는 분명 나에게 여전히 그를 생각하고 있다고 인 정했다. 하지만 내가 보기에 그녀는 나를 생각하고 있었다. 그녀가 나를 생각하고 있다니, 이게 말이 되는 일인가? 하지만 그녀가 내가 일하는 학교 창밖으로 매일 지나가는 것은 어떻게 설명할 수 있단 말인가? 내가 도서관에 들어서자마자 그녀가 따라 들어오는 것은? 그녀가 식료품 가게 주인에게 나에 대해 물어봤다는 것은 대체 어떻 게 설명할 수 있단 말인가? 마리암은 가게 주인에게 "이브라힘을 보 셨나요? …… 오늘 여기에 오지 않았나요? 혹시 그를 보게 된다면 마리암이 수업을 기다리고 있다고 전해주세요"라고 말을 남겼다.

무슨 수업을 말하는 걸까? 그녀는 나에게 아랍어 수업을 듣고자 하는 걸까? 아니, 나는 그녀에게 수업을 해주지 않을 것이다. 나는 마리암에 대한 고민으로 이미 충분히 지쳐 있었다.

나는 그녀에 대한 생각으로 가득 차 가라앉고 있는 한 척의 배에서 살아남기 위해, 필사적으로 도망치기 시작했다. 하지만 어느 날 교회에서 열린 한 결혼식에서 우리는 다시 만나게 됐다. 화관이 씌워지고 축하 행사와 다브카 춤,* 행진, 북과 피리 소리가 들려왔다. 마리암은 교회 옷을 벗고 시장에서 같이 샀던 붉은색의 수가 놓인 전통 의상을 입었다. 그리고 내게 다가와 안부를 묻고 추궁하듯이 물었다. "왜 숨어 있었어요? 가는 곳마다 당신에 대해 물어봤다고요." 나는 "왜요?"라고 답했다. 그녀는 "왜라뇨, 당신은 제 친구잖아요. 아닌가요?"라고 말하며 여러 의미가 담긴 눈으로 나를 쳐다보았다. 그 눈빛에 나는 아무 말도 하지 못했다. 마리암은 내게 더 가까이 다가오더니 순수하게 물었다. "내가 뭐라도 잘못한 게 있나요? 왜 그러는데요?" 내가 당황하자 그녀는 고개를 숙이고 속삭이듯이 말했다. "왜냐하면 제가 당신에게 제 비밀을 털어놓았기 때문이죠." 그리고 그녀는 자리를 떠났다.

여러 생각들이 나를 혼란스럽게 했다. 너는 예민해. 너는 미쳤어. 너는 멍청해. 그 남자는 과거에 존재하는 사람일 뿐이고 너는 지금 여기에 존재하는 현재의 사람이야. 그는 과거일 뿐이고 너는 현재, 지금이라고. 하지만 마리암에게는 과거가 있었다. 위태로운 청소년기의 과거와 낯선 이국땅에서 외롭고 예민했던 사춘기 시절의 과거가 있었다. 과거의 그녀는 삶을 사랑했고 음악을 좋아했다. 숭고함을 사랑함과 동시에 금지된 것을 사랑하기도 했다. 그렇다면 나는

---

* 요르단, 시리아, 레바논, 팔레스타인 등지에 널리 퍼져 있는 아랍 전통 춤의 이름이다.

누구인가? 나는 이십 대의 현실에 억눌린 동양의 청년이자 위선자였다. 나는 마리암이 쥬베이나처럼 되길 바랐을까, 아니면 백설공주처럼 되길 바란 걸까? 마리암이 어머니처럼, 사라처럼 되기를 바랐을까? '마리'가 우리 어머니와 사라처럼 되기를 바랐던 것일까?

나는 어느새 행진과 사람들의 어깨 너머로 마리암과 미소와 시선을 교환하고 있었다. 그리고 나의 심장이 다시 뛰기 시작했다. 어느 토요일, 예루살렘으로 가는 길에 세르비스*에서 마리암을 만났다. 우리는 처음에 그랬던 것처럼 함께 세르비스 좌석에 앉았고 같이 시장에 갔다. 우리는 함께 먹고 마시고 웃고 떠들었다.

이리저리 다니다가 와인도 마셨다. 그러더니 마리암은 자신의 친구들이 있는 아르메니아 수도원으로 나를 데려갔다. 그곳에서는 어떤 기념일을 축하하는 행사가 열렸고 먹을 것들과 춤, 노래로 흥겨운 분위기였다. 갈색 피부의 남자는 스페인 사람처럼 자리에서 뜀박질을 하고 땅에 발을 구르며 춤을 추고 있었다. 그는 거기에 있는 모든 여자들과 차례대로 춤을 추다가 내 눈앞에서 마리암과도 함께 춤을 췄다. 춤을 추는 마리암의 몸은 바람에 날리는 스카프처럼 이리저리 흔들렸다. 가끔 뱀처럼 몸을 뒤틀기도 했다. 그녀는 마치 키스를 기다리는 것처럼 얼굴을 들어 달빛을 마주했다. 그 아르메니아 남자는 먹잇감을 노리는 한 마리의 늑대 같은 눈빛과 몸짓을 보이며 마리암이 지쳐서 자리에 풀썩 앉을 때까지 그녀 곁을 떠나지 않았

* 중동에서 볼 수 있는 작은 크기의 버스를 지칭한다.

다. 그곳에 있던 가수가 뭐라고 외쳤지만 나는 그의 말을 이해할 수 없었다. 하지만 그의 주변에 있던 사람들이 거기에 박수를 보내며 환호했기에 그 말에 무슨 의미가 있겠거니 생각했다. 그때 춤을 추던 마리암이 내게 나가오더니 가슴골이 보일 정도로 자신의 몸을 바짝 세웠다. 동시에 그녀의 배는 안으로 쑥 들어가서 마치 사냥감에게 뛰어들기 전 준비 동작을 하는 날쎈한 암사자 같았다.

맙소사, 저렇게 아름다울 수가! 마리암은 실로 매혹적이었고, 자극적이기도 했다! 그 사제는 죗값을 치르기 위해 인도인들과 군 진영들이 있는 남쪽 땅 끝의 수도원으로 추방되었다. 반면 나는 지금 알아크사 사원과 성묘 교회 사이에 위치한 수도원에 있다. 그녀의 일곱 오빠들은 외국에 있고, 사람들의 소문은 이곳 시골 마을에서 떠돌고 있다. 이본의 경고까지 덤으로. 나는 무엇을 해야 할까? 우리는 어떻게 해야 할까? 그녀는 우리가 뭘 하기를 바라고 있을까? 나는 마리암의 손 안에 있는 '그녀의 것'이었다. 그녀의 명령이라면 모두 따를 준비가 된 시종이었다. 그녀가 해야 할 일이라고는 내가 해야 할 일을 명령하는 것뿐이었다. 그러면 나는 기꺼이 그 명령을 따르게 되겠지.

마리암은 나에게 예루살렘에서 하룻밤을 묵고 가자고 했다. 나는 어머니가 있는 우리 집에서 자면 됐기에 흔쾌히 동의했다. 하지만 마리암은? 그녀는 내 얼굴을 보더니 나를 비웃는 듯 샐쭉 웃었다. 그러더니 나를 끌고 골목을 지나 아치 밑을 지나는 길로 나오더니 구불구불한 계단을 올라 돌로 된 블록을 건너 또 다른 수도원의 철문 앞에 섰다. 나는 놀라서 "지금 이 수도원에서 하룻밤을 보내자는 거예요?"라고 물었다. 마리암은 미소를 지으며 속삭였다. "아뇨, 호스텔에서요."

우리는 이른 아침, 새벽에 호스텔에 들어갔다. 알아크사 사원에서는 새벽 예배 시간을 알리는 아잔* 소리가 들려왔고 우유를 파는 장사꾼은 당나귀를 끌며 "우유 사세요!"라고 외쳤다. 그 거리에 있는 빵집에서는 다음 날 장사를 위해 일꾼이 화덕에 불을 지피고 있었다. 우리는 위층에 자리한 홀에 서서 새벽 이슬과 안개에 젖은 예루살렘의 모습을 바라보았다. 멀구슬나무와 부겐빌레아를 타고 우리가 있는 층까지 올라온 재스민의 꽃향기가 공기 중에 스며들어왔고 우리는 그 향기에 취해 마치 돔과 종탑 위로 날아오르는 것만 같았다. 어둠 속에서도 나는 불로 빚어진 그녀, 마리암을 통해 빛과 천국의 그림자를 보았다. 마리암은 이제 내 것이 되었다. 하지만 왜 나는 그 시간, 그 자리에 내가 아닌 다른 사람이 있었던 것만 같았을까? 그녀가 먼 곳에 있는, 축출된 그를 나로 대체한 것만 같이 느껴졌을까?

그녀가 울자 나도 함께 울었다. 우리는 그렇게 껴안고 서로를 위로했다. 우리는 각자의 마음속에서 상처받은 것들을 치유하고자 노력했다. 그리고 아침 예배 종소리를 들으며 함께 잠들었다.

아침을 먹고 나는 마리암에게 한 시간 정도만 잠시 나갔다 오겠다고 했다. 마리암이 어디에 가는지 묻자 나는 예루살렘에서 더 있

---

* 이슬람교에서 신도에게 예배 시간을 알리는 소리이다.

을 수 없기 때문에 한 시간만이라도 어머니를 잠깐 뵙고 오겠다고 했다. 하지만 사실 나는 아버지에게 가서 돈을 조금 빌려오려고 했다. 아침 식사를 하기 전 나는 안내 데스크에서 숙박비가 몇 달러 정도 한다는 얘기를 들었다. 하지만 내 수중에는 약간의 디나르밖에 없었기에 아버지에게 돈을 빌려와야 했다.

나는 호스텔에 마리암을 홀로 두고 사람들로 가득 찬 골목으로 걸어갔다. 골목에는 관광객, 수도사, 시골 사람들, 순례자들 그리고 상인들로 빼곡했고, 장사꾼들이 끄는 바퀴 달린 수레 위에는 바나나, 대추야자, 살구, 사과, 모과, 옥수수 등 갖가지 과일과 야채가 있었다. 바퀴가 없는 또 다른 수레 위에는 할바(깨와 꿀로 만든 팔레스타인 전통 과자)와 아몬드가 박힌 과자, 달걀, 팔라펠,* 솜사탕이 있었다.

나는 왠지 예루살렘이 예루살렘이 아닌 것처럼 느껴졌다. 어제와 어젯밤에 겪었던 모든 일들이 내 머릿속을 떠나지 않고 계속 맴돌았다. 하지만 나는 마리암이 내 곁을 떠나 사라져버릴 것 같다는 생각에, 그리고 나 역시 갈 길을 잃게 될 것 같다는 생각에 가슴이 저려왔다. 그녀는 분명 브라질로 다시 돌아가거나 수녀원에 들어가서 수녀가 될 것이었다. 어떻게 되든 두 경우 모두 마리암은 나를 떠날 것이 분명했다. 순간 목이 메여 왔고 눈물이 왈칵 나올 것만 같았다. 좁은 골목에 가득한 사람들 무리에 떠밀려 이리저리 치였지만 자두 파는 수레를 잡은 덕분에 간신히 넘어지지 않을 수 있었다. 하지만 사람

---

* 병아리콩을 갈아 튀겨낸 고로케 같은 중동의 대표적 서민 음식이다.

들에게 떠밀려 결국 의도치 않게 알아크사 사원 앞, 서쪽 편에 자리한 자이트 시장으로 가게 되었다. 마치 높은 곳에서의 손이, 알라의 손이 나를 이곳으로 이끌고 와서는 나와 그녀가 한 일을 정면으로 마주하도록 한 것 같았기에 나는 그곳에서 무너져버렸다. 맨 아래에 있는 계단에 앉아 나는 두 손에 얼굴을 파묻었다. 한 노인은 내가 개나 고양이인 것처럼 내 위로 뛰어올라 제 갈 길을 갔다. 거지들은 나에게 몰려서 구걸을 했고 나는 동전을 꺼내서 그들에게 주었다. 하지만 선의는 없었다. 단지 내가 죄인인 것 같았고 벌을 받아 마땅한 추악한 짓을 저지른 것만 같았기에 구원을 받고자 그랬던 것이다. 나는 혼전 성관계를 가졌고 종교적으로 죄를 지은 배교자이자 배신자였다. 그리고 나는 또 다른 죄를 짓기 위해 아버지에게 가는 길이었다. 고작 몇 달러를 얻기 위해 아버지에게 거짓말을 하게 될 것이기 때문이었다. 대체 무엇을 위해? 그래, 바로 죄와 방탕함으로 보낸 지난밤을 위해서였다. 나는 잘못을 저질렀고 죄를 졌을 뿐 아니라 배신을 했다. 바로 남쪽 땅 끝에서 군인들 사이로 축출된, 불쌍하고 무기력한 그를 배신한 것이다. 그 불쌍한 남자의 기분과 그의 고통, 후회를 내가 어떻게 알겠는가? 그는 후회하고 있을까? 보통의 남자인 나도 이런 기분을 느끼는데 그 사제는 어땠을까? 후회를 하거나 부끄러움을 느끼거나 양심의 가책을 느꼈을까? 나는 알아크사 사원에 들어가서 신앙심이 깊은 셰이크*를 찾아가 내가 저지른 죄를 털

---

* 이슬람의 종교 지도자의 명칭으로 쓰이며 그 이외에 장로, 족장 등의 의미도 있다.

어놓고 싶었다. 그리고 그에게 이렇게 말하고 싶었다. "저는 죄인입니다. 혼전 성관계를 가졌고 더럽혀졌어요. 그리고 내 것이 아닌 여인을 더럽혔고, 그 여인은 저로 인해 망가지게 됐습니다. 셰이크시여, 그 여인과 저는 종교와 태생부터 모든 것에 이르기까지 전부 다 다른 사람입니다.

그녀는 기독교 신자이고 저는 무슬림입니다. 그녀는 부자이지만 저는 가난합니다. 그녀는 이 세상과 여러 대륙을 알고 비행기와 배를 통해 그 먼 거리를 오가며 유럽, 미국, 브라질에도 갔습니다. 하지만 저는 가까운 베이루트(레바논의 수도)에도 가보지 못했습니다. 그녀는 여러 언어를 구사하고 아르메니아, 교회, 사원을 알고 바티칸부터 이스탄불까지 거의 모든 곳을 다녀봤지만 저는 제가 사는 곳에 있는 성묘 교회도 알지 못했습니다! 그녀는 진흙으로 만들어졌지만 저는 다른 것으로 만들어진 아예 다른 존재입니다. 셰이크시여, 그녀는 저를 사랑하지 않습니다. 그녀는 그를, 축출된 그 남자를 사랑합니다. 저는 그의 빈자리를 대신해줄 사람일 뿐입니다. 저는 죽을 때까지 그녀를 사랑하고 갈망할 것입니다. 그녀는 나의 것, 아니 그녀는 내 것이 아닙니다. 나는 나 자신도 제대로 갖지 못한 사람입니다. 제가 어떻게 해야 할까요? 다른 사람의 것인, 다른 종교를 가진 그 여인과 결혼해야 할까요? 그녀와 제 사이에는 넓고 먼 대륙과 네 개의 언어, 일곱 명의 형제들, 그리고 성묘 교회가 있습니다. 셰이크시여, 저는 어찌해야 합니까?"

나는 사원에 잠깐 들어갔다가 다시 나와버렸다. 사원의 광장에는 벽에 드리워진 그림자 밑에 셰이크가 앉아 있었고 그 주위로 두건, 터번, 터키모자* 등 다양한 모자를 쓴 남자들이 함께 모여 있었다. 어떤 사람들은 모자를 쓰지 않았는데 그들은 햇볕을 가리기 위해 신문지로 머리를 덮기도 했다. 사람들은 셰이크의 말을 듣고 있었고 셰이크는 햇볕 때문에 눈꺼풀을 반쯤 감고 있었다. 셰이크는 단상 위에 앉았고 사람들은 바닥 위 햇볕을 받으며 앉아 있었다. 셰이크는 "알라만이 위대한 힘을 가지고 계시다"라고 말했다. 즉 인간은 매우 약한 존재이고 모든 힘과 위력은 알라에게서 비롯된다는 것이다. 또 셰이크는 "우리는 물과 진흙으로 만들어졌다. 알라께서 우리에게 숨을 불어넣어 주셨고 목숨을 거두어 가기에 그 어떤 영혼도 자기가 죽을 곳을 모른다. 알라는 전지전능하고 영원하시며, 알라는 모든 것을 알고 계신다. 아민**이라고 말하라"라고 말했다. 그러자 그의 이야기를 듣던 사람들이 "아민, 아민"이라고 경건하게 답했다. 셰이크가 "인간은 물과 진흙, 불과 빛으로 만들어졌다. 알라는 모든 것을 알고 계신다"라고 크게 큰 목소리로 외치면 사람들도 뒤따라 "아민, 아민"이라고 답했다.

갑자기 누군가 내 등을 쿡 찌르며 "앉아서 들으세요"라고 했다. 뒤돌아보니 가난하고 병약해 보이는 한 남자가 찢어진 옷을 입은 채 서 있었다. 그가 쓴 찌그러진 터키모자는 우두(종교적 세정)*** 때문인지

---

* 차양이 없는 원통 모양의 펠트 모자로 평평한 꼭대기 중앙으로부터 검은 술을 늘인다.
** 신이 자신의 기도에 응답해주길 바라는 무슬림들의 소망이 담긴 표현이다.
*** 정규 예배 전 신자들이 간단하게 손, 얼굴, 발 등을 가볍게 씻는 것으로 주변의 정화의 례로 여겨진다.

젖어 있었다. 나는 왠지 내가 낯선 곳에 떨어져서 나와 아무런 관련도 없고 내가 이해할 수도 없는 사람들 사이에 있는 것만 같았다. 인간은 약하디약한 존재이며 자신의 의지와 상관없이 이 세상에 태어나서 언제, 어디서 죽을지도 모른다. 어디에서 선과 악이 오게 될지도 모른다. 어떻게 어디서 생을 마감할지도 모르지만 알라는 그것을 알고 계신다. 알라는 전지전능하시다. 그것이 바로 정해진 운명이다. 그렇다면 이미 우리의 운명은 다 정해져 있는 것이고 우리가할 일은 오직 우리에게 정해진 숙명을 이행하는 것일까. 만약 알라께서 선택하신 운명을 우리가 원하지 않는다면 무엇을, 어떻게 해야할까? 나는 햇볕 밑에 앉아 있는 사람들을 보았다. 나는 그들과 함께할 수 없었다. 나는 이해할 수 없었고 앞으로도 이해하지 못할 것 같았다. 셰이크에게 도대체 뭐라고 말해야 하며, 그는 내게 무엇을 말해줄 수 있을까?

내 뒤에 있던 남자는 "여기에 앉을 거예요? 아니라면 자리를 좀비켜주시죠"라고 말하며 자신의 옷을 좌우로 당기며 정리했다. 그러자 그 밑으로 흙색의 더러워진 바지가 보였다. 나는 그 남자에게 자리를 비켜주고 그 자리를 떠났다. 등 뒤로 "아민"이라는 말이 계속 들려왔지만 나는 그 말을 따라 읊지 않았다.

다시 거리로 나온 나는 마치 길을 잃은 것만 같았다. 돈이 없어서일까, 아니면 신앙이 부족해서일까? 만약 내가 부자이고 권력도 있었다면 이러한 무기력함을 느꼈을까? 만약 아버지가 "썩 물러가거라, 너는 네가 필요할 때만 나를 찾는구나? 대체 뭐가 필요하기에 그러는 게냐?"라고 한다면 나는 어떻게 해야 할까? 물론 나는 아버지에게 거짓말을 할 것이다. 하지만 아버지가 내 거짓말을 믿더라도 과연 내게 필요한 것을 줄까? 만약 믿지 않는다면 어떻게 해야 하지?

나는 걱정되는 마음으로 고개를 푹 숙인 채 터덜터덜 아버지의 집으로 갔다. 이미 나 자신에 대한 존엄성이라고는 전혀 남아 있지 않은 상태였다. 그날은 금요일이었기에* 아버지는 여전히 파자마 차림인 채로 나를 맞아주었다. "여기 앉아라, 그동안 어떻게 지냈니? 잠깐, 네 소식을 듣기 전에 잠시 정오예배를 드릴 옷 좀 갈아입고 오마."

그렇게 아버지는 나를 방에 홀로 두고 나갔다. 나는 아버지가 씻고 예배드릴 옷으로 갈아입을 때까지 그곳에서 기다렸다. 아버지가 예배를 드린다고? 이상한 일이었다. 나는 아버지가 예배를 드리게 될 줄 몰랐다. 나와 누나는 아버지가 밤에 젊은 여자와 취해서 비틀거리며 예루살렘을 돌아다녔다든가, 새 부인에게 루비로 장식된 우드를 사줬다라는 소문들을 들었다. 그리고 한밤중에 새 부인에게 운전을 가르쳐 준다며 자신의 무릎 위에 그녀를 앉히고 운전 교습을 하다가, 그녀에게 키스를 했고, 새 부인은 그 키스를 피하려다 브레이크도 밟지 않고 소리만 지르며 결국 어떤 남자를 차로 치게 됐다는 이야기도 들었다. 그는 예루살렘 신문사에서 일하는 남자였다. 어떻게 우리가 이 이야기를 알게 되었을까? 예루살렘의 모든 사람들이 그 일을 알았고 예루살렘 신문에 난 기사를 보고 우리도 알게

---

* 아랍 국가에서는 금요일과 토요일이 주말이다. 보통 금요일 낮 12시까지는 사람들의 외출이 적고 대부분의 가게도 문을 열지 않는다.

되었다.

　나는 아버지를 기다리면서 '새신랑 님'의 새로운 집을 구경했다. '새신랑 님'이란 어머니가 이혼할 당시 아버지를 가리켜 부르던 여러 호칭들 중 하나였다. 어머니는 그 당시 마음에 큰 상처를 입었었다. 그녀는 어떤 특정한 사람을 지칭해서 '새신랑', '그 이스라엘인',* '그 대단하신 분'이라고 했는데, 우리는 그 호칭이 바로 아버지를 가리키는 것임을 금방 알아챘다. 이혼 뒤, 가끔 참을 수 없을 만큼의 가난에 찌들어 집안 사정이 나빠지면 어머니는 돈 걱정 없이 풍족하게 사는 아버지에게 나를 보내서 돈을 받아오게끔 했다. 어머니에게, 그리고 내게 아버지가 입던 통이 큰 바지는 금지된 돈으로 축적한 부의 상징이었다. 그의 통 넓은 바지 속에 가득 차 있던 돈은 채석장을 통해 예루살렘의 땅과 산을 판 대가로 벌어들인 것이었다.

　아버지는 씻어서 말끔한 모습으로 다시 돌아왔다. 머리카락은 반짝였고 양복과 넥타이 차림을 한 아버지는 한 손에 이슬람식 묵주** 를 쥐고 있었다. 자리에 앉은 아버지는 묵주를 돌리며 호기심이 가득한 얼굴로 나를 쳐다보더니 갑작스러운 제안을 했다.

　"지금 일하는 학교를 그만두고 나와 함께 채석장에서 일하지 않겠니?"

　나는 종종 이상한 질문을 받거나 예상치 못했던 상황에 처했을

---

* 팔레스타인에서는 누군가에게 '이스라엘인 같다'라는 표현을 불공평, 무책임함, 잔인함 등의 부정적인 의미로 사용한다.
** 이슬람의 묵주는 99개의 구슬로 이루어져 있는데, 이는 알라를 나타내는 이름의 숫자다.

때마다 늘 그랬던 것처럼, 순간 멍해졌다. 그러다가 바보같이 중얼거렸다. "채석장이요?"

아버지는 "그래요 채석장, 왜 뭐라도 잘못됐나요 선-생-님?"이라고 답했다.

아버지는 마치 나와 선생이라는 직업을 비웃듯 내게 '선-생-님?'이라고 일부러 길게 늘여서 말했다. 아버지에게 '선생님'이라는 직업은 쓸데없이 밥벌이도 안 되고 돈벌이도 안 되는 직업이었다. 그의 눈에 비친 내 직업은 어리석고 가난하고 너절한, 시력이나 망가뜨리는 일이었고 남을 가르치는 일이란 싸구려 책들, 가난한 인생, 가치 없는 노동과 직결되는 것이었다. 물론 이 일이 가난의 상징이기는 했지만, 그것은 동시에 아버지가 갖지 못해서 늘 꿈꿔왔던 교육과 문화의 상징이기도 했다. 석공의 아들이었고 대를 이어 자신도 같은 일을 하고 있는 아버지는 양복을 입고 피아노와 루비로 장식된 우드를 갖고 있었다. 하지만 채석장 장비로 두꺼워진 아버지의 손가락은 악기들을 연주하기에는 너무 굳어 있었다. 그래서 그 대안으로 아버지는 자신에게 악기를 연주해줄 여자를 샀다. 나는 이런 아버지를 보며 그가 삶의 즐거움과 음악, 그리고 배우는 것을 좋아한다는 사실을 알아챘다. 하지만 늘 결과는 기대에 미치지 못했다. 어느 날인가 영어 학원에 등록을 한 아버지는 몇 달 뒤 수료 과정을 모두 마쳤지만 "I love you", "Thank you very much"밖에 할 줄 몰랐다. 아버지는 재혼을 하고 우드를 살 때까지 여자 관광객들에게 이 문장들을 써먹었다. 하지만 피아노는 여전히 처음 산 그대로였다.

나는 그런 피아노를 한번 보고 다시 아버지를 보았다. 그리고 "채석장의 석공을 말하는 건가요? 돌을요?"라고 다시 되물으며 우물쭈물했다.

그러자 아버지는 큰 소리로 말했다.

"예, 선-생-님. 채석장이 왜? 마음에 안 드니?"

나는 가슴을 죄여오는 답답함과 우울함을 숨기기 위해 일부러 이리저리 시선을 옮겼다. 나는 여전히 슬펐고 마리암과 내 사랑 이야기, 사원에서의 방황, 가난과 신앙 때문에 마음에 상처를 입은 상태였다. 모든 세상의 근심이 나에게 닥친 것 같았기에 나는 더 이상 또 다른 근심거리를 만들고 싶지 않았다. 그래서 아버지의 비위를 맞추기로 했다.

"아니요, 아버지 제 뜻은 그게 아니라……."

그때가 몇 년 만에 아버지를 '아버지'라고 제대로 부른 날이었다. 하지만 나는 돈 때문에 아버지라는 말을 꺼낸 나 자신을 발견하고 결국 더 이상 말을 잇지 못했다. 돈 때문에 아버지의 비위를 맞추다니! 돈 때문에 나는 무너져버렸다.

아버지는 명청한 아들에게 삶의 교훈이라도 들려주는 것처럼 차근차근 설명하기 시작했다.

"아들아 잘 보렴, 나는 네 사정을 알고 있어. 네가 그 동물 우리 같은 집에서 어떻게 사는지 다 알고 있단 말이다. 외동아들을 가진 사람이라면, 누가 자기 아들이 그렇게 살도록 내버려 두고 싶겠니? 너는 하나밖에 없는 내 아들이야. 너도 잘 알고 있지, 이브라힘?"

그 말에 나는 아버지를 잠깐 쳐다보다가 아버지가 무서워서, 아니 자칫하면 아버지의 면전에서 폭발해버릴 것 같은 내 분노가 두려워서 다시 눈을 내리 깔았다. 나는 하마터면 "지금 제가 당신의 하나밖에 없는 아들이라고요? 옛날에 그랬던 것처럼 당신의 이름과 대를 이어줄 아들이 필요하다고 말해 보시죠!"라고 말할 뻔했다.

아버지는 계속 나를 설득했다.

"이브라힘 잘 생각해봐. 학교도, 책도 다 소용없어. 학교에서 일하면서 받는 고작 몇 디나르로 사는 게 말이 되는 소리니? 조용히 해, 말대꾸하지 마라. 다 알아, 나는 네가 어렸을 때부터 지금까지 관심이라고는 온통 책에만 있다는 걸 알고 있었어. 돈이 생기면 모조리 책을 사는 데 썼지. 그래 네가 책을 좋아하는 것은 이해한다만, 작가가 된다고? 그건 도무지 이해할 수 없구나. 이야기가 길어졌는데 간단히 말해서, 나는 네 누나의 남편이 될 사람과 지금 새 사업을 구상하고 있다."

나는 의아해서 아버지를 쳐다봤다. 그러자 아버지는 내가 질문을 하기도 전에 먼저 선수를 쳤다.

"이해해, 이해한다고, 내 말은 미래에 사라의 남편이 될 사람 말이다. 너는 이해할 거야, 수출입회사 말이야, 우리는 서안지구*에서 돌을 가져다가 수출해서 사막에다가 건물을 지을 거야. 이미 허가증도

---

* 요르단 강 서안지구, 중동에 있는 이스라엘과 팔레스타인의 분쟁 지역이자, 팔레스타인의 행정 구역이다. 가자 지구와 함께 잠재적으로 팔레스타인 독립국가의 영토로 상정되어 있다. 이 지역은 '요르단 강 서쪽에 있는 둑'이라는 의미로 서안지구(West Bank)로 불린다.

받았단다. 누가 상상이나 했겠니? 자, 네 생각은 어때?"

"제 생각이요?"

"얘야 이브라힘, 사라랑 함께 그곳으로 가서 사라 결혼도 시키고, 지점을 하나 열어서 네가 관리하도록 해라. 내가 석재를 그곳에 보내면 네가 그 물건들을 팔면 되는 거야. 그렇게 되면 달러들이 강처럼 넘쳐나서 우리는 부자가 될 거야. 네 의견은 어떠니?"

대체 이 남자는 어쩌면 이렇게 만족이라는 것을 모르는 걸까?! 그는 이미 라말라와 예루살렘 그리고 헤브론에 채석 장비를 갖고 있었다. 그리고 이제는 걸프의 사막으로 가려고 한다. 그는 아직도 만족하지 못하는 걸까?

나는 차갑게 말했다.

"좋아요, 한번 생각해 보겠습니다."

"대체 무슨 생각을 하고 준비를 한단 말이냐? 얘야, 좀 현명해지렴. 걱정하지 말고 그냥 내가 말한 대로 하렴. 더 이상 나를 곤란하게 하지 말고, 학교나 책에 대한 얘기라면 그만두어라. 얘야 이브라힘, 내 나이가 벌써 육십이야. 나도 이제 네가 다른 사람들처럼 결혼해서 아이도 낳는 모습을 봐야지. 내 이름과 대를 이어줄 손주가 네 품에 안겨 있는 모습을 보고 싶구나. 오래 전부터 이 말을 네게 하려고 했지만 그동안 네가 멀리 있었고 워낙 고집이 세서 말이야. 예루살렘을 떠나서 그런 끔찍한 시골에서 살다니. 또 그 방은 어떻고……!"

아버지는 마치 곧 중요한 소식이라도 전할 것처럼 나를 지그시 바라보았다.

"네가 사는 그 집, 그 방이 원래 마구간이었다는 걸 알고는 있니? 마구간에 양을 키우던 우리라고. 대체 그런 방에서 무슨 삶을 살겠다는 거니 이브라힘? 여기, 이 세상과는 단절하겠다는 거니?"

아버지의 말을 듣고 나니 근심이 더욱 커져만 갔다. 마리암과의 가슴 아픈 이야기는 내가 여전히 꿈을 좇는 나약하고 아무것도 모르는 사람이라는 것을 증명해주었다. 나는 이 세상에 무엇이 있는지 몰랐다. 나는 사람들이 사는 세상으로 나가지 않았고 돈을 벌기 위해 치열한 생활전선으로 뛰어들지도 않았다. 이 세상 사람들이 쓰는 언어도 몰랐다. 내가 아는 것이라고는 오직 가르치는 것뿐이었다.

시계를 바라보니 어느새 낮의 절반이 지나고 있었다. 정오에 시작한 이야기를 지금까지 하고 있던 것이다. 마리암은 호스텔에서 나를 기다리고 있을 텐데. 나는 돈이 필요했다.

그때 무앗딘*의 예배를 알리는 소리가 들려왔다. 그러자 아버지는 내게 말했다.

"자, 가서 예배를 드리자, 오늘은 금요일이라서 사원에 사람들이 잔뜩 있을 거야. 우두는 했니?"

나는 대답대신 고개를 저었다. 그러자 아버지는 기다렸다는 듯이 내게 말했다.

"저기서 우두를 하렴. 어서, 서둘러."

아버지는 내 앞에 서 있었고 나는 그 뒤에 앉았다. 서 있는 아버지

---

* 이슬람에서 예배 시간을 알리는 사람을 지칭한다.

의 모습이 길게 보였다. 잘생겼고 세련되어 보였다. 내 앞에 있는 그는 분명 내 아버지였다. 하지만 나는 그렇게 느껴지지 않았다. 나는 그와 어떠한 교감도 할 수 없었고 그는 내게 중요한 존재가 아니었다.

"왜 그렇게 앉아 있니? 내게 더 말할 것이라도 있어?"

나는 몇 시간 동안 내 어깨를 짓눌렀던 짐을 벗어 던지려는 것처럼, 아무 생각도 하지 않고 재빨리 아버지의 물음에 답했다.

"달러가 좀 필요해요."

아버지는 잠깐 생각하는 듯하다가 능글맞은 미소를 지으며 물었다.

"무슨 일인데? 평소처럼 그냥 돈이 필요한 거니? 좋아, 그런데 왜 이번에는 달러가 필요한 게냐?"

나는 "런던 대학에 낼 학비가 필요해요"라든가 이런 종류의 핑계를 대고 싶었지만 상실감과 무앗딘의 소리, 예배를 알리는 확성기 소리에 나는 두려워졌다. 하지만 곧 내가 왜 아버지에게까지 거짓말을 해야 하나? 라는 생각이 들었다. 그는 나보다 더 나쁜 사람이었다. 내가 왜 그에게 비위를 맞추고 위선을 떨면서 근심거리를 만들고 죄를 또 지어야 하나? 라는 생각이 들었다. 나는 아버지에게 거짓말을 하지 않으리라. 나는 망설임 없이 말했다.

"호스텔에서 하루 묵었어요. 숙박비로 달러가 조금 필요해요."

아버지는 잠시 생각에 잠긴 것 같았다. 그러다가 크게 껄껄 웃더니 숨을 깊이 들이마셨다. 그리고 질문이나 별다른 말 없이 밖으로 나갔다. 나는 또 혼자 방안에 있게 되었다. 아버지는 잠시 뒤 달러 한 뭉치를 들고 와서 내게 주며 기쁨의 미소를 띠고 말했다.

"어떻게 된 거야? 괜찮았니, 괜찮았어? 이럴 수가! 나는 네가 책밖에 모르는 줄 알았다! 자 여기 달러를 가져가거라, 현명해져라. 곧 너를 결혼시키고 가장 큰 사업장을 열어 줘야겠구나."

아버지는 다시 껄껄 웃으며 내게 말했다.

"네게 정오예배를 같이 드리자고 할 생각이었다! 어서 씻고 함께 예배를 드리자꾸나, 새 사업을 잊지마, 사막에 건물을 세우는 거야, 나와 함께 하자."

**

나는 아버지께 받은 달러를 가지고 호스텔로 돌아왔지만 그곳에 마리암은 없었다. 머리끝까지 화가 났다. 그녀는 어떤 말이나 흔적도 남기지 않고 이미 숙박비를 내고 떠나버린 상태였다.

"그 여자가 혹시 어디로 간다고 얘기하지 않았나요?" 나는 호스텔에 있는 남자에게 물었지만 그는 나에게 시선을 주지도 않은 채 고개를 저었다. 그는 나는 안중에도 없는 듯이 계속 종이들을 보다가 전화를 받았고, 나는 당혹감을 느끼며 마치 내가 도둑이나 범죄자라도 된 양 호스텔 밖으로 몰래 빠져나왔다. 왠지 그가 감추고 싶은 나에 대한 것들을 다 알고 있는 것만 같았고, 같이 온 여자가 나 대신 숙박비를 지불하고 아무 말도 남기지 않고 떠났다는 사실도 이미 다 알고 있는 것 같았다. 나는 내가 얼마나 무기력한 사람인지 절실히 느끼게 되었다. 마치 내가 잘못한 것만 같았고 그녀는 강한 반면에 나는 약한 사람이라는 것이 확 와 닿았다. 나는 아버지가 아니면 기댈 어떠한 밑천도 없었다. 그 밑천은 나를 기쁘게 하거나 만족하게 하지 않았다. 단지 아버지는 내가 어려움에 빠질 때마다 어쩔 수 없이 찾게 되는 밑천에 불과했다.

만약 이러한 어려움이 계속되었다면 나는 내게 남은 자아를 잃었을 것이고 존엄성이라고는 없는 비굴한 삶을 살았을 것이다. 마리암은 나 대신 돈을 냈고 아버지는 나를 부정했고 나 역시 아버지를 필요로 하기 전까지 그를 부정했었다. 아버지는 이제 조건을 제시하며 나를 유인하고 있다. 내 아버지, 이스마일은 새로운 사업, 새로운 채석 장비로 예루살렘의 산에서 돌을 가져다가 사막 위에 건물을 지을 것이다. 얼마나 많은 비용을, 무엇을 위해? 내가 소유한 것이 아닌 나를 소유한 한 여인을 위해? 그녀는 다른 남자를 사랑한다. 나는 너무나 분했고 그녀에 대한 복수심이 온몸을 휘감았다. 화가 단단히 난 나는 그 길로 곧장 시골 마을로 돌아갔다. 하지만 이상하리만큼 나는 마리암 역시 내게 화가 났을 거라는 생각은 단 한 번도 하지 못했다. 그때 내게 중요했던 것은 오로지 나의 감정과 나를 괴롭혔던 압박감과 의심뿐이었다. 그녀가 무엇을 느끼고 생각하고 어떤 일을 겪었는지는 내게 중요하지 않았을 뿐더러 안중에도 없었다. 내가 마을로 돌아간 것은 오직 그녀에게 진 빚을 갚고, 대체 내가 어디쯤에 있는지 확실하게 알기 위해서였다. 그녀에게 있어 나는 누구인지, 내가 다른 사람을 대체할 사람인지를 묻고 싶었다. 그때의 나는 온 마음을 다해 그녀를 증오했기에 우리의 사랑 이야기가 거기서 끝날 것이라 생각했다. 나는 사랑이 가지고 있는 여러 단면들 중 단연 그 첫 번째가 의심이라는 사실을 알지 못했다. 또 그때의 나는 너무 어렸기에 사랑과 증오 사이는 한 끗 차이이고, 사랑을 할 때는 그 경계를 계속해서 넘나들며 한쪽에만 영원히 머무를 수 없다는 사실을 깨닫지 못했다. 나이도 어리고 경험도 적었기에 나는 상상 속에서 해왔던 순수한 사랑과 우리의 관계가 구체화되면서 시작된 서로 간의 줄다리기를 비교만 했지, 현실에서 사랑이란 관계는 이 두 가지가 모두 합쳐진 결과물임을 알지 못했다.

세르비스를 타기 위해 길을 걷다가 나는 예루살렘의 다른 모습을 보았다. 예루살렘의 모든 건물들과 장소들이 우중충하고 우울하게만 보였다. 마리암과 함께 있을 때 보았던 광장들과 길, 아치들의 찬란한 색들은 대체 어디로 가버린 걸까! 모두 사라져버렸다. 내 눈앞에 남은 것이라고는 죽을 만큼 메마른 위협적인 잿빛의 불모지뿐이었다. 신이시여! 지금 제가 있는 이 세상이 마리암이 제 상상 속에서 보이지도 않고 만질 수도 없는 숭고한 형상으로 존재했을 때의 그 세상이 맞습니까? 그때의 나는 마리암에게 나를 사랑하는지, 나에게 진심인지의 여부를 묻지 않았다. 왜냐하면 그녀가 무엇을 느끼든지 상관없이 내가 마리암을 사랑했다는 것이 중요했기 때문이다. 하지만 지금 그녀가 형체를 가진 현실이 되었을 때, 나는 내가 어디에 있는지 그녀가 무엇을 느끼고 있는지 궁금했다. 정말 이상했던 것은 내가 그녀의 몸을 가졌다고 해서 그것이 이렇다 할 성과로 여겨지지 않았다는 것이다. 그렇다면 왜 사람들은 그 몸이 곧 성의 대문과도 같다고 말했던 걸까? 그들은 그 문을 부수고 들어간 것만으로도 이미 목표에 도달했다는 신호라고 했다. 하지만 나는 그 목표에 도달하지 못했다. 대체 어떻게 하면 성공할 수 있는 것일까?!

차를 타고 가는 길에 바람이 얼굴을 스쳐 지나가고 예루살렘의 산들이 눈앞으로 펼쳐졌다. 나는 다시 생각에 잠기며 어젯밤에 있었던 일들을 떠올렸다. 마리암은 춤을 추고 달리다가 골목 사이사이의 계단들을 뛰어다니기도 했다. 그녀는 내 두 팔 안에서 울었고 나 역시 그녀를 따라 울었다. 갑작스럽게 맺히는 눈물에 나는 놀랐고 어느새 분노도 서서히 가라앉았다. 모든 의심들과 아버지에 대한 기억도 잊혀졌다. 아버지의 손 안에서, 사원 앞, 사람들 사이에서 비굴하게 서 있던 나의 모습도 잊혀졌다. 나는 사람들을 견딜 수 없었다. 세상이 나의 목을 조이며 위협하고 내가 감당할 수 없는 것을 요구하는 것 같았다. 나는 예루살렘과 사원의 그 분위기를 견딜 수 없었다. 사람들의 세상을 감당할 수도 없었다. 그곳에서의 나는 무기력했고 두려웠고 도망치기를 원했다. 나는 나 자신으로부터, 그리고 사람들이 사는 세상으로부터 벗어나서 시골 마을로 도망쳤다. 그곳에서의 나는 아무 글씨도 없는 백지장 같은, 익명의 사람이었다. 나는 그곳에서 새로운 세상을 창조했고, 목사님과 베이루트, 마리암과 브라질, 소설, 그리고 내가 들었던 속세의 이야기가 있는 열린 세상을 탐구했었다.

나는 그 세상의 밖에서 떠도는 삶을 살았다. 만약 속세로 되돌아간다면 나는 어지러움에 쓰러질 것만 같았다. 나는 속세에서 사람들로부터 수동적인 반응을 보일 뿐이었지만, 그 밖으로 나왔을 때는 온전한 나 자신과, 내 꿈, 사랑 이야기로 돌아갈 수 있었다.

마을에 도착해서 나는 마리암을 찾아 방방곡곡으로 다녔다. 이 본에게, 목사님에게도 찾아갔고 묘지와 교회에도 갔다. 식료품 가게 주인에게까지 그녀의 행방에 대해 물었다. 관광객들의 방문이 끝나자 나는 언덕 위로 올라가 그녀를 기다렸다. 어두워질 때까지 묘지를 지켜봤지만 그녀는 오지 않았다. 나는 어떻게 마리암을 찾아야 할지 몰라서 정신 나간 사람처럼 거리를 떠돌아다니기 시작했다. 그러다가 결국 미친 사람이나 사랑에 빠진 사람이 아니고는 하지 못할 모험을 하기로 결심했다. 바로 마리암의 집으로 찾아가서 그녀에 대해 묻기로 한 것이다. 나는 예상 가능한 모든 질문에 대해 대답을 미리 준비해뒀다. 만약 왜 그 집에 왔냐고 묻는다면 나는 마리암이 내게 아랍어 수업을 해줄 것을 부탁했기에 그곳에 갔노라고 대답할 것이었다. 그래, 이 정도면 설득력이 있다. 그래서 나는 종이와 책, 펜, 공책을 준비했고 내가 가지고 있는 옷들 중 가장 좋은 옷을 차려 입고 향수도 뿌렸다. 그때의 나는 내 안의 모든 의심들을 잊은 상태였다. 오직 내게 중요했던 것은 마리암을 만나고 그녀를 내 품에 안으며 잠시만이라도 그녀와 단둘이 있는 것이었다. 마리암과 단둘이 있다니! 그녀와 단둘이 있을 때 함께했던 모든 소리와 냄새, 새벽의 향기와 종소리, 우유 장사꾼들의 모습이 다시 생생히 떠올랐다. 나를 불태웠던 그녀의 울음도 기억났다. 다시금 떠오르는 그녀의 눈물에 나의 사랑과 열정은 활활 타올랐고 내 눈앞에는 마리암밖에 보이지 않았다. 그녀는 나무 뒤, 길 위, 과수원이 펼쳐진 곳, 그리고 대문 곁에 있었다. 대문에서 집 건물까지 이어져 있는 긴 길 위로 포도 넝쿨이 뻗어 있었고 그 길의 양쪽으로 살구나무, 오디나무, 무화과나무, 배나무가 길게 늘어서 있었다. 그리고 그 옆으로 마구간과 올리브 착유기가 있었다. 그 모든 곳, 모든 구석마다, 내 상상이 미치는 곳곳에 마리암이 있었다.

마리암이 그 사제를 사랑했든 추기경이나 교황을 사랑했든, 그것은 내게 더는 중요하지 않았다. 지금 가장 중요한 것은 마리암, 그녀를 찾는 일이었다.

마리암의 집에 도착한 나는 문을 두드렸다. 전기로 연결된 벨이 있었지만 나는 문을 두드리는 것을 택했다. 나무가 삐걱거리는 소리가 들리면서 곧이어 신발, 아니 슬리퍼를 끄는 소리가 났다. 짧고도 느릿느릿한 걸음걸이였다. 심장이 뛰기 시작했다. 닫힌 문 뒤로 "누구세요? 좀 기다리세요"라는 소리가 들리며 곧이어 문이 열렸고 노인의 얼굴이 보였다. 그녀는 검은 옷을 입었고 회색빛이 도는 머리카락을 뒤로 가지런히 모아서 묶은 모습이었다. 가늘고 마른 체구의 노인은 한눈에도 시선을 끌 만큼 알이 두꺼운 안경을 썼다. 안경의 두꺼운 유리 때문에 그녀의 두 눈은 물결의 파장 뒤에 있는 것처럼 멀리 그리고 작게 보였다. 그녀는 두꺼운 안경 뒤로 초점 없이 나를 살피며 궁금한 듯이 말했다.

"누구세요? 누구신지?"

나는 그녀에게 내가 학교에서 일하는 선생님이고, 마리암 양의 요청으로 이곳에 오게 되었다고 말했다.

"마리암 양?!"

그녀는 인위적인 미소를 짓더니 다시 빈정대는 말투로 말했다.

"마리암 양?! 마리암 양은 염소를 데리고 잠깐 밖에 나갔어. 들어오게나. 불편하게 생각하지 말고 들어와."

나는 공손하게 말했다.

"네, 들어가도 괜찮을까요?"

그러자 그녀는 미소를 지으며 손짓했다.

"그럼, 불편하게 생각하지 말고 어서 오게나."

노인은 앞장서서 내 앞으로 걸어갔으나, 곧 길을 찾으려는 듯 손을 앞으로 뻗어 더듬으면서 힘겹게 걷고 있었다. 순간 사람들이 그녀에 대해 했던 이야기들이 생각났다. 그 노인은 절반쯤 눈이 보이지 않는다고 했었다. 아니 어쩌면 더 심해서 거의 장님이나 다름없다고 했었던 것 같다.

내가 들어선 그 집은 안으로 계단이 있는 이층집이었고 큰 응접실이 있었다. 그곳에는 과수원들과 멀리 예루살렘의 산들이 보이는 넓은 창이 있었다. 장식용 가구를 보니 부잣집임이 분명했지만 곳곳에는 시골스러움이 묻어나기도 했다. 그곳에는 성모 마리아와 아기 예수의 사진, 올리브나무로 만든 십자가도 있었다. 응접실과 방을 온통 푸름으로 가득 채운 관상용 식물들은 너무나 아름다웠다. 넓은 잎을 가진 식물부터 얇고 작은 잎을 가진 식물, 왁스처럼 반짝이는 잎을 가진 식물, 그리고 바늘 모양의 잎을 가진 식물까지 그 종류도 다양했다. 덩굴처럼 천장을 타고 자라는 길게 뻗은 식물들은 서로 교차되며 또 다른 천장을 만들어냈는데 정말 멋졌다. 나는 살면서 이렇게 아름다운 광경을 보지 못했기에 멍하니 서서 "이야, 대단하다!"라고 경탄했다. 그러자 노인은 미소를 짓더니 내게 물었다.

"식물들을 좋아하나봐?"

나는 열정적으로 답했다.

"네, 정말 좋아합니다!"

그러자 노인은 친절하게 말했다.

"원한다면 좋아하는 식물을 잘라서 줄 테니, 집에 가서 옮겨 심도록 하게나."

하지만 나는 정중히 거절했다.

"저희 집에는 식물을 키울 만한 베란다나 화단이 없어요."

내 말을 들은 노인은 "상관없어, 식물은 어디에서나 뿌리를 내리고 잘 사는걸!"이라고 농담조로 말했다. 나는 그 말에 고개를 끄덕였다. 순간 아버지와 그의 채굴 장비들, 그리고 채굴 중인 산의 모습이 떠올랐다. 노인은 열성적으로 말을 이어갔다. "자네가 다른 나라에 있는 그 푸름을 봤어야 했어! 그들은 심지어 사막에도 풀과 꽃을 심는다고. 반면 우리가 살고 있는 이곳을 봐, 아무것도 없지. 얼마나 안타까운 일인지 몰라. 저기 저곳이 보이나? 내 할머니가 살던 시절에 저곳에는 호두나무가 있었는데 이제 그 자리를 벽돌과 돌이 대신 차지하고 있지."

나는 노인을 위로하는 듯이 말했다.

"그래도 이 집은 정말 아름답고 게다가 새집이네요. 위치도 좋아서 예루살렘의 경계지역도 보이고요."

"자 여기 앉게, 앉아. 원래 오래된 집이 있었는데 부수고 새로 이 집을 지었지. 자네 집에는 베란다나 화단이 없다고 했었지? 여기서 가까운 곳에 살고 있나?"

나는 오래된 것이 모두 아름다운 것은 아님을 알려주기 위해 그녀에게 내가 살고 있던 방의 모습을 상세히 묘사해주었다. 그리고 그 집에 대해 냉소적이고 질렸다는 듯한 반응을 보였다. 그러자 노인은 손을 저으며 나에게 말했다.

"말도 안 돼. 나는 자네가 살고 있는 그 오래된 집을 잘 알고 있네. 한 천 번도 넘게 그 집에 가봤을 거야. 그 집은 아부 싸이다의 집이었어. 우리 바로 옆집 이웃이었네. 그는 죽기 전까지 그 집에서 살았어. 그 집 자식들은 모두 외국에 나가서 살았고 큰아들이 새 집을 지어서 생계 수단이 될 만할 것들만 남겨놓고 지아비에게 등을 돌려버렸네. 내 자식들이라고 더 나을 것 같나? 내 자식놈들 모두 똑같다네. 그 옛날 나와 아이들은 남편의 부재를 견뎌야 했어. 내가 집에 남아 있는 동안 남편은 40년, 아니 그보다 더 오래 외국에서 생활했거든. 이 년 정도 외국에 있다가 두 달 정도 집에서 머물고 다시 가버렸으니까. 죽을 때까지 그 사람은 매년 이 생활이 마지막이 될 거라고 했지. 그가 죽으니 자식들이 나를 데리고 외국으로 갔어. 남편이 살아 있을 때도 외국으로 가지 않았는데, 자식들 때문에 가게 되었네. 세상에나! 조국보다 자식들이 더 중요했다니, 이게 옳은 것인가?

그녀의 말에 나는 당황해서 잠시 생각을 해보기도 했지만 결국 아무 대답도 하지 않았다. 그러자 그녀는 내게 재촉하듯이 말했다.

"이게 도대체 맞는 일인가 말일세?"

나는 혼란스러웠지만 대답했다.

"맞을 수도 있겠네요."

그러자 그녀는 손을 젓더니 말했다.

"나중에 자네도 경험하게 될 걸세. 나중에 자네의 삶보다 더 소중한 아이가 생기게 된다면 이해하게 될 거야. 자신의 삶도 중요하지만 자식은 그것보다 훨씬 더 소중하지. 나중에 자네도 알게 될 걸세. 하지만 우리 모두 죽음이 찾아오기 전에는 그들의 소중함을 몰라. 자식들 중 하나가 죽게 되면 자네도 아마 자네의 삶이 그 아이와 함께 없어져버리는 것을 느끼게 될 거야. 자식을 떠나보내고 나서야, 앉아서 그 아이를 추억하고 슬퍼하며 말하겠지. '진작 그렇게 해줘야 했는데, 저렇게 해야 했는데, 내가 그 애 대신 죽었어야 했는데! 신께서 진정 누군가를 데려가셔야 했다면 왜 나를 데려가지 않고 그 아이를 데려가셨는지, 예수님 저를 용서해주십시오'라고 말이야. 누군가는 너무나 고통스러우면 가끔 이상한 말을 하기도 하지. 예수님도 십자가에 못 박혀 돌아가실 때 '어머니'라는 말을 하지 않았어. 그의 불쌍한 어머니의 두 눈에 눈물이 마르지 않았는데도 그는 '어머니'라는 말 대신 '아버지'라는 말을 했지. 얼마나 슬픈 일인가! 나에게도 예수님을 닮은 아들이 하나 있었네. 예수님의 얼굴을 보았나? 내 아들은 예수 그리스도처럼 하얗고 키가 컸지, 긴 머리를 했어.

그 아이는 병마와 싸우는 동안에도 '엄마'라는 말을 절대 하지 않았네. 세 번 병원에 갔었는데, 갈 때마다 의사들은 가망이 없다고 마음의 준비를 하라고 했지. 그곳의 의학은 훨씬 더 좋았어. 미국도 멀지 않았고 가까웠지. 댈러스까지 두 시간밖에 걸리지 않았다고. 하지만 우리는 결국 이곳으로 돌아왔고. 이게 우리 운명이었던 거지. 마리암! 다 마리암 때문이야! 여기로 돌아오지 않을 수 없었지!"

나는 그녀에게 물었다.

"혹시 지금 댁의 자제분, 마리암을 말하시는 건가요?"

그녀는 손을 내저으며 시큰둥하게 말했다.

"잊어버리게. 그게 내 아들의 운명이었던 거야. 우리가 거기에 있고 돌아오지 않았다면, 그 아이는 죽지 않았을 지도 몰라. 하지만 마리암, 마리암 때문에, 그게 그 아이의 운명이었네!"

노인은 먼 곳을 응시하다가 다시 나를 바라봤다.

"자네의 어머니는 자네와 함께 살고 계신가, 아니면 예루살렘에 살고 계시나? 어머니를 잘 모시게. 자네의 마음을 다해서, 항상 눈으로 주시하며 어머니를 잘 모시라는 말이야. 어머니라는 존재는 절대 가벼운 존재가 아니야. 이 세상 누가 어머니의 마음으로 자네를 보호해주겠나?"

나는 어머니를 떠올렸다. 항상 애도하는 어머니의 모습과 그녀의 고통을 기억했다. 싱크대 앞에 서서 마치 무너진 건물의 잔재처럼 인생의 풍파를 다 겪고 지쳐버린 그녀의 모습이 뇌리에 떠올랐다. 하지만 이상하게도 나는 어머니에게서 모자간의 친밀감을 느낄 수 없었다. 왜 내가 어머니의 일부라든지, 그녀의 세계 안에 존재한다는 생각이 왜 들지 않았을까? 아마도 어머니는 내게는 아버지 같은 사람, 아니 어떻게 보면 아버지보다 더한 사람으로 여겼기에 그랬을지도 모른다. 나는 이혼 전 어머니의 모습을 기억한다. 어머니는 따뜻하다거나 다정한 사람은 아니었다. 나는 어머니가 내 곁에 있다기보다는, 죽은 형 '왓다훈'과 늘 함께 있다는 생각을 했었다. 형의 모습이 담긴 큰 사진은 늘 집안 한가운데에 걸려 있었고 그 옆에는 죽은 형들의 물건이 있었다. 형이 세상을 떠난 뒤, 어머니는 심한 편두통에 고통스러워했고 연이어 유산을 했다. 아버지가 라디오와 움무 쿨쑴의 노래를 들을 때면 어머니는 저 멀리 부엌, 화장실, 침실에 가 있었다. 편두통이 찾아오는 날이면 어머니는 큰 손수건으로 머리를 싸매고 창문을 닫은 채 햇빛을 차단시켰다. 그리고 그렇게 며칠을 침대에서 일어나지 않았다. 아버지가 집에 오면 내 누나 사라는 아버지가 먹을 음식을 준비했고, 아버지는 혼자 식사를 한 뒤 의자에 앉아 뉴스를 보거나 움무 쿨쑴의 노래를 들었다. 아버지는 움무 쿨쑴을 좋아했고 어머니는 압둘 나세르*를 좋아했다. 그녀에게 압둘 나세르의 목소리는 움무 쿨쑴의 목소리와 크게 다를 바 없었다.

어머니는 그의 목소리를 들을 때면 기쁨에 젖어 어느새, 나와 누나의 존재와 편두통을 까맣게 잊어버렸다. 그리고 이스탄불에서 판

---

* 가말 압둘 나세르, 이집트 전 대통령, 이집트의 정치적, 경제적 독립의 길을 굳게 하면서 중근동 민족주의, 범아랍주의의 중심 역할을 했다. 1967년 중동 전쟁 패전의 책임을 지고 사의를 표명했으나 국민들의 압도적 반대로 사의를 철회했다.

사로 지냈던 외할아버지가 했던 말을 회상하며 "압둘 나세르, 당신이 옳았어요"라고 혼잣말을 했다. 이러한 것들이 아마도 어머니가 형, 왓다훈을 지지했던 이유가 아니었을까?

"어머니를 잘 돌봐드리게, 방치하거나 등한시하지 말고. 내가 자네에게 한마디만 하지. 어머니라는 사람은 가족을 꾸리고 자식들이 뭘 하든지 기꺼이 그것이 잘되길 바란다네. 내 자식들에게도 이런 말을 했지만 그 아이들은 새겨듣지 않았어. 남편은 이런 내 말을 가끔은 듣다가도 어쩔 때는 흘려듣곤 했다네. 남편과 함께한 내 삶은 돌아보면 정말 힘들었어. 남편 생전에도 그랬지만 사후에도 힘든 것은 마찬가지였지. 하지만 솔직히 말해서 그가 살아 있을 때는 적어도 내게 가치와 존엄성이라는 것이 있었네. 남편은 내게 금과 달러를 보내주면서 "이사 엄마, 당신이 원하는 대로 이것들을 쓰고, 필요할 때는 팔기도 하시오"라고 말했어. 그래서 나는 금을 팔기도 하고 남편이 보내준 돈을 쓰기도 하면서 아이들을 키웠지. 내가 하고자 하는 대로 아이들을 키우며 지냈어. 내 말 한마디는 검의 날처럼 날카롭고 영향력이 있었지. 하지만 남편이 죽자 자식들은 돈이 될 만한 것들은 다 가져가버렸고, 나는 거의 버려지다시피 했다네. 세월이 참 무상하지, 많은 것들이 변해버렸네! 힘과 영향력을 가지고 있던 사람도 결국 나중에는 자신이 설 곳을 잃고, 뒷방 노인네 신세가 되는 게, 그게 바로 인생이라네. 애들 아버지가 저세상으로 가면서 나는 의지할 사람을 잃었어. 그리고 아들이 죽고 나서는 심장이 갈기갈기 찢기는 것 같았지."

그녀의 말이 끝나기 무섭게 나는 별 생각 없이 그녀에게 질문을 던졌다.

"어떤 게 더 힘들었나요?"

그러자 그녀는 내가 그 자리에 있다는 것에 놀랐다는 듯 나를 쳐다보았다. 아마도 약한 시력 때문에 그녀는 내 존재를 잊은 듯했다. 아니면 마을과 이웃, 친척들로부터 멀리 떨어져 과수원 사이에 있는 집에 고립되었던 그녀는 자신의 말을 들어줄 누군가를 필요로 했다가도, 곧 얼마 지나지 않아 그 누군가가 자신의 곁에 있었다는 사실을 까맣게 잊어버리는 것 같았다. 아니면 적지 않은 그녀의 나이, 노화, 치매, 무심함 같은 이유 때문일지도 모른다. 누구에게나 세월의 흐름과 함께 일상적이면서도 기본적인 것들이 뇌리에서 지워지고, 이전에 주의를 기울이고 특별하게 여겼던 것들도 어느새 보통의 것이 되어버린다. 그녀 또한 그러하리라. 나이가 들면 마음은 늘어진 근육처럼 열리고, 혀는 풀린 수도꼭지처럼 돼버리고, 이성은 그 밸브를 잃게 된다.

젊은 시절에는 기본적으로 당연히 여겨졌던 것들이 나이가 들면 그 가치와 본연의 모습을 잃게 된다. 내 어머니도 젊은 시절에는 더 강했고, 옳은 판단력을 가지고 있었기에 마치 아무것도 통과할 수 없는 단단한 밸브와도 같았다. 어머니는 화가 나면 우리에게 소리나 고함을 지르지 않았다. 대신 독수리 같은 날카로운 시선으로 가만히 우리를 바라보았고, 나와 누나는 그런 어머니 앞에서 꼼짝도 하지 못했다. 하지만 지금의 어머니는 더 이상 무서운 존재가 아니다.

그녀는 말을 하다가도 갑자기 기도를 했고 가끔은 앓는 소리를 내며 불평을 하기도 했다. 어머니가 지닌 이성의 밸브는 갑자기, 또는 서서히 느슨해지기 시작하다가 결국 고장이 나버렸다. 어머니는 그것이 내뱉을 수 있는 말인지 아닌지 상관치 않고, 모든 것을 거르지 않고 말하게 되었다. 마음속 깊은 곳에 있던 이야기들을 꺼내기도 했고, 가끔은 비밀들을 털어놓기도 했다. 시장에서 쓰는 말투나 언어들도 이제는 일상이 되어버렸다. 젊은 시절의 어머니는 자신이 다른 사람들보다 더 고귀한 존재라고 여겼기 때문에, 일반 사람들이 쓰는 말들을 싫어했고 본인도 그 말들을 사용하지 않으려고 했었다. 하지만 그랬던 자신이 무너져버렸을 때, 그녀는 일반 사람들의 세계로 내려와서 그들에게 동화되어버렸다. 내가 분명히 깨달은 것은, 시간이 흐르면서 사람들은 조심성을 잃고 말이 많은 수다쟁이가 되어버린다는 것이다. 나는 방금 전 나의 갑작스러운 질문에 대해 여전히 고심하고 있는 노인을 바라보았다. 그녀는 내 존재는 안중에도 없다는 듯, 다 들리는 목소리로 내가 한 질문을 되새기고 있었다.

"누구의 죽음이 더 고통스러웠냐고? 누가? 당연히 모두가 힘들었지. 남편이 죽은 뒤 나는 여기 시골에 살며 소외되었고, 아들이 죽은 뒤에는 가슴이 찢어지는 것 같았다네. 대체 누구의 죽음이 더 힘들었을까? 모두가 힘들었어. 사람들은 모두 한 번쯤은 죽음을 겪기 마련이지. 하지만 사랑하는 사람들이 먼저 죽는다면, 그건 마치 내가 수백 번을 죽는 것과 같이 너무나 힘든 일이라네."

그렇다면 우리 어머니는 대체 몇 번씩이나 죽을 만큼 힘들었을까. 형이 세상을 떠났을 때 어머니는 처음으로 죽음을 맛보았고, 아버지가 재혼을 해서 떠났을 때 어머니는 두 번째 죽음을 경험했을 것이다. 그리고 선반 위에 덩그러니 남겨진 사진이 되어 의지할 곳이 없어지게 된다면, 이제는 돌이킬 수 없는 영원한 죽음을 경험하게 되겠지. 내 어머니가 사진이 되어버린다니!

나는 갑자기 가슴이 답답해져서 자리에서 벌떡 일어났다. 그리고 노인에게 말했다.

"저는 지금 가봐야겠어요. 가서 제 어머니를 좀 뵈어야 할 것 같아요."

그녀는 이해가 잘 되지 않는다는 듯이 나를 쳐다보았다. 그래서 나는 그녀에게 말했다.

"예루살렘에 계시는 제 어머니요. 오랫동안 찾아뵙지도 못했고, 그동안 전화로도 어머니에게 안부를 묻지 못했어요."

그러자 노인은 놀란 눈으로 유리 밖을 응시하며 물었다.

"안부도 묻지 않았다고?"

나는 고개를 돌려 벽을 바라보았다. 그곳에는 십자가와 성모 마리아, 아기 예수의 사진이 있었다. 다른 쪽으로 시선을 돌리니 그곳에는 예루살렘과 람 산의 모습이 보였다. 가슴이 더 답답해졌고 이상한 슬픔과 알 수 없는 것에 대한 두려움이 생겼다. '이브라힘! 너는 지금 어머니와 있는 것도 아니고 마리암과 함께 있는 것도 아니야!'

나는 노인에게 사과를 하며 해가 지기 전에 돌아가야겠다고 말했다. 그러자 그녀는 이상하다는 듯이 물었다.

"그래, 그럼 마리암은 어떻게 할 텐가?"

나는 나도 모르게 퉁명스럽게 말했다.

"마리암이요? 나중에 보도록 할게요!"

나는 허공에 뻗어진 노인의 손에 악수를 하고, 해가 지기 전 어머니가 있는 집에 도착하기 위해 서둘러 복도를 건너 밖으로 나왔다. 어느새 날이 어두워졌다는 사실에 깜짝 놀랐을 때, 어둠과 함께 집으로 돌아온 마리암과 마주하게 되었다. 그 순간 나는 나 자신과, 어머니, 예루살렘의 존재를 까맣게 잊게 되었다.

**

그림자 속에서 서서히 마리암의 모습이 나타나자 심장이 요동치기 시작했다. 나는 그 자리에 가만히 서서 염소와 함께 집으로 걸어오는 마리암의 모습을 지켜봤다. 적막함 속에서 종소리만 크게 들려왔다.

어둠 속에 있는 마리암의 모습은 희미해서 마치 형태가 없는 그림자 같았다. 포도 넝쿨의 그림자도 마찬가지였다. 하지만 깊은 생각에 빠져 있을 때마다 걷는 그녀 특유의 걸음걸이 덕분에 나는 아무리 어두운 밤이라도 수천 명의 군중들 사이에서 마리암이 누군지 구분해낼 수 있었다. 그녀는 머리를 오른쪽으로 살짝 기울이고 눈을 깜빡 거리지 않은 채 땅을 쳐다보며 처진 듯 느리게 걸었다. 두 팔은 시계의 두 추처럼 걷는 박자에 맞물려 움직였다. 하지만 그녀가 생각의 늪에서 깨어나 원래의 마리암으로 돌아왔을 때, 그녀는 또 다른 마리암이 되었다.

　마리암은 내가 거기에 있다는 것을 알아차렸지만 모르는 척했다. 그리고 같은 박자에 맞춰 계속 걸어오다가 어느새 내 앞까지 도착했다. 그녀는 오른편 아래쪽으로 고개를 살짝 숙이고 있다가 차갑게 말했다.

　"이곳에 왜 왔어요?"

　나는 마리암의 차가운 말투에 놀랐다. 하지만 내가 그날 오후가 다 되도록 그녀를 호스텔에 홀로 남겨 두었기에, 어쩌면 마리암도 내게 화가 났을지도 모른다는 생각이 들었다. 그래도 이런 사소한 이유로 마리암이 내게 화가 나서, 지난 며칠 내내 나를 피해 다녔다는 것이 도무지 이해가 되지 않았다. 어쩌면 그녀가 내게서 벗어나 그에게 돌아가기 위해 만들어낸, 겉만 번지르르한 핑계일 수도 있었다.

　마리암은 조용히 나를 바라보더니 부드러운 어조로 말했다.

　"잘 들어요, 이브라힘 당신은 내 친구예요. 앞으로도 계속 이렇게 지내도록 해요."

　나는 침울해졌다.

　"그러면 그때 있었던 일들은 어떻게 하고요?"

　마리암은 차갑게 말했다.

　"그건 실수였어요."

　그 말을 듣자 심장이 갈기갈기 찢기는 것 같았다. 이렇게 마리암은 그에게로, 전에 그녀가 살던 세상으로 돌아가기 위해 나를 저 멀리 걷어차버렸다. 그녀에게 나는 단지 실수일 뿐이었다. 그녀가 자신의 세계로 돌아가버린다면 나는 도대체 어디로 돌아가야 하나? 나의 세상으로 다시 가야 하는 것일까? 이제 내 세상은 풀 한 포기, 나무 한 그루 없는 메마르고 척박한 곳이 되어버렸다. 나 자신에 대한 연민과 절망적인 상황에서 방황하는 내 청춘에 대한 연민이 강하게 나를 휩쓸었다. 이 시골 마을은 사람들과 시끄러운 속세로부터 벗어나 쉴 수 있는 피난처이자, 부끄러움과 수치스러움으로부터 자유로워질 수 있는 쉼터와도 같았다. 그랬던 이 마을이 이제는 어둡고 컴컴한 동굴이 되어버렸다. 마리암이 가버린다면 나는 대체 어디로 가야 할까? 나는 이 동굴에 남아 있지 않을 것이다. 그녀가 돌아가버린다면 나는 이곳에 더 이상 있지 않을 것이다. 이곳에서 나는 그 아픔을 견뎌낼 자신이 없었다. 나는 여기에서 벗어나 또 다른 피난처를 찾아갈 것이다. 그 피난처는 이 고통스러운 사랑으로부터 나를 보호해주겠지.

마리암은 부드러운 어조로 다시 말했다.

"제 말 듣고 있어요?"

나는 대답하지 않고 그렇게 멍하니 서 있었다. 지난 며칠 동안 나에게 있었던 일들을 되새겨보고 있었다. 그래, 단 며칠뿐이었다. 얼마 되지 않는 그 기간 동안 세상은 혼란의 땅으로 변해 있었다.

마리암은 진심으로 말했다.

"당신은 제 친구예요, 절대 당신을 잊지 않을게요. 우리의 관계는 더 이상 발전할 수 없어요. 막다른 길 같다고요."

나는 화를 억누르며 마리암이 내게 한 말을 되씹었다.

"그게 모두 실수라고……?"

마리암은 혹시나 다른 사람이 듣지 않을까 걱정이 되었는지 작게, 하지만 목이 메는 듯한 목소리로 내게 소리쳤다.

"하, 당신은 지금 내게 화가 단단히 났군요. 그래서 이제 내게 앙갚음이라도 할 셈인가요?"

나는 대답하지 않았다. 마리암은 가만히 서서 잠시 나를 바라보다가 내가 대답을 하지 않자 고집스럽게 같은 말을 반복했다.

"당신은 내 친구라고요, 난 절대 당신을 잊지 않을 거예요!"

나는 그녀를 외면한 채 다른 곳으로 고개를 돌렸다. 그러자 마리암은 방금 전에 했던 말을 다시 꺼내기 시작했다.

"잘 들어봐요, 우리 관계는 마치 막다른 길 같다고요, 애초에 잘못된 관계였어요. 종교의 차이부터, 사람들의 시선, 내 가족, 그리고 나까지. 너무나 많은 걸림돌이 있어요. 또 다른 문제가 있다면…… 당신은 나약하고 나는 그보다 더 나약한 존재라는 거예요."

심장이 마치 칼에 베인 것처럼 아파 왔다. 자존심에 상처를 입은 나는 마리암의 말을 부정했다.

"마리암, 나는 약하지 않아."

나는 아버지께 받은 달러 뭉치를 꺼내 보이기 위해 주머니에 손을 넣었다. 이 돈뭉치를 마리암에게 보여줌으로써 나는, 나는 대체 무엇을 증명해 보일 수 있을까? 과연 이 돈이 내가 강한 사람임을, 혹은 돈이 많은 사람임을 증명해 줄까? 아니면 이걸 보고 마리암은 내가 거만하고, 물질만능주의자나 시장 상인들 같은 부류라고 생각하게 될까? 그것도 아니면 내가 감정이나 영혼의 숭고함, 아름다움, 상냥함, 진심의 가치에 따위에 의미부여를 하지 않는 사람이라고 생각하게 될까? 그래, 나는 강하지 않다. 나는 너무나 나약한 사람이다. 이런 나의 감성과 나약함은 아름다운 서체를 가진 내 외삼촌이 물려준 유산이기도 했다.

마리암은 내 손을 잡아당기며 말했다.

"자 이리 와요, 그런 상태로 내 집에서 나가지 말아요. 당신은 내 친구이고, 너무 자상해서 내가 감히 상처를 줄 수 없는 사람이에요. 당신은 친절하고 정말 자상해요."

나는 고통스러운 표정으로 말했다.

"아니, 나는 나약한 사람일 뿐이야."

그러자 마리암은 다시 소리쳤다.

"하, 당신은 내게 화가 단단히 났군요. 하지만 저는 당신에게 상처를 주지 않았잖아요. 제가 그랬나요? 당신은 대체 저에 대해 어떻게 생각해요? 당신도 내가 이상한 여자로 보이나요? 아니면 내가 무섭나요? 그것도 아니면 고삐 풀린 망아지처럼 느껴지나요?"

나는 그 질문에 대답을 하지 않았다. 그리고 아무 움직임도 없이 고개를 숙이고 마리암이 하는 말을 듣고만 있었다.

그녀는 겁이 나는 듯 재차 물었다.

"대체 뭘 생각하는 거예요? 내가 이상한 여자라고 생각하나요?"

나는 냉정하게 말했다.

"내가 왜 그럴 거라고 생각하는 거지?"

마리암은 조금 망설이는 듯하다가 말했다.

"모르겠어요, 하지만 사람들이, 나도 잘 모르겠지만 가끔 다른 사람들이 내가 하는 행동을 이해하지 못하는 것 같아요."

나는 우울함이 묻어나는 어조로 마리암에게 물었다.

"대체 당신이 무슨 행동을 했는데?"

마리암은 잠시 침묵하더니 나를 가만히 바라봤다. 그녀는 마치 그 말에 담긴 여러 의미들을 찾아내서 '내가 그녀를 비웃는지, 그녀에게 화가 났는지, 그녀의 입장을 이해하는지, 아니면 그녀를 싫어하는지' 나의 의중을 파악하려는 것 같았다.

그녀는 전략을 바꿔서 공격과 통제 대신, 수동적인 수비수의 역할로 돌아가기 시작했다. 결국 그녀는 혼란스럽다는 듯 내게 말했다.

"저는 이미 당신에게 저에 대한 모든 것을 말했어요. 제가 지금 너무나 슬프다는 것과, 죽은 동생 '미슈'에 대한 슬픔이 아직까지 이 마음속 깊이 남아 있다는 것까지 전부 말했어요."

나는 곁눈질로 마리암을 보며 그녀가 얼마나 거짓말을 잘하고 추악한지, 또 어떻게 하면 이렇게 잔인하고 이기적일 수 있는지 가늠해 보았다. 나와 그 사제, 그리고 마리암의 남동생. 나와 사제, 나와 그녀의 남동생. 그녀의 병든 남동생을 대체 누가 죽였을까? 그리고 사제를 그 모양으로 만든 것은 과연 누구였을까? 그리고 지금 나를 이렇게 만든 사람이 대체 누구인지 그녀는 정말 모른다는 말인가?

마리암은 서서히 무너져 내리기 시작했다.

"저는 지금 슬퍼요, 너무 슬프다고요. 불쌍한 내 동생에 대한 슬픔이 채 가라앉지도 못했어요."

나는 그녀의 말을 도저히 믿을 수 없어 고개를 저으며 악의가 담긴 말을 중얼거렸다.

"물론, 물론 그러시겠지."

그러자 마리암은 슬픔이 가득한 목소리로 내게 소리쳤다.

"내 말을 못 믿겠나요? 왜 내 말을 믿지 않죠? 내가 춤을 추고, 술을 마시고, 붉은 드레스를 입었기 때문에 제 말을 믿지 못하는 건가요? 왜 그런지 말해봐요!"

내가 대꾸하지 않자 마리암은 성을 내며 내게 소리 질렀다.

"무슨 생각인지 말해보라고요! 어서 말해요!"

나는 미리 준비해 오기라도 한 것처럼 한 글자씩 또박또박 그녀에게 말했다.

"당신이야말로 내가 무엇을 말하기를 바라는 거야? 당신은 대체 내가 무엇을 하길 원하는 거지? 내가 할 수 있는 거라고는 당신이 시키는 대로 하는 것뿐이야."

그녀는 화가 난 목소리로 말했다.

"그만! 조용히 해요! 결국 나 때문에 당신이 그런 행동을 했다고 말하고 싶은 거죠……?"

갑자기 마리암은 침묵하며 내게서 등을 돌렸다. 그러다 다시 뒤돌아서 나를 바라보았다. 순간 나는 이성을 잃고 부끄러움도 잊은 채 그동안 속으로만 감추어왔던 말들을 입 밖으로 꺼냈다.

"물론이야, 당연하고말고. 당신이 나에게 용기를 주지 않았다면 나는 감히 그렇게 하지 못했을 거야. 나한테 당신은 꿈이자 그림이고, 그 이상의 존재야. 나는 단 한 번도 그게 가능할 거라 생각하지 못했어. 하지만 당신이, 당신이……."

마리암은 내 말에 놀란 듯 멍하니 나를 바라보았다. 이렇게 나는 마리암과 직접적으로 대면함으로써 그녀의 생각처럼 내가 약한 존재가 아니라는 것을 보여주었다. 마리암은 어리둥절해하며 내게 말했다.

"저는 당신이 천사나 다름없다고 생각했어요!"

나는 용기를 내어 그녀에게 말했다.

"마리암, 우리들 중 대체 누가 천사일 수가 있겠어? 나도, 당신도 천사가 아니야. 하지만 우리 사이에는 어떻게 묘사할 수 없는, 잘 모르는 무언가가 있어. 하지만 당신은, 당신은!"

마리암은 혼란스러워하더니 내게 속삭였다.

"저요? 저 말이에요? 무슨 말을 하고 싶은 거예요?"

나는 그녀를 가만히 바라보았고 그녀 역시 내 눈을 바라보았다. 나는 그림자와 어둠 속에서도 마리암의 두 눈에 있는 흰자가 밝게 빛나고 두 동공이 확대되는 것을 보았다. 그녀의 빨라진 숨소리가 들려왔다.

"제가 뭐요? 말해주세요."

내가 뭐라고 말해야 할까? 내가 이 말을 해서 과연 득이 되는 것이 있을까? 마리암은 자신이 원하는 것이 무엇인지 확실히 알고 있었다. 하지만 나는 몰랐다. 마리암은 단지 위로를 받으며 지금 이곳에 없는 그 남자를 잊고 싶어 했다. 그녀는 내가 그 남자가 되어 주기를 바랐다. 그녀와 내가 깊은 사랑에 빠져 있을 때, 마리암은 내게 알 수 없는 말들을 속삭였다. 무슨 뜻이었을까? 무슨 언어였을까? 누구에게 한 말이었을까? 이곳에 없는 그녀의 애인에게 했던 말일까? 그 말은 그녀를 울게 만들었고, 동시에 내가 그 남자를 대신해서 그 자리에 있었다는 사실을 깨닫게 해주었다. 그랬기에 그 말에 나도 울어버렸다. 다시 그날 밤의 기억이 떠올랐다. 마리암은 내 두 팔 사이에서 녹아내렸고 그녀의 손가락은 내 머리카락을 비집고 들어왔다가 내 등허리로 떨어져 내렸다. 그리고 마리암이 했던 그 말들, 알 수 없는 언어로 내뱉은 그 말들은 나를 너무나 불행하게 만들었다.

심호흡을 하며 정신을 가다듬자 그동안 억눌렸던 분노가 다시 터져 나왔다.

"마리암, 내가 당신을 잊기를 바라는 거지? 그래, 알겠어. 우리의 관계가 처음부터 잘못된 것이었다고? 그래, 그것도 잘 알겠어. 당신의 형제들과 종교, 자라온 환경의 차이도 다 이해할 수 있어. 단지 이것 하나만은 꼭 얘기하고 싶어. 앞으로 후회할지도 모르는 말은 하지도 않겠어. 당신이 뭐라고 하든, 나에게 있어 당신, 마리암은 망가트릴 수 없는 하나의 '이미지'야. 나는 그걸 절대 망가트리지 않을 거야. 이제 그만 가볼게. 그리고 당신이 원하는 대로 당신을 잊을게. 약속해. 하지만 마리암, 나는 정말로 당신을 사랑했어. 만약 당신의 마음을 완전히 얻을 수만 있었다면, 나는 무슨 수를 써서라도 당신에게로 갔을 거야. 하지만 지금은, 아니 이제부터 당신을 잊도록 할게."

나는 마리암을 돌아보지 않고 망설임 없이 복도로 빠르게 걸어갔다. 그때 내 머릿속에는 내 인생과 내 나약함에 대한 저주만이 가득했다. 나 자신으로부터 벗어나고 싶었다. 그녀가 내 나약함에 대해 말했던 것들을 잊고 싶었다. 나는 마리암에게 적합한 사람이 아니었기에, 그 무엇에도 적당한 사람이 아니었기에, 심지어 나 자신에도 적절한 사람이 아니었기에, 나는 내가 아닌 다른 사람이 되기를 소망했다.

마리암도 자신의 염소를 데리고 빠른 걸음으로 그림자 사이로 사라져버렸다. 염소의 목에 달린 종이 흔들리며 슬픈 소리를 냈다.

**

며칠 만에 모든 것은 제자리로 돌아왔다. 하지만 곧 소문이 돌기 시작했고 나의 사랑 얘기는 마을 사람들의 입을 통해 퍼져나갔다. 그때의 나는 어렸고, 사랑과 책들만이 내 안을 가득 채우고 있었다. 또 내 가슴속에는 내가 다른 평범한 이들과는 다른 사람이고, 능력 있는 작가이며 열정적으로 사랑하는 사람이라는 것과, 위대한 투사이자, 동시에 약속이나 맹세를 저버리지 않고 죽기 전까지 믿음을 잃지 않는 신자임을 증명하고 싶다는 열망이 활활 타오르고 있었다. 그런 나에게 마리암은 사랑 그 이상의 존재였다. 그녀는 내 자아였다. 나는 '인간이 어떤 선택만 한다면, 그의 앞에 놓인 모든 장애물들이 저절로 사라지게 된다'라는 말을 믿었고, '내 의지가 나의 발걸음을 정하리라, 내 의지를 통해서 정해져 있던 미래와 숙명을 뒤바꾸리라'라는 누군가의 시 한 구절을 항상 가슴속 깊이 간직하고 있었다.

그때의 나는 인간은 결국 자유롭지 못한 존재라는 사실을 알지 못했다. 사랑과 전쟁, 질병, 노화, 사고, 우연, 죽음 등, 우리를 옥죄는 족쇄들은 너무나 많았다. 젊고 당찼던 시절에는 이러한 사실을 부정한다. 하지만 우리는 결국 '운명이라는 것은 파괴되는 것이 아니라, 반대로 우리를 파괴하는 것이다'라는 것을 깨닫게 된다.

나는 강하기보다는 나약했다. 하지만 내 머릿속은 '영원한 사랑에 대한 한편의 거대 서사'로 가득 차 있었다. 그것은 죽음 앞에서도, 수많은 반대 속에서도 강한 생명력을 자랑하는 사랑이었다. 나는 컴컴한 구렁텅이 속에서 나를 구해줄지도 모르는 한줄기 빛과도 같은 대학 학위 취득을 꿈꾸기 시작했다. 런던 대학 졸업 뒤, 학위를 따서 예루살렘으로 돌아온다면, 돈, 명예, 지위 등 모든 면에서 부족하지 않은 부유하고 저명한 인사가 될 것이라는 생각을 가끔씩 했었다. 또 그 당시에는 예루살렘이나 요르단에는 대학이 없었기에, 대학 문턱에도 가보지 못한 사람들 틈에서 유일한 대졸자가 될 것이라는 생각도 해보았다. 그 시절 내가 살던 곳은 암만과 요르단에 속해 있었고 그곳에는 대학이 없었기에, 우리는 베이루트, 카이로, 다마스커스에 있는 대학에 대해서 듣기만 했었다. 그래서 암만이나 서안지구에 사는 사람들은 대학 입학을 위해, 베이루트나 다마스커스, 또는 런던에 입학 허가를 위한 서신을 보냈었다. 내게 런던은 높은 수준을 자랑하는 화려하고 대단한 것이었다. 가끔 사람들이 내게 물으면 나는 "런던에서의 학위 정도면 충분하죠"라고 거만하게 말했다. 하지만 실상은 그렇지 않았다. 아버지에게는 런던 유학은 실패할 게 뻔한 도박이나 다름없었다. 그는 내가 런던에서 공부를 해봤자 보잘 것없는 일자리를 구할 것이고, 결국 굶주림의 그늘에서 벗어나지 못할 것이라 생각했다. 마리암의 형제들에게도 내 대학 학위는 중요하지 않았다. 그들에게 중요한 것은 '대학 졸업 증명'이 아니라, 내가 '알라 외에 신은 없고 무함마드는 그의 사자다'라는 내용의 '신앙 증명'을 한 '무슬림'이라는 사실이었다. 또 그들은 이슬람을 단순한 농담거리나 역사의 굴곡, 사막, 낙타, 야자나무, 아랍 부족으로 정의했다. 하지만 반대로 서양인들이나 런던, 로마는 통치, 문명, 역사의 상징으로 여겼다. 실제로 그 당시의 영국은 여러 대륙으로 뻗어나가며 그 위세를 떨쳤고, 다른 대륙의 모든 통치자들은 그 위세 앞에 무릎을 꿇었다.

그렇다면 로마는 어떠한가? 크리스마스가 되면 곳곳에서 찬양과 찬미를 받고, 이 날을 기념하기 위해 예수탄생 교회와 성묘 교회를 필두로 전 세계의 종들이 울린다. 런던은 통치의 중심지였고 로마는 예수 그리스도가 있는 종교의 중심지였다. 물론 나는 이 두 곳 중, 그 어디에도 아무런 관련이 없었다. 나는 내가 살고 있는 이 나라에서 한 발짝도 나가본 적이 없었고 아랍 유목민의 종교를 고수했었기에 시대에 뒤쳐진 이교도로 분류됐다. 나는 사람들이 마리암의 오빠들인 빅터, 토니, 미셸에 대해 이야기하는 것을 들었지만 동요하지 않았다. 또 마리암과 관련된 일이나, 학위에 대한 꿈을 제외한 그 어떤 것에도 신경 쓰지 않았다. 우리는 그날 이별 아닌 이별을 했지만 결국 다시 만나게 되었다. 마리암이 나를 찾아오거나 내가 마리암을 찾아가는 일이 계속 반복되었다. 그녀의 어머니가 시력이 나빴던 것은 신의 한 수였다. 마리암의 집에 몰래 갔을 때, 가끔 수상함을 느낀 그녀의 어머니가 갑작스럽게 우리가 있는 곳으로 들이닥치기도 했지만, 그때마다 나와 마리암은 움직이지 않고 숨을 죽인 채 가만히 있었고 그걸 눈치채지 못한 그녀의 어머니는 그냥 우리를 지나쳐버렸다. 하지만 동네 사람들은 나와 마리암, 그리고 그녀의 어머니를 가만히 보고만 있지 않았다. 사람들은 그녀에게 "당신 딸, 마리암이 이런 짓을 했고, 저런 짓을 했고 그 무슬림 남자를 좋아한대요. 무슬림들이 글쎄, 기독교 여자들은 모두 마리암처럼 천방지축 자유분방한 여자들이라고 욕하고 수군거리지 뭐예요"라고 했다. 어느 날은 식료품 가게에서 이본과 마주쳤는데, 그녀는 내게서 고개를 돌려버렸다. 그리고 "좋은 아침이에요!"라는 나의 인사에 답하지도 않았다. 목사님조차도 마리암에게 "인간은 서로 형제임이 분명하지만 시골 마을과 이곳의 전통, 네 오빠들을 생각해 봤을 때, 또 지금 이 나라와 이 시대의 환경을 고려한다면, 네 자신 이전에 다른 사람들에 대해 먼저 생각해 보아야 한다"고 말했다. 또 "마리암, 너의 어머니, 오빠들, 네 평판, 더 나아가서는 무슬림들이 우리 공동체에 대해 어떤 생각을 할지도 고려해야 한단다. 그들이 뭐라고 말할지, 무슨 말을 계속할지 너는 생각을 해봐야 해"라고 마리암을 설득하기도 했다. 하지만 마리암은 그 말을 듣지 않았다. 그녀는 이미 그런 소문이나

충고, 그리고 그것들이 남기게 될 마음의 상처에 질릴 대로 질려버린 상태였다. 과거 사제와 그녀에 대한 이야기, 죽은 남동생과 그녀에 대한 소문으로 그녀는 이미 단련이 되어 있었고, 그 두 사람에 대한 죄책감 때문인지 마리암은 어떤 위협에도 굴하지 않았고 오히려 강하게 맞섰다. 사람들은 그녀를 저주했고 기독교인들은 그녀가 '무슬림 남자'를 사랑했기에 마리암을 배척했다. 무슬림들 역시 마리암이 돌로 쳐 죽일 매춘부라고 손가락질했다.

마리암은 그 이후로 더 이상 마을에 나타나지 않았다. 식료품 가게에도, 이본의 집에도, 목사님에게도 가지 않았다. 그녀는 교회로의 발길도 끊었다. 이제 내가 그녀의 유일한 세상이 되었다. 그러다 지루해지면 마리암은 예루살렘으로 갔다. 그리고 그곳에 있는 아르메니아 수도원에서 나와 만남을 가졌다. 하지만 그녀는 이제 더 이상 집안에서 돈 관리를 하지 못했고, 그녀의 어머니가 외출을 막고 위협을 하면서 계속 딸의 뒤를 쫓아다녔기에, 이제 예루살렘에 가는 것은 물질적으로도, 정신적으로도 힘든 일이 되어버렸다. 그러자 마리암은 만델바움 게이트*를 지나 나사렛**으로의 도망을 꿈꾸기 시작했다. 나사렛에는 수녀인 그녀의 이모가 살고 있었다. 그녀는 매년 크리스마스마다 만델바움 게이트를 통해 마리암의 집에 방문했었는데, 올 때마다 그녀는 마리암에게 나사렛은 기독교인들의 터전이

---

* 과거 예루살렘 시가지에서 요르단과 이스라엘 국경을 나누고 검문소 역할을 했던 문을 의미한다.
** 팔레스타인 북부의 작은 도시로, 그리스도의 성장지이기도 하다.

고 마치 천국 같은 곳이라고 말하곤 했다. 그래서인지 마리암은 가끔 이상한 논리로 나를 놀라게 만들었다. "그곳에서의 삶은 천국과도 같대요, 그곳 이스라엘에서의 삶은 정말 천국 같을 거예요. 만델바움 게이트를 통해서 그곳으로 간 다음, 거기에서 숨어 살고 몰래 결혼도 해요."

나는 놀라서 그녀를 물끄러미 쳐다보았다. 그리고 퉁명스러운 목소리로 말했다.

"지금 무슨 말을 하는 거야? 이스라엘에서 숨어 살자고?"

마리암은 마치 우리의 일부가 아닌 것처럼, 지금은 전쟁 중이라는 사실을 인식하지 못하는 사람처럼 너무도 단순하게 말했다.

"그곳에 가면 우리는 자유로워질 수 있고 결혼도 할 수 있어요. 거기에서는 미국처럼 살 수도 있다고요."

나는 날카로운 어조로 말했다.

"당신은 이스라엘이 어떤 곳인지 몰라? 만델바움이 무슨 의미인지 모르냔 말이야! 내 형 왓다훈과 후세이니 해방군, 그리고 벽들과 만델바움, 수천 명의 희생자들, 예루살렘으로 진격하다가 죽은 그 사람들을 모르는 거야? 우리는 지금 전쟁 중에 있다고. 이 상황을 모르겠어?"

그러자 마리암은 어처구니없을 정도로 간단하게 말했다.

"알고 있어요, 알고 있다고요, 하지만 나와 당신, '우리'는요? 대체 뭐가 더 중요한지 모르겠어요?"

나는 그녀의 어머니가 자식들과 조국, 그 둘 중 무엇이 더 중요한

지에 대해 말했던 것을 기억한다. 그녀는 브라질, 수도사, 수녀원에 대해서도 이야기했었다. 그리고 마리암은 그곳에서, 그러한 환경 속에서 교육을 받으며 자랐다. 마리암은 이 나라와, 이 현실과, 이 국가적 사안과는 아무 관계가 없는 사람이었다……. 그녀는 마치 외국에서 잠깐 여행을 온 관광객 같았다! 하지만 나는 달랐다. 나는 이 현실에 살고 있는 사람이었고, 그 현실 때문에 희생된 형의 동생이기도 했다. 나에게는 아버지, 어머니, 사라, 직장, 대학 학위, 그리고 언젠가 나 자신의 온전한 주인이 되고자 하는 꿈이 있었다. 하지만 이러한 현실 때문에 나는 참고 기다려야 했고 차근차근, 긴 호흡으로 일을 진행시켜야 했다. 미래를 만들어가야 하는 우리에게 서두르는 것은 일을 그르칠 뿐이었고, 현재로써는 인내만이 살길이었다. 여전히 겨울같이 차가운 현실에 갇혀 있지만 여름이 오면 이 문제는 자연히 해결될 것이라고 기대하고 있었다.

하지만 예상치 못한 마리암의 임신으로 우리는 패닉 상태에 빠졌다. 임신 후 마리암은 태아를 지우기 위해 예루살렘에서 구할 수 있는 약이라는 약은 다 먹었지만 효과가 없었다. 우리에게 남은 선택이라고는 낙태 수술밖에 없었다. 하지만 수술을 하기 위해서는 돈이 많이 들었고 우리 수중에는 그 정도의 돈이 없었기에 나는 아버지에게 손을 벌릴 수밖에 없었다. 하지만 아버지는 서툰 발음을 하는 '그 기독교인 여자'가 누군지 계속 알고 싶어 했다. 이미 아버지는 보석공, 상인들, 자개 세공인, 은제품 가게 사람들로부터 마리암에 대한 이야기를 들었던 참이었다. 그들은 아버지에게 "자네 아들이, 글쎄 기독교인 여자랑 사랑에 빠졌대, 자네가 중간에 개입을 좀 해야겠어"라고 말했다. 하지만 아버지는 내 일에 개입하지 않았고 결국은 내가 아버지를 찾아가게 되었다. 이렇게 나는 내게 사업을 물려받게 하려는 아버지와 흥정을 하고 담판을 지을 수밖에 없게 되었다. 아버지의 사업은 그 종류가 다양해졌다. 여기저기에 채석장이 생겼고 아버지는 나에게 그중 몇 곳을 관리할 것을 제안했다. 아버지는 차갑게 말했다. "기독교인이라고? 그래 뭐가 문제될게 있겠니? 한 번 만나보게 그 아이를 이리 데려오너라. 상인들이 하는 말이 굉장히 예쁘다고 하더구나!" 하지만 내가 이 얘기를 하자 마리암은 단호하게 이 제안을 거절했다. 그리고 반감을 갖고 내게 말했다. "저는 제 가족의 손에서 벗어나 당신 아버지의 통제하에 살지 않겠어요."

나는 나의 무기력함에 좌절하며 마리암에게 "적어도 우리 아이의 이름은 토니가 아니라, 내 아버지의 이름을 딴 이스마일이어야 해"*라고 말했다. 그 말에 마리암은 내게 화를 냈지만 결국 이틀 뒤, "우리 어떻게 해야 할지 한번 생각해봐요. 제 배가 점점 불러오고 있어요"라고 말하며 내게 다시 화해의 신호를 보내왔다.

아버지는 어느 날 내게 말했다.

"내 얘기를 잘 들어보아라, 거기 사막으로 가서 돈도 벌고, 마리암이라는 그 아이와도 결혼하여라. 네 누나 사라와 함께 데리고 가는

---

* 아랍에서는 작명을 할 때, 본인의 이름 뒤에 아버지와 할아버지의 이름(또는 가문 이름까지)을 붙이는데, 보통 손자의 이름은 할아버지의 이름을 따서 작명을 하는 경우가 많다.

거야. 이제는 좀 현명해지렴. 돌멩이 하나로 여러 마리의 새를 잡는 거야. 도랑 치고 가재 잡는 격이지."

하지만 그 여러 마리의 새는 결국 나를 위협하는 새장과 감옥이 되어버렸다. 나는 그 감옥에 갇힌 죄수가 되었고 슬퍼졌다. 두려웠고 망설여지기도 했다. 만약 내가 아버지의 말을 따른다면, 나는 분명 내 자아를 잃고, 런던 학위를 가진 위대한 작가가 될 것이라는 내 꿈을 잃게 될 것이었다. 출판을 하겠다는 나의 꿈! 나는 아직 책을 내보지도 못했고, 앞으로 읽어야 할 책들도 너무나도 많았다. 나는 지난 몇 달간 글쓰기, 독서, 공부와 담을 쌓았다. 나 자신의 해방과 미래를 위해 차근차근 벽돌을 쌓아가는 것도 멈추었다. 내 자아와 열정들을 잃기 시작했고 내 머릿속을 가득 채운 것은 마리암과 지금 내게 닥친 문제의 해결책을 찾는 것뿐이었다. 내 삶의 균형이 깨졌고 나는 삶의 노예가 되어버렸다. 나는 나를 지탱해주던 날개와 자존감, 목사님의 신임을 잃었다. 목사님이 나의 근황에 대해 물으러 오면 나는 그에게서 달아나 예루살렘으로 가버렸다. 사라는 내가 왜 자신과 함께 아버지를 만나러 가지 않는지, 왜 본인의 결혼 준비에 함께하지 않는지 이해하려고 노력하는 듯했다. 하지만 어머니는 본인에게 소홀하고, 도무지 예루살렘의 집으로 돌아가려 하지 않는 나의 무심함을 비난했다. 나는 여러 문제들 사이에서 방황했고 모두에게 쫓기고 있었다. 아버지, 어머니, 사라, 목사님 모두가 사방에서 나를 옥죄어왔다. 그리고 마리암의 오빠들, 사람들의 소문까지 나를 괴롭혔다. 마리암의 낙태수술은 결국 하지 못했다.

마리암의 아이, 그녀의 아이는 내게 적이 되어버렸다. 그 아이는 나의 삶을 뒤집어버렸고, 내 신념을 뒤흔들어버렸다. 그동안 나는 '인간은 자신이 선택한 삶을 살게 된다'고 굳게 믿었었다. 하지만 그 아이는 내게 삶이 결코 그렇지 않다는 것을 증명해주었다. 그전의 나는 '인생이란 내가 선택한 길로만 갈 수는 없다'라는 말을 부정했 었다. 동시에 그런 생각을 가지고 사는 보통의 사람들에게 동화되는 것을 거부했었다. 나는 내가 다른 사람들처럼 나약한 존재가 아니라 고 생각했다. 내 눈에 그들은 아무런 의지 없이 파도에 휩쓸려 다니 는 종이배 같았다. 그들은 너무나 나약하고 항상 두려움에 떨고 있 었다. 해결책이나 생각, 계획도 없는 존재였다. 하지만 나는 달랐다. 나는 작가이자 예술가였고 체계적인 계획을 가진 사람이었다. 런던 에서 학위를 따서 책을 출판하게 될 것이었고 분명 남들과는 다른, 그들보다 뛰어난 존재였다. 왓다훈과 후세이니가 무기를 들고 싸웠 다면 나는 연필을 들고 싸우는 것이었다. 마리암과 그녀의 아이만 아니었다면! 왜 마리암의 아이는 끈질길 정도로 유산되지 않는 걸 까? 나는 내 형 왓다훈과 후세이니, 이스라엘과 만델바움이 뭔지도 모르는 여자와 사랑에 빠졌고, 이제 그녀라는 감옥에서 벗어나지도 못하는 무기징역의 죄수가 되었다. 이 땅이 아닌, 저 멀리 브라질과 수녀원에서 교육을 받은 그녀는 이곳에서 마치 관광객처럼 살아왔 다. 가끔 알아듣기 힘든 말을 하며 조상 대대로 전해져 온 아랍어를 파괴하기도 했다. 마리암은 내가 쓴 글을 읽지도 못했고, 내가 하는 이야기도 이해하지 못했다. 그녀는 자신의 남동생 미슈가 팔레스타인 독립을 위해 희생한 내 형 왓다훈과 같은 사람이라는 듯이 말하곤 했다. 그녀는 대륙을 건너 이곳저곳을 다녀봤지만 막상 그녀 자신의 세계는 좁기만 했다. 그녀와 나 사이의 거리감은 너무나 컸다. 그녀는 내 삶을 뒤바꾸어 놓았다. 또 그녀의 아이는, 마리암의 아이는 과연 내 친아들이 맞기는 할까? 혹시 내가 아닌 그 사제의 아들은 아닐까? 도대체 어떤 사람이 내가 그 아이의 친아버지임을 증명해 줄 수 있을까? 누가 마리암의 뱃속에 있는 아이가 내 아들이라고 확신해 줄 수 있단 말인가?

**

여름이 찾아왔지만 나는 여전히 불안정한 상태였다. 마리암의 배가 불러오면서 태아도 함께 자라났다. 이제는 배가 너무 불러와서 감추기도 힘든 상태였다. 마리암은 밖에 나가지 않고 온종일 집안에 숨어 있었다. 그녀는 신경이 날카로워졌고 예민해졌다. 그녀의 어머니는 시력이 나빴지만 마리암이 임신을 했다는 것을 알아차리고는 그녀에게 더 냉정하고 엄해졌다.

이제 마리암은 자신의 남동생을 죽였다는 말뿐만 아니라 가족 모두를 죽이게 됐다는 말을 듣게 되었다.

아랍 세계의 전반적인 상황이 급박해지고 전운이 감돌면서 문제는 더 악화되었다. 압둘 나세르가 샤름 엘 셰이크*에 대한 성명을 발

---

* 이집트 시나이 반도 남단에 위치한 도시의 이름이다.

표하자 분위기가 뜨겁게 달아올랐고, 전 세계의 언론들 역시 바쁘게 움직이기 시작했다. '아랍의 소리'를 필두로 한 라디오 방송에는 승리와 찬양의 노래가 끊임없이 흘러나왔다. 거리는 청년들로 가득했고 찻집들은 아예 가게 밖으로 스피커를 옮겨놔서 길을 지나가는 사람들도 나세르의 목소리와 혁명, 해방 노래를 들을 수 있었다. 예루살렘도 승리의 개선문과 나세르의 사진으로 가득했고, 야파와 그곳의 해변이 해방된 이야기들로 떠들썩했다. 아랍인들의 집을 빼앗고 팔레스타인 사람들을 길거리로 내쫓은 이스라엘인들에게 무엇을 해야 한다는 말인가? 우리의 해변이 그들 손에 들어간다면 우리는 대체 어떻게 해야 할까? 모든 거리가 격분과 흥분으로 뜨거워졌고 젊은이들은 차나 트럭을 타고 셔츠를 흔들어대며 "팔레스타인, 우리가 간다!"라고 외쳤다. 유명한 가수들은 승리와 자유, 팔레스타인에서 비롯된 아랍의 단결을 외치는 노래들을 불렀다. 여자들은 작은 무리를 지어 칼과 무기를 다루는 훈련을 했다. 젊은 학생들은 학교에 소집되어 일촉즉발과도 같은 전쟁을 눈앞에 두고 무기를 다루는 훈련을 받았다. 사라도 이 무리에 가입하려 했지만 어머니가 펄쩍 뛰며 사라를 말렸고 결국 어머니는 내가 있는 시골 마을로 누나를 데리고 왔다. 어머니는 나와 사라를 보호하기 위해 시골로 내려온 것이었다. 어머니가 온 그날, 나는 샤름 엘 셰이크에서 움직임이 시작됐다는 뉴스와 전쟁에 돌입한다는 왕의 성명을 학교에서 듣고 있었다. 전선은 확대되었고 레바논을 제외한 모든 이스라엘 주변 국가들이 전쟁에 참여했다. 갑자기 학교 경비원이 들어오더니 내게 "자네의 어머니와 누나가 왔네"라고 전해주었다. 나는 갑작스러운 가족의 방문에 당황한 채 어머니와 누나를 데리고 내가 살고 있는 방으로 갔다. 당장 눈앞에 일어난 전쟁과 외양간 같은 집에 머물게 된 어머니와 사라, 그리고 나를 쫓는 마리암까지, 나는 내가 처해 있는 상황이 너무나 혼란스러웠다. 이 모든 숨 막히는 상황에서 내가 무엇을 해야 할까?

내 형, 왓다훈의 모습, 하이파, 야파, 시의 구절, 여러 감정 등, 몇 년 전부터 나를 잠식했지만 결코 인식하지 못했던 그 무언가가 내 속에서 꿈틀대기 시작했다. 그리고 그 여름, 나는 그것들이 무엇인지 인식했고, 내 안에 있던 모든 감정들이 밖으로 쏟아져 나오기 시작했다. 라디오에서 전해지는 소식에는 나는 흥분하며 끓어올랐고 불안정한 상태로 길거리를 배회하기도 했다. 정열과 혼란이 동시에 나를 엄습해오면 마치 하늘로 날아가버릴 것만 같았다. 그러던 어느 날 마리암이 염소를 데리고 나를 찾아왔다. 염소 목에 달린 종소리가 저만치 울려왔다. 그녀는 내게 우리가 처한 현실이 무엇인지 상기시켜주기 위해 온 것이었다. 나는 그런 마리암이 혐오스러웠고 그녀에게서 도망치고 싶었다. 마리암이 문과 창을 두드리자 사라가 나 대신 나가서 무심하게 대꾸했다. "네, 무슨 일이시죠?" 그러자 마리암은 속삭이는 말투로 "이브라힘을 만나고 싶어요"라고 말했다. 사라는 내가 들을 수 있을 정도의 높은 목소리로 "이브라힘은 지금 예루살렘에 있고, 이곳에는 없어요. 이브라힘에게 무슨 볼일이라도 있나요?"라고 묻고는 탐색이라도 하듯이 머리끝부터 발끝까지 마리암을 찬찬히 살펴보았다. 그리고 비꼬는 말투로 "당신이 마리암인가요?"라고 물었다. 하지만 마리암은 그 질문을 못 들은 척 사라의 물음에 대답하지 않았고, 대신 조용히 "고마워요"라고 말하고 돌아섰다. 나는 창문 뒤에 숨어서 그녀가 사라지는 모습을 지켜보았다.

어머니는 내게 물었다.

"마리암이 누구니? 솔직히 말해보아라. 너와 그 여자에 대해 들은 얘기가 있는데, 그게 사실이니?"

나는 라디오에 귀를 고정한 채 어머니의 물음에 답하지 않았다. 대신 "압둘 나세르의 말이나 들어보세요"라고 말했다.

그러자 이번에는 사라가 말했다.

"사랑이라는 건 철없는 사람들이나 하는 거지. 너도 그런 거니?"

그러자 어머니는 "그렇다면 사람들이 하는 말이 맞는 거니? 솔직히 말해보아라"라고 말하며 나의 대답을 재촉했다.

내가 계속 대답을 하지 않자 어머니는 손에 쥐고 있던 칼을 놓고 야채 썰기를 멈췄다. 그리고 걱정이 가득한 목소리로 내게 말했다.

"우리는 이미 많은 어려움을 겪었어. 나세르나 마리암에 대한 이야기는 내게 하지 마라, 이미 충분해. 네 누나가 결혼하면 너는 누나랑 나를 데리고 사우디아라비아로 가는 거야. 저런 여자랑 결혼한다는 게 말이 된다고 생각하니? 너는 네 누나의 남동생인 동시에 우리의 보호자이기도 해.

네 아버지는 말만 많을 뿐, 우리에 대한 책임 같은 것은 절대 지지 않는단다. 네가 우리를 책임져야 해. 너는 이 세상에서 유일하게 우리가 가진 전부이자 우리가 기댈 수 있는 사람이야. 내게 남은 거라고는 너밖에 없다. 너는 내게 있어 이 세상이고 동시에 내 삶의 전부이기도 해."

말을 마친 어머니가 애틋한 눈빛으로 나를 바라보자, 마치 심장이 송두리째 뽑혀나간 것 같은 기분이 들었다. 어머니와 나의 관계는 단 한 번도 이렇게 감정적이었던 적이 없었고, 어머니는 이런 식으로 내게 애정이 듬뿍 담긴 말을 해준 적이 없었다. 아니면 어머니는 늘 그렇게 말해왔지만 형의 잔상 때문에 내가 어머니의 말에 담긴 감정을 제대로 느끼지 못했던 것일 수도 있었다. 아버지는 창백한 내 얼굴을 물끄러미 바라보며 "이 아이가 제대로 자랄 수 있기나 할까…… 신이시여, 보살펴주시옵소서"라고 되뇌었다. 나는 또래에 비해 체구가 작았고 약하면서 몸도 말랐기 때문에, 설익은 채로 나무에서 곧 떨어질 것만 같은 작은 열매 같다는 느낌을 주며 성장했다. 반대로 나의 형 왓다훈은 대추야자나무처럼 키가 컸다. 하지만 키 큰 대추야자나무는 어느 날 갑자기 쓰러지더니 완전히 사라져버렸고, 우리 집에는 누나인 사라와 그를 대신할 아들, 바로 내가 남게 되었다……. '대추야자나무를 대신한 어린 양',* 나는 이 표현을 귀가 닳게 들었다. 또 나 자신도 얼마나 많이 이 말을 머릿속으로 되뇌며 괴로워했던가. 하지만 지금 돌이켜 생각해보면 어쩌면 나는 남들에게 이 말을 직접 들은 게 아니라, 혼자의 상상 속에서 이 말을 만

---

* 아랍인들에게 있어 대추야자나무와 어린 양을 비교했을 때 그 가치는 전자가 후자에 비해 훨씬 더 크게 여겨진다.

들어낸 것일 수도 있겠다는 생각이 들었다. 대체 누가 인간의 기억과 우리가 기억해내는 것들에 대한 비밀에 대해 다 알아낼 수 있을까? 우리는 정말 우리가 직접 보고 느끼고 속으로 감춰왔던 것들을 '있는 그대로' 기억해내는 걸까? 사실 결과는 이미 정해져 있었기에 큰 차이는 없다. 결국 나는 나 자신이 어린 양이고, 형은 대추야자나 무라고 생각했기 때문이다.

어머니의 상심한 듯한 모습에 내 가슴은 또다시 무너졌다. 어머니는 다시 내게 말했다.

"네게 무슨 일이라도 생기면 나는 죽어버릴 거야. 네 아버지도 나를 떠났고 네 형도 세상을 떠났고 이제 내게 남은 건 너 하나밖에 없단다. 너는 내 인생이고 너무나 소중한 사람이야."

어머니는 슬픈 눈빛으로 나를 바라보았다. 그리고 "그 여자 때문에 네 아버지처럼 너도 나를 떠날 거니? 제발 그러지 마라!"라고 내게 애원하듯 말했다.

나는 울컥해서 "엄마, 말도 안 돼요, 제가 어떻게 그럴 수 있겠어요! 엄마는 제게 축복이자 행복이에요. 또 우리의 사랑이기도 하고 이 세상 최고의 어머니이기도 해요"라고 말하며 어머니를 안심시켰다.

그러자 어머니는 고개를 떨궜다. 어머니의 흰머리와 듬성듬성하게 난 머리카락 사이로 환하게 드러난 두피를 보자 가슴이 아파 왔다. 불쌍한 우리 어머니는 무엇을 잘못해서 이렇게 되어버렸을까? 살면서 무슨 죄를 지었기에 이런 벌을 받는 걸까? 의지할 남편도, 아들도, 형제도 없다니. 심지어 자신을 보살펴 줄 아들도 어머니에게는 없었다. 이렇게 전쟁은 어머니와 형의 잔상을 위협하고 있었다.

나는 어머니에게 속삭이듯이 말했다.

"만약 저와 예루살렘 중 하나를 선택해야 한다면, 무엇을 고르시겠어요?"

그러자 어머니는 그 질문에 놀랐는지 가만히 나를 바라보았다. 손에서 칼을 놓지 않고 경직되어 있던 그녀가 두려움이 묻어나는 목소리로 내게 물었다.

"대체 무슨 질문이 그래?"

나는 부드러운 어조로 다시 설명했다.

"그냥 알고 싶어서요, 둘 중에 하나를 고르라면 누구를 택하시겠어요?"

어머니는 내 질문에 대답하지 않았고 멈추었던 그녀의 칼질이 다시 시작되었다. 나는 고집스럽게 또 같은 질문을 했다.

"제 말은, 만약 그들이 예루살렘을 정복하게 된다고 가정했을 때요."

그러자 어머니는 고개를 들어 내가 어릴 적 무서워했던 바로 그 눈빛으로 나를 응시했다. 마치 옛날로 돌아가서 나는 어린 아이가 되고, 어머니는 나보다 훨씬 큰 사람이 된 것 같았다. 하지만 그녀의 두 눈은 무기력한 눈물로 가득 차 있었다.

어머니는 결국 고개를 떨어뜨리고 아무 말도 하지 않았다. 그녀의 생기 없는 머리와 흰머리 밑으로 보이는 하얀 머리 가죽을 보며 나는 어머니가 불쌍하기도 했고 내가 한 말에 대해 후회가 되기도 했다. 그래서 궁금증은 잠시 접어두고 "어머니 죄송해요"라고 사죄했다. 그러고는 다시 라디오에 귀를 기울였다. 라디오에서 흘러나오는 압둘 나세르의 연설은 아랍 공동체의 운명과 전쟁의 징후를 결정짓는 중요한 지표였다. 어머니는 그의 연설을 듣더니 즉흥적으로 "신께서 저 목소리를 보호해주시길"이라고 말하며 다시 야채를 썰고 라디오에 집중하기 시작했다.

어머니는 압둘 나세르를 좋아했다. 그녀는 항상 "네 형이 만약 살아 있었다면, 압둘 나세르처럼 됐을 거야"라고 말했었다. 그러면 나는 질투심에 "그래요, 그럼 나는요?"라고 어머니께 질문했다. 어머니는 그런 나를 연민의 시선으로 바라보며 "너도 똑똑하지, 잘 먹고 열심히 공부하면 나중에 커서 네 형 같은 사람이 될 거야"라고 대답했다. 나는 이미 다 커버렸다. 잘 먹고 공부도 열심히 했지만 형 같은 사람이 되지 못했다. 마리암, 나는 이제 어떻게 해야 할까?

아침이 되자 나는 어머니와 누나를 밥 알 아무드*까지 데려다 주었다. 그리고 서로가 상충되는 약속을 한 채 다시 내가 살던 마을로 돌아왔다. 하나는 두려움에 떨고 있는 어머니에게 한 약속, 다른 하나는 나세르와 그의 꿈에 대한 약속, 그리고 예루살렘에 대한 약속까지. 나세르의 약속은 예루살렘에 대한 나의 약속이기도 했다.

전쟁이 시작되기 직전, 마리암의 오빠들이 마을로 찾아왔다. 그들은 마을을 떠도는 추문에 종지부를 찍을 방법을 찾기 위해 서둘러

---

* 예루살렘 구시가지를 둘러싼 8개 문들 중 하나로, 북쪽 성벽 중앙에 위치해 있다. 아랍어를 해석하면 '기둥의 문'이라는 뜻을 지니고 있다.

이곳으로 온 참이었다. 그들은 항구와 공항 전역에 비상사태가 선포되었음에도 불구하고 브라질에서의 모든 일을 제쳐둔 채 이곳으로 달려왔다. 그들은 자신들의 체면과 존엄성을 회복하기 위해, 누군가의 죽음을 방관만 할 이 마을로 들이닥친 것이다. 추문을 일으킨 여자를 죽이는 것은 이곳에서의 법이자 전통이었고 '여자의 수치는 그녀의 피로써 씻어낼 수 있다'라는 것이 이곳의 정설이었다. 마리암은 오빠들을 피해 교회, 그리고 목사님의 집으로 피신했다. 이전에 내가 그녀의 방문을 피했음에도 불구하고, 마리암은 내게 위험을 알리기 위해 우리 집까지 찾아왔다. 그녀는 문과 무화과나무 밑에 있는 창문을 두드리며 "도망가요, 이사와 토니 오빠가 총을 들고 와요!"라고 속삭였다.

그리고 몇 분 뒤, "이브라힘이 누구야, 당장 이리 나와!!!"라는 남자의 목소리가 어둠 속에서 들려오면서 총소리가 뒤따라 울렸다. 나는 무화과나무 밑에 있는 동굴에 숨었다가 포도밭 사이로 들어가 구불구불한 흙길 위를 미친 듯이 뛰어서 결국 예루살렘이 보이는 변두리의 높은 지대로 올라가는 데 성공했다. 그곳에는 카키색 옷을 입은 청년들이 뛰며 훈련을 하고 있었고 그들 뒤로는 군용 차들이 보였다. 나는 그들 사이로 몰래 들어가서 밥 알 아무드에 도착할 때까지 쉬지 않고 그들과 함께 뛰었다. 그곳에 도착한 뒤 나는 대열에서 나와 시장으로 들어갔고 새벽 아잔이 울릴 때 집에 도착했다. 어머니가 문을 열어줬는데 그녀는 새벽 예배를 드리기 위해 막 잠자리에서 일어난 모습이었다. 나를 본 어머니는 갑자기 울기 시작했다. 거의 쓰러질 것처럼 형편없는 내 모습과 길에 있던 흙으로 엉망이 된 내 옷은 어머니에게 죽은 형의 모습을 떠올리게 하기에 충분했다.

이튿날 아침이 되고, 나는 마을의 젊은이들이 줄을 서 무기 해체 및 닦기 훈련을 받는 모습을 보았다. 조금 뒤 장교가 오더니 젊은이들 대열의 한가운데에 서서 권총의 몸체를 분리하기 시작했다. 그는 "이것은 화승총이고 이것은 총구이며 이것은 수류탄이다"라며 차례대로 무기들을 설명했다. 수류탄은 낡았고 무기들도 부족했지만 청년들은 서부 예루살렘과 하이파, 야파에서의 승리와 해방 소식을 전하는 라디오 뉴스를 들으며 노래를 불렀다. 나는 창문을 통해 그들을 바라보면서 지금의 내 처지와 나약함에 부끄러워졌다. 밖에 있는 사람들은 예루살렘의 해방을 축하하는데, 나는 마리암과 그녀의 오빠들을 피해 집안에 숨어 있는 처지였다. 마리암과 그녀의 아기만 없었더라면!!!

정신없이 뜨겁게 달아오르는 상황 속에서 마리암이 사라져버렸다. 그녀는 내 기억의 한편으로 점차 밀려나게 되었고 나는 사람들이 사는 세계로 다시 동화되어 정치적 현안에 몰두하기 시작했다. 그리고 며칠 동안 너무나 많은 일들이 홍수처럼 내게 쏟아졌고 아버지는 예루살렘이 해방된 이후 상황이 어떻게 변할지 가늠해보며 흥분하는 모습을 감추지 못했다. 해방된 예루살렘은 지금과는 다른 예루살렘이 될 것이었다. 완전히 달라진 새로운 예루살렘은 아니지만 분리 장벽이 없고 만델바움 게이트가 없는 예루살렘이 되는 것이었다. 벽이 무너지면 모두가 해변과 하이파 항구로 몰려들 것이고, 항구들과 배, 상인들이 그곳에 모이면서 더 넓은 세상과 지평선이 열리고, 장벽이 허물어질 것이었다. 즉, 역사가 새로 시작될 것이 분명했다.

우리 나라가 다시 각성하여 미래의 주도권을 쥐기 시작하는 것이다. 승리와 변화에 대한 기대 속에서 나는 나의 꿈과 죽은 형의 모습을 되새겨 보았다. 이제 마리암은 바람에 휩쓸려 사라진 옛 이야기가 되었고 역사의 장에는 끼지도 못할 보잘것없는 이야기가 되어버렸다. 역사는 나의 종이에 남게 되고 나는 역사의 흐름에 중추적인 역할을 하게 되는 것이다. 역사 그 자체는 이미 기록이 되어 왔기에, 나는 역사적 이야기를 쓰기로 했다. 영웅들이 나오는 이야기에는 개개인의 사소한 이야기는 그 비중이 줄어들게 마련이다. 그렇게 마리암은 내 머릿속에서 서서히 희미해지다가 결국은 잊혀진 기억이 되어버렸다. 기억은 저 멀리 흘러가버렸고 사랑도 사라져버렸다.

마리암과 그녀에 대한 기억이 사라지면서 나라는 존재 역시 사라졌다. 예루살렘도 사라져버렸다. 이제 우리는 강과 총, 점령군에 의해 둘로 나뉜 지역에서 떨어져 살게 되었다. 나는 부대 형태의 혁명 대원으로 활동하다가 요르단 강과 계곡 사이에서 유격 활동을 하게 되었다. 그렇게 결국 우리는 망명의 상징이 되었다.

SAHAR KHALIFEH

THE IMAGE, THE ICON, AND THE COVENANT

성상

그 뒤로 일 년, 그리고 몇 년이 더 흘렀다. 나는 이전의 모습과 달라졌고 여러 도시들과 단체, 회사들을 전전했다. 그러다 결국 미국 석유회사에 취직해서 쿠웨이트, 런던, 그리고 로마와 뉴욕으로 이주했다. 그곳에서 나는 베트남전 반대 운동가로 활동했던 한 미국 여성과 결혼했다. 하지만 우리는 결혼한 지 이 년 만에 이혼했고, 그녀는 내게 자식 대신 '그린 카드(미국에서 발급되는 영주권을 지칭)'만을 남기고 떠나갔다. 나는 다시 오스트리아로 건너가서 그곳 여성과 재혼했고 일 년 만에 다시 이혼했다. 그다음으로 나를 거쳐 간 여성들은 에바, 에블린, 수지라는 여자들이었다. 그 이후 사우디아라비아로 이주했을 때, 나는 거기에서 아랍 여성과 다시 재혼했다. 사우디아라비아에서는 사라 누나네를 중심으로 가족이 한데 모이게 되었다. 그리고 그 시기 채석 사업이 시장을 강타하면서 크게 호황을 이루었다. 사라의 남편은 나를 큰 거리로 데려가 서안지구에서 가져온 석재로 지은 건물들과 성들을 보여주었다. 팔레스타인의 서안지구에서 생산된 석재들이 걸프 시장에서 많은 인기를 끌며 수요가 많아진 것이었다. 이제 걸프 국가라 하면 두바이, 샤르자, 아부다비, 그리고 움알쿠와인까지 포괄하게 되었다. 시장 경기가 되살아나고 석유가 넘쳐나면서 우리는 엄청난 오일달러를 손에 쥐게 되었다. 나도 당장 그 시장에 뛰어들어서 본격적으로 서안지구에서 석재들을 가져와 공급했고, 그곳에서 일꾼들도 데려왔다. 아버지의 사업은 호황의 정점을 찍었고 나 역시 성공의 기틀을 닦았다. 나는 그 돈으로 건물과 공장들을 짓기 시작했고 아파트와 주택을 판매하게 되었다. 이어

걸프전이 발발하자 시공 사업을 맡았고, 미군에게 참호를 파고 길을 내는 데 필요한 채석 장비와 불도저를 제공하는 사업을 했다.

이렇게 우리 가족은 백만장자 부럽지 않은 부자가 되었다. 이후 나는 팔레스타인의 미망인들과 고아들을 후원하는 내 이름으로 된 재단을 설립했다. 나는 경제적으로 저명한 인사가 되었고 도움이 필요한 사람들을 돕는 너그러운 자선가가 되었다. 또 정치적 칼럼이나 짧은 단편소설 몇 편 정도만 기고했을 뿐인데도, 어느새 문학과 문화사업의 후원자가 되어 있었다. 백만장자급의 경제적으로 유명한 인사가 된 나는 드디어 백만 년처럼 길게 느껴졌던 타향살이를 마치고, 그동안 벌어들인 돈을 갖고 고향인 예루살렘 땅을 밟았다. 어머니는 내가 돌아오고 나서 몇 달 뒤 돌아가셨고, 아버지도 내게 채석 장비들을 남긴 채 어머니보다 몇 년 더 빨리 돌아가셨다. 결국 아버지가 남기고 간 장비들과 채석장은 내가 관리하기로 했다. 그리고 나는 라말라*에 있는 집을 한 채 사서 필리핀 가정부와 모로코 출신의 솜씨가 뛰어난 요리사와 함께 그곳에서 살았다. 하지만 그곳에는 사랑도, 부인도, 아들도, 딸도, 그리고 친구들도 없었다. 같이 어울리던 친구들도 이제 더 이상 함께할 수 없었다. 몇몇 친구들은 이미 세상을 떠난 뒤였고 아직 살아 있는 친구들마저도 다들 어디론가 사라져버렸다. 더 이상 내게 위안이나 위로가 될 만한 것도 없었고 감정이나 취미조차도 남아 있지 않았다. 젊은 시절의 내가 기억의 저편

---

* 요르단강 서안 지역에 있는 팔레스타인 자치정부의 임시 행정수도를 말한다.

으로 사라졌던 것처럼, 문학이라는 존재와 영혼에 대한 동경도 길을 잃은 채 홀연히 사라져버렸다. 하지만 그 대신 나는 빨간색의 새 여권을 얻게 되었고 특별한 혜택을 받으며 다리를 건널 수 있었다.* 그렇게 나는 누구나 다 인정하는 중요 인사가 되었다.

어느 날 내가 세운 '누르 재단'을 지나가다 한 통의 낯선 전화를 받았다. 과거의 기억과 잊혀진 꿈을 다시금 상기시켜준 그 전화를 한 사람은 바로 목사님이었다! 목사님은 지체 높은 대주교가 되어 있었다. 상냥한 말투의 그와 통화를 하니 시골 마을에서 보냈던 지난날들의 추억과, 같이 즐겨 했던 취미 활동, 그리고 우리의 우정과 문학에 대한 꿈들이 다시 떠올랐다. 나는 그에게 "이미 오래 전에 문학에서 손을 뗐어요. 참으로 안타깝네요."라고 말했다. 그러자 목사님은 내 말에 껄껄 웃으며 "과거부터 지금까지 자네가 해왔던 행동들이 현재의 자네를 만드는 걸세, 다행히 그 행동의 주체는 그 누구도 아닌 바로 자기 자신이지. 자네의 경우도 마찬가지야."라며 나를 타이르듯 말했다. 나는 그 말을 듣고 목사님이 나에게 자선사업을 제안한다는 것을 알아차렸다. 그래서 나는 그가 제시하는 것이라면 그 금액과 방법이 어떻든지 상관없이 기꺼이 기부를 할 준비가 되어 있다고 말했다. 목사님은 내게 고마움을 표시하며 "자네가 이렇게 말해줘서 기쁘네. 그만큼 우리의 우정과 관계가 돈독하다는 거겠지. 다시 한 번 자네에 대한 내 신뢰가 확고해졌네."라고 말했다.

---

* 요르단에서 육로로 팔레스타인으로 넘어가는 경우 '말리크 후세인 다리'를 지나야 국경에 갈 수 있다.

하지만 목사님과의 통화를 통해 그동안 내가 부정해왔던 것들이 다시 뇌리에 하나둘씩 떠오르면서 마음이 아파 왔다. 나는 목사님이 나와 마리암에 대해 그 당시 어떤 생각을 하고 있었는지 알고 싶어졌다. 그래서 우리가 살던 시골 마을과 과거에 대한 이야기를 슬며시 꺼냈다. 그런 내게 목사님은 정중하게 "현재의 이 시간은 과거의 그 시간과는 다르고, 현재 일어나는 일도 그때의 일과는 또 다르며, 지금의 사람들 역시 그 시절의 사람들과는 다르다네"라며 다소 미묘한 답변을 주었다. 그리고 차분한 어조로 "과거의 일들이 지금 똑같이 일어난다면 얘기는 달라질 걸세"라고 말했다. 나는 이 말을 듣고 목사님이 과거에 내가 했던 행동을 나무라거나 비난하지 않는다는 것을 깨달았다. 예루살렘에 있는 자신의 사무실로 꼭 오라는 목사님의 초대를 끝으로 우리는 통화를 끝맺었다. 그는 몇 년 전에 예루살렘으로 가서 다른 일을 맡게 되었고 목사 대신 대주교가 되었다! 목사님은 오랫동안 이스라엘의 점령에 맞서 싸웠고, 그의 강경한 입장과 태도는 여기저기서 많은 이들에게 회자되었다. 지금 일어나는 일들은 과거의 그것들과는 분명히 다르다. 실제로 세상은 변했고, 사람들도 달라졌다. 우리 세대는 나이가 들었고 지팡이처럼 되어버렸다. 나는 여전히 강했고 대추야자나무처럼 우뚝 설 수 있었지만, 낮에 작업장을 돌며 걸을 때는 지팡이에 의지할 수밖에 없게 됐다. 회색빛으로 변한 머리카락의 숱은 점차 줄어들었고 두 손은 기미로 얼룩졌다. 소화불량도 생겼고 고혈압, 당뇨, 부정맥 같은 노화로 인한 질환도 생겼다. 또 고질적으로 나를 괴롭혔던 만성 동맥협착 때문에 나는 런던에 가서 수술도 했다. 하지만 나는 여전히 여자를 좋아하고 마리암을 기억하며 학문과 문화를 사랑한다. 또 돈은 한 사람의 동력이자 능력임을 믿어 의심치 않는다…… 정보와 기술 역시 마찬가지다. 지금의 세상은 우리가 지난 60, 70, 90년대에 알던 세상과는 달라졌다. 20세기에 살고 있는 우리는 이제 권력을 쥐게 되었다. 나는 돈이 주는 권력을 갖게 되면서 이를 통해 정부나 보이지 않는 곳에서 이루어지는 일들에 대해 영향력을 행사할 수 있게 되었다. 우리는 서안지구 대신 팔레스타인이 되었고 미국은 과거 소비에트 연방의 자리를 대신해 세계를 이끄는 중심국가가 되었다. 소비에트 연방은 해체되었고 세계는 시장경제와 민영화의 흐름으로 가게 되었다. 팔레스타인이 여러 갈래로 나뉘면서 우리도 변해버렸다. 우리는 혁명가가 아닌 종속자가 되었고 동시에 여기저기 흩어진 파편이 되어버렸다.

이러한 환경 속에서 나의 상황도 달라졌다. 나는 이브라힘이 아닌 이브라힘이 되었고 예루살렘도 예루살렘이 아닌 예루살렘이 되어버렸다. 나는 꿈을 갖는 대신 걱정과 외로움, 공허함, 망각, 예루살렘의 상실로 인한 고통을 안게 되었다.

**

나와 목사님은 함께 시장을 둘러보며 걷고 있었다. 어느 새 날이 어두워지면서 사람들도 하나둘씩 거리에서 모습을 감추었다. 모두가 어두운 밤과 군인들의 군화 소리를 두려워하며 집안에 숨었다. 지붕이 씌워진 길들과 좁은 골목에는 시청에서 나오는 불빛과 청소부들, 그리고 장난감처럼 작은 트럭들만이 남아 있었다. 그 트럭들은 골목을 여기저기 재빠르게 오가며 곳곳에 쌓여 있는 판지 상자나 쓰레기봉투, 박스들을 집어갔다. 지금의 예루살렘은 젊고 활력 있던 과거의 예루살렘과는 다르게 정말 더러웠다. 마치 아무도 신경을 쓰지 않고 방치해버린 노인의 얼굴 같았다. 우리는 아르메니아 수도원 앞을 지나갔다. 순간 마리암과 재스민, 호스텔에서의 하룻밤, 그리고 먹구슬나무에 대한 기억이 떠올랐다. 그때의 나는 아름다웠고 내가 살던 세상도 희망과 꿈으로 가득 찬, 정말 아름다운 곳이었다. 그 시절 내게는 예루살렘의 참새와 비둘기처럼 흰 날개가 있었다. 나는 돔과 종탑 위에서 그 날개를 활짝 펴고 모든 사물을 내 아래에 둔 채, 시간을 초월하며 나의 영혼과 함께 하늘을 훨훨 날아다녔다. 그 시절의 예루살렘은 영혼과 이미지, 역사로 가득했었다. 좁은 길목에 모여 있는 집들은 모두 아치 모양을 하고 있었고 오래된 돌들로 지어졌다. 그 돌들은 우리 조상들의 슬픔과 예수의 고뇌를 담은 채, 다양한 종교의 등장을 지켜보았을 것이다. 그렇게 예루살렘의 집과 돌들은 로마인의 지배와 베두인 부족, 그리고 지금은 폐허가 되어 땅속으로 사라진 여러 도시들의 흥망성쇠를 오랜 세월 동안 그 자리에서 묵묵히 바라보았을 것이다. 이렇게 우리는 과거를 딛고 그 위를 걷고 있다. 우리가 그랬듯 우리의 다음 세대도 현재를 딛고 그 위를 걷게 될 것이다. 우리와는 다른 세대인 그들은 자신보다 먼저 앞 시대를 살았던 우리에 대해 의구심을 품을 것이다. 과연 우리가 잘못을 저지른 걸까? 하지만 대체 누가 그 잘못으로부터 자유로울 수 있다는 말인가! 그러나 중요한 사실은 집단의 잘못은 개인의 죄를 정당화시킬 수 없다는 것이다.

나는 골똘히 생각에 빠진 채, 내 옆에서 함께 걷고 있는 목사님을 바라보았다. 나는 목사님이 마음을 열고 내게 전하지 않았던 모든 것들을 다 말해주길 바랐다. 하지만 목사님이 내게 무슨 이야기를 할지 나는 이미 다 알고 있었다. 그는 내게 교회에서 하는 말이나 예수그리스도의 설교를 전해줄 것이 분명했다. 후회, 사랑, 생각, 관용, 선행 같은 말도 빼놓지 않을 것이다. 이런 말들은 매번 예배를 드리고 설교를 들을 때마다 누구에게나 들을 수 있는 말이었다. 하지만 목사님은 마음속에 대체 무슨 생각을 품고 있을까? 무엇을 감추고 있을까?

나는 더 깊은 주제로 들어가기 위해 여러 방법을 모색하다가, 결국 어린아이처럼 단순하게 말을 꺼냈다.

"목사님, 목사님은 영혼을 믿으시나요?"

그러자 그는 온화하게 미소 지으며 시선을 앞으로 둔 채 계속 걷기만 했다. 그는 쓰레기 더미와 가게들, 상점 주인들의 우울한 얼굴, 거리의 어둠을 응시하다가 상냥한 목소리로 말했다.

"물론, 믿고 있네."

그는 여전히 쓰레기와 사람들의 얼굴에서 시선을 거두지 않은 채 내게 느릿한 목소리로 말했다.

"그리고 사람의 육신과 그들의 슬픔도 믿는다네."

그러고는 내 쪽을 바라보더니 다정한 목소리로 내게 물었다.

"자네는 어떠한가, 자네도 그것들을 믿는가?"

내게 영혼을 믿냐고 묻는다면, 물론 나는 영혼에 대한 믿음을 가지고 있다. 사람의 육신을 믿냐는 질문에는, 글쎄…… 이 주제에 대해서는 논쟁이 많을 것으로 생각된다. 사람을 믿냐고 묻는다면, 나는 잘 모르겠다. 하지만 만약 우리가 영혼을 갖고 있지 않다면, 예루살렘 역시 영혼이 없는 도시가 된다!

나는 당황스럽기도 하고 혼란스러웠다. 나는 예루살렘을 잃으면서 우리가 처한 현실이 어떤지 두 눈으로 똑똑히 보고 있다. 나는 목사님께 말했다.

"예루살렘은 영혼으로 가득 차 있어요, 그런데 왜 억압과 박해를 받아야 하죠?"

그는 내 질문에 답하지 않았다. 나는 재차 물었다.

"저는 이해할 수 없어요! 만약 그 결과가 억압뿐이라면 영혼을 갖는다는 것이 대체 무슨 소용이 있단 말입니까?"

하지만 목사님은 계속 침묵을 지키며 내가 하는 말을 듣기만 했다. 그래서 나도 더 이상 말하지 않고 대신 생각에 잠겼다. 그리고 목사님께 무슨 이야기를 어떻게 시작해야 할지, 그리고 그의 반응은 어떨지 생각했다. 그러다가 나는 결국 거리 한가운데 멈춰 섰다. 빙빙 돌려서 말하기도 지쳐서 나는 단도직입적으로 말했다.

"솔직하게 이야기해주세요, 마리암에 대해 아시는 게 있나요?"

그러자 목사님은 나를 뚫어지게 쳐다보다가 느릿느릿 말을 꺼내기 시작했다.

"자네, 마리암이 어디에 있는지 정말로 알고 싶은가?"

막상 목사님이 그렇게 물어보니 나는 내 내면의 깊은 곳에 자리한 의구심과 공포, 걱정, 황량함과 마주하게 되었다. 두 손에 힘이 풀렸다. 나는 이 기분들로부터 벗어나고 싶어졌다. 그래서 우물쭈물하며 마리암에 대한 이야기 대신 다른 주제를 꺼냈다.

"목사님, 지금 우리가 도착한 이곳은 어딘가요?"

우리는 밥 알 칼릴*에 도착했다. 그 문을 지나자 시멘트와 조명등, 그리고 수많은 길들 위로 다리가 있었는데, 그 시멘트는 감옥의 철창 같은 울타리에 둘러싸여 있었다. 그리고 바로 그곳에서 서예루살렘이 우리를 기다리고 있었다. 서예루살렘을 보니 나크바** 이후 예루살렘이 둘로 갈라지고, 하나의 몸과 하나의 영혼이 둘로 분리되었던 그 잊혀진 아픈 기억들이 떠오르기 시작했다. 누가 분리된 이 둘을 다시 하나로 합쳐줄 수 있을까? 그리고 나는 어떻게 하면 이 수많은 길들 위에서 잃어버린 내 영혼을 다시 되찾을 수 있을까?

여기에 있는 길들은 내가 가야 할 길이 아니다. 나는 마치 목적지에 도착하지 못한 채 중간에 끊겨버린 철도 위에서 기적소리마저 내지 못하는 기차와도 같았다. 그리고 내 영혼은 가혹한 운명으로 인

---

* 예루살렘 구시가지를 둘러싼 8개의 문 중 하나이다.
** 1948년 팔레스타인 영토에서 이스라엘이 독립을 선언하면서 약 70만 명의 팔레스타인 사람이 추방당한 사건이다.

해 지구로 귀환한 뒤, 다시는 우주로 떠나지 못하는 우주선이었다. 나는 여기로 돌아와 그녀를 찾아 돌아다녔지만 '겁' 때문에 나약한 모습을 보였고 바보 같은 짓을 하다가 어느새 슬픔을 잊게 되어버렸다. 하지만 내 마음속 아주 깊은 곳의 나는 여전히 작가였고, 예술가의 영혼을 가진 청년이었다. 하지만 차마 나는 그 사실을 말로 내뱉지 못했다.

목사님은 다시 내게 물었다.

"진짜 마리암이 어디에 있는지 알고 싶은 겐가?"

나는 그의 팔을 이끌고 염색머리를 한 아름다운 유럽 여자의 앞에 섰다. 그녀의 얼굴은 낯설었고 나에게 그 어느 누구도 떠오르게 하지 않았다. 그 얼굴은 오히려 나를 부정했다. 그리고 나도 그 얼굴을 부정했다. 하지만 나는 이 신성한 하늘 아래에서 어느새 심장의 두근거림과 키스를 떠올리게 되었다. 나는 이제 내가 감춰왔던 것들을 알고 싶어졌다. 그리고 내가 어떻게 변했는지, 어떻게 하면 다시 돌아갈 수 있는지를 알고 싶었다.

나는 목사님을 바라보았지만 그에게 아무 말도 하지 않았다. 대체 그에게 뭐라고 해야 할지도 몰랐고 그가 나를 이해해줄지도 확신이 없었다. 나 자신도 나를 이해할 수 있을지 의구심이 들었다. 나는 이전과는 다른 사람이 되어 이곳에 다시 돌아왔다. 두려웠지만 나는 내가 어디에 있는지 내가 뭘 하고 싶은지 그리고 무엇을 하고 있는지 알고 싶었다. 내 내면의 한 부분에는 작가와 예술 정신이 굳게 자리하고 있었다. 하지만 두려움이라는 적이 항상 나를 옭아맸었다.

한편 내 내면 속의 또 다른 한 부분은 한계를 뛰어넘고 현실에 만족하지 않는, 마치 항구에 정착하지 않은 채 드넓은 바다는 떠도는 선박과 같았다. 지금의 나는 누구인가? 내 주위는 숲으로 둘러싸여 있고 그 숲은 늑대로 가득 차 있다. 이런 숲 속에서 나는 어떻게 하면 과거의 나로 돌아갈 수 있을까? 누가 이 깊은 웅덩이에서 나를 꺼내줄 수 있을까? 과거에 속해 있던 존재만이 과거의 순수함을 되찾아줄 수 있음이 분명했다. 대체 마리암은 어디에 있는 거지?

목사님은 다시 나를 보더니 고집스레 물었다.

"마리암이 어디에 있는지 정말 알고 싶은 거지?"

"물론이죠. 알고 싶어요."

"그러면 내 말을 잘 들어보게. 마리암에 대해 아는 남자가 있어. 더 정확히 말하면, 자네에게 마리암을 찾아줄지도 모르는 사람이 있단 말일세."

"무슨 뜻이죠?"

"내 말을 오해하지 말고 잘 듣길 바라네. 마치 사제 같은 한 남자가 있어. 그에게는 놀라운 능력이 있어서 사람들의 생각을 읽고 미래를 볼 수 있다네. 그는 최면이나 환생, 텔레파시처럼 우리가 모르는 것들을 알고 있어. 그런 종류의 것들을 알고 있다고. 자네도 그게 뭔지 알 거야."

"아뇨, 저는 모르겠어요. 무슨 말씀을 하시는 거죠? 영혼을 이용하는 그런 행위들을 말씀하시는 건가요?"

"사실 나도 잘 몰라. 이본에게 듣기로는 예사롭지 않은 것들이었네. 사람들이 말하길, 그 남자는 숨겨진 것을 찾아내고 미래에 무슨 일이 일어나게 될지 본다고 하더군. 또 기적적으로 잃어버린 것을 찾기도 하고 말이야.”

“점쟁이나 사기꾼을 말하시는 건가요?”

“나도 자세한 것은 모르네. 하지만 이본은 그것들을 믿는 듯해.”

“목사님도 믿으시는 겁니까?”

“나는 모르겠네. 하지만 실제로 그런 학문 또는 예술에 대한 책들을 읽어보긴 했지. 그리고 의문을 품기 시작했어. ‘만약 우리가 모르는 어떤 실체가 존재한다면? 우리가 가보지 못한 세상이 존재한다면?’이라고 말이야.”

나는 걸음을 멈추고 길 한가운데에 서서 그를 바라보았다. 그리고 놀랍다는 듯 말했다.

“목사님이 그런 말씀을 하시다니, 믿을 수 없네요.”

“나 자신도 내가 읽은 것들에 대해 혼란스러움을 느끼네. 하지만 그게 무엇인지 알고 싶은 호기심이 생기더군. 사람들이 그 남자, 그 사제에 대해서 나로서는 이해할 수 없는 이야기를 하고 있네.”

“무엇을 말입니까? 그럼 결국 목사님의 말은, 마리암이 어디에 있는지 알고 싶다면, 그 남자를 찾아가기라도 해야 한다는 겁니까? 그게 상식적으로 말이 되는 일입니까?”

그는 미소를 지으며 손을 들어 보이더니 끈기 있게 나를 설득하려 했다.

“잘 들어보게, 나는 억지로 자네에게 강요하지 않아, 단지 내 말의 의미는 한번 시도해 보고, 노력해 보라는 거야. 한번 시도해본다고 자네가 손해를 보는 것은 아니지 않나."

"목사님, 아니 대주교님, 저는 도저히 이해할 수 없네요. 마리암을 찾으려고 그 사기꾼에게 가라뇨. 말이 됩니까?"

"내 생각에 사기꾼은 아닌 것 같네. 사실 그는 예사롭지 않은 사람이야. 그에 대해 궁금해져서 좀 알아봤는데, 흥미로운 점을 발견했네. 그 남자는 수도원에서 자랐어. 물론 그곳에서 기술을 배워서 성상이나 성화를 장식하고 성인들의 동상을 조각하는 데 매우 뛰어난 재능을 갖게 되었다고 하더군. 그 이외에도 사진을 찍고 음악을 하기도 하고, 신학과 에너지를 통한 기 치료(Reiki)까지 공부했다고 들었네. 자네 기 치료에 대해 들어본 적이 있나?"

"아니요, 저는 모릅니다."

"뭔지 알고 싶지 않아?"

"마리암 이외에 그 어떤 것도 궁금하지 않아요. 어떻게 하면 마리암을 찾을 수 있나요?"

그는 대답 없이 계속 걷다가 지팡이로 바닥을 두드렸다. 나는 그가 마치 내 머리를 두드리는 것 같았다. 나는 그의 팔을 잡아당기며 애원하듯이 말했다.

"지금 제게 숨기시는 게 있죠? 대체 그게 뭐죠, 무엇을 알고 계시는 거예요? 마리암은 어디로 갔나요? 무슨 일이 생겼나요? 딸을 낳았나요, 아니면 아들을 낳았나요? 제발 제게 말해주세요."

목사님은 나를 물끄러미 바라보았다. 우리는 가로수 밑에 서 있었고 가로수 불빛이 그의 머리를 환하게 비추었다. 그의 흰머리는 마치 머리 위에 흩어져 빛나는 흰 후광 같았다. 시간이 지나면서 목사님은 노인이 되었다. 나 역시 그처럼 되어버렸다. 세월이여, 우리에게서 대체 무엇을 가져간 것인가? 네가 내 인생에 남기고 간 것은 무엇이란 말인가? 나는 지금 내게 남은 것이 무엇인지 알기 위해 그에게 계속 재촉했다.

"제발 말 좀 해주세요. 저는 더 이상 움켜쥐고 있을 것도 없어요. 이 세상에 제게 남아 있는 것은 아무것도 없다고요. 아들도, 딸도, 친척도 없어요. 제가 가진 것이라고는 지난 과거뿐이에요. 어떤 말이나 힌트라도 좋으니 마리암에 대해 이야기해 주세요. 부탁 드려요. 저는 이제 이 세상에서 철저히 혼자예요."

그러자 목사님은 속삭이듯 말했다.

"그 많은 돈을 가지고도 말이야?"

나는 그의 팔을 당기며 이야기했다.

"돈은 아무것도 아니에요. 믿어주세요, 정말 아무것도 아니더라고요. 목사님도 아시다시피 이 나이가 되면 그 많은 돈들도 다 소용이 없어요."

그는 고개를 끄덕였다.

"자네도 이제야 깨달았군."

밀려드는 절망감에 나는 소리쳤다.

"목사님께서는 지금 과거의 일로 저를 나무라시는군요! 제 상처를 들쑤시면서 말이죠. 하지만 그건 기독교인들이 해서는 안 될 일 아닌가요? 정말 놀랍네요."

그는 다시 걸음을 멈추고 손을 들어 올리며 말했다.

"나는 자네에게 내가 알고 있는 모든 것을 말해주는 거야. 지금 그 실마리를 자네에게 준거란 말일세. 한번 시도해 본다고 해서 자네가 손해 볼 것도 없지 않은가?"

나는 화가 나서 그에게 소리 질렀다.

"지금 그 사기꾼에게 가서 마리암을 찾으라는 말씀이에요? 그게 바로 목사님이 말하는 실마리입니까? 그게 최선이에요?"

"그게 내가 알고 있는 전부야, 내가 뭘 할 수 있겠나? 내가 해줄 수 있는 거라고는 내일 협회 버스에 자네를 태워서 그 남자에게 보내는 것뿐이네."

"왜 그렇게 고집을 피우시는 거죠? 대체 이유가 뭐에요? 무슨 비밀이라도 있는 겁니까? 저로서는 이해할 수 없네요!"

"이것이 바로 실마리라네, 한번 시도라도 해보게나, 자네가 손해 볼 일은 없어. 만약 자네가 찾고 있는 것을 발견하게 된다면, 내게도 알려주게. 나도 궁금해서 말이야. 자네가 알게 되는 것들을 나도 알고 싶네."

**

다음 날 협회의 운전사인 아지즈가 찾아왔다. 그는 내게 "제가 선생님을 그 사제에게 모시고 갈게요"라고 말했다. 나는 그를 따라 작은 버스에 올라탔다. 차 안에는 책들과 상자들이 가득했고 이본이 그 사제라는 남자에게 보내는 과일 바구니도 있었다.

아지즈는 오십 대 정도로 보이는 남자였는데, 중간 키에 배는 불룩 나와 있었고 머리 숱은 적었다. 그는 숨 쉴 때마다 에어펌프 소리처럼 헐떡거렸다. 그는 혀 짧은 소리를 내며 '라(R)' 소리를 '야(E)'로 발음했다. 또 계속 말을 더듬다가 중간에는 목청을 가다듬기도 했다. 그의 말을 듣고 있자니 여간 성가신 게 아니었다. 그래서 잠시만이라도 아지즈가 조용히 해주길 바랐지만 그는 한시도 입을 다물지 않고 계속해서 이야기를 꺼냈다. 아지즈를 버스 창 밖으로 던져버리고 평안을 찾고 싶을 정도로 그는 계속 "선생님, 글쎄 말이에요!"라며 내게 말을 걸었다. 아지즈는 내 이성을 자극하고 상상에 반하는 난해한 이야기들을 계속 해댔다. "선생님. 글쎄 그 사제라는 남자가 그런 일을 했고 저런 일을 했대요", "선생님, 예수는 죽은 이들을 부활시켰지 않습니까? 그 남자도 죽은 사람들을 다시 살린대요!"

"예수께서 병자들을 치료하듯이 그 남자도 병자들을 고쳐준답니다", "예수께서 맹인의 눈을 뜨게 하셨던 것처럼 그 사제라는 남자도 맹인을 눈뜨게 한다고요. 믿어지십니까?"

나는 그렇게 말하는 아지즈를 바라보다가 속에서 터져 나오는 분노에 실소하고 말았다. 지금 내 옆에 앉은, 반쯤 미친 이 말더듬이가 과연 나를 실마리로 이끌어줄 메신저란 말인가? 정말 놀라운 일이었다.

나는 우리가 어디쯤 도착했는지 가늠해 보기 위해 저 멀리 보이는 지평선과 우리 앞으로 펼쳐진 도로를 바라보았다. 하지만 언덕과 예루살렘의 산자락을 가로지르는 굽은 길 때문에 거기가 대체어디인지 제대로 파악하기가 힘들었다. 그곳에는 도처에 올리브나무, 포도나무, 무화과나무, 호두나무가 있었다. '헤나'*처럼 붉은 흙과, 젖처럼 하얀 돌들로 덮인 그 땅은 쇠사슬과 장벽으로 나뉘어 있었다. 농부들과 시골 여자들의 무리가 이곳저곳에 있었고, 그들의 마을은 언덕과 산 정상에 자리 잡고 있어서 보는 사람으로 하여금 '왜 저런 높은 곳에 지어졌을까?'라는 궁금증을 자아내게 했다. 공격의 위협으로부터 벗어나고자 하는 사람들의 공포심이 반영된 것일까, 아니면 하늘에 더 가깝게 다가가고자 하는 그들의 바람이 투영된 것일까?

아지즈가 숨이 찬 듯한 목소리로 내게 말했다.

"저기, 선생님 혹시 그거 아시나요? 이곳에는 '진'**과 이야기하는 '데르비시'***가 있어요. 그는 다 닳아 해진 옷을 입고 이삼 년에 한 번씩만 수염을 잘라요. 사원이나 무덤 사이에서 잠을 자기도 하고, 길을 가다가 우연히 마주치더라도 그는 사람들을 보지도, 듣지도 않고 동냥 받은 음식들을 먹기만 하지요. 음식이 다 떨어지면 그는 가게에서 과일이나 빵을 그냥 가져가버립니다. 그래도 아무도 그를 나무라거나 막지 않아요. 왜 그런지 아십니까? 그 사람은 축복받은 존재

---

* 식물의 잎을 따서 말린 다음, 가루로 만든 염색제로, 오래전부터 머리 염색이나, 문신 등에 사용되었다.
** Jinn, 불가사의하고 오묘한 영적인 세계에 살고 있는 존재이며, 정령, 귀신으로도 알려져 있다.
*** 극도의 금욕 생활을 서약하는 이슬람교 집단의 일원으로 예배 때 빠른 춤을 춘다.

이기 때문입니다."

"정상적이지 않은 사람이라는 말입니까?"

"맙소사, 아닙니다, 그는 축복을 받았어요. 조심하세요, 선생님. 영혼을 대하는 일은 매우 진지한 문제라고요, 사람들이 그 말을 들으면 분명 화를 낼 겁니다."

"정말이요?"

"네, 정말이고말고요."

나는 미소를 지으며 아지즈에게 말했다.

"그렇다면 이것이 대주교님께서 말씀하신 그 실마리의 시작이군요."

그러자 아지즈는 열띤 목소리로 내게 말했다.

"선생님, 지진이 발생한 그날, 데르비시가 무슨 말을 했는지 아세요? 그 지진을 기억하시나요? 그날 땅이 갈라지고 집과 가게들이 무너져 내렸죠. 사람들은 알라의 노여움으로부터 벗어나 살아남기 위해서 나비나 개미들처럼 서로의 어깨를 밀치며 달아났죠. 하지만 데르비시는 이미 사람들에게 지진이 발생할 거라고 경고했어요. 믿어지십니까? 알라에게 맹세코, 지진이 일어나기 며칠 전에 그가 사람들에게 미리 경고했다고요. 사람들이 말하길, 지진이 나기 며칠 전, 데르비시가 갑자기 경련 증상을 보이더니 아기처럼 땅을 기다가 아스팔트 위에 귀를 대고는 사람들에게 "산으로 가거라! 신의 피조물들이여, 산으로 올라가! 산으로 가라고!"라고 소리를 질렀다고 하더라고요. 선생님, 지금 제 말을 듣고 있습니까?"

"물론이요, 듣고 있습니다."

"저는 선생님이 졸고 계신 줄 알았어요."

"아니요, 제가 왜 졸겠습니까. 아주 잘 듣고 있다가, 생각을 좀 하고 있었어요. 그리고 무슨 일이 일어났습니까? 사람들이 산으로 도망쳤나요?"

"그랬다면 얼마나 좋았겠습니까? 사람들은 그 말에 웃거나, "불쌍한 사람 같으니, 귀신이 들린 것이 분명해"라고 말하며 그를 동정했어요."

"그렇군요, 그 다음은요?"

"그게 다예요, 선생님. 결국 심판의 날이 왔고 땅이 갈라지면서 사람들과, 가게들을 삼켜버렸어요."

"네, 그다음에는 무슨 일이 있었나요?"

"엄청난 흙먼지와 함께 마을이 가라앉아버렸고, 사람들은 잿더미 밑에 깔리게 되었죠."

"그렇다면 그 데르비시는 어떻게 되었나요?"

"그 사람은 돔 위로 올라가서 "산으로 올라가라! 알라의 피조물들이여, 어서 산으로 가라!"라며 계속 소리를 질러댔다고 하더군요. 놀랍게도 지진이 나면서 땅이 모든 것을 집어삼켜버렸지만 그 돔과 그 위에 있던 데르비시만은 멀쩡하게 그 자리에 그대로 있었어요. 믿어지십니까?"

나는 고개를 저으며 어이가 없다는 듯 중얼거렸다. 그러자 아지즈가 나를 바라보며 말했다.

"지금 제 얘기를 못 믿으시는군요! 그 축복받은 남자는 보이지 않는 것이나 숨겨진 것, 사람의 운명 같은 것들을 읽을 수 있어요. 마치 그 사제처럼 말이죠, 믿지 못하시겠죠?"

나는 이를 아래위로 딱딱 부딪치며 '그렇다면 이것이 그 실마리의 첫 단서가 되겠군'이라고 혼잣말을 하고는 옆에 있는 아지즈에게 말했다.

"서둘러 주세요, 그 사제라는 사람이 어디에 있죠? 빨리 그곳으로 갑시다."

"네, 분부대로 하겠습니다, 선생님!"

아지즈는 자기가 나를 올바른 '선'의 길로 이끌어줄 것이라 생각했는지, 보람을 느끼며 행복해하는 모습이었다.

**

마침내 우리는 목적지에 도착해서 '소(小)도시'라고 불리는 그곳에 들어섰다. 하지만 그곳은 도시라기보다는 단순히 아스팔트로 포장된 길이었다. 곳곳에는 움푹 파인 홈이나 구멍들이 가득했고 아스팔트는 모래와 뒤섞여 있었다. 나와 아지즈가 탄 버스는 그 길 위를 걷다시피 하며 힘겹게 이동했다. 버스가 움직이면서 모래와 먼지가 뒤섞여 공기 중으로 날렸고, 우리를 잡아먹기라도 할 듯한 마을 사람들의 호기심에 가득 찬 눈빛 때문에 나는 버스의 창문을 올려버렸다. 그곳에서 나는 그들과는 다른 이방인이었다. 그들은 시의 경계 대신 하늘의 경계와 맞닿은 산 정상의 땅에서 살고 있는 사람들이었다.

하지만 그곳에도 당연히 텔레비전 안테나와 시장, 경찰서, 그리고 예루살렘 교외 지역을 연결하는 전화선이 하나 있었다. 그 전화선을 통해 그 지역을 비롯한 다른 교외 지역들은 경찰서와 연결이 되긴 했지만 시청까지는 연결이 되지 않았다. 그곳에는 전기나 하수도, 파이프를 통해 흐르는 물도 없었다. 손님맞이 전용 방에 놓여 있는 단 하나밖에 없는 텔레비전 안테나는 아지즈의 출장 방문과 배터리를 통해 작동했다. 배터리의 수명이 다되면 협회에서 보내는 버스를 통해 새 배터리가 공급되곤 했다. 그 협회는 본부가 따로 있었고 본부를 중심으로 여러 지부들이 예루살렘의 교외 지역이나 시골 마을들 사이에 서로 멀리 흩어져 있었다. 그리고 미셸이라는 이름을 가진 그 사제도 버스를 타고 왕래하며 여러 지부와 진료소를 방문하고 있었다. 그는 대체 무엇을 하는 사람일까? 정말 죽은 사람을 부활시키고, 장님을 눈뜨게 하는 걸까? 아니면 이곳에 전기와 하수도, 그리고 예루살렘의 상수도를 제공해주는 것일까?

버스가 협회의 진료소 앞에서 멈춰 섰다. 가족의 절반이 떠난 오래된 집의 한 편이 진료소로 사용되고 있었는데, 그 집을 떠난 절반의 가족은 모두 남자였다. 그들은 이곳을 떠나 도시로 가거나 일을 하기 위해 정착촌과 이스라엘로 갔다. 그 집에 남은 사람이라고는 움무 무함마드*와 그녀의 며느리들, 그리고 대군처럼 바글바글한 아

----

* 직역하면 '무함마드의 엄마'라는 의미인데, 아랍세계에서는 출산 후 보통 장남의 이름을 따서 본인의 이름 대신 '~엄마', '~아빠'라는 별칭을 이름처럼 따로 사용한다.

이들뿐이었다.

움무 무함마드는 진료소와 연결되어 있는 문을 열고 밖을 내려다보더니 아지즈에게 소리쳤다.

"약 좀 가지고 왔나?" 거기에 아지즈는 "네, 가지고 왔습니다!"라고 우렁차게 외쳤다. "말라브*는 가져왔어?", "당연히 가져왔어요", "담배는?", "물론 가지고 왔죠!", "좋아, 같이 오신 손님이랑 들어와서 차 한잔 하시게나." 움무 무함마드는 그렇게 말하고 집 안으로 들어갔다.

아지즈는 나를 바라보며 윙크를 했다. 그러고는 기쁘게 말했다.

"이미 레이더가 작동했나보군요, 마을 사람들이 선생님이 오신 걸 알았나 봐요. 이제 선생님께서는 마을 사람들과 움무 무함마드의 손님맞이 환대를 경험하실 겁니다. 파이와 호로파 씨, 무화과, 치즈, 화로 위에 구운 빵을 맛보실 수 있을 거예요. 알라께서 선생님을 이곳에 보내주셨으니 말이죠."

아지즈는 자신의 배를 퉁퉁 두드리더니, 우리가 그 집에 초대를 받고 모두의 호기심을 산 것이 모두 내 덕이라는 듯, 수고했다는 미소를 지어보였다. 그때 내 눈에 우리가 타고 온 버스로 몰래 들어가는 장난꾸러기 아이가 보였다. 그 아이는 상자 사이로 숨었고 다른 아이들은 버스 창밖에 서서 손가락으로 그 아이를 가리키며 "타우피끄 빨리! 서둘러!"라고 소리쳤다. 그걸 본 아지즈가 "이런, 꼬마야 빨

---

* 아몬드 모양의 향신료.

리 내려, 버스에서 내리라고!"라고 아이에게 외쳤다. 그러자 꼬마의 할머니인 움무 무함마드가 문 뒤에서 "쑤카이나! 저 애들 좀 봐라, 타우피끄 같은데, 얘야 쑤카이나!"라며 소리 질렀다.

곧 쑤카이나라고 불린 여자가 나타났다. 풍선처럼 커다란 배와 뚱뚱한 엉덩이를 가진 그녀는 옷 밑으로 보이는 플라스틱 재질의 슬리퍼를 신고 아이들이 있는 쪽으로 가더니 한 명씩 때리고 꼬집고 이리저리 당기고 팔을 꺾는 등의 기술들을 선보이며 정신없는 아이들을 제지하기 시작했다. 꼬마들은 닭들처럼 이리저리 뛰어다녔고 쑤카이나는 그 닭 무리를 공격하는 사나운 고양이 같았다. 곧 그녀는 "타우피끄, 당장 나오지 않으면 가만두지 않을 거야!"라고 소리 질렀다.

그러던 쑤카이나가 나를 보더니 마치 언제 아이들에게 소리 지르며 욕하고 때렸냐는 듯이 "어서 오세요, 환영합니다. 불 위에 차가 준비되어 있고 화로에도 빵을 올려놨어요. 자 어서 들어오세요. 내 집이라 생각하고 편하게 있으세요"라고 상냥하게 말했다.

나는 그녀에게 미소를 지으며 다정하게 보이고 싶었으나 아이들과 시끌벅적한 소리로 인한 짜증, 그리고 그녀의 시어머니인 움무 무함마드의 눈치 때문에 그렇게 하지 못했다. 움무 무함마드의 행동은 지난날 시골 마을에서 내게 있었던 일들을 상기시켜 주었다. 그때 나와 마리암의 추문은 결론적으로 그때 그 마을의 사람들 때문에 생긴 것은 아닐까? 그 사람들 때문에 마리암의 어머니가 자신의 딸에게 등을 돌려버렸고, 가문의 명예를 회복하기 위해 그녀의 오빠들이 먼 타국에서 돌아와 나를 쫓았던 것은 아닐까? 만약 그 당시 전쟁이 일어나지 않았다면 나는 지금쯤 저세상에 있거나 이곳 지하, 또는 동굴에 죄수처럼 이 사람들과 함께 갇혀 있었을 것이다. 그들을 변하게 하기 위해 우리가 그리고 내가 얼마나 많은 노력을 했었나! 하지만 그 노력은 모두 헛된 것이었다.

사람들은 이미 역사 이전의 땅 밑에 묻힌 상태였고 우리의 계몽에 대한 열망도 소용이 없었다. 그리고 이제는 사제라는 사람이 와서 병자를 고치고 죽은 자를 되살린다는, 그런 말도 안 되는 말을 내가 듣다니, 기가 막힐 노릇이었다!

나는 진료소가 어떤 곳인지 살펴보기 위해 서둘러 그곳으로 갔다. 하지만 거기에는 접수원과 의사가 사용하는 진찰실 외에는 아무것도 보이지 않았다. 진찰실로 들어가자 소박한 침대와 하얀 커튼, 약 보관함, 그리고 환자들을 접수하는 방이 따로 보였다. 그렇다면 그 사제라는 남자는 어디서 환자들을 치료하고 도대체 어디에서 죽은 이들을 부활하게 만든다는 말인가? 또 어떤 방법으로 사람들을 속이는 걸까? 하지만 그곳에는 전기 접속 장치나 마이크, 이어폰, 마법의 수정구슬 같은 것은 없었다.

접수원은 나를 바라보더니 내가 무엇을 찾는지 물었다. 나는 화장실을 찾는다고 했고 결국 화장실로 가서 정신을 차리기 위해 얼굴과 두 손을 씻었다. 자, 이제 정신을 차리고 그 사제라는 남자와 그가 하는 행동을 유심히 지켜볼 준비가 됐다. 하지만 아지즈가 짓궂은 웃음을 머금고 화장실로 들어오더니 더듬대는 말투로 내게 말했다.

"빵과 무화과, 그리고 치즈가 무화과나무 밑에 준비되어 있어요. 거기 앉아서 식사를 하면 세상에 더 부러울 것이 없을 거예요!"

나는 어느새 사람들 사이에 휩쓸려 먹고, 마시고, 트림하는 나 자신을 발견했다. 식사를 하며 나는 움무 무함마드가 하는 일화들이나 정령에 대한 이야기들을 들었다. 그중에는 절대 잊지 못할, 현재 우리가 처한 이 무지의 상황에 대해 절망감을 느끼게 만들었던 이야기들도 있었다. 이런 사람들에게 대체 무엇을 해줘야 할까? 그들을 변하게 하려면 과연 무엇을 해야 할까? 사람들은 여전히 역사 이전의 상태로 동굴 속에 갇혀버린 죄수들 같았다! 그들의 머릿속을 가득 채우고 있는 것은 이런 이야기들과 환상, 미신에 대한 것들뿐이었다!

아지즈는 나를 쿡 찌르며 말했다.

"선생님, 이 축복받은 무화과 좀 드셔보세요. 자 여기 맛 좀 봐요."

그는 다른 이의 손에서 무화과를 건네받더니 잘라서 그 반을 내게 주었다. 나는 그 반 토막이 된 무화과 껍질을 벗겨보려고 하다가 그만 무화과를 놓치고 말았다. 내 손에서 미끄러진 무화과는 결국 땅바닥으로 떨어졌다.

그러자 이런 별것도 아닌 일이 아주 재미있는 코미디라도 되는 것처럼 여자들이 깔깔대며 웃기 시작했다. 방금 전의 상황을 지켜보던 아이들의 눈이 휘둥그레지더니 내게는 들리지 않는 낮은 소리로 서로 속삭여댔다. 그러더니 곧 아이들은 이 분위기와 상황에 맞는 노래를 흥얼거리기 시작했다. "무화과나무를 흔들어요, 무화과쟁이 아저씨! 어서 저 나무를 흔들어요, 무화과 아저씨!"

아이들의 노랫소리와 함께 엄마들의 웃음소리도 커져만 갔다. 그러다가 움무 무함마드가 소리를 지르자 모든 소리들이 '뚝' 멈추었다.

"너희들 장난질은 그만해라, 가서 차 좀 더 가져오도록 해. 이 장난꾸러기 놈들은 썩 저리 가버려. 타우피끄 너도 저리 가거라. 어른들끼리 조용히 얘기하고 즐길 수 있게 썩 가버리란 말이다!

그러고 나서 움무 무함마드는 나를 쳐다보더니 무슨 일로 협회 버스를 타고 이곳까지 오게 되었는지, 내게 무슨 문제가 있는지 물었다. "자네 혹시 죽을병에 걸리거나, 마비나 암이라도 생긴 게야? 아니면 자네 아들이 이스라엘 감옥에 갇혀서 오랫동안 나오지 못하고 있나?"

나는 애매하게 답했다.

"뭐 비슷한 경우입니다."

그러자 움무 무함마드는 손뼉을 치더니 목을 가다듬고 말하기 시작했다.

"저런 안됐구먼, 하지만 나는 진작 알고 있었네, 자네를 처음 봤을 때부터 나는 자네가 괴로워하고 있고, 자네에게 감옥에 수감된 아들이 있을 줄 알았어. 아들 형량이 얼마나 되나? 몇 년 선고를 받은 게야?"

내가 대답을 하기도 전에 움무 무함마드는 흥분하며 내가 이 마을을 찾아온 것이 결코 헛걸음이 되지 않을 것이라고 강조했다. 그녀는 사제라고 불리는 남자가 남들이 보지 못하는 것과 미래를 보고, 병자를 고치며, 부적을 통해 악의 기운이 담긴 마법을 풀고, 감옥에 갇힌 사람도 풀려나게 한다고 했다. 그러고는 갑자기 사제와는 전혀 관계가 없는 이상한 이야기를 하기 시작했다.

아마도 그녀는 미래에 대한 예언이나 영혼의 힘과 관련된 이야기라면 무조건 그 사제와 연관을 짓는 것 같았다. 그녀는 계속 이야기를 이어나갔다.

"이 얘기 좀 잘 들어보게, 이 이야기를 꼭 믿게나. 내게는 외할머니가 있었네. 그분은 영혼과 소통하는 영매였어. 그리고 내 친할아버지에게는 아들이 하나 있었는데 오스만 제국 시절에 이스탄불에 있는 터키 감옥에 수감되었지. 원래 높은 자리에서 일하다가 감옥에 가게 되었네. 한 이 년 정도 감옥에 있을 거라고 했었는데 나중에는 교수형을 당할 거라고 하더라고. 내 친할아버지는 그 얘기를 듣고 밤낮으로 앉아서 울고 여자처럼 통곡을 했지. 그렇게 아무것도 먹지도, 마시지도 않더니 실처럼 바싹 마르게 됐어. 그리고 아무도 만나려 하지 않았다네. 어떻게라도 해결책을 찾고 싶었던 친할머니는 우리 외할머니를 찾아가서 "사돈의 도움이 필요해요, 제발 선처를 베풀어 도움이 되는 것이라면 뭐든지 해서 제 남편과 아들을 좀 보살펴 주세요"라고 부탁을 했네. 그 길로 외할머니는 이슬람의 성자인 왈리(wali)의 무덤으로 가서 사십일 밤을 그곳에서 보냈어. 그곳에는 두 개의 무덤이 있었는데, 하나는 왈리 자신의 것이었고 다른 하나는 그의 아들이 묻힌 곳이었어. 그곳에 간 외할머니는 옷을 끌어 올려 입더니 왈리를 올라타고 소리를 지르기 시작했어."

나는 순간 어이가 없어서 움무 무함마드가 이야기를 하는 중간에 말을 끊고 그녀에게 비꼬듯 물었다.

"왈리를 올라 탔다고요?"

그러자 아지즈가 나를 나무라는 듯 꺼들었다.

"왈리의 무덤 말이에요, 영혼들을 비웃거나 가볍게 여기지 마세요, 자칫하면 그들이 선생님 때문에 노할 수도 있다고요."

나는 그녀의 손님이기에 움무 무함마드는 내 편을 들며 아지즈에게 소리쳤다.

"자네는 손님이 질문 하시도록 가만히 있게. 그런 일로 이분이 농담을 하지는 않을 거야."

그리고 움무 무함마드는 계속 이야기를 이어갔다.

"외할머니가 그 무덤에 올라타더니 "알라의 왈리여, 우리 조상들을 봐서라도 하싼을 돌려 주세요!"라고 소리를 질러 댔어."

순간 갑작스러운 정적이 찾아왔다. 무화과나무 밑, 뒤, 아이들이 있는 진료소 뒤편까지 모두 고요해졌다. 사람들 모두가 눈이 휘둥그레져서 움무 무함마드의 이야기를 경청하고 있었던 것이다. 이야기를 듣고 난 뒤 여자들과 아지즈, 그리고 접수원의 얼굴에는 당혹스러운 표정이 드러났고 몇몇 아이들은 나무 뒤에서 그들의 표정을 지켜보고 있었다. 어른들이 느끼는 두려움과 공포가 아이들에게도 그대로 전해졌다. 이 공포감은 그들 내면 깊숙한 곳에 파고들어갔기 때문에, 이 아이들이 나중에 자라서 어른이 되거나 이런 곳에서 벗어난다 할지라도 그 공포와 두려움에서 쉽게 빠져나가지는 못할 것이다. 나 또한 이런 이야기에 대해 의구심을 갖는 이성적인 사람임에도 불구하고 나의 의식과 이성 속에서 커져만 가는 공포심을 느꼈다. 나 역시 어쩔 수 없는 이 땅, 예루살렘의 한 동네에서 태어난 사람일 뿐이었다.

움무 무함마드는 사람들을 빤히 쳐다보더니 질문을 던졌다.

"그래서 어떻게 됐는지 알아?"

그곳을 에워싼 고요함 때문에 우리는 숨을 죽인 채 아무 말도 하지 못했다. 아지즈가 코로 킁킁대며 숨 쉬는 소리 말고는 아무 소리도 들리지 않았다. 움무 무함마드는 그다음 이야기를 이어갔고 우리는 숨을 죽이고 그녀의 이야기에 귀 기울였다.

"외할머니는 두 무덤 사이에서 하룻밤을 보냈어. 그런데 한밤중에 무덤 속에서 뭔가 움직이는 소리와 어떤 무리가 서로 이야기하는 소리가 들려오는 거야. 외할머니는 그때 계속 자고 있는 상태였지. 그들 중 하나가 다른 이에게 "저기 자고 있는 여자에게 무슨 문제가 있는 걸까? 왜 저 여자는 자기 집으로 돌아가지 않는 거야?"라고 말했어. 그리고 둘째 날 밤, 외할머니는 무덤에서 흘러나오는 더 크고 높은 목소리를 들었어. 그들은 "저 여자가 아직도 여기에서 자는 거야? 대체 왜 돌아가지 않는 거야?"라고 말했지. 그리고 삼일 째 밤, 외할머니는 지진이 일어나는 듯한 큰 굉음을 들었어. 무덤이 흔들리더니 그곳에서 어두운 빛이 뿜어져 나와서 외할머니에게 소리쳤지. "어서 일어나서 네 집으로 가거라!" 하지만 외할머니는 움직이지 않은 채 계속 잠을 청했어. 그런 상태로 외할머니는 사십 일 밤을 그곳에서 보낸 거야."

그리고 마지막 날 밤, 무덤에서 "네가 집으로 가면 하싼을 돌려보내주마"라는 소리가 들렸어. 하지만 외할머니는 일어나지 않았지. 그러자 다른 목소리가 들려왔어. "저 고집 센 여자를 보게나! 하싼을 불러내자고." 그 말이 끝나자 어두운 빛이 사라지고 외할머니 앞에는 투옥되기 전 그대로의 모습을 한 하싼이 나타나서 "제 아버지께 내일 집에 돌아간다고 전해주세요"라고 말했어. 그제야 외할머니는 집으로 돌아갔고, 할아버지에게 가서 당신의 아들이 석방되어 오늘 정오예배 아잔이 울리면 돌아올 것이라고 말해줬어. 가족들은 모두 자리에 둘러앉아 정오예배 아잔이 울리기만을 기다렸지. "알라는 가장 위대하시다"라는 아잔 소리와 함께 하싼이 멀쩡히 살아 돌아왔어. 자 다들 이 이야기에 대해 어떻게 생각하나?

움무 무함마드의 이야기가 끝나자 그곳은 적막만이 가득 차 있었다. 우리는 아무 말도 하지 못했다. 조용한 와중에 쿵쿵대는 아지즈의 숨소리만 들렸다. 한 아이가 움직이자 다들 "쉿, 가만히 있어!"라고 외쳤다. 모두가 얼음처럼 굳은 채로 움직이지 않았다. 그들의 두 눈에는 왈리의 무덤과 옷을 걷어 올린 채 그 무덤을 타며 "알라의 왈리여, 우리 조상들을 봐서라도 하싼을 돌려주세요!"라고 외치는 여인의 형상만이 가득했다.

움무 무함마드는 내 손을 만지며 나를 위로했다.

"자네의 아들도 곧 자네의 품으로 돌아갈 거야. 단 그 사제를 만나보게나. 그 사제에게 자네를 도와달라고 부탁하게."

＊＊

진료소에 있던 그 방은 마을 도처에서 찾아온 사람들로 바글바글했다. 그들 중 몇몇은 사제에 대한 소문과 그가 영혼과 대화한다는 이야기를 듣고 다른 마을에서 이곳까지 찾아온 사람들도 있었다. 대기하고 있던 사람들 중에는 당뇨, 암, 궤양에 걸린 환자들과 아무리 해도 낫지 않는 기침 때문에 사제를 찾아온 사람도 있었다. 여자들도 있었는데, 임신을 못해서 이곳에 온 여자들도 있었고 결혼을 했지만 남편들이 떠나버린 여자들도 있었다. 결혼을 못한 노처녀도 이곳을 찾아왔다. 사제는 이미 문 뒤에서 자신의 일을 시작했고 밖에서 순서를 기다리는 사람들은 고요하기만 했다.

아마도 그 침묵은 사람들의 공포심과 그들이 영혼의 존재를 인정하고 있음을 반증하는 것이리라.

하지만 어느 누구도 어떻게 영혼이 이동하고 날아가는지 정확히 알지 못했다. 하지만 사람들의 일반적인 생각에 따르면, 영혼은 사람이 있는 곳이면 어디든지 존재하고 축복받은 영매가 그들과 소통하여 도움을 청할 때만 깨어나서 인간에게 관심을 갖는다고 했다.

그때 내 옆에 있던 한 여자가 다른 여자에게 속삭였다.

"그분이 네게 뭐라고 말했어?"

그러자 상대방 여자는 포기했다는 듯이 말했다.

"암에 걸렸을 때는 믿음을 갖는 게 유일한 치료방법이라더군. 믿음을 갖고 자기 자신이 치유가 된다고 생각한다면, 정말 그 믿음처럼 나아진다고 하더라고."

"네 아버지는 다 나으셨어?"

그러자 상대방 여자는 무릎을 가볍게 치며 슬픔이 담긴 목소리로
말했다.

"어떻게 그렇게 될 수 있겠니! 그래도 상태가 좀 달라지긴 했어."

"더 나아졌다는 말이야?"

"많이 나아지셨지."

나는 아무 허락 없이 그들의 대화에 끼어들었다.

"저 사제를 만나면 돈은 얼마나 내야 합니까?"

그 여자들은 놀란 듯 이상하다는 눈빛으로 나를 바라보았다. 나
는 곧바로 사과했다.

"죄송합니다. 너무 절 나무라지 마세요. 제가 상황이 좋지 않다 보
니 마음이 급해서 그렇게 됐습니다."

여자들은 내 모습과 옷차림을 주시했다. 아무래도 내 상태는 그
곳의 분위기와는 어울리지 않았고, 상황이 좋지 않은 사람치고는 멀
끔한 모습이었기 때문이다. 나는 핑계거리를 생각하다가 재빨리 말
했다.

"제 아들이 이스라엘에 있는 감옥에 갇혔어요."

그러자 여자들의 경계하던 시선이 놀라울 정도로 빨리 바뀌면서,
그들 중 하나가 내게 다정하게 말했다.

"저런, 알라께서 보살펴 주시길. 조만간 아들이 멀쩡하게 집으로
돌아갈 거예요."

옆에 있던 다른 여자도 딱하다는 듯이 거들었다.

"알라께서 도와주시길. 믿음을 가지고 알라께 의지하세요. 그리고 저 방에 들어가서 부적을 써달라고 부탁해 보세요."

"그 대가로 제가 얼마를 내야 합니까?"

그러자 한 여자가 손을 휘저으며 말했다.

"저도 잘 몰라요. 각자의 형편에 따라 내는 것 같아요."

그녀는 나처럼 호기심이 가득한 눈빛으로 나를 쳐다보며 말했다.

"당신은 무엇을, 얼마나 줄 건가요?"

나는 잠시 생각해 보다가 더 많은 정보를 얻기 위해 일부러 두리뭉실하게 질문에 답했다.

"그 사제라는 사람이 원하는 대로 줄 겁니다."

그러자 여자는 확신에 찬 듯이 내게 말했다.

"그분은 당신께 아무것도 요구하지 않을 거예요. 당신이 원하는 만큼 기부를 해도 되겠네요. 일 셰켈(이스라엘 통화)에서 백 셰켈까지 능력대로 주고 오세요. 그리고 그 방에서 나오면 마음이 편안해지고 머릿속이 깨끗해질 거예요. 사람들이 말하길 영혼들이 그 방에서 날아가버린다고 하더라고요."

나는 마치 그 말을 듣고 놀랐다는 듯한 모습을 보였다.

"그들이 날아가버린다고요?"

"마치 새처럼 날아가버린다고 하더라고요, 사람들이 그렇게 말해요."

속에서 분노가 끓어올랐다. 이건 이곳의 분위기가 주는 환상일 뿐이다! 그 사제라는 남자는 이곳 사람들의 무지를 이용해서 자신의 입지를 다지고 있다. 그는 농부들의 가난과 도움이 필요한 가난한 사람들의 불행을 이용하고 있다. 이 환자도, 저기 아들이 감옥에 갇힌 여인도, 그리고 불임으로 고통 받는 저 여성까지. 그는 이 사람들에게 아편을 주입하고 있다. 만약 그에게 묻는다면 그는 "제가 하는 일은 신을 위한 것입니다"라고 답하겠지. 여기에 있는 사람들은 그에게 이용당할 만반의 준비가 다 되어 있다. 우리 역시 어린 시절부터 이용당할 준비가 되어 있었다. 세월이 흐르며 나이가 들었을 때, 우리의 고통과 패배감도 함께 커지게 되기에, 그 준비의 자세가 달라진 것뿐이다. 그렇다면 이것이 그 실마리라는 말인가?

** **

내가 그의 방에 들어섰을 때는 어느덧 오후가 다 되었다. 그는 책상 옆에 서 있었고 그의 앞에는 마법이나 주술 행위와는 거리가 먼 종이뭉치들과 공책더미가 쌓여 있었다. 그렇다면 그는 무엇으로 사람들을 현혹시키는가? 그는 목사도 사제도 아니었다. 가운데 부분에 띠가 둘러진 소매 있는 긴 갈색 옷을 입고, 앞이 트여 있는 신발을 신은 그의 모습은 오히려 불교신자에 더 가까워 보였다. 만약 그의 머리 한가운데가 면도된 상태였다면 나는 그를 프란체스코의 탁발 수도승으로 여겼을지도 모른다. 하지만 그의 모발은 풍성했고 긴 편이었기에 수도승은 아님을 확신하며 그의 나이를 삼십 대 정도로 가

늘해 보았다.

그는 내게 다가와 다정하게 말했다.

"제 이름은 '미셸'입니다. 흔히들 저를 사제로 부르지요. 와서 앉으세요. 무엇을 도와 드릴까요?"

나는 그의 말대로 자리에 앉지 않고 서서 어떻게 어디서부터 말을 꺼내야 할지 우물쭈물하고 있었다. 그에게 '당신 사기꾼이지? 사람들을 현혹시키는 아편 같은 존재 맞지?'라고 말해야 할까, 아니면 영혼이나 전설에 대해 말해야 하나. 그것도 아니면 우리가 이스라엘에게 패배한 이유에 대해 이야기해야 할지, 당신이 정말 죽은 사람을 살리고 장님을 고치고, 사라진 이를 다시 돌아오게 하는지에 대해 따져야 할지 머리가 복잡해졌다. 하지만 그의 두 눈과 얼굴, 그리고 차분한 목소리를 듣자 풍선처럼 팽팽하게 부풀어져 한껏 흥분했던 나는 살짝 수그러졌다.

사실 나의 가슴은 의구심과 슬픔, 고통이 뒤섞인 분노로 가득 차 있었다. 왜냐하면 이것은 내가 감당할 수 없는 큰일이었고 어떻게 하다가 이 지경에까지 이르렀는지 수용할 수도 없는 일이었기 때문이다. 지난 몇 년간 우리는 민족과 국가적 사안, 혁명, 변화를 위해 노력해 왔다. 그런데 이제 와서 이런 꼴을 보게 되다니! 국가의 부흥과 거사를 위해 그동안 얼마나 많은 희생자를 냈고 얼마나 많은 전투에서 싸웠는데 지금 이 사기꾼이 나타나서 사람들을 과거로, 동굴 같은 어둠으로 되돌리려 하다니! 나는 잠자코 있을 수 없었다. 나는 그와 이 집단, 그리고 집단에 속한 사람들을 모두 가만두지 않으리라 다짐했다. 하지만 그의 두 눈에서 풍겨지는 분위기에 나는 주춤하고 말았다.

그는 조용히 내게 말했다.

"선생님은 지금 날이 서 있고, 긴장한 것 같아 보이네요, 우선 앉으시죠, 앉으세요."

그리고 그는 나의 두 팔을 잡더니 방 한가운데에 있는 대나무로 만든 낡은 의자에 나를 앉혔다. 그러고는 몇 초간 빤히 내 눈을 보더니 신비로운 목소리로 내게 속삭였다.

"괜찮아요, 괜찮습니다. 지금부터 무슨 문제가 있는지 차근차근 알아가 봅시다. 여기 편안히 앉으시고 겁먹지 마세요. 괜찮아질 겁니다. 괜찮아질 거예요."

나는 두려워 그에게 물었다.

"지금 최면을 거는 건가?"

그는 그것을 부인하려 하지 않고 조용히 답했다.

"필요하다면 그렇습니다만, 지금은 에너지(기)를 이용할 겁니다."

순간 두려움이 나를 엄습했고 나는 크게 소리 질렀다.

"무슨 에너지 말인가?!"

그는 나에게서 몇 발짝 떨어지더니 물끄러미 나를 지켜보고는 물었다.

"이것에 대해 잘 모르시나 보군요?"

나는 두려움과 흥분을 감추기 위해 그를 비웃듯이 대답했다.

"자네가 예수가 하는 일이나 죽은 이를 부활시키는 일, 이와 유사한 행위를 의도하는 거라면 물론 알고말고."

그는 미동도 하지 않고 신념에 찬 단호한 목소리로 답했다.

"제가 말하는 것은 '에너지'이지 다른 것이 아닙니다."

그러고는 나를 뚫어지게 쳐다보고 미소 지었다.

"아하, 이해했습니다. 선생님께서는 사람들이 말하는 마법이나 영혼을 불러오는 그런 일들에 대해 들으신 거군요!"

나는 귀가 솔깃해졌다. 하지만 성이 난 어조로 그에게 물었다.

"그럼 그것이 아니라고 부인하는 것인가?"

그러자 그는 나에게서 멀어져 책상 쪽으로 다가갔다. 그러고는 책 한 권을 집어서 나에게 흔들어 보이며 영어 단어들을 읊조렸다.

"이것은 Meditation, Medication, 즉 에너지, 사람의 에너지 그리고 인간의 능력, 또 인간에게 숨겨진 힘에 대한 것입니다."

나는 그를 비웃으며 말했다.

"자네는 지금 예수나 그의 능력에 대해 말하는 것이 아닌가?!"

그는 조용하게, 하지만 단호하게 답했다.

"예수가 에너지를 이용했다는 여러 증거들이 있습니다. 그는 죽은 자를 부활시켰고 장님을 눈뜨게 했으며 빵의 수를 배로 늘리는 등의 일을 해냈지요. 우리는 그것에 대해 정확히 알지는 못하지만 이것에 대한 근거들이 바로 에너지라는 것은 알고 있습니다. 예수는 그의 시대를 앞선 이였고 우리가 살고 있는 이 시대를 앞선 선구자였습니다. 그는 에너지의 비밀, 인간의 비밀, 능력 및 인간 내면에 깊숙하게 숨겨진 것을 알고 있었습니다. 선생님은 인간이 자신이 가지고 있는 능력치의 20퍼센트밖에 사용하지 못한다는 것을 알고 계십니까? 그의 남은 에너지는 여전히 내면에 잠재되어 있고 사용되지 못하며 발현되지도 못합니다. 즉 인간은 아직 도화선에 불을 붙이지 않은 살아 있는 시한폭탄이라는 것입니다. 누가 그 도화선에 불을 붙여 향료병 속에 잠들어 있는 거인을 꺼낼까요? 애초에 누가 그 거인을 향료병에 가두었는지 아십니까?"

나는 놀라움을 감추지 못했다.

"나는 잘 모르네. 자네는 그게 누구인지 아는가?"

"물론 저는 알고 있습니다."

나는 그를 유심히 지켜보며 조심스럽게 물었다.

"누가 그 거인을 가두었는지 알려줄 수 있나?"

그는 확신에 찬 어조로 말했다.

"그것은 바로 종교, 성(sex), 그리고 문명입니다."

나는 어리둥절했다.

"이해할 수 없네!"

그는 머리를 끄덕였다.

"선생님께서 지금은 이해하시지 못할 것입니다. 지금 이 나이 때에 프로그래밍되어 길들여진 선생님께서는 이것을 수용하지 못할 것입니다. 쉽지 않은 일이지요. 현재 연세가 어떻게 되시는지요? 육십 대, 칠십 대이십니까?"

"지금 상상해 보십시오, 이 나이에 프로그램이 된 지금 이 일은 쉽지 않습니다. 제 말을 이해하시나요? 잘 따라오고 있습니까?"

나는 긍정의 의미로 머리를 끄덕였고 그는 계속해서 말을 이어갔다.

"제가 말하고자 하는 것은 바로 선생님께서 프로그래밍되었다는 것이고, 그동안 길들여져 온 관습, 신념, 학문, 경험, 그리고 읽어 온 모든 것들에서 쉽게 빠져나올 수 없다는 것입니다. 이것은 쉬운 일이 아닙니다. 이 모든 파일들에서 빠져나와 갑자기 새로운 파일과 같이 변한다는 것은 정상적인 일은 아닙니다. 합리적이지도 않지요. 지금 선생님께서는 매우 잘 준비된 프로그램 같습니다. 그러므로 최면만이 선생님께 유익할 것입니다."

나는 비로소 어리둥절한 상태에서 벗어나 정신을 차렸다. 그리고 마치 승리한 사람인 양 소리쳤다.

"아하, 이해가 됐네! 나는 자네가 최면을 건다는 사실을 알고 있었네. 최면을 통해 사람들의 이성을 지배하여 현실로부터 벗어나게 하는 것이지. 내 말이 맞지 않나? 자네는 사람들에게 최면을 걸어 그들의 세상으로부터 빠져나오도록 하는 것이지, 그리고 자네가 원하는 것을 그들이 하게끔 만드는 거야."

"아니요. 오히려 그들이 원하는 것을 하게끔 만드는 것이지요. 선생님 말씀처럼 저는 사람들을 현실에서 벗어나게 하지 않습니다. 단지 사람들에게 에너지를 불어넣어 주고 도화선에 불을 붙여 주어 그들이 하고자 하는 대로 내버려 두는 것입니다. 저는 에너지를 모을 뿐, 그 이외에는 아무것도 하지 않습니다. 저는 분산된 에너지를 한데 모아 빛을 내는 폭탄을 만들어 냅니다. 그래서 그 폭탄이 터지면

빛이 퍼져나가게 되어 이 세상을 환하게 만들고, 그때 우리는 비로소 모든 구속으로부터 자유로워지는 것입니다."

"무슨 구속을 말하는 건가?"

"신체의 구속, 정신적인 구속, 종교, 민족주의의 구속과, 유대인들의 구속을 말하는 것이지요. 이 말대로 된다면 유대인들은 이제 더는 유대인들이 아니게 되고 점령자나 선택 받은 자, 그리고 불합리적인 이들이 아니게 됩니다. 우리는 구속으로부터 벗어나 하나가 되는 것입니다. 종교나 민족에 따른 차이도 없어지게 되는 것이지요."

정신이 나가는 듯한 느낌과 동시에 내가 마치 더러운 것들로 오염된다는 느낌에 나는 마치 무엇에 물린 듯 벌떡 자리에서 일어나 두려움에 소리쳤다.

"대체 무슨 말을 하는지 이해를 못하겠네! 자네는 사제가 아닌가? 자네가 도대체 누군지 자네의 종교는 뭔지 말해보게나!"

그는 동요 없이 느릿느릿 내 질문에 답했다.

"제가 누구인지 그리고 제 종교가 무엇이지 중요합니까? 저는 단지 아담의 후손일 뿐 그 이상 그 이하도 아닙니다."

"그렇다면 자네가 입고 있는 그 옷은 대체 무엇인가?"

"단지 형식만 갖춘 것입니다."

"그렇다면 자네가 자랐다는 그 수도원은?"

"그곳은 운명이 원하는 것을 꽃피게 하는 비옥한 토지입니다. 하지만 저는 그들의 일부도 아니고 그들을 위해 존재하는 것도 아닙니다."

"그렇다면 자네는 대체 누구를 위해 존재하나?"

"저는 사람들을 위할 뿐입니다."

"알라에 대해서는 어떻게 생각하지?"

"신은 인간을 위해 존재하는 것입니다."

"내가 어떻게 하면 그를 찾을 수 있고 그에게 다다를 수 있겠나?"

"에너지를 통해서입니다. 내면에 집중한다면 꼭 찾아낼 수 있을 것입니다. 제 도움이 필요한가요? 저는 준비되어 있습니다. 우리 한 번 시도해 봅시다. 간단한 작업을 통해 내면에 다다를 수 있습니다."

나는 의자에서 벌떡 일어나 그와 나 사이에 거리를 두었다.

"자네가 의도하는 것이 대체 무엇인가? 내가 자제력을 잃게 하려는 것인가?"

"아닙니다. 단지 선생님의 내면 깊숙한 곳으로 들어가기 위해 선생님을 둘러싼 기운들을 제거하려는 것입니다. 제가 한번 시도해 보도록 해주십시오. 아마 선생님께도 여기에 반응하실지 모릅니다. 그러면 저는 선생님이 앓고 있는 병들과 고통을 알게 될 것입니다. 또 선생님의 비밀들과 소망하는 일들을 알게 되겠지요. 이렇게 저와 함께 진실에 다다르게 되면 결국 선생님께서는 자기 자신에 대해, 그리고 사람들에 대해 마음의 안정을 찾게 될 겁니다."

나는 격양된 어조로 소리쳤다.

"하지만 난 지금의 나에 대해 만족하고 있네."

그는 항복한다는 듯 두 손을 흔들어 보였다.

"좋습니다, 선생님 좋을 대로 하십시오."

허나 그는 자신이 포기했다는 듯한 말을 한 게 아차 싶었는지, 다른 방식으로 나를 설득하려했다.

"미안합니다, 미안합니다, 제가 의도한 것은 단지 선생님이 만족하고 안정을 찾으라는 것이었습니다. 원하신다면 언제든지, 어떤 상황에 놓여 있든 간에 상관없이 저를 찾아주십시오. 저는 선생님을 돕기 위해 여기서 기다리겠습니다."

그는 침묵했고 나 역시 입을 다물고 더 말을 하지 않았다. 나는 고맙다, 실례했다라는 말이나 사기꾼, 마법사라는 말도 하지 않았다. 아침부터 내 안에서 거세졌던 비난의 불씨가 점차 사그라지더니 결국 아무것도 아닌 것이 되어버렸다. 오히려 나는 소용돌이 속에 빠져버렸다. 혼란스러웠고 걱정되었다. 나는 진실과 거짓을 구분할 수 없었고, 무엇이 이성적인지 그렇지 않은지 알 수 없게 되었다. 그의 확신에 찬 말을 듣고 나는 다시 자문하게 되었다. '이 남자는 사기꾼인가? 요술쟁이인가? 그는 거짓말을 하지 않았고 부정을 하지도 않았다. 그는 초자연적인 힘을 주장하지도 않았고 그가 하는 역할은 단지 에너지를 축적시키는 것이라고 했다. 그리고 그는 영혼이나 성인들에 대한 이야기를 언급하지 않았고 알라에 대해서도 말하지 않았다. 그가 이야기했던 것은 오직 에너지와 인간, 믿음, 그리고 한 사람의 내면에 깊숙이 자리한 능력이었다. 그렇다면 이것은 거짓인가? 속임수인가? 아니면 목사님께서 말씀하신 바로 그것인가?' 나는 정말 알고 싶었다.

나는 내 이성, 감정과 사투하면서 무엇이 진실이고 거짓인지, 무엇이 이성적이고 그렇지 않은지 몰라 여전히 혼란스러웠다. 하마터면 그에게 내가 무슨 생각을 하는지 모두 다 말할 뻔했다. 그때, 아이들 무리가 외치는 비명소리와 시끄러운 소리들이 들려왔고, 내 머릿속에 가득 찼던 생각의 연결고리들이 끊겨버렸다. 잠시 뒤 누군가의 외침과 여자들이 소리 지르고 울부짖는 소리가 들렸고 움무 무함마드네 집 문이 쾅 닫히는 소리가 들렸다. 그리고 아지즈가 나를 기다리고 있던 또 다른 방에서 빠르게 움직이는 소리가 났다. 몇 초간 놀란 눈을 하고 있던 사제라는 남자는 자리를 박차고 나갔고 나는 그의 뒤를 따랐다. 계곡 끝자락에 위치한 좁은 길 위에서 사고가 났다. 협회 버스는 절벽 끝에 미끄러져 반쯤 걸쳐 있는 상태였고, 그 아래에는 깊은 계곡과 마른 강바닥이 이어져 있었다. 버스는 돌과 굵은 뿌리를 가진 오크나무의 가지들에 간신히 걸려서 버티고 있었다. 그 작은 버스 안 운전대에는 쑤카이나의 아들인 타우피끄가 앉아 있었다. 쑤카이나는 마치 미친 사람처럼 공포에 질려 소리를 질러댔고 자신의 두 뺨을 손으로 때렸다. 그녀의 시어머니인 움무 무함마드는 두 손바닥을 마주치며 그녀의 며느리를 향해 소리 질렀다. "아이고야, 네 아들이 죽는다!" 그 말을 들은 쑤카이나의 광기는 더해졌고, 그녀는 옆에 서서 사고를 관망하는 이들에게 도움을 요청하기 시작했다. 그러나 그들은 사고 현장을 보면서 헛기침을 하고 고개를 젓는 것 이외에는 아무것도 하지 않았다. 구경하는 사람들의 수와 고개를 젓는 수가 늘어날수록 움무 무함마드와 며느리의 고함소리도 커져만 갔다. 이때 사고 현장에 있던 사람들은 이상한 말들을 하며 사고에 대해 다양한 반응을 보였다. 처음으로 내가 들은 놀라운 대화는 시어머니와 며느리 사이의 대화였다. 시어머니가 "애, 너는 왜 저 애가 버스를 운전하도록 가만히 내버려둔 게냐?!!"라고 소리를 지르자, 거기에 며느리는 "저는 정말 그렇게 내버려두지 않았어요, 저 애가 도망쳐버린 거라고요!"라며 두려움이 가득한 목소리로 맞받아쳤다. "정말로 저는 아이를 방치하지 않았어요, 애가 도망을 간 거라고요!" 며느리는 자기 아들 또래로 보이는 남자 아이의 머리카락을 당겨서 아이의 동의를 구하려 그의 머리를 세차게 끄덕이게 했다. "얘야 싸이드, 내가 쟤를 내버려 뒀니? 내가 저 애랑 같이 있었어? 내가 방치했었니?"

그러자 아이는 몸을 비틀며 그녀에게서 빠져나가려고 두 발로 발길질을 하고 조그만 손으로 주먹질을 해댔지만 그녀는 아픔은 안중에도 없다는 듯이 아이를 놓아주지 않고 계속해서 물었다.

"내가 내 아들을 방치했었니?"

이 광경을 보고 있던 한 여자가 손으로 입을 가린 채 또 다른 여자에게 속삭였다. "오늘밤은 저 여자에게 불행한 밤이 되겠군, 저 여자의 남편은 분명 이혼을 요구할 거야."

나는 그 말에 충격을 받았다. 그래서 쑤카이나가 처하게 될 상황이 마치 그들 책임인 양 소리쳤다.

"왜 그녀가 이혼을 당해야 합니까? 대체 그녀가 무엇을 했습니까!" 그러자 그 둘은 적대심이 가득한 눈으로 나를 쳐다보더니 무시하고 말을 이어갔다. "저 남자가 자기 아들이 옥살이를 한다고 말한 자야." 그 말을 들은 다른 여자가 냉정하게 답했다. "자기 아들이 감옥살이를 하면 남의 일에 껴들어도 된다는 거야? 저 사람이 상관할 바가 아니라고!" "어떻게 내가 상관할 일이 아니란 말입니까?" 나는 그들에게 소리쳤지만 그 소리는 사람들의 외침과 혼란스러운 분위기에 곧 묻히고 말았다. 모든 시선들이 참나무 위 가지 사이에서 일어나는 일을 바쁘게 쫓고 있었고, 나 역시 그쪽을 바라보고 있었다. 그때 사제가 나뭇가지를 타고 올라가더니, 사고가 난 버스 안으로 들어가려 했다. 그는 이미 자신의 옷을 풀어헤쳐 허리에 매듭으로 묶은 상태였다. 밑으로는 털이 적고 하얀 두 맨 다리가 드러났고, 고무 신발 덕에 그는 미끄러지지 않고 높은 곳으로 올라갈 수 있었다. 내 심장이, 내 심장이 '쿵' 하고 내려앉더니 심장박동이 고동치기 시작했다. 이마에서는 땀이 줄줄 흘러내렸다. 나는 그가 있는 곳에서 가장 가까이에 위치한 바위로 뛰어 올라서 불규칙하게 요동치는 심장박동을 느끼며 그 상황을 지켜보았다. 그것은 공포였을까? 슬픔이었을까? 아니면 그 당시 분위기에 대해 느낀 분노였을까?

나는 그가 매듭으로 묶은 줄로 버스 문의 손잡이를 당기고 곧이어 타우피그를 꺼내는 것을 보았다. 아이는 깃털이 없는 작은 참새처럼 그의 두 손 안에 안착했다. 그가 절벽 위에서 사람들에게 아이를 던졌고 그와 동시에 나는 의식을 잃었다.

** **

내가 의식을 되찾았을 때 미셸은 손님맞이 방에 앉아 내 곁을 지키고 있었다. 방에는 안테나와 텔레비전, 길게 펼쳐진 양탄자와 쿠션들, 아랍 커피, 그리고 차가 담긴 전기 포트가 있었다. 내가 눈을 뜨자 그는 조용히 속삭였다. "약간 어지러울 겁니다. 푹 쉬도록 하세요." 나는 가만히 누워서 휴식을 취했고 그를 물끄러미 바라보다가 방의 벽을 응시했다. 벽에는 알아크사 사원이 확대된 사진과 시장의 사진이 붙어 있었다. 사진 옆으로 발코니를 향해 열린 문이 보였고 그 사이로 덩굴나무의 어두운 그림자가 비추었다. 나는 자리에서 일어나 그의 옆에 앉아 문 사이로 시선을 옮겼다. 하늘은 청명했고 날씨도 좋았다. 산들바람이 방 안으로 스며들어와 우리가 있는 방을 여객선으로 변화시켰고 우린 그 배를 탄 승객이 되었다. 멀리서 마을의 오븐에서 풍겨져 오는 빵 굽는 냄새가 났다. 그 냄새에 식욕이 생겼고 마음이 뭉클해졌다. 지금 나는 고국의 공기와 고국의 영혼, 사람들의 영혼을 느끼고 있다. 덩굴식물의 그림자, 방백목의 향기, 은빛을 내는 파란 하늘, 우리의 내면을 깨우는 봄, 그리고 아몬드 꽃까지. 이것이야말로 우리가 그리워했던 조국이었다. 그리고 우리는 이곳에 돌아와서 이전과 같지 않은 것을 보았다. 이 남자는, 이 마법사는 우리에게 무엇을 줄 수 있단 말인가?

나는 그를 돌아보며 기력 없는 목소리로 말했다.

"자네가 누군지 내게 말해주게."

그는 내게 미소 지었다.

"제가 누군지 아는 것이 진정 선생님께 중요한 일입니까?"

나는 기력을 제대로 못 찾아 무기력하게 포기했다는 듯 고개를 저었다. 하지만 나의 호기심과 감정들이 계속해서 나를 자극했다.

그는 두리뭉실하게 말했다.

"잘 모르겠습니다."

나는 나처럼 바닥에 앉아서 벽에 머리를 기댄 미셸을 물끄러미 바라보았다. 그의 얼굴은 문을 향하고 있었고 방백목과 덩굴나무의 그림자, 파랗고 청명한 하늘이 배경이 되어 그를 에워쌌다. 미셸은 누군가를 닮았다. 그의 얼굴이 낯설지가 않았다. 미셸은 내 외삼촌을 닮았다. 아니면 내 상상일지도 모르겠다.

그는 격식 없이 말을 건넸다.

"저는 고아로 태어나 수도원에서 자랐어요. 오랫동안 제 뿌리를 찾아 헤맸지만 제가 찾은 것이라고는 바로 제 자신이었기에, 그것을 믿기로 했어요. 예술도 해봤고 종교도 믿으려 했고 철학과 신학을 접해보기도 했어요. 그러다가 기 치료에 몰두하는 제 자신을 발견하게 됐어요. 저는 제 주변의 사람들이 피로 가득 찬 웅덩이에 있는 것을 보았어요. 아랍인, 유대인, 아르메니아인, 체르케스인, 종파나 민족은 달라도 그들의 이야기는 다 비슷하죠. 곳곳에서 종교와 민족주의라는 미명하에 대량 학살이 일어나고 있어요. 저는 아르메니아인과 체르케스인에게 일어난 일들을 보았습니다. 그리고 아랍인들과 유대인들에게 일어나는 일도 보았죠. 신기하게도 역사는 계속 뒤바뀌며 오늘의 범죄자가 내일의 희생자가 될 수 있더군요. 실로 놀라운 일이 아닐 수 없습니다. 저는 우리가 사는 이 세상에 대해 탐구하고 독서하고 사색하고 연구하면서, 나를 죽일 것만 같은 차가움을 느꼈습니다. 왜냐하면 저는 이 세상의 그 누구도 사랑하지 않고, 사람들 역시 아무도 저에 대해 묻지 않기 때문이죠. 선생님이 지금 제가 입고 있는 이 옷을 입게 된다면, 선생님은 어느새 자신을 잊게 되고, 사람들 역시 선생님을 잊어버리게 될 겁니다. 당신은 아무것도 아니지만, 동시에 모든 것이기도 합니다. 물론 어린 시절의 저는 가족도 없고 정체성도 없었기 때문에 제가 아무것도 아니라고 생각했어요. 하지만 자라고 나서 저는 하나의 세상이 되었고 세상이 내 안에 자리 잡게 되었습니다. 왜냐하면 제 자신이 바로 세계이기 때문이죠, 저를 이해하시겠어요?"

나는 조용히 침묵을 지키며 그의 말을 들었고 덩굴나무의 그림자와 파랗게 빛나는 하늘을 응시하며 여름의 산들바람을 느꼈다. 만약 나에게 그의 심장과 같은 또 다른 심장이 있다면. 만약 세상이 나의 내면에 있다면. 만약 내가 나 자신에게로 돌아간다면. 만일 내가 기 치료를 믿는다면 어떻게 될까?

나는 슬픔이 묻어나는 어조로 물었다.

"가족 중 한 명이라도 찾았나?"

미셸은 나를 보더니 쓰게 웃었다.

"그게 중요합니까? 지금 제 나이에 무엇이 중요할까요? 어렸을 적에는 제 가족에 대한 질문이 저의 중심이자 세상의 축이었습니다. 저는 다정한 손길과 따뜻한 품, 진심이 담긴 미소, 그리고 나에게 익숙한 얼굴이 필요했습니다. 하지만 어른이 되자 나의 질문은 그것들보다 더 커지게 되었고 저보다 더 커져버렸습니다."

나는 놀라서 물었다.

"하지만 자네는 인간이야, 자네에게는 느낌과 감정이 있어, 그것을 부정할 셈인가?"

미셸은 나를 보지 않았다.

"아니요, 부정하지 않아요."

"부정하지 않는다면?"

그는 나를 돌아보더니 모호하게 말했다.

"저는 그것들을 부정하지 않아요."

"그렇다면 이 의복은 무엇을 의미하나?"

"의복에 대해서는 잊어버리세요."

"하지만 사람들은!"

"사람들에 대해서도 잊으세요."

나는 걱정이 되기 시작했다.

"사람들을 신경 쓰지 말라니, 대체 무슨 말인가? 그들에게 있어 자네는 거의 신과 다름없어, 자네는 신과 사람들을 이어주는 매개체이고, 그들은 자네가 하는 일들을 신성시 여기고 있단 말일세."

"사람들은 본인들이 그렇게 하기를 원합니다. 지난 역사를 돌이켜보면, 매 시대마다 인간들은 자신이 신을 창조했고 또 숭배했었지요."

"그렇다면 자네는 사람들이 자네에게 주는 것을 즐기고 있단 말인가."

미셸은 졌다는 듯 껄껄 웃더니 손을 저었다.

"정확히는 아닙니다. 저는 노력했어요, 노력했죠, 믿어주세요."

"그러다가 결국 포기한 건가?"

"제가 뭘 할 수 있었겠습니까? 저는 사람들에게 계속 말했지만 그들은 제 말을 듣지 않았어요. 제가 어떻게 해야 합니까?"

"사람들은 미셸 자네의 힘을 믿고 있네."

"그들은 선생님이 찾고 있는 것처럼 무언가를 찾고 있습니다."

"무슨 의미인가?"

"선생님 역시 무엇인가를 찾고 있죠."

"그렇다면 자네는 내가 무엇을 찾고 있는지 안다는 말인가?"

"물론 알고 있습니다."

"그것이 뭔가?"

"선생님께서는 잃어버린 사랑을 찾고 있고, 그 사랑은 마치 여자인 것 같군요!"

"그게 정확히 뭔데?"

"그것은 선생님이 아시게 될 겁니다."

"언제쯤 내가 알 수 있는가?"

미셸은 두 손을 저어 보이고는 먼 곳을 응시하며 냉정히 말했다.

"그것은 선생님 본인이 정하는 겁니다."

그의 태도는 나를 화나게 했고 동시에 상처를 주었다. 미셸로 인해 나는 소용돌이 속에 빠져버렸다. 그는 내게 수수께끼만을 던져주었다. 그는 모른다. 단지 몇 가지 사인들만 던져준 채 내가 그것을 해석하도록 만들었다. 그의 행동은 마치 최면이나 마법의 기름, 조개껍질, 커피를 사용하다가 결국 상대가 알아서 해석하게 만드는 점쟁이들의 행동과 같았다. 변하지 않고 이미 정해진 것들은 운명학에나 있는 것이다.

나는 미셸이 커피포트가 있는 곳으로 가더니 차를 따르는 모습을 보았다. 그는 두 컵에 차를 따라서 나에게 한 잔을 건네고는 발코니 문 쪽으로 다가가서 먼 곳을 응시했다. 그의 얼굴은 익숙했고 그의 모습은 한 마리의 새처럼 아름답고 섬세했다. 흰 피부와 초록색 그림자가 드리워진 꿀색에 가까운 두 눈에는 슬픔이 서려 있었다. 그의 시선 또한 나의 외삼촌, 예술가였던 나의 외삼촌과 닮았다.

나는 다시 그와 논쟁하기 시작했다, 아니 그에게 심문을 하기 시작했다고 하는 편이 더 옳은 것 같다.

"자네는 이러한 마인드와 감성, 그리고 비범함을 지닌 자네 같은 청년을 받아줄 여자를 찾고 있는 건가?"

미셸은 나를 돌아보더니 참고 있다는 듯한 미소를 지었다.

"무슨 말인지요? 제가 찾는 것은 그것과는 다른 것입니다. 지금 중요한 것은 장미나 재스민처럼 깨끗하고 순결한 저의 마음입니다. 이것이 의심스러운가요?"

나는 고개를 저어 보이고 진심으로 말했다.

"의심하지 않네. 버스 사고가 일어난 후 의심의 여지가 없어졌어."

"사고가 일어나기 전에는요?"

"나는 혼란스러웠네."

"혼란스러웠다고요? 괜찮습니다. 자연스러운 일이니까요."

"그 다음은 뭔가?"

"무엇을 더 알고 싶으십니까?"

"자네가 어떻게 살고 있고, 무엇을 하며 살고 있고, 자네가 하는 일을 알고 싶네."

"저는 성상을 그리고 장식하며 성인들의 동상을 조각하기도 합니다. 그리고 기 치료로 사람들을 치료하기도 합니다."

"그렇다면 자네는 예술가란 말인가?"

"예술가이자 정신적, 영적인 사람이기도 하지요."

"그 직업이 돈이 되는 일인가?"

"돈벌이가 되는 것이 그렇게 중요합니까?"

나는 재빨리 대답했다.

"물론 중요한 일이지."

미셸은 나를 보며 조용히 미소 지었지만 대꾸하지 않았다. 순간 미셸의 또래였던 과거의 내 모습과 그 시절 아버지와 나누었던 대화, 그리고 마리암과 호스텔의 모습이 떠올랐다. 마리암과 나의 젊은 시절이 떠오르며 이미 지나간 세월과 잃어버린 나의 사랑이 기억나기 시작했다. 내가 떠나지 않았더라면, 내가 그녀를 버리지 않았더라면, 내가 고수하고 있던, 내가 믿고 있던 신념들이 남아 있다면. 내가 사랑하는 사람이, 그리고 마리암 당신의 사랑이 내게 남아 있다면!

**

저녁식사로 만사프*를 먹은 뒤, 이 황무지 같은 마을에서 중요한 역할을 맡고 있다는 남자들이 한데 모였다. 그들은 곧 버스를 구조하기 위해 그들이 해야 할 일들에 대해 논의하기 시작했다. 버스는 여전히 절벽 위 돌과 오크나무 사이에 걸려 있었다. 시장은 버스 구조가 지체되면 텔레비전 송신과 배터리에 문제가 생길 것이라고 말했다. 텔레비전에 문제가 생긴다는 것은 손님을 대접하는 응접실과, 밤 시간을 보내는 것, 뉴스와 드라마를 시청하는 것에 문제가 생긴다는 것을 의미했다. 아마도 그들에게 드라마를 못 본다는 것은 뉴스를 못 본다는 사실보다 훨씬 더 중요한 문제였을 것이다. 왜냐하면 뉴스는 늘 온통 비극적인 일들로만 가득했기 때문이다. 뉴스가 보도되기 시작한 이래로 생긴 비극적인 사건들은 지금까지도 계속 이어지고 있었다. 그래서 그들은 이러한 비극적인 일들에 대해 이미 너무나 잘 알고 있었다. 수단에서 일어나는 전쟁과 파괴, 아프가니스탄에서 발생한 전쟁과 폐허, 소말리아에서 일어난 전쟁과 파괴, 그리스에서 침몰한 여객선까지. 이 모든 사건들은 이미 사람들에게 널리 알려졌고 독약처럼 퍼져 그들을 괴롭혔다. 하지만 드라마는 연못과 아름다운 여자들, 여자 같은 모습을 지닌 멀끔한 남자들, 그리고 그들이 있는 정원, 이 정원이 위치한 높은 성 안에서 어떻게 사람들이 살고 있는지를 묘사했다.

모임을 가진 남자들 중 한 명이 호기심이 가득한 눈으로 내게 물

---

* 양고기와 밥에 요거트 소스를 곁들여 만든 요르단, 팔레스타인의 대표적 음식이다.

었다. "외국 남자들은 여자 같다던데? 예루살렘 중심가에는 여성스러운 남자들이 있다는 말이 사실인가?" 나는 그 질문에 "여성은 선이자 축복입니다"라고 답했다.

"선과 축복이라고?!"

그들은 입을 모아 소리쳤고 버스 구조에 대한 일을 까맣게 잊은 채 여자에 대한 이야기에 몰두하기 시작했다. 그들 중 하나가 스피커에서 나오는 소리처럼 우렁차면서도 떨리는 목소리로 말했다.

"정말이지 여자는 알라가 내린 가장 큰 저주야. 여자들에게는 이성도 없고 이해력도 없고 믿음도 없단 말이지. 알라께서 우리들 중 누군가에게 노하신다면 그에게 딸을 낳게 하시겠지, 그러면 그 사람은 여자아이를 산채로 묻고 비로소 근심으로부터 벗어날 수 있단 말일세."

또 다른 이가 근심에 가득한 목소리로 대화를 이어갔다

"여자는 오직 근심과 걱정만을 불러오지. 나에게는 딸만 다섯이 있네, 딸만 다섯인데 내가 무엇을 했겠나? 나는 신께 예배를 드리고 금식을 하며 신을 숭배했고, 일 년 동안 순례를 하면서 수도 없이 기도 드렸지, 순례를 하는 내내 기도 드렸다고. 순례를 끝내고 집에 돌아왔을 때 나를 맞이한 것은 또 딸을 가졌다는 비극적인 소식과 축하의 말이었지. 여보게들 대체 내가 무엇을 해야 하는가?

옆에 있던 다른 남자가 주저 없이 말했다.

"그러면 다른 여자랑 또 결혼을 하게나."

그 말을 듣고 자기 신세를 한탄하던 남자가 소리쳤다.

"어떻게 또 결혼을 하란 말인가? 여보게, 나는 내가 가진 모든 돈을 순례하는 데 써버렸는데 대체 어떻게 결혼을 할 수 있단 말인가?!"

나는 미셸을 쿡 찌르며 화난 목소리로 속삭였다.

"버스는 대체 어떻게 하라는 건가? 저 사람들에게 버스에 대해 상기시켜주게."

하지만 미셸은 미동도 하지 않고 그들이 하는 이야기가 마치 세계적 이슈, 또는 철학적인 일인 듯 깊은 관심을 보이며 경청했다.

그 무리들 중 한 명이 내 가까이에서 속삭였다.

"이 불쌍한 사람의 부인은 아들 없이 무려 여덟 명의 딸을 낳았지! 이 사람이 어떻게 해야 할지 해결책을 좀 제시해주게나."

그는 말을 마치고 미셸을 쳐다보더니 그의 귓속에 대고 무언가를 속삭였다. 나는 미셸이 그 말을 듣고 미소 짓다가 머리를 젓더니 내가 들을 수 없는 말을 속삭이는 것을 보았다. 그가 무엇을 말했을까? 왜 미소를 지었고 그의 말에 반기를 들지 않았을까? 그 남자에게 동의한다는 것일까? 만약 미셸이 에너지에 대해 말했다면, 그 에너지로 임신시킬 수 있다 말했다면 어땠을까? 그가 에너지로 여자를 임신시킬 수 있을 것이라고 말이다!

나는 걱정이 되면서도 동시에 무서워졌다. 이미 나는 이 청년을 사랑하고 존경하기 시작한 것 같았기 때문이다. 나는 이 청년에게 내가 이해하지 못하지만 숭고하고 거룩하며 우주적 차원에 다다른 동시에 신비한 무언가가 있다고 느끼기 시작했다. 하지만 에너지로 임신을 시킨다는 것은, 아니! 있을 수 없는 일이다.

나는 미셸의 귀에 대고 속삭였다.

"그가 자네에게 뭐라고 하던가?"

미셸은 나를 보더니 마치 예의 바르게 행동하지 않은 아이를 꾸짖듯 고개를 절레절레 흔들었다. 나는 화가 나면서 동시에 이질감을 느꼈다. 미셸은 왜 그의 일들로부터 나를 배제하려는 것일까? 왜 그의 생각을 나와 공유하지 않을까? 우리가 서로를 이해하지 못하고, 우리가 비밀이나 생각을 서로 공유하지 않아서일까? 우리 사이에는 어느 정도의 동등함이라는 것이 있다. 하지만 그들에게는 대체 무엇이 있단 말인가?

나는 다시 남자들에게 시선을 돌려 그들이 하는 이야기를 들었다. 그들은 자신들이 가지고 있는 문제들에 대해 말하며 가끔 증오와 폭력적인 모습을 보이기도 했고, 때로는 성을 내기도 하고 순박하면서도 멍청한 면모를 드러냈다. 가끔은 공포스러워하기도 했다. 나는 말로 형용할 수 없는 낯선 이질감을 느꼈다. 마치 내가 세네갈이나 인도의 벵골, 아마존에 있는 것처럼 나와는 아무 관계도 없는 세상에 던져진 것 같았다. 혁명은 이들로부터, 이들의 현실에서부터 시작되는 것이 맞는 것일까? 모든 범세계적, 범우주적인 사고들과 해방, 독립, 평등이 그들로부터 비롯되는 것인가? 버스를 처리하는 이 작은 문제도 어떻게 해결할지 모르는 이들에게서 어떻게 이 모든 것이 발생할 수 있단 말인가? 계곡 절벽에 걸려 있는 버스 문제를 해결하는 것이야말로 오늘 밤에 열린 모임의 주제가 되어야 했다. 하지만 어느새 회의에서 버스에 관련한 주제는 온데간데없이 사라졌고, 그들은 버스 이야기 대신 여자아이들과 여자에 대한 얘기를 하기 시작했다. 버스에 대한 이야기는 애초에 중심 내용도 아니었다는 듯 아무도 거기에 대해 논하지 않았다. 나는 화가 치밀어 올랐고 마치 코와 머리에서 연기가 올라오는 것처럼 느껴졌다. 결국 나는 그들에게 소리쳤다.

"이보시오! 버스, 버스는 대체 어떻게 할 껍니까?!"

남자들은 잠시 나를 흘낏 쳐다보더니 다시 원위치로 돌아가서 저마다의 주제에 대해 토론하고 논쟁하기 시작했다. 어떤 이는 기름값에 대해, 다른 어떤 이는 셰켈과 디나르의 가치에 대해서 이야기했다. 자신의 처지에 대해 한탄하던 이는 여전히 그의 걱정거리인 딸들에 대한 이야기를 늘어놓았고, 그의 친구는 에너지를 통해 딸이 아닌 아들을 잉태하게 할 해결책을 제시해 달라며 미셸을 설득하고 있었다.

나는 답답해져 옥상에 올라가려고 자리에서 일어났다. 그러자 남자들이 내게 외쳤다. "커피 좀 드시겠어요? 아니면 아니스 차라도 드실래요?" 그 말을 들은 나는 부끄러워져서 잠시 주저했다. 그들은 나를 환대한 반면 나는 그들에게 인색했다. 그러나 이것은 인색한 자들의 환대와 접대일 뿐이다. 우리는 먹을 것과 관계되었을 때에만 관대해지기 때문이다. 이것이 바로 무지한 자들의 특징이다.

나는 이 분위기와 복잡한 생각에서 벗어나기 위해 옥상으로 나가서 숨을 들이마셨다. 그때 어두운 한밤중 어떤 여자의 날카로운 외침이 들려왔다. "제발!" 무언가를 때리는 소리와 울음, 비명이 동반된 이 소리에 저절로 몸이 움츠러들었다. 멀리서 부엉이처럼 우는 떠돌이 개의 울음소리도 들려왔다. 그러자 나의 뇌리에는 쑤카이나와 그녀의 남편, 그리고 그의 아들 타우피끄가 스쳐 지나갔다. 나는 즉시 문으로 돌아가 문턱 위에 서서 방 안에 있는 남자들에게 두려움이 가득한 목소리로 소리쳤다.

"이보시오, 내가 지금 밖에서 누군가 소리 지르는 것을 들었소!"

그러자 무리들 중 한 명이 깔깔 웃으며 경박하게 말했다.

"분명 쑤카이나가 맞는 소리일 거요. 하지만 남편에게 이혼당하지는 않을 겁니다."

나는 흥분해서 소리쳤다.

"이혼? 그녀가 맞는 소리라구요?! 왜 쑤카이나가 맞아야 합니까?"

남자들은 크게 놀란 듯 나를 쳐다봤다. 왜냐하면 그들은 내가 이렇게까지 흥분할 줄 몰랐고, 이렇게 큰 소리를 낼지도 예상하지 못했기 때문이다. 그러자 시장이 나를 진정시키며 말했다.

"자네 여기 앉게나, 앉아서 좀 진정하라고, 이 사람에게 차랑 커피를 좀 내주게. 자네 오늘 하루 일진이 참 좋지 않았어.

나는 그에게 다가가 흥분을 억누르려 애쓰며 말했다.

"시장님, 쑤카이나는 지금 억울한 상황에 놓여 있습니다. 쑤카이나는 그때 부엌에 있었단 말입니다!"

그러자 남자들 중 한 명이 속삭였다.

"쑤카이나가 부엌에 있었고 이웃집에 놀러 가지 않았다는 것을 우리가 어떻게 알지?"

옆에 있던 또 다른 이가 거들었다.

"쑤카이나는 이웃집에 놀러 가서 수다를 떠느라 자기 아들이 버스를 운전하도록 내버려 뒀다고. 이게 바로 여자들이고, 여자들이 항상 저지르는 일이지. 여자들이 구멍을 내면 우리 남자들이 그 구멍을 메워야 한단 말이야."

나는 흥분해서 신경질적으로 응수했다.

"쑤카이나는 억울하다고요. 제가 증인이고 미셸 역시 그 증인입니다."

나는 미셸이 내 편을 들어줄 만한 것들을 말해주길 바라며 그가 있는 쪽을 바라보았다. 하지만 그는 침묵을 지키며 미동도 하지 않았다. 다시금 그에 대한 의심과 원망이 고개를 들었다. 쑤카이나는 통이 넓은 옷을 입고 무거운 엉덩이를 뒤뚱거리며 플라스틱으로 만들어진 슬리퍼를 신은 채, 두 뼘 정도로 늘어진 배를 보이며 오늘 아침 우리를 맞아 주었었다. 그녀에 대한 동정심과 미안함이 더 커져 가는 것을 느낌과 동시에 이마에서 땀이 줄줄 흘렀다. 그러자 미셸이 내게 속삭였다.

"이리 와서 앉으세요, 선생님은 지금 피곤한 상태인 것 같습니다."

하지만 나는 자리에 앉지 않고 절망과 혐오감이 뒤섞인 눈빛으로 미셸을 보았다. 왜냐하면 나는 그가 얼른 자리에서 일어나, 사람들을 데리고 쑤카이나에게 가서 그녀를 구해줄 것이라고 기대했기 때문이다. 하지만 미셸은 움직이지 않고 내가 자리에서 일어나기 전에 앉아 있었던 방 안을 가리키며 부드럽게 말했다.

"자 이리 와서 앉으시죠, 지금 심적으로 지치신 것같이 보이네요."

하지만 나는 문턱에 그대로 기대어 서서 절망스럽게 말했다.

"쑤카이나는 억울하단 말입니다. 제가 증인이고, 쑤카이나는 부엌에 있었다고요."

그들 중 한 명이 낮은 소리로 속삭였다.

"저 사람은 예루살렘 출신이고, 우리 마을 사람이 아니라서 아무것도 모른다고! 예루살렘의 여자들은 마치 달콤한 디저트 같지. 하지만 우리는 여기서 쑤카이나와 마흐푸자 같은 여자들과 함께 산다고!"

이 농담에 남자들은 모두 크게 웃었다. 나는 기가 막혀 눈이 휘둥그레져서 어둠 속에서 들려오는 소리, 한밤중에 들려오는 여자의 비명 소리에 귀를 기울였다. "아이고 제발!"

시장은 이런 내 모습을 눈치채고 걱정하며 말했다.

"이보시게, 자네의 건강이 우선이야, 왜 서 있는 건가? 이리 와서 앉고, 걱정하지 말게. 쑤카이나는 자기 삶을 만족해하고 행복해하고 있다고. 나중에 이 목소리의 주인공이 쑤카이나인지 아니면 다른 여자인지 알게 되겠지. 이게 바로 여자들의 소리지, 항상 시끄럽다고. 그리고 우리가 듣는 모든 여자의 비명소리가 누군가 그 여자를 때리거나 모욕해서 생기는 소리라는 게 논리적으로 옳다고 생각하는가?! 쑤카이나도 만약 자네가 그녀의 일에 개입하고 간섭한다면 —

그래서는 안 될 일이지 — 자네에게 등을 돌리고 비난할 걸세, 그리고 "저리가세요, 당신이 왜 여기에 있는 것이죠? 이 사람은 내 남편이고, 여기는 내 집이고, 이 일은 당신이 상관할 일이 아닙니다!"라고 말할 거야."

나는 절망하며 중얼거렸다.

"아니요, 말도 안 됩니다."

그러자 남자들은 서로 앞다투어 말했다. "말이 되지요." "맞는 말이지 암." "백 번 옳은 말이지!"

나는 미셸을 바라보며 화가 나서 물었다.

"미셸, 자네는 이게 옳다고 생각하나?"

그는 고개를 돌려 먼 곳을 응시했지만 내 질문에 답하지 않았다. 나는 주먹으로 문을 치고는 한밤중인 밖으로 나왔다. 밖에는 방백목의 그림자가 드리웠고 개가 짖는 소리, 부엉이의 울음소리, 그리고 어둠 속에서 "제발요!"라고 외치는 여자의 비명소리가 들려왔다.

**

나는 그들이 한 명씩 차례대로 회의를 마치고 밖으로 나가는 소리를 들었다. 그들은 모든 것에 대해 자세히 이야기했지만, 그들이 모이게 된 근본적 이유인 '어떻게 버스를 꺼낼지'에 대해서는 결국 논의하지 않았다. 나는 그들의 소리를 들으며 벽에 기대어 이 시골 사람들이 맡아서 하는 '대단한' 일들과 한밤중 방백목 뒤로 새어 나오는 옅을 빛을 응시했다.

이곳에는 빛도, 물도, 돈도 없다. 건설자들 역시 이곳에서 새로운 건물을 짓지 않을 것이다. 그렇다면 이러한 상황에서 우리는 어떻게 공동체, 국가를 건설할 수 있겠는가?! 나는 나의 현실과 국가의 현실에 대해 깊은 절망에 빠졌다. 내가 겪은 개인적인 일들이 나라 전체의 상황과 맞물리면서 이제 나는 무엇이 더 우선순위인지 알 수 없게 되었다. 개인적인 상황과 국가적인 상황에서 무엇이 더 중요하고, 무엇이 더 깊이 있는 것일까? 그것은 교육인가 아니면 환경인가? 감정인가 아니면 사회인가? 우리는 개인으로 시작해야 하는가 아니면 집단으로 시작해야 하는가? 이전에 우리는 '공공의 변화가 개인의 변화로 이어진다'라고 말했다. 그것이 우리의 모토이자 확신, 믿음이었다. 하지만 무엇이 이 신념을 위태롭게 했을까? 우리는 공공의 변화도, 개인의 변화도 모두 이루지 못했다. 그러고 나서 우리는 계몽과 교육을 외쳤다.

그 의미는 '무기나 무장 혁명이 아닌, 의식과 교육을 신장하자'는 것이었고 수년간 우리는 이러한 기조하에 살아왔다. 그런데 지금 우리는 대체 어디까지 왔는가? 무엇을 이루었는가? 이 불쌍한 국가여!

나는 내 뒤를 따라오는 미셸의 발걸음과 그가 신은 샌들 소리를 들었다. 하지만 나의 마음은 절망과 의심, 해결하지 못한 복잡한 일들로 가득했기에 뒤돌아보지 않았다.

미셸은 내 어깨를 잡더니 차분한 어조로 물었다.

"아직도 쑤카이나에 대해 생각하시나요?"

나는 그의 다음 말에 귀 기울였지만 매미 울음소리와 간간히 개 짖는 소리만 들려올 뿐이었다. 나는 실망감이 가득한 비난조로 답했다.

"불쌍한 쑤카이나를 아무도 도와주지 않았네. 자네는 우리 내면에 있는 에너지에 대해서 말했었지. 쑤카이나가 그녀를 안내해줄 사람 하나 없이 도움을 얻을 수 있고, 그 에너지에 다다를 수 있을 것이라고 생각하는가? 언제 자네는 행동을 취할 것인가? 백 년 뒤? 아니면 천 년 후? 그렇지 않으면 죽은 뒤에나? 너무 늦어! 지체하는 걸세. 사형과도 같아. 지금 자네는 현실과 사람들의 삶으로부터 도피하고 있는 걸세."

미셸은 사과하는 듯 내게 물었다.

"그럼 대체 우리가 무엇을 해야 합니까?"

나는 어떻게 대답해야 할지 몰라 침묵했다. 나는 종교나 합법성, 권력, 법을 말하지 않았다. 그리고 이미 시도해 보았으나 성공하지 못했기에 혁명이나 변화에 대해서도 언급하지 않았다. 이렇게 우리는 항상 출발점으로 다시 돌아와서 깊은 밤, 어둠 속에 빠져 있다. 순간 시장이 내게 했던 우울한 말이 머릿속을 파고들었다. "만약 자네가 그녀의 일에 개입하고 간섭한다면 쑤카이나는 자네에게 등을 돌리고 자네를 비난할 걸세, 그리고 '나가세요, 이 일은 당신이 상관할 일이 아닙니다!'라고 말하겠지."

미셸은 부드럽게 다시 물었다.

"우리가 무엇을 해야 하죠, 쑤카이나에게 억지로 시킬까요? 만약 쑤카이나가 원하지 않는다면, 우리가 억지로 그녀에게 무언가를 하게끔 강요해야 합니까?"

나는 혼란스러워 머리가 아닌 마음이 가는 대로 말했다.

"나는 모르겠어! 자네는 알겠는가? 나는 모르겠다네."

**

가게들은 여전히 손님 없이 텅텅 비어 있었고, 어제 우리가 건넜던 움푹 파인 아스팔트 길 위에는 아무도 걸어 다니지 않았다. 아침이 찾아온 이 마을은 거의 텅 빈 버려진 장소 같았다. 내 신발은 땅 위에 떨어졌고 길 위에 깔린 자갈들은 유리가 깨지는 소리처럼 시끄러운 소리를 내며 나와 상점 주인들의 귀를 따갑게 했다. 지나가는 사람들의 호기심 가득한 눈이 나를 따라다녔고 나는 어색함을 견디지 못해 자리에서 일어나 계곡 쪽으로 갔다. 높은 지대로 올라가자 비로소 나는 사람들의 눈에서 벗어나 혼자만의 시간을 갖게 되었다. 경사를 넘어가니 내 앞으로 아침 안개가 가득한 푸른빛을 머금은 산세가 펼쳐지며, 산의 끝자락과 돌들이 빛을 반사했다. 하지만 그곳에서 피어나 자란 자연의 색은 아름답지 않았다. 오히려 우울한 가뭄에 시달리듯 올리브나무마저 녹색빛을 띠지 않았다. 잎과 줄기는 색이 바래 회색으로 변했고 마치 잿빛의 푸른색에 더 가까웠다. 여름이 한창일 이 시기에 대체 녹색빛은 어디로 갔단 말인가? 물 문제, 경작의 문제 때문이다! 가뭄과 전쟁이 훼손하고 파괴한 이 땅에는 사람들이 얻을 수 있는 것이 거의 없다. 하지만 이것은 기존의 전쟁과 점령 때문이 아닌 바로 '정착촌 건설'과 자연이라고는 찾아볼 수 없는 척박한 땅에 대한 소유권 싸움 때문이었다. 이 정착촌들은 마치 천연두처럼 산의 안쪽으로 퍼져나가면서 장난감처럼 반듯하게 깎인 집들을 세워나갔다.

이 조립식 집들은 달팽이 또는 뾰루지처럼 줄을 지어 세워졌다. 이렇게 고통스러운 현실에도 불구하고 가난 때문에 이곳 마을 사람들은 저 정착촌에 가서 일일 노동자, 건설 노동자로 일했다. 그래서 아침부터 해가 질 때까지 이 마을에는 청년들이 없었다. 마을에 남아 있는 여자들을 도와줄 수 있는 것이라고는 가축과 자기 자신도 돌볼 수 없는 아이들, 노인들뿐이었다. 이런 상황에서 대체 어떻게 황무지에 가까운 이 시골 마을을 일으켜 세울 수 있단 말인가!

나는 한층 더 깊어진 시름을 느꼈고 아무 애정 없이 나를 품은 이 땅에서 마치 길을 잃은 것 같은 느낌을 받았다. 나는 정처 없이 이곳 저곳을 돌아다녔다. 희망도, 사랑도, 가족도, 믿음도 내게 없었다. 예루살렘으로 돌아왔을 때 나는 내가 믿고 있는 것을 실현하려 애썼다. 하지만 결국 내가 찾아낸 것이라고는 고독과 비애, 지난날의 슬픔뿐이었다. 마리암에 대한 기억이, 예루살렘의 슬픔이 다시 나에게 찾아왔다. 나 자신을 찾을 수 없는 이곳에서 나는 이전에도 그랬던 것처럼 내 영혼에 대한 그리움을 느꼈다. 하지만 그때의 나는 아직 어렸고 책과 예술정신을 꿈꿨었다. 문학은 내 삶의 빛이었고 문학의 눈으로 나는 세상만물을 보았다. 나는 사랑했고, 증오했고, 흥분했고, 저항했으며, 내 삶과 한계를 거부했다. 그리고 내 영혼을 위해 나는 알려지지 않은 감추어진 것에 달려들기 위한 날개를 키웠다. 나는 아름다움을 보았고 그것을 숭배했다. 심장박동이 고동침을 느꼈을 때, 나비가 불빛을 위해 춤추다가 타버리는 것처럼 나는 기꺼이 나 자신을 그 매혹적인 불 속으로 집어 던졌다. 누가 나에게 불을 붙였을까? 세월일까, 향수일까, 외로움 또는 계속되는 패배일까, 아니면 내일의 봄을 위해 거두어야 할 여름의 과실을 따지 못하는 늙어버린 나일까? 만약 나에게 따뜻한 집과, 아들, 딸이 있었더라면. 또는 새로운 책과 생각, 비전처럼 나의 감정과 생각의 늪에 돌을 던져 나 자신으로부터 나를 꺼내고 나의 실타래를 밖으로 당겨줄 무언가가 있었더라면. 하지만 지금 나에게는 아무것도, 아무도 없다. 사랑도 믿음도 없다. 나는 지금 점차 좁아지고 위협적이지만, 동시에 미래가 약속된 땅에 있다!

이 정착촌들, 이 메마름과 내면의 공허함, 그리고 내 삶이 길을 잃은 것은 내가 늙었기 때문일까? 아니면 물질만능주의 때문에? 아니면 내 영혼이 비어버렸기 때문일까?

갑자기 잠을 자고 싶은 강한 욕구가 생겼다. 빨리 내 침대로 돌아가서 베개와 이불에 묻혀 세상으로부터 단절되고 싶었다. 침실은 내가 달려가면 나를 보호해줄 편안한 장소이자, 추위로부터 나를 감싸주는 자궁처럼 따뜻한 보호막 같았다. 잠은 세상에서 가장 아름답고 달콤한 피난처다.

나는 느릿느릿 발을 끌며 진료소에 도착했다. 여전히 이른 아침이었고 졸음은 거대한 새처럼 내 머리 위로 날며 졸음의 날개로 내 오감을 잠식했다. 그래서 내가 볼 수 있었던 것이라고는 재와 흐려 저서 사라질 것 같은 선들과 나무 그림자뿐이었다. 진료소의 문을 밀고 안으로 들어서자마자 벽 뒤에서 날카로운 울음소리가 들려와 내 귀에 박혔다. 다른 방에서 여자의 통곡 소리가 들려왔고 미셸의 목소리가 들렸다. "저에게 집중하세요, 집중, 집중하세요." 하지만 여자는 거세게 소리쳤다. "죽고 싶어요, 나는 죽어야 된다고요, 저에 게 독을 주세요, 약을 달라고요!" 여자가 다시 한 번 날카로운 비명 을 지르자 그 비명 소리는 천장을 흔들고 창문 유리를 때렸다. 순간 나의 모든 감각이 깨어났고 졸음이 달아났다. 졸음에 솜처럼 무거워 져 있던 내 몸도 다리를 건너는 날쌘 개처럼 재빨라졌다. 여자의 비 명은 내 몸 속으로 들어와 힘줄을 찢는 듯한 고통을 만들어냈고 나 는 휘청거렸다. 알 수 없는 피로함에 쓰러지지 않기 위해 나는 가장 가까운 곳에 있는 의자 위에 앉았다. 여자는 여전히 울며 소리 질렀 고 몇 분간 앓는 소리를 내더니 미셸이 뱉어내는 단어들과 시계의 추처럼 천천히 높아졌다 낮아지는 목소리를 듣고는 조용해졌다. 그 러자 미셸은 여자의 내면과 무의식 속을 파고들어갔다. 미셸이 여자 에게 최면을 건 것일까? 아니면 대체 무엇을 한 것일까? 하지만 여 자는 곧 다시 소리 지르기 시작했다.

"나는 맹세코 거기에 있지도 않았고, 거기에서 그를 보지도 않았 어요. 저주 받은 내 인생. 나는 남편뿐만 아니라 그의 어머니도 돌봐 야 하고 이제는 아이들까지 돌봐야 해요. 소, 염소를 키우고 치즈, 비누, 오븐의 빵을 만들고 올리브나무를 가꾸고 이 머리로 물을 나르고 가축의 거름까지 옮긴다고요. 남편이 집에 돌아오면 시어머니는 "쑤카이나가 이렇게 했고 저렇게 했고, 수다를 떨러 이웃집에 놀러 갔단다"라고 고자질해요. 남편이 내 머리채를 잡고 내 위에 올라타 가죽 허리띠로 날 때릴 때까지 시어머니는 계속 떠들어 댄다고요. 남편은 내가 죽기 직전까지 여기저기를 발로 차요. 여기 제 머리랑 손 좀 보세요, 눈에도 맞은 자국이 보이죠? 그러면 애들은 남편에게 그만하라고 저에게서 그를 떼어 놓으려고 하고 어쩔 때는 소리 지르기도 하죠. 하지만 시어머니는 꼼짝도 안 하지요. 저는 꼭 시어머니를 죽이고 나서 자살해버릴 거예요. 제발 독이나 약 좀 주세요. 나 좀 살려주세요 제발."

나는 쑤카이나의 울부짖는 소리를 듣고 하마터면 자리에서 벌떡 일어나 그녀에게 달려갈 뻔했다. 그녀를 구하려 했지만 결국 두려워졌다. 만약 쑤카이나가 동네 남자들이 말했던 것처럼 "당신이 상관할 일이 아니에요. 이건 내 집, 내 남편 일이라고요, 왜 끼어들죠?"라고 말하면 대체 나는 어떻게 해야 한다는 말인가.

나는 미셸이 쑤카이나에게 계속 이상한 부탁을 하는 것을 들었다. "저에게 집중해주세요. 집중, 집중하시고 제가 도움을 줄 수 있도록 편하게 있으세요. 하지만 쑤카이나는 소리쳤다. "독을 달라고요, 제가 죽게 좀 해주세요." 그러다가 다시 미셸이 반복적으로 하는 말과 그의 목소리를 듣더니 쑤카이나는 다시 조용해졌다. 나는 미셸이 그녀에게 하는 말을 들었다. "당신은 지금 깊은 잠이 들었습니다. 아주 편하게 자고 있어요. 당신은 조용한 상태로 아무런 문제도 없는 상태입니다. 당신은 행복합니다."

나는 '행복'이라는 말을 듣고 이성을 잃어 그의 방으로 달려갔다. 문을 열어 등을 보이고 있는 그를 잡아당기며 소리쳤다.

"자네는 미쳤어! 지금 뭘 하고 있는 건가? 쑤카이나에게 당신은 행복하다고 말하면서 그녀에게 앞으로 가해질 폭력을 참게 하려는 셈인가! 자네는 사디스트, 나치, 사기꾼이야."

미셸은 뒤를 돌아보고는 나의 악력과 내가 한 말에 놀라서 우두커니 서 있었다. 눈도 깜박거리지 않고 나를 쳐다보더니 곧 정신을 차리고 화난 목소리로 말했다.

"왜 여기 오셨어요? 지금 뭐 하는 겁니까?"

나는 이미 의자 위에 딱딱하게 굳어진 쑤카이나의 팔을 잡아당기고 있었다. 나는 쑤카이나에게 외쳤다.

"일어나요, 자 어서 일어나라고요."

미셸은 그런 나의 팔을 잡아당기더니 소리쳤다.

"그러지 마세요, 지금 당신이 쑤카이나를 망치고 있다고요!"

나는 미셸의 말에 신경 쓰지 않고 쑤카이나를 일어서게 하려고 허리를 굽혔다. 하지만 그녀는 나무토막 같았다. 화가 치밀어 올랐다.

"일어나요, 자 빨리 일어나세요."

순간 강한 두 팔이 나를 끌어내더니 방 한쪽으로 던져지는 나 자신을 느꼈다. 커튼과 진찰용 책상에 부딪치다가 결국 방바닥에 나가떨어졌다. 미셸은 나를 일으키려 자세를 낮췄지만 나는 내게 뻗어진 그의 손을 내리쳤다. 그리고 소리쳤다.

"내게서 떨어져, 자네는 미쳤어, 당신은 사디스트에 사기꾼이야. 이렇게 자네 환자들을 치료하는 건가? 거짓말, 허상, 속임수로 환자들을 치료하냐는 말이야!"

미셸은 처음으로 내게 소리 질렀다. 그는 이미 이성을 잃기 시작했다.

"당신이 왜 참견하는 거지?"

"내가 참견했다고? 지금 자네가 이 불쌍한 여자를 괴롭히는 데 일조하고, 이 여자를 속이고, 홀리려 하는데 내가 가만히 있어야 하나? 이번에는 절대 조용히 넘기지 않을 걸세."

미셸은 얼굴부터 머리끝까지 빨갛게 달아올랐다. 그러고는 다시 소리쳤다.

"왜 내 일에 간섭하는 겁니까? 왜 허락도 없이 진료소에 들어왔죠? 선생님이 있어야 할 자리는 여기가 아닙니다. 당장 나가세요. 여기는 선생님의 자리가 아니라고요."

미셸이 내게 대들고 저항하자 나는 이성을 잃었다. 그는 나에게, 아니면 그 자신에게 부끄럽지 아니한가? 어떻게 감히 나를 내쫓으려 한다는 말인가?! 그는 내가 그의 비밀을 밝혀내서, 그것이 무엇인지 말해주었기에 나를 쫓아내려 하는 것이다. 그는 이곳에서 혼자 정착하고 싶겠지. 하지만 내가 내버려 두지는 않을 거야. 내가 조용히 있지 않겠다고. 무슨 일이 일어나도 나는 내 역할을 하겠어.

나는 천천히 자리에서 일어나 검지로 미셸을 가리키고 굳게 결심한 듯 말했다.

"나는 조용히 있지 않을 걸세. 무슨 일이 있어도 자네는 나를 막지 못할 거야. 나는 자네가 있든 말든 상관없이 쑤카이나를 구해낼 거야."

미셸은 화를 내며 소리쳤다

"대체 쑤카이나에게 원하는 것이 뭡니까? 저는 이해할 수 없군요! 왜 쑤카이나한테 이러시는 겁니까?"

나는 강한 어조로 답했다.

"왜냐고? 쑤카이나는 아무 죄가 없는 불쌍한 여인이기 때문이지, 잘 모르겠나?! 쑤카이나는 이 상황의 희생자라고, 어젯밤에 그 남자들이 하는 얘기를 듣지 못했나? 아니, 자네는 듣지 않겠지. 아마 들었어도 듣지 않으려 할 걸세. 자네는 이 황무지 같은 시골 농부들의 무지를 이용해서 이곳에 정착하려는 게야. 내가 용납하지 않겠네. 무지가 이곳에 뿌리내리게 가만히 놔두지 않을 걸세. 나는 쑤카이나를 데리고 가서 구해낼 거야."

미셸은 두려운 듯 내게 외쳤다.

"쑤카이나를 깨우지 마세요, 안 됩니다. 그녀에게 해로울 거예요."

하지만 나는 그의 가슴을 뒤로 밀어내며 고집스럽게 말했다.

"아니, 자네가 뭐라고 하든 쑤카이나를 깨워야겠어."

미셸은 내 손을 잡으며 애원했다.

"지금 깨우지 마세요, 위험하다고요. 쑤카이나를 망치게 될 거예요."

나는 그의 손을 치워버리고 말했다.

"자네가 쑤카이나에게 망상을 불어 넣으려 하는데 내가 보고만 있으라고? 저리 가게, 당장 저리가."

미셸의 얼굴이 내게 가까워지더니 그의 두 눈이 내 눈에 박혔다. 그의 얼굴에는 화가 가득했고 두 눈에서는 광선 같은 빛이 나왔다.

"쑤카이나를 내버려 두세요."

"아니, 내가 데려가야겠네."

그러자 미셸이 증오가 담긴 비릿한 미소를 지었다.

"지금 이 불쌍한 여자를 데리고 무엇을 하려고 합니까? 뭔가를 증명하기 위해 이 여자와 즐기기라도 하려는 겁니까? 무엇을 증명하려고요? 당신이 혁명가이고 투사라는 사실을 말입니까? 아니면 당신이 인간이라는 사실을 증명할 겁니까?"

"내가 이 여자와 즐긴다고? 자네가 고작 생각해 냈다는 것이 그건가? 그 생각의 한계 때문에 자네는 결코 다른 차원으로 뛰어넘어 갈 수 없는 걸세."

미셸은 질책이 담긴 비릿한 웃음을 지우지 않고 나를 응시했다. 그는 이전의 모습과는 다른, 마치 완전히 다른 사람 같았다. 그는 작게 속삭였다.

"다른 차원?! 대체 그게 무슨 말이지?"

나는 협회에서 사용하는 명함을 꺼내서 그의 얼굴에 던졌다. 그리고 굳게 결심한 듯 말했다.

"자, 그게 무엇인지 알고 싶다면 내가 운영하는 협회에 방문하게."

미셸은 내게 자신의 얼굴을 가까이 대고는 마치 악마처럼 속삭였다.

"제가 선생님의 협회에서 무엇을 찾으라는 말입니까? 고아원? 아니면 과부나 이혼녀들의 쉼터? 그것도 아니면 길거리에 버려진 사생아를 데려오는 곳? 그것도 아니라면 잘못을 저질러서 갈 곳이라고는 수녀원밖에 없거나 사형 선고를 받은 여자들을 위한 센터를 찾으라는 말입니까?"

나는 그를 뚫어지게 쳐다보았다.

"대체 무슨 뜻인가?"

미셸의 얼굴에서 핏기가 사라지고 마치 흰 왁스로 만들어진 탈을 쓴 것처럼 그의 얼굴은 창백하게 굳었다. 그는 목이 메 말했다.

"마리암은 당신의 협회를 찾지 못했습니다. 그런데 쑤카이나라고 무엇을 찾을 수 있겠습니까?"

순간 내 심장 고동이 멈추었고 나는 놀라서 물었다.

"뭐라고?"

미셸은 표정을 굳힌 채 계속 말을 이어갔다.

"머물 곳이 없는 버려진 사생아가 찾은 것이라고는 수도원뿐이었지요."

나는 깊이 숨을 들어 마시고 떨리는 목소리로 말했다.

"그렇다면 자네가⋯⋯?"

"네, 이건 바로 마리암과 그의 아들에 대한 이야기입니다."

나는 순간 방 안이 요동치는 것을 느꼈고 결국 정신을 잃고 말았다.

**

미셸은 내가 의식을 잃기 전에 자기가 했던 말을 모두 완강하게 부정했다. 그러고는 내가 내 뒤를 이을 누군가를 꼭 찾아야 한다는 열망 때문에, 제멋대로 상상하고 거기에 집착하는 것이라고 말했다. 상상이라고? 환상, 공상 말인가?

그리고 미셸은 이러한 상상이 무언가 부족한 것을 채우고자 하는 열망으로 인해 시작되는 것이라고 했다. 그는 감정적인, 물질적인, 정신적인 결핍에 대해 말하며, 나의 경우에는 모든 결핍이 뒤섞여 있다고 친절하게 덧붙여 주었다. 나는 장황하게 내가 하고 싶은 말을 다 늘어놓았지만 미셸은 "우리에게는 각자 가야 할 길이 있습니다"라고 아주 간결하게 답했다. "아들아 대체 왜 이러는 거니? 너는 내 후계자야! 모든 것은 다 사라져버렸지만 너만은 유일하게 내게 남은 사람이란다." 그러자 미셸은 "선생님을 제외하고는 아무도 가버리지 않았습니다"라고 말했다. 내가 이곳에 돌아왔을 때 나는 과거로 돌아가기 위해 무던히 애썼다. 하지만 과거는 다시 돌아오지 않았기에, 나는 미래를 향해 나아가기로 했다.

나는 미셸을 설득하려 했으나 그는 먼 곳을 응시한 채, 약 한 시간을 나 혼자 떠들도록 만들었다. 그는 창문을 뚫어지게 보고 있었다. 나는 말을 마치고 그의 시선을 따라갔다. "대체 무엇을 보고 있니?" 나는 화가 나 미셸에게 물었다. 그는 "아득히 먼 곳을 보고 있습니다"라고 답하며, "지금 선생님이 이렇게 말씀하셔봤자 별 소용이 없습니다. 저를 설득하시지 못할 겁니다. 만약 제 손 안에 전 세계를, 이 세상의 모든 돈을 안겨다 주셔도, 저는 변하지 않을 겁니다"라고 말했다. "내가 너를 변하게 한다고?", 그러자 미셸이 응수했다. "인간은 환경에 따라 변하기 마련이지요. 액체 역시 담겨진 그릇에 따라 그 모양이 변하는 것처럼 말이죠. 하지만 저는 그것을 거부할 겁니다. 저는 변하지 않을 거예요. 내가 입고 있는 옷, 내 이름, 내 직업, 내 예술, 그리고 사람들과 성상에 대한 사랑 역시 변치 않을 겁니다." 나는 다시 미셸에게 말했다. "잠깐 멈추고 내 얘기를 들어봐, 너는 분명 아름다운 서체를 가진 내 외삼촌을 닮았어. 너는 우리의 일부이고 내 후계자이기도 해. 네 눈빛과 입술이 짓는 미소, 너에게는 네가 부정할 수 없는 우리의 것이 존재해. 이것이 바로 유전자와 유전이지, 너와 나의 핏속에 존재하는 유전 말이야." "유전자요? 아닙니다. 선생님의 상상이겠지요. 선생님은 제가 선생님의 비밀을 밝혀내기 전에 저의 눈빛과 미소에서 특별한 것을 찾으셨나요? 저는 단지 선생님의 내면으로 들어가서 당신과 마리암, 그리고 마리암의 아들에 대한 이야기를 찾아낸 것뿐입니다. 이게 바로 제가 하는 일입니다. 저는 당신의 아들이 아닙니다."

결국 나는 미셸의 생모와 실마리를 찾기 위한 여정을 계속 이어 나갔다. 그러다가 아지즈를 꾀어내어 미셸이 항상 어떤 마을에 살고 있는 한 노인을 찾아간다는 사실을 알아냈다. 그 마을은 마리암과 마리암의 어머니가 있었고, 마리암과의 내 추억이 서려 있는 곳이었다.

나는 그 노인이 누군지 묘사해달라고 아지즈에게 부탁했고, 아지즈는 그녀가 팔십 대의 노인인데 시력이 나빠서 거의 앞을 보지 못하고 커피잔처럼 두꺼운 안경을 쓰고 있다고 말했다. 미셸은 내가 그를 부정했었기에, 아니면 내가 그의 관심밖에 있었기에 나를 부정했다. 나는 그의 세계를 이해할 수 없고 그 역시 나의 세계를 마음에 들어 하지 않았다.

＊＊

아지즈는 나를 노인의 집 앞에 내려줬고 나는 그 집을 먼발치에서 응시했다. 집의 돌 벽들은 옅은 검은빛을 띠었다. 이 집은 이제는 옛날처럼 번쩍이지 않았다. 나무들은 자라서 지붕보다 높아져서 시야를 가렸다. 덕분에 멀리에서야 건물의 구조를 구별할 수 있었고 계곡과 예루살렘 산자락을 향해 트여 있는 베란다나 발코니가 튀어나온 부분을 분간할 수 있었다. 하지만 삼나무, 소나무의 향기와 우리가 이름 붙였던 '사랑의 종' 소리는 여전히 산들바람을 타고 이곳을 지키고 있었고 나의 침묵을 향수와 과거의 기억으로 이끌었다.

나는 입구에 서서 문을 두드렸지만 아무도 답하지 않았다. 집에는 적막만이 흘렀다. 현관 계단 위로 자란 풀, 그 풀의 가지들과 길 귀퉁이까지 늘어진 포도덩굴은 이 집이 버려졌음을 암시했다. 그렇다면 가족들이 다시 이주한 것일까? 아니면 이 집을 팔아버린 것일까?

그 노인은 어디로 갔단 말인가? 노인이 죽어서 가족들이 그녀를 매장했을까? 아니면 그녀를 데리고 어디론가 떠났을까? 그것도 아니면 요양소나 병원에 맡긴 것일까? 나는 여러 의문이 들었지만 그 해답을 얻는 데 그리 오랜 시간이 걸리지 않았다. 왜냐하면 나는 '자밀라'라는 여인으로부터 그 가족에 대한 모든 이야기를 다 들을 수 있었기 때문이다. 자밀라는 과부로 그 가족의 먼 친척이기도 했다. 그녀는 그 가족들이 노인을 노인정으로 데리고 갈 때까지 이 집과 노인을 돌봤었다. 이 집은 현재 판매중인 상태였다. 자밀라는 마을에서 장을 본 뒤 빵과 여러 종류의 채소로 가득 찬 그물처럼 된 봉지를 들고 돌아왔는데, 너무 무거워서 겨우 겨우 그 봉지를 들고 오는 참이었다. 나는 그녀가 버스에서 내리는 보습을 보았다.

오랜 기다림 끝에 찾아오는 일이 잘 풀리기를 바랐다. 나는 자밀라가 포도덩굴과 나뭇잎 사이로 모습을 드러낼 때까지 기다리기로 했다. 그녀는 내가 입구에 서 있는 것을 보았지만 관심을 보이지 않았고 나 때문에 놀랐다는 행동을 취하지도 않았다. 그녀는 비만 때문인지 움직임이 더뎠고 나는 속으로 그녀가 이렇게 무거운 짐을 가지고 문턱에나 오를 수 있을지 갸우뚱했다. 자밀라는 머리끝부터 발끝까지 검은색 옷으로 몸을 가렸고 회색 빛깔을 가진 그녀의 머리카락은 헝클어져 푸석푸석했다. 체구도 거대했다. 그녀는 육십 대 후반 아니면 칠십 대 초반으로 보였다. 자밀라는 힘들었는지 숨이 차서 헐떡거렸다. 내가 손을 뻗어 장을 본 봉지를 받으려 하자 그녀는 이미 기다렸다는 듯 아무 말도 없이 주저하지 않고 봉지를 내게 넘겼다.

자밀라는 필요한 물건들을 사기 위해 한 시간 전부터 집을 비웠었고 집의 문은 열린 상태였다고 말했다. 그리고 그녀는 이미 집을 보러 온 모든 사람들과 집 안을 둘러보기 위해 오르락내리락하는 것에 지친 상태였기 때문에 만약 내가 집과 텃밭을 직접 보기를 원한다면 혼자 할 것을 요구했다. 바랐던 대로 나는 이 집에 들어올 수 있게 되었다. 잠시 집의 이곳저곳을 보고 난 뒤, 장본 물건을 들어준 것에 대한 감사의 답례로 난 부엌으로 가서 자밀라가 대접한 차와 커피를 마실 수 있었다.

나는 누구의 감시도 받지 않고 내가 바라던 대로 자유롭게 이 집을 구경할 수 있었다. 자밀라의 말에 따르면 이 집에 살던 노인은 지금 노인정에 있고, 그녀의 자식들은 몇 년 전부터 외국에 거주하고 있다고 했다. 지금 이 집에 관심을 갖고 청소하거나 돌보는 이는 없다고 했다. 그녀는 내게 만약 집을 구경하다가 먼지나, 거미, 쥐를 봐도 이해해달라고 하면서, 마당에는 파충류, 쥐, 참새들이 있을 수 있다고도 친절하게 덧붙여줬다. 옥상의 깨진 창문들은 빗물이 들어오는 것 이외에도 그녀가 말한 것들이 실제로 집 안까지 들어올 수 있음을 간접적으로 알려주었다. 집 안의 가구는 중요하지 않았다. 내가 만약 이 집이 마음에 들어서 사버리게 된다면 여기에 있는 가구들을 버릴 수도, 계속 가지고 있을 수도 있기 때문이었다. 자밀라는 나를 응접실 중앙에 남겨둔 채 부엌으로 들어갔다.

나는 언제인가 마리암에 대해 물으려고 이 집에 왔던 사실을 기억했다. 순간 엄청난 고독과 마리암에 대한 그리움이 물결처럼 나를 휩쓸어왔다. 그녀가 보고 싶었고 그녀의 나른한 목소리가 듣고 싶었다. 그녀의 아름다운 눈빛과 어리둥절한 모습까지. 마리암이 어리둥절하며 망설이는 모습은 그녀가 갖고 있는 모습 중 가장 눈부신 모습이었다. 그녀는 나에게 무언가를 알려줄 듯 말 듯한 눈빛으로 나를 끌어당기며 접근하다가도, 동시에 갑자기 사라져버리는 듯한 그런 눈빛을 하고 있었다. 그러면 나는 그 눈빛을 쫓기 위해 그녀를 따라 달리기 시작했다. 그리고 무슨 일이 일어났었나? 왜 나는 물러섰을까? 나는 마리암을 보기 위해, 그녀를 쫓기 위해 이곳에 왔던 것을 기억한다. 그때 나는 내가 선생이고, 그녀에게 아랍어를 가르쳐주겠노라 말했었다. 하지만 그녀는 배우지 않았고 나 역시 배우지 않았다. 그리고 지금 미셸은 나를 거부하고 있다. 아니, 그는 나를 또는 그녀를 부정하고 있는 것이다.

　나는 마리암의 흔적을 찾기 위해 그 집 안의 모든 방들과 복도를 샅샅이 살폈다. 하지만 내가 찾은 것이라고는 세월의 흔적이 담긴 먼지들과 검은 식물들과 가시로 가득한 화분들뿐이었다. 나는 계단을 올라 침실로 갔다. 그리고 그곳에서 마리암의 형제들 모습이 담긴 사진들을 발견했다. 사진 속 한 명은 수염을 기르고 있었고 다른 한 명은 미국산 쉐보레 차를 타고 있었다. 또 다른 형제로 보이는 남자는 교회에서 자신의 목사와 함께 사진을 찍었다. 그 옆에는 이민을 가기 전, 아랍 전통 두건과 복장을 입고 집 중앙에 서 있는 마리암 아버지의 사진이 있었다. 그리고 또 다른 사진에는 몇 년이 지난 뒤 수염을 자르고 셔츠를 입은 그의 모습이 담겨 있었다. 그는 마치 경호윈처럼 가게 앞에 서서 카펫과 오리엔탈 장신구들을 내놓고 있었다. 마리암 어머니의 사진도 있었다. 확대된 사진 속 그녀는 검은 옷을 입고 회색 머리를 뒤로 당겨 묶었다. 하지만 커피잔 같은 안경은 쓰지 않았다. ─ 아마 사진을 찍으려고 벗어놓았을 것이다 ─ 그래서인지 그녀의 두 눈은 앞이 보이지 않는 안개 뒤에 있는 것처럼 초점을 잃은 듯 보였다. 그러나 마리암의 사진은 보이지 않았다. 유일하게 그녀의 사진만이 그 어디에도 없었다! 방 안에도, 복도에도 없었다. 장식장 위에는 그녀의 형제들과 그네를 탄 소년, 소녀들, 땋은 머리와 리본 장식을 한 아이들, 연못과 해변 위에 떠 있는 물고기 모양의 장난감들이 찍힌 수십 장의 사진들이 차례대로 줄을 지어 놓여 있었지만 그곳에서도 마리암의 사진은 찾을 수 없었다.

유일하게 사진이 없는 마리암과 미셸. 내 아들을 제외한 모든 아이들에게는 저마다의 사진이 있었다. 나에게는 미셸과 마리암이 겪었을 고초들에 대한 책임이 있었기에 목이 메 왔다. 이 세상의 현실이 미셸에게 차갑게 등을 돌렸던 것처럼 미셸 역시 이 세상과 이 땅에서의 삶을 등졌다. 이것이 바로 세상에 대한 미셸의 응답이었다. 그렇다면 마리암은 어땠을까? 그녀는 무엇을 했고 어떻게 살았으며 대체 어디로 가서 숨어버렸을까? 그녀는 어떻게 이 현실에 맞섰을까?

나는 미친 사람처럼 다시 그녀의 방을 찾기 시작했다. 모든 방에는 침대와 옷장, 커튼과 액자가 있었다. 그 액자들에는 마리암의 형제들 사진과 그네를 탄 아이들, 공원, 차 사진들이 있었지만 마리암과 그녀의 아들의 모습은 그 어디에도 없었다. 모두 내 책임이다. 나는 분노와 동시에 적대감이 생겼다. 가족을 지키고자 하는 가장의 책임감과 억울한 일을 당하고 누려야 할 것들을 빼앗긴 이의 마음이 동시에 내 안에 자리 잡았다. 하지만 그들을 어떠한가? 그들은 자신의 인생을 즐겼고 마리암에 대해 묻지도 않고 관심을 갖지도 않았다. 마리암은 철저히 잊혀졌다. 나의 마리암에게는 역사가 없다! 나는 옷장을 열고 커튼과 문 뒤도 찾아보았지만 그녀의 과거를 상기시켜주는 것은 아무것도 없었다. 오직 바람과 함께 공기를 타고 흐르며 딸랑거리다가 다시 사라져버리는 종소리만이 그녀가 존재했음을 증명했다. 이 종은 우리가 '밥 알 칼릴'에서 샀던 것이다. 우리는 아치와 성상, 향냄새, 수천 개의 스카프 장식, 예배용 초, 그림들, 골동품, 카펫들을 지나며 계단 위를 걸었다. 마리암이 발걸음을 멈춰 선 곳에 바로 그 '종'이 구슬들 사이에 걸려 있었다. 마리암은 종에 달린 추를 잡더니 종을 울리기 시작했다. 그러고는 한 발짝 물러서서 마법에 걸린 사람처럼 계속 그 종을 응시했다. 그리고 입으로 바람을 부니 추가 은색 파이프에 있는 물고기처럼 이리저리 움직이며 종소리를 냈다. '땡땡, 땡땡.' 마리암은 웃더니 다시 입으로 바람을 불고는 소리쳤다. "이 종 정말 아름답지 않나요? 중국에서 만들어진 거래요!" 나는 그녀의 애교에 살짝 부끄러워졌다.

가게 주인은 껄껄 웃더니 "정말 아름답죠? 이것보다 더 예쁜 것은 그 어디에도 없답니다!"라고 마리암에게 말했다. 나는 왠지 모르게 화가 나고 반발심이 생겨서 주머니에 있는 모든 것을 탈탈 털어서 주인에게 다소 거칠게 말했다. "여기 이 디나르를 줄 테니 저 종을 주시죠." 그 당시 일 디나르도 내게는 큰 의미였다! 주인은 관심 없다는 듯 내 존재를 잊은 채 마리암에게 계속 미소를 지으며 말했다. "일 디나르만 더 주시죠." 하지만 내 주머니는 텅 빈 상태였다. 그러자 마리암이 오 디나르를 상인에게 건넸다. 덕분에 나는 주머니에 있던 이 디나르를 쓰지 않았다. 이게 바로 지금 이곳에 있는 '사랑의 종'이다. 가격도 매겨지지 않은 채 바람에 따라 흔들리고 사라져버리는 종소리, 그리고 마리암을 상기시켜 주는 그 소리. 아 마리암, 우리는 대체 어디까지 온 걸까!

순간 나는 이상한 소음과 쇳덩어리가 떨어지는 소리, 그리고 유리가 깨지는 듯한 소리를 들었다. 그 소리가 난 곳은 내 머리 위, 천장 높이의 아니면 천장 위에 있는 또 다른 방인 듯했다. 나는 재빨리 계단을 통해 위층으로 올라갔다. 그리고 거기에서 마리암의 방을 찾았다. 방에는 낡은 가구들과 상자들, 그리고 부서진 액자들이 있었다. 드디어 장식장 뒤에 아무렇게나 놓인 마리암의 사진을 발견했다. 나는 부서진 액자에서 사진을 꺼냈다. 그리고 책 한 권 크기의 그 사진을 다시 액자에 끼워서 좀이 끼지 않도록 보관하려고 내 가슴에 있는 주머니에 넣어두었다. 아 마리암, 우리가 이렇게 되었다니!

**

자밀라가 있는 부엌으로 들어가자 커피 향과 음식냄새가 났다. 자밀라는 식탁에 나를 앉히더니 내 맞은편에 앉아서 커피를 따르고 감자 한 알과 가지의 껍질을 벗기며 내게 질문했다. "자네는 어디에서 왔나? 왜 이 시골로 왔지? 어떻게 이 집에 대해 알게 되었나? 원래 알고 있었던 겐가?" 나는 그 질문에 몇 년 전부터 이 집을 알고 있었고, 이곳으로 다시 돌아온 뒤 지금은 집이 없는 상태이기 때문에 살 집을 알아보고 있는 중이라고 답했다. 그러자 자밀라는 내가 예루살렘에서 왔으면서 굳이 왜 이곳 라말라*에서 살 곳을 찾는지, 왜 예루살렘에서 집을 사지 않았는지 되물었다.

또 그녀는 유대인들이 하루가 멀다 하고 계속해서 예루살렘에 있는 집을 사들이고 있다면서, 내게 예루살렘에서 집을 사는 편이 훨씬 더 나을 거라고 했다. 그러고는 내게 신분증과 허가증이 있는지 물었다. 내가 그렇다고 하자, 그녀는 "여기 황무지나 라말라 같은 곳 대신에 예루살렘에서 집을 산다면 알라께서 자네에게 상을 주실 것이고, 자네는 세상의 중심에서 살게 되는 걸세"라고 말했다. "황무지요?!" 내가 왜 그런 표현을 사용하는지 나무라듯 되묻자 자밀라는 손을 가로저으며 "시골, 그래 시골이라는 단어가 좋겠네. 자네는 지금 이 시골에서 사는 것이 예루살렘에서 사는 것보다 낫다 이 말인가?!"라고 물었다. 집을 파는 입장에서는 다소 부적절한 그녀의 태도에 나는 놀랐다. 그래서 미소를 지으며 물었다. "부인께서는 이 집을 매매하는 책임자 아니십니까?" 자밀라는 손을 젓더니 "아니, 한

---

* 요르단 강 서안지구에 있는 팔레스타인의 임시 행정수도로, 팔레스타인 자치 정부 청사가 있는 행정 중심지이며 예루살렘에서 북쪽으로 15km밖에 떨어져 있지 않다. 남쪽에는 베들레헴, 북쪽에는 나블루스가 있다.

때는 그랬었지. 하지만 이제는 지쳤어." "지쳤다고요?" 내가 호기심에 묻자 그녀는 눈을 치켜뜨고 잠시 나를 응시하더니 차갑게 말했다. "커피는 어떤가?" 그녀의 말은 내게 질문을 멈추라는 신호였다. 그래서 나는 더 묻지 않고 가만히 침묵했다.

나는 그만 시간을 낭비하고 싶지 않아서 본격적으로 내가 원하는 주제로 넘어가려 했다. 그래서 이 집이 옛날에는 어땠었는지, 어쩌다가 이렇게 되어버렸는지에 대해 안타까움을 표시했다. 그녀는 나를 쳐다보더니 다시 물었다. "이 집을 원래 알고 있었나?" 나는 그녀의 질문에 대답하지 않고 다른 말을 했다. "이 집에 있던 것 중 가장 아름다운 것은 바로 화분들에 넓게 심어진 풀과 식물들이었지요. 특히 이곳에 있었던 양치식물들은 제가 살면서 봤던 것들 중 가장 아름다웠습니다. 하지만 지금 이곳을 보세요, 정말 안타깝네요." 자밀라는 또 한 번 내게 이 집을 옛날부터 알고 있었는지를 물었지만, 나는 그 질문에 또 답하지 않고 내가 할 말만 계속했다. "이 마을은 과거에 정말 아름다웠죠, 하지만 지금 과거의 그 푸름과 나무들, 올리브는 어디로 갔단 말입니까? 거리, 건물, 상점들을 새로 세워서 도시처럼 보이게 하려 했지만 실상은 시골도, 도시도 아닌 것이 되어버렸군요." 하지만 자밀라는 다른 소리를 했다. "외곽 도로나 가까운 정착촌을 보지 못했나 보군? 왜 풀이나 올리브나무에 대해 묻는 건가?" 나는 우리의 대화가 내가 이곳에 돌아온 이후 만난 사람들과 했던 모든 대화들처럼 그 시작과 끝이 '정착촌, 정착민, 점령자'가 될까 걱정이 됐다. 그래서 새로운 미끼를 던졌다. 나는 자밀라에게 목사님과 그의 부인 이본에 대해서 말했고 내가 이 지역 공립학교에서 근무했다는 사실을 알려줬다. 그녀는 호기심이 가득한 눈으로 내게 물었다. "언제 이곳에 있었나? 67년 전쟁*이 일어나기 전인가?" 나는 그렇다고 하면서 그 이후에 다른 곳으로 떠났었다고 말했다. "어디로 갔는데?" "거의 모든 곳에 다 다녀봤지요, 딱 한 곳에만 정착하지 않았습니다." 대답과 동시에 나는 내가 하고자 했던 이야기를 본격적으로 꺼내기 시작했다. 나는 자밀라에게 그 당시 내가 마리암에게 공부를 가르쳐 주기 위해 이 집에 방문한 적이 있다고 말했다. "마리암? 자네? 자네가……." 자밀라는 나를 의심의 눈초리로 쳐다보더니 궁금하다는 듯이 물었다. "자네는 기독교인인가? 아니면……." 나는 그녀가 의심을 하기 시작했고 어쩌면 이미 우리의 이야기, 또는 우리의 추문을 알고 있을 것이라고 생각했다. 그래서 농담하듯 말했다. "아니면 유대인이나 정착촌 사람이냐고요?" 그녀는 대답하지 않고 커피를 마시는 데 집중하는 척했다. 나는 그녀에게 또 다른 미끼를 던졌다. "마리암은 마치 한 송이 장미 같았어요, 얼마나 아름다웠는지!" 자밀라는 고개를 몇 번 가로저었다. 한 번도 아니었고 두 번도 아니었다. 수차례 고개를 저었다. '당신은 마리암을 알고 있군.' 나는 속으로 혼잣말을 했다. 자밀라는 실마리였다. 나는 침묵을 지

---

* 1967년 6월 5일에 벌어진 전쟁으로, 이스라엘은 단 6일 만에 아랍 3개국 군대를 차례로 격파하고 대승을 거둠으로써 '6일 전쟁'이란 이름을 남기기도 했다. 전쟁 결과 이스라엘은 시나이 반도, 수에즈 운하의 동안, 골란 고원 등을 점령함으로써 본래 땅의 거의 6배에 달하는 새로운 땅을 획득했다. 반대로 이 전쟁으로 인해 팔레스타인인들의 거주지 박탈 및 대규모 난민화 현상이 발생했다.

켰다.

하지만 그녀는 차갑게 말했다. "집을 둘러보았지? 마음에는 드는
가? 가격도 적당한데, 이 집을 살 생각이 있는가?" 나는 어렵게 찾은
실마리를 계속해서 밖으로 꺼내기 위해 고군분투했다.

내 짐작으로 자밀라는 그녀의 살아온 배경이나, 연령대로 봤을
때 개방적일 리 없었고 내가 어떤 정보를 원한다고 해서 그것을 쉽
게 줄 리도 없었다. 즉 어느 정도의 시간이 필요했다. 그래서 나는 내
가 원하는 그 중심에 가까워질 때까지 이 실마리를 놓지 않고 꼭 쥐
고 있기로 했다.

나는 망설이면서 그녀에게 말했다. "가격이나 이 집이 도시에서
얼마나 떨어져 있는지, 그리고 가까운 곳에 정착촌이 있다는 사실은
제게 문제가 되지 않습니다. 단지 이 불쌍한 집은 슬픔에 젖어 우울
해 보이기까지 하네요. 당장 수리가 필요해요." 그러자 그녀는 과거
이 집의 행적에 대해 간단히 말해주었다. 집에 살던 사람들이 수 년
전에 이 집을 떠났고 그 이후로 이 집 역시 여러 고난들을 겪었으며,
사람들이 이곳에 살았다가 떠나기를 여러 차례 반복했다고 했다.

그러다 결국 다시 매물로 나온 지 이번이 벌써 세 번째라고 했다.
불쌍한 집 같으니라고!

자밀라는 갑자기 내게 "그래, 그러면 마리암에 대해서는?"이라고
물었다. 그녀는 나를 보다가 다시 다른 곳으로 시선을 돌렸다. 그리
고 냉랭하게 말했다. "자네는 마리암을 원래부터 알고 있었나?" "아
랍어 수업을 한 번 하고 저는 다른 도시로 떠났습니다." 내 말에 그

녀는 대꾸하지 않았다. 그래서 나는 농담을 던지며 말을 이어갔다. "마리암은 아랍어를 참 어려워했어요." 그러자 자밀라는 아무 말 없이 고개를 저었다. 나는 다시 "마리암은 언어를 배우는 데 소질이 없었던 것 같아요"라고 말했다. 그러자 그녀는 내 말에 재빨리 응수했다. "아니, 아니야. 마리암은 나보다 아랍어를 더 잘 말했고, 읽고 쓰기도 잘했어." 나는 그녀의 말에 깜짝 놀란 척했다. "정말이요?" "응, 사실이라네." 자밀라는 간결하게 자기가 할 말을 하더니 다시 집요하지만 간접적으로 나에 대해서 알기 위한 질문들을 했다. "그렇다면 자네는 개신교도인가 아니면 가톨릭교 신자인가? 그것도 아니면 그리스 정교회 신자인가?" 나는 미소를 지으며 말했다. "또 종교 얘기로 돌아온 겁니까?" 그녀는 내 시선을 피하며 다시 야채를 손질하기 시작했다. 그러더니 차갑게 말했다. "단지 나는 자네가 목사님 얘기를 해서 궁금할 뿐이야." 그러고는 아무 말도 하지 않았고 나 역시 아무 말도 하지 않았다. 몇 분의 정적이 흐른 뒤 자밀라는 천천히 이야기를 하기 시작했다. "우리 마을에 무슬림 남자가 하나 있었지, 선생님이었어, 그는 학생들을 가르쳤고 마리암도 가르쳤어. 그러다가 사라져버렸고 다시는 돌아오지 않았지. 자네는 그 남자가 누군지 아는가?" "그가 누군지 제가 알고 있냐는 말씀입니까?" 자밀라는 한 발 물러서는 듯 고개를 젓더니 다시 냉정하게 말했다. "오래 전 이야기지, 아주 오래된 이야기야. 시간이 활처럼 쏜살같이 흘러가니 얼마나 다행인가! 그때의 마리암은 어린 소녀였지만 이제는 나나 자네처럼 낡은 가구 같은 노인네가 되었겠지."

자밀라의 마지막 한마디가 마치 나의 뺨을 때리는 것처럼 날카롭게 파고들었다. 우리는 이제 낡은 나무토막이 되어버렸다. 마리암은 노인이 되었다. 마리암이 늙었다고? 마리암이 자라서 나처럼 되어버렸단 말인가? 마리암의 몸이 쇠약해지고 상해버렸다고? 마리암이 당뇨, 고혈압, 궤양, 치매에 걸렸단 말인가?! 아니 그럴 리 없다. 마리암은 아름답고 매혹적인 여자다. 마리암은 불 옆에서도 춤을 추며 놀았다. 순간 마리암의 모습이 내 머리에 스쳐 지나갔다. 그 모습이, 내 가슴 옆 주머니에 있는 사진 속 모습이, 그리고 머릿속에 남아있는 기억 속 마리암의 모습이. 나는 이 두 모습 사이에서 그녀를 찾고 있었다.

"자네, 이 집을 살 텐가?" 자밀라가 물었다. 나는 조용히 생각에 잠겼다. 만약 내가 사고 싶다고 한다면 나는 이 집을 사야 하고 동시에 실마리는 내 손에서 빠져나가버릴 것이다. 반대로 사지 않고 그냥 가겠다고 한다면 그 역시 실마리를 놓치게 할 것이다. 그렇다면 이 상황에서 가장 옳은 방법은 이 연결고리를 끊지 않고 계속 이어나가게 하는 것임이 분명했다. 자밀라는 내가 주저하는 모습을 가만히 지켜보다가 말을 꺼냈다. "왜 잘 모르겠나? 아니면 예루살렘에 있는 집을 알아보고 싶은 겐가?" 나는 그녀를 보고 열심히 맞장구쳤다. "아 좋은 생각이네요! 정말 현실적이고 좋은 생각이에요! 하지만 문제는 에루살렘에 저를 도와줄 사람이 없다는 겁니다. 혹시 저를 도와줄 만한 사람을 좀 아시는지요? 아니면 매물로 내놓은 집을 좀 알고 계신가요?" 그녀는 고개를 젓더니 슬픈 목소리로 말했다. "옛날에 나도 예루살렘에 집을 하나 가지고 있었지, 결국 잃게 되었지만. 유대인들이 내 집을 가져갔다네. 하지만 길모퉁이에 아직 유대인들이 차지하지 않은 집이 한 채 있다네. 자네 서두르는 게 좋을 거야. 그 집 가족들이 전쟁이 일어나기 전 쿠웨이트로 갔어. 집이 참 아름답고 분위기도 좋아. 그리고 집 안에 정원도 있고 말이야, 어때 한번 가서 볼 텐가? 만약 자네가 그 집을 산다면 알라께서 상을 주실 게야. 어때 가서 좀 볼 텐가?" "네 좋습니다, 그런데 집은요, 이 집은 어떻게 하실 겁니까? 혹시나 이 집이 팔릴까봐 걱정이 되네요." 그녀는 느릿느릿 말했다. "생각을 좀 해보게, 이 집과 예루살렘의 그 집 둘 다 생각해 보게. 보고 판단해봐."

자밀라는 내가 나중에 한 번 더 이곳에 와서 천천히 집안을 구경할 수 있도록 허락해주었다. 그리고 예루살렘에 있는, 길모퉁이에 위치한 그 집에 나를 데려가 주겠다고 약속했다. 그녀는 유대인들이 사방을 돌아다니며 집을 사들이고 있는 지금, 내가 예루살렘에 있는 그 집을 사기에 최적임자라고 했다.

**

나는 다음 날 오후 다시 그 집으로 갔다. 그날은 6월임에도 불구하고 바람이 불고 여름의 먹구름이 잔뜩 껴서 보슬비가 내리던 우울한 날이었다. 나는 자밀라가 말해준 대로 문턱 아래에서 열쇠를 꺼내 마치 과거와 환영들이 공존하는 박물관에 몰래 들어가는 것처럼 조심스럽게 집 안으로 들어갔다. 집에는 아무도 없었고 부엌은 자밀라가 쓸고 닦고 물을 뿌려놓은 그대로의 상태였다.

냄비 뚜껑들은 설거지 후 싱크대 위에 놓여 있었다. 요리 냄새와 살충제 냄새는 공기 중에 한데 뒤섞여서 이곳에 사람의 흔적이 있음을 보여주었다. 갑자기 응접실 안으로 바람이 들어와 유리가 흔들리고 금속들이 서로 부딪치는 소리가 났다. 서쪽 편에 있는 창문이 열려 있어서 나는 그 창문을 닫기 위해 서쪽에 있는 방으로 들어갔다. 그리고 거기에서 내가 이전에 발견하지 못했던 것들을 보게 되었다. 책들과 서재, 책들이 놓인 선반과 대리석으로 만들어진 벽난로까지. 문 뒤에 가려진 방 한 구석에는 작은 책상과 회전의자, 그리고 복사기가 있었다. 내가 알지 못했던 이상한 방은 먼지와 책 냄새로 가득 차 있었다. 내가 스위치를 누르자 천장에 걸린 샹들리에 램프에 불이 들어왔고 방 안은 온통 밝은 금빛으로 물들었다. 빛이 너무 밝은 나머지 눈이 아파서 나는 재빨리 다시 불을 꺼버렸다. 순간 방 중앙에 걸린 사진 하나가 내 눈에 들어왔고 머릿속에 깊숙하게 박혀버렸다. 사진 속에는 채 스무 살도 되지 않은 마르고 병약해 보이는 젊은 남자가 마리암, 미셸과 닮은 눈을 가지고 있었다. 그는 미셸과 닮았다. 아니 그는 미슈다. 마리암의 형제, 몸이 아팠던 그리고 일찍 세상을 떠났던 그. 그 방은 바로 미슈의 방이었다. 방 안의 공기와 함께 마리암에 대한 기억이 다시 돌아와 나를 휘감았다. 방 안에 숨겨져 있던 향기는 나와 마리암이 계곡으로 도망쳐 바위 아래 자리한 동굴로 들어갔을 때 맡았던 소나무와 풀 냄새를 떠올리게 했다. 그날은 봄이었다. 마리암은 이마에 뿔 두 개가 달리고 앞머리처럼 털이 닌 염소와 함께 걷고 있었다. 그 염소의 목에는 악마의 눈을 물리치고 젖을 잘 나오게 해준다는 파란 구슬이 걸려 있었다. 사슴과 꼭 닮은 그 염소를 마리암은 집에서 키우는 고양이나 개처럼 다루었다. 염소는 그림처럼 아름다웠다. 마리암과 염소…… 갑자기 뭔가 무섭고 놀라운 것이 내 머릿속으로 쑥 들어와서 나는 고개를 흠칫 저었다. 마치 마법 같은 것이었다. 검은 옷을 입은 소녀와 흰 눈같이 하얀 염소, 그리고 소녀는 손에 나뭇가지를 쥐고 있다가 염소가 포도덩굴이나 자두가 달린 나무에 다가가기라도 하면 그 나뭇가지로 살짝 염소의 머리를 쳤다.

마리암이 걸어갔고 나는 그녀의 곁에서 함께 걸었다. 그녀는 내게 그 사제에 대한 이야기를 해주었다. 그러다가 마리암이 울었고, 나도 그녀를 따라 울었다. 나는 그녀를 사랑했지만 그녀는 그 사제를 사랑했기 때문에 슬펐다. 그렇게 걷다가 우리는 바위 모서리 위에 함께 앉았다. 그 옆에서 마리암의 염소가 고양이, 아니 귀신같은 소리를 내며 울었다. 그 염소는 내 눈을 똑바로 응시했다. 그 눈이 무섭게 느껴져서 나도 모르게 실소가 터져 나왔다. "왜 그래요? 염소가 무섭기라도 해요?!" 나는 마리암에게 '굴(마귀, 괴물, 식인귀, 상상의 존재)' 같은 저 염소가 사람처럼 우리가 하는 말을 듣고 나를 노려보기까지 한다고 말했다. "사람 아니면 괴물 같다고요? 당신 제정신이 아니군요, 역시 당신은 예술가, 작가답네요. 살짝 정신이 나간 작가인 듯하군요, 상상력이 대단해요"라며 마리암이 답했다. 그래서 나는 마리암에게 "염소가 어떻게 나를 쳐다보고 있는지, 우리가 하는 말을 어떻게 이해하고 있는지 잘 지켜 보라고. 만약 저 염소에게 사람의 말을 할 수 있는 혀라도 있다면 아마 괴물처럼 무언가를 말하겠지"라고 했다. 그러자 마리암은 눈물자국이 남은 얼굴을 닦았다. 이미 그녀는 아까의 슬픔으로부터 진정이 된 듯했고 조금 전의 일은 잊은 듯했다. 그녀는 장난기 어린 목소리로 "그렇다면 저 괴물이 당신에게 뭐라고 말할까요?"라며 내게 물었다. 하지만 난 대답하지 않은 채 염소를 뚫어지게 바라보았고 그 염소는 피론 소나무 잎 뭉치와 가지를 바라보고 있었다. 마리암은 내 대답을 꼭 듣겠다는 듯이 또 졸라대기 시작했다. "저 괴물이 당신한테 무슨 말을 하는데요? 자 당신의 상상력을 좀 펼쳐보시죠, 어서 말해봐요." 나는 이미 그곳의 분위기와 염소의 눈, 마리암의 이야기, 책 밑에 숨겨진 뜨거운 나의 사랑, 나의 작품들에 취해 있었다. 그녀의 눈에 비친 나는 이미 예술가나 다름없었다. 그녀가 생각하는 것처럼 나도 나 자신이 상상력이 넘치는 작가이자 예술가로 계속 남아 있기를 바랐다. "저 괴물이 뭐라고 말했냐면……." 나는 들고 있던 소나무 잎 뭉치를 염소에게 던져주고 마리암을 쳐다보았다. 눈을 크게 뜨고 괴물 같은 표정을 지으며 마치 그녀를 사냥하기라도 할 듯 손톱을 세웠다. "나는 괴물이다, 너희들을 잡아먹을 테다!"라고 외치며 나는 바위에서 뛰어 내려가 노트르담의 꼽추처럼 걸어 다녔다. 그러자 마리암은 "미쳤어! 정말 미쳤군요!"라고 말하며 깔깔 웃기 시작했다. 나는 여전히 손가락을 앞으로 뺀고 얼굴은 괴물처럼 구겨져 있는 상태로 다시 마리암에게 다가갔다. 마리암은 나를 피해 도망갔다. 얼마 뒤 그녀가 뛰기 시작했고 나도 그녀를 따라 달리기 시작했다. 나는 일부러 다리를 절기도 하고 온몸을 뒤틀기도 하며 그녀를 웃겼다. 마리암은 깔깔 웃으며 멈춰서 걷다가 다시 웃음을 터뜨리더니 뛰기 시작했다. 나도 그녀를 따라 뛰어갔다. 마리암의 손 안에는 나뭇가지가 흔들리고 있었고 그녀의 염소도 우리를 졸졸 뒤따라왔다. 염소가 걸을 때마다 목에 매달린 종이 구슬과 함께 흔들리며 소리를 냈다.

그렇게 우리는 함께 동굴로 갔다. 그곳에서 나는 사랑과 자연, 그리고 소나무 잎의 냄새를 맡았었다. 아, 마리암…… 나는 서둘러 바람이 불어오던 서쪽 창문을 닫고 그곳에 서서 마리암에 대한 기억과 함께 숨 쉬고 있었다. 그러다가 내 앞에 있는 미슈의 사진을 보고 한숨을 내쉬었다. 그는 마치 마리암의 염소처럼, 괴물처럼, 귀신처럼 내 두 눈 앞에서 나의 모습을 지켜보고 있었다.

나는 마치 마법에 걸린 사람처럼 방 안에 앉아 있었다. 마리암에 대한 기억과 나의 과거가 다시 눈앞에 그려졌다. 과거의 내 모습, 나의 광기와 상상력, 그리고 예술에 대한 열정까지. 지금 그 열정은 다 어디로 가버렸을까? 그 감성들이 어떻게 다 사라져버린 걸까? 지금 어디쯤에 묻혀 있을까? 이 세상에 그것과 비등한 것이 또 있을까? 벨벳의 감촉, 깃털 날개, 부드러운 천, 높이 떠 있는 구름, 바람, 햇살, 석양에 물든 세상의 색, 새벽안개, 진흙과 물을 먹은 풀의 냄새, 살구의 맛, 껍질을 깐 아몬드, 내가 즐겨 불렀던 압둘 와합의 슬픈 노래 곡조까지, 이 모든 것들이 나를 바라보고 있었다. 그리고 동시에 지난날의 나를 비웃었다. 마리암이 노래를 하면 나도 그녀를 따라 함께 노래를 불렀다. 마리암은 나를 바라보며 "그가 제게 말한 몇 단어는 마치 여름밤에 불어오는 산들바람 같았어요"라고 말했다. 염소의 목에 매달린 종과 사랑의 종이 울리면 마리암은 "어서 가요, 엄마가 보시면 어떻게 해요"라고 내게 다급하게 말했다. 그러다가 웃어버리고 슬픈 목소리로 내게 말했다. "불쌍한 우리 엄마, 어떻게 하다가 저렇게 시력이 나빠졌을까. 이제는 거의 보지 못하고 듣기만 하세요." 나는 속삭이는 것처럼 낮은 목소리로 "그는 나를 떠났지만 나는 아직 그를 사랑해요, 그는 나를 가볍게 대했지만, 아직 그의 모습은 내 상상 속에 남아 있어요 —"라고 계속 노래를 불렀다. 그러면 마리암은 "조용! 조용히 해요!"라고 나무라듯 나를 말렸다. 하지만 나의 감성과 그녀의 한숨이 아니면 나를 조용히 시킬 수 있는 것은 아무것도 없었다. 그리고 지금 이곳에서 나는 그녀를 느끼고 있고 그녀도 나를 느끼고 있다. 나는 염소처럼 빙빙 돌며 소리를 내고 바람소리를 듣고 있다. 아, 마리암!

**

복사기 밑에서 나는 검게 복사된 종이를 발견했다. 그 종이는 손으로 쓴 원고의 복사본이었다. 그냥 일반적인 글이라기보다는 편지, 일기, 아니 소설 같았다. "그가 그녀에게 말했다. 그러자 그녀도 그에게 말했다. 그녀는 무엇을 느꼈고 그도 그 무언가를 느꼈다. 그러고

나시 둘은 호스텔과 아르메니아 수도원으로 향했다." 대체 이 글은 무엇일까? 누가 이 글을 썼을까? 나머지 이야기들은 어디에 있지? 어디에 원본이 있을까? 이 글의 주인은 분명 마리암이다! 하지만 이 글씨나 이 아랍어를 마리암이 직접 썼단 말인가? 순간 자밀라가 어제 내게 했던 말이 떠올랐다. "마리암이 나보다 아랍어를 더 잘 말하게 되었고, 읽고 쓰기도 잘하게 되었다네." 정말 마리암이 아랍어로 글을 쓸 수 있게 되었다는 말인가? 소설까지? 하긴, 못 쓸 것도 없었다. 과거의 마리암은 내가 글을 쓰는 것에 대해 감탄했었다. 그리고 자신이 만약 아랍어를 잘하게 된다면 사람들에게 아주 굉장한 글, 자신이 겪은 이야기를 직접 써서 선보일 것이라고 내게 종종 말하곤 했었다. 실제로 이 글은 여성의 문체가 드러난 여성의 문학이었다. 그녀는 분명 아주 놀라운 이야기를 선보이겠다는 생각으로 이 글을 쓰기 시작했을 것이다. 하지만 그것은 그녀의 생각일 뿐이었다. 세상은 이 이야기를 어떻게 생각할까? 세상 사람들의 눈에 마리암이 쓴 글은 소설이 아니라, 단순한 감정의 표출, 과거의 기록, 고백, 스크랩으로 비춰질 것이다. 마리암은 이 글을 통해 자신이 지고 있던 짐을 세상에 던져놓고 '자 가져가세요, 이게 바로 내가 가지고 있던 것들입니다. 이것은 나의 고통이고 이것이 바로 제 모습입니다. 저는 희생자예요. 저는 제가 잘못했다는 것을 인정하지만, 제 잘못의 근원은 바로 나약함, 사랑, 그리고 믿음이랍니다. 나는 그들이 내게 말하는 것을 믿다가 결국 이 덫에 빠지고 말았습니다. 자, 제가 그동안 품고 있던 이 이야기들을 한번 보시고 판단해주세요'라고 말하고 있었다. 이것은 이전에 마리암이 내게 말했던 방식 그대로가 아닌가? 그녀는 이 글에 나를 죄인으로, 자신은 희생자라고 쓰기라도 했을까? 나를 언급할 때 내 이름을 그대로 썼을까? 자신이 낳은 자식에 대해서도 언급했을까? 그 아이는 아들일까 딸일까? 아들이라면 분명 미셸에 대해 쓰여 있겠지. 만약 딸이라면 대체 그 아이는 지금 어디에 있는 걸까? 다른 복사본이나 원본은 없는 걸까? 완성된 원고는 어디에 있을까?

나는 미친 사람처럼 원고를 찾기 시작했다. 책상 서랍과 책장 위, 책 사이, 보관함까지 샅샅이 살폈다. 그러다 혼란스러워져서 나는 책상 앞에 있는 회전의자에 앉았다. 나는 빙빙 돌듯이 이곳, 저곳을 보다가 조금 전에 읽었던 원고에 쓰인 단어들을 되새겨 보았다.

"그가 그녀에게 말함, 그녀도 그에게 말함, 호스텔과 아르메니아 수도원, 해가 뜨기 시작함." 그리고? 마리암은 그 뒤에 무슨 이야기를 썼을까? 나에 대해, 또는 그녀에 대해 어떤 말을 했을까? 그 이야기에서 나는 나쁜 남자나 겁쟁이로 묘사되었을까? 아니면 놀기 좋아하는 건달이나 바람둥이로 비춰졌을까? 그녀가 주장했던 것처럼 마리암이 실제로 나를 사랑했었는지, 아니면 나는 단지 그녀가 사랑했던 그 사제의 자리를 대신해 줄 사람이었는지 너무도 알고 싶었다. 그리고 그녀의 아들이 정말 미셸이라면, 그는 마리암이 말했던 것처럼 정말 내 아들이 맞을까? 아니면 그 사제의 아이일까? 나는 마리암이 낳은 그 아이가 내 피를 물려받은, 논쟁의 여지가 없는 진짜 내 자식이기를 수천 번 넘게 바라왔다. 하지만 마리암이 낳은 그 아이가 내 자식이 아니라면 어떻게 해야 할까? 내가 앞으로 뭘 해야 하고, 어떻게 행동하고 어떻게 살아가야 할까? 마리암을 찾기 시작한 그 순간부터 나의 삶에는 목표가 생겼었다. 나는 그 목표 하나만 바라봤고 그 덕에 앞으로, 미래로 나아갈 수 있었다. 과거를 찾는 것으로 시작된 나의 여정은 이제 미래를 찾는 것으로 바뀌었다. 마리암은 과거와 연결된 실이었고 그녀의 아들은 나의 미래가 될 것이다.

나는 의자에 앉아 빙빙 돌다가 미슈의 사진을 뚫어지게 보았다. 미셸의 눈을 가진 그 사진을 보며 나는 병원에 있는 미친 사람처럼 속삭였다. "죽음의 영혼이여, 죽음의 귀신이여, 에너지를 가진 이여, 만약 죽음에 또는 죽음 이후에 삶이 있다면 또 당신들이 지금 이곳을 거닐고 있다면 내게 신호를 주십시오. 광활한 그곳에서 길을 잃은 그자를 내게 보내 주십시오, 에너지를 가진 그대들이여!"

나는 갑자기 뒤로 퍅 돌았다. 내 뒤로는 액자 그림이 하나 걸려 있었다. 그 그림은 올리브 산*과 겟세마네 동산, 그리고 구리로 된 돔들이 그려진 알록달록한 수채화였다. 순간 아까 닫았던 창문이 다시 열리면서 유리의 빛이 반사되어 그 그림에 내 얼굴이 비춰졌다. 그 돔들과 올리브 산 위로 겹쳐진 나의 모습이 보였다.

갑자기 문득 마리암이 수녀들과 함께 저곳에 있을 거라는 생각이 들었다. 이건 단지 나의 상상일 뿐이거나 미셸과 똑 닮은 사진 속 남자의 눈 때문에 비롯된 것이리라. 사진 속의 그는 나를 바라보았고

---

* 예루살렘 동부 구릉에 있는 산으로 감람산으로 불리기도 한다. 4개의 봉우리로 이루어진 이 산의 서쪽 기슭 근처에 그리스도의 수난이 시작되는 겟세마네 동산이 있다.

나 역시 그를 보았다. 그는 나를 단순히 바라보는 것에 그치지 않고 뚫어질 듯 노려보며 내게 과거와 죽음에 대해 경고하고 있었다. 하지만 지금의 나는 이미 나이를 먹을 대로 먹은 상태였고, 그 무엇도 나를 억제하거나 두려움에 떨게 할 수 없었다. 내가 누굴 두려워하리? 죽음의 세계조차도 이제는 두렵지 않았다.

나는 다시 뒤로 돌아 앉다가 책상 밑에 있던 쓰레기통에 다리를 부딪치고 말았다. 그 쓰레기통 안에는 구겨진 종이뭉치들이 있었다. 종이들을 펴보니 그건 전기와 수도 요금 통지서였다. 이번에는 공처럼 둥글게 말린 종이를 펴보았다. 그것은 다름 아닌 출생증명서의 복사본이었다. 하지만 그 출생증명서에는 아무 이름도 적혀 있지 않았다. 단 출생 날짜는 바로 그때, 67년 전쟁이 참패하고 내가 떠난 시점이자 마리암이 출산을 한 그쯤의 시기였다. 그 복사본은 가로로 돌려져서 잘못 복사된 것이었고 생년월일은 있었지만 이름은 적혀 있지 않았다. 출생증명서의 복사본. 여기에 적힌 이 생년월일이 바로 내 아이, 미셸의 생일이겠지. 이름이나 성이 적혀 있지는 않았지만 이것이야말로 내가 찾던 실마리임이 분명했다.

나는 미친 사람처럼 돌기 시작했다. 그러다가 그 방에서 나와 어둠 속으로 향했다. 해가 져서 내 주위는 어둠으로 가득했지만 나는 여전히 사진과 마리암의 이야기가 담긴 원고, 그리고 제대로 된 출생증명서를 찾고 있었다. 그 출생증명서의 원본을 찾는다면 아까 복사본에 적힌 생년월일이 그의 생년월일이고, 비어 있던 이름 칸에는 원래 그의 이름과 내 이름이 함께 적혀 있음을 확인할 수 있을 것이다. 나는 하나를 찾는 걸로 시작했지만, 결국 둘, 아니 셋을 찾게 되었다. 나에 대한, 그녀에 대한, 실마리에 대한 수많은 질문이 머릿속을 맴돌았다.

나는 이전에 마리암의 사진을 찾아 헤맸던 위층에 있는 방으로 올라가서 옷장 안, 침대 밑, 문 뒤를 샅샅이 뒤졌다. 하지만 마리암과 그의 흔적을 대변해 줄 만한 그 어떤 것도 찾을 수 없었다.

나는 다시 다락방으로 올라갔다. 그곳에는 낡은 가구들과 상자, 가방 여러 개가 있었다. 나무더미에 깔려 있는 한 가방을 제외하고 대부분의 가방은 먼지가 쌓인 빈 것들이었다. 그 작은 가방을 꺼내 보니 그 속에서 조그만 아기 옷들과 수유할 때 사용하는 포대기가 나왔다. 이것은 분명 아기를 위한 것들인데, 대체 마리암의 흔적은 어디서 찾을 수 있단 말인가? 이번에는 상자들을 열어보았다. 첫 번째 상자에는 오래된 커튼과 고리, 나사, 못 뭉치가 있었다. 두 번째 상자에는 오십 년대에 쓰였던 낡은 공책들이 있었다. 세 번째 상자를 열어보니, 바로 그곳에 보물이 있었다. 내가 찾던 실마리, 마리암의 사진들이 그곳에 있었다. 마리암이 어렸을 때, 소녀였을 때, 더 자라 어른이 되었을 때의 모습이 담긴 사진들과, 바위 위에서 염소와 찍은 모습, 목사님과 그의 부인인 이본과 함께 교회 앞에서 찍은 사진들도 있었다. 그녀의 어머니와 단둘이 찍은 사진들도 보였다. 장소는 다양했다. 포도덩굴 아래, 부엌 안, 예루살렘 벽과 아치 밑, 올리브 산 정상에서 다른 관광객들과 함께 낙타를 탄 모습, 그리고 그 뒤 배경으로 알아크사 사원이 보였다. 또 겟세마네 동산의 구리 돔

앞에서 마리암은 그녀의 어머니와 보이스카웃 학생들 무리와 함께 있었다. 그 다음 사진은 요양원 앞에서 찍은 것이었는데, 수녀로 보이는 여자가 마리암과 함께 휠체어에 탄 노인 옆에서 손을 흔들고 있었다. 그 사진을 본 순간 번개처럼 번쩍 생각이 떠올랐다. 여기 휠체어를 타고 있는 노인은 마리암의 어머니이고, 그 옆에 있는 수녀는 마리암의 이모임이 분명했다! 그렇다면 나의 탐색은 저곳에서부터 시작되어야 한다. 여기에 있는 상자들 속에서 나는 사진들과 출생증명서, 마리암의 소설, 그리고 그동안 일어났던 일련의 사건들을 찾아 헤매고 있지만 나머지 복사본은 어디에 있고 그 원본은 대체 어디에 있단 말인가?

이곳저곳을 뒤지던 끝에 나는 잡지들 밑에서 가죽 케이스에 담긴 종이 더미들을 발견했다. 그 케이스를 열어보니 내가 찾던 보물이 거기에 있었다. 풀스캡판의 크기가 큰 종이뭉치들이 잔뜩 있었는데, 모든 종이에는 손글씨가 적혀 있었고 복사기로 여러 부 복사되어 있었다. 원본이 아니라 복사본이었지만 그것은 바로 내가 찾던 실마리였기에 상관없었다.

나는 가죽 케이스를 들고 아래층에 있는 다른 방으로 내려왔다. 그리고 거기에 있는 넓은 침대에 드러누웠다. 내 옆으로는 오래된 탁자와 등이 놓여 있었다. 나는 그 등의 불을 켜고 천천히 위층에서 찾은 원고를 읽어 내려가기 시작했다. 그리고 서서히 과거와 지난날의 심연 속으로 빠져들었다. 그 글은 연속성도 없었고 번호나 날짜도 매겨져 있지 않았지만, 나와 마리암이 서로 나누었던 말들이 그

대로 적혀 있었고, 그녀의 기억들, 과거에 있었던 일들, 특정 장면들과 모습들까지⋯⋯. 마리암, 그녀의 두 눈에 들어온 모든 것들이 그대로 그 글에 담겨 있었다.

**

"'그녀'는 자신이 겪었던 일들을 그에게 말했다. 그러자 그는 그녀와 함께 울었다. 그는 친절하고 섬세한 사람이면서 동시에 예민하고 수줍어하는 사람이기도 했다. 그는 소설을 쓰는 타고난 예술가였다. 그녀의 꿈 역시 책을 출판하는 것이었고 그녀는 사람들이 읽을 무언가를 쓰고 싶어 했다. 하지만 그녀에게는 언어가 장벽이었다. 아랍어를 잘 모르는 상태에서 어떻게 그 언어로 책을 쓴단 말인가? 이전에 글을 쓴 경험도 전무했다. 아무 집필 경험도 없는 그녀가 대체 무엇을 쓴다는 것인가? 그녀 자신에 대해서, 아니면 그녀의 오빠들과 수녀원에 대해 쓴다는 말인가? 수녀원은 감옥이었다. 하지만 동시에 오빠들과 사람들의 눈을 피할 수 있는 곳이었기에 나름 기쁨을 느낄 수 있는 공간이었다. 상파울루에 살고 있던 모든 아랍인 소녀들은 자신들의 관습을 지키기 위해 수녀들이 운영하는 수녀원에 들어갔다. 그리고 성인이 되면 가족들은 그들을 자신의 고향 땅으로 보내서 오염되지 않은 깨끗한 분위기 속에서 남은 삶을 살도록 했다. 그녀의 경우도 마찬가지였다. 그녀의 가족은 그녀를 고향 땅으로 되돌려보냈고, 그녀가 알고 있는 것들과 원래 살던 집의 분위기, 그녀의 형제, 친구들로부터 그녀를 멀리 떨어트려 놓았다. 그녀는 감옥에 갇힌 듯한 답답함과 쓸쓸함을 느꼈다. 그녀는 학교와 수녀들, 친구들과 함께 놀던 것들이 그리웠다. 그리고 자매보다 더 끈끈한 정을 나누었던 단짝 친구도 보고 싶었다. 그녀는 오빠들도 그녀가 살던 집도 그리웠다. 심지어 외국에 있는 그녀의 친구마저 그리웠다. 아버지가 세상을 떠난 뒤 미망인이 된 그녀의 어머니는 다정했던 옛날과는 달리 자주 화를 냈고 슬퍼했다. 쌀쌀맞아졌고 의심을 하기 시작했으며 저주까지 하게 되었다. 어쩔 수 없이 자신이 살던 곳과 자식들, 그리고 집을 떠나서 이곳으로 돌아올 수밖에 없었고 그녀의 아들 중 하나가 병까지 걸렸기에, 그녀의 어머니는 이 모든 것들이 부당하다고 생각했다.

　그녀는 무엇에 대해 써야 하는 걸까? 외국에서의 생활과 고독감, 자신의 나라에서 느끼는 외로움과 수녀들에 대한 그리움에 대해 써야 할까? 아니면 겨우 조금이나마 구사할 수 있는 언어로 자신이 알지 못하는 것들에 대해 써야 되는 걸까? 반면 '그'는 아랍어를 가르치는 선생님이었고 그에게는 예루살렘과, 가족이 있었고 잘 알고 있는 지인들과 거리들도 있었다. 하지만 그녀는 예루살렘에 대해 알지 못했다. 단지 예루살렘이 어떻게 생겼는지 그 형상만 알 뿐이었다. 그 나라는 여전히 그녀에게 하나의 이미지이자 형상일 뿐이었다."

　이 말을 끝으로 마리암의 글이 끝을 맺었다. 그 페이지를 넘기자 같은 내용의 복사본들이 있었다. 그 복사본들을 넘기니 이번에는 날짜가 적힌 새 글이 나왔다. 그 날짜는 전쟁이 일어나기 전, 우리가 서로 알기 전, 내가 그 시골 마을로 도망치기 전의 시기였다.

"그녀는 고독했고 자신이 살던 곳에 대한 향수와 지금 사는 곳에 대한 극도의 이질감을 느꼈다. 이 사람들이 대체 무슨 말을 하는지 이해할 수 없었고, 이곳에서는 사람들이 어떻게 살고 어떻게 죽는지, 어디에 불이 있고 어디에 전기가 있는지, 어디에 시장이 있는지도 알지 못했다. 그녀는 이전에 살았던 상파울루가 마치 자신의 고향 같았지만, 사람들이 말하는 것처럼 자신의 고향은 동쪽 땅에 있었다. 하지만 그녀는 동쪽이 어디인지, 서쪽이 어디인지, 또 어디로 가야 하고 무엇을 해야 하는지 알 수 없었다. 그녀는 수녀원에서 자랐고 그곳에서 살아왔다. 그리고 그곳의 모든 소녀들처럼 수녀를 사랑하고 존경했으며, 자신의 오빠들을 제외한 그 어떤 남자도 알지 못했다. 매주 일요일 수녀원을 찾아오는 이탈리아인 목사가 있었다. 그 목사가 오는 날, 수녀원의 모든 소녀들은 모두 우르르 몰려가서 몰래 그의 모습을 훔쳐봤다. 그는 그림처럼 아름다운 젊은 남자였다. 그는 친절했고 이탈리아어와 프랑스어를 구사했다. 그림처럼 아름다운 그 남자는 쇼팽처럼 오르간과 피아노를 연주하기도 했다. 그때 수녀원에 있던 소녀들의 나이는 거의 젊은 여성의 나이에 가까웠다. 소녀들은 교회 강당의 뒷줄에 함께 앉아서 그 젊은 목사에 대해 서로 속닥거리며 이야기꽃을 피웠고, 그가 마치 영화배우라도 되는 것처럼 그에 대한 꿈을 꾸기도 했다.

그녀 역시 그에 대한 꿈을 꾸었지만 다른 소녀들만큼은 아니었다. 하지만 그에 대해 그러한 마음을 품은 것은 사실이었다. 그녀는 소녀들 중에 가장 나이가 어렸고 가장 순수했으며, 동시에 가장 재능이 많았고 상상력도 풍부했다. 그녀는 여러 주제로 글을 썼고 그것을 남에게 보여주지 않고 그냥 숨겨버렸다. 한번은 수녀원에 함께 살던 다른 소녀가 그녀가 쓴 글을 보더니 "너는 타고난 작가구나! 왜 네 글을 선생님께 보여드리지 않는 거니?"라고 감탄했다. 친구의 끈질긴 설득 끝에, 그녀는 선생님께 자신이 쓴 글을 보여드렸고, 그다음 날 선생님은 그녀를 불러서 "어제 읽은 학생의 글에 대한 제 소감입니다. 가져가서 읽어보세요"라고 말하며 몇 장에 걸쳐 쓴 장문의 편지를 그녀에게 건네주었다. 그 편지에는 그녀의 글에 대한 감탄과 칭찬 어린 말들이 적혀 있었다. '이런 상상력은 정말 흔치 않은 것입니다. 학생의 미래가 촉망됩니다. 하지만 주의하세요, 학생에게는 위험한 감정들이 보입니다. 지금 학생의 나이에 이렇게 제한된 공간에 있는 것은 자칫하면 위험한 폭발을 일으킬 수 있습니다. 학생의 나이와 상상력은 주의 깊은 지도가 필요합니다……'

그녀는 설교와 충고 및 경고로 끝맺음을 한 선생님의 편지가 마음에 들지 않았다. 하지만 경고나, 위험한 폭발이라는 말 이전에 흔치 않은 상상력, 성공, 촉망되는 미래라는 말은 그녀에게 큰 영향을 주었다. 그러나 안타깝게도 그녀에게 일어난 일들은 실제로 성공이나 밝은 미래와는 거리가 먼 것이었고 오히려 폭발이나 극단적인 도망에 가까웠다."

이번 이야기는 여기서 끝을 맺었다. 똑같은 내용을 담은 복사본들을 몇 장 더 넘기고 나니, 이 글의 맥락과는 아주 먼 또 다른 이야기가 시작되는 페이지가 나왔다. 그 페이지를 찾으며, 실마리를 더 들어가며 나는 혼자 머릿속으로 생각했다. '위험한 감정과 상상력? 마리암이 글을 쓰고 그것을 숨겼다고? 흔치 않은 상상력? 위험한 폭발? 경험의 부족, 오빠들 말고는 남자를 몰랐다고? 그렇다면 그 사제나 사랑은 대체 무엇인가? 사제와의 이야기는 어디에 있단 말인가? 교회에서 젊은 목사가 오르간과 피아노를 치는 모습을 봤다고? 다른 소녀들처럼 멀리서 그를 봤다는 말인가? 이것이 진짜 그녀의 이야기일까?

내가 그녀에게서 들은 이야기들은 모두 그녀가 지어낸 것일까? 아니, 그럴 리 없다. 마리암은 내게 자신의 이야기를 하면서 울음을 터뜨렸었다. 그녀는 자신이 겪은 일들을 모두 솔직하게 말했었단 말이다. 그동안 내가 알고 있었던 이야기들은 대체 무엇일까? 나는 정말 그녀가 실제로 겪었던 일에 대해 알고 있던 것일까? 나는 그녀에게 일어났던 일들의 본질과 어떻게 그런 일이 일어나게 되었는지의 일련의 과정들, 그리고 무엇이 실제로 일어났는지, 그렇지 않은지에 대해 제대로 알기는 했던 걸까? 그녀가 무언가를 지어내고 만들고 꾸며냈는지 알기는 했을까? 그녀의 귀환과 동생의 죽음 뒤에는 무슨 배경이 있었을까? 동생의 죽음 때문에 이곳으로 돌아온 걸까? 아니면 동생이 병에 걸려서 이곳으로 돌아온 걸까? 그것도 아니면 이곳으로 돌아와서 그녀의 동생이 죽게 된 걸까? 그렇다면 그 원인은 누가 제공한 것일까? 동생 아니면 마리암? 대체 그 둘 중에 누가 아픈 사람이었던 걸까? 여기서 가장 중요한 질문은 바로 마리암이 '정상적인 사람'이었는지의 여부였다. 마리암이 내게 말했던 사제에 대한 이야기는 단순히 그녀의 상상에서 비롯된 허구의 이야기, 지어낸 이야기였을까? 아니, 그럴 리가 없다. 나는 그녀를 잘 알았다. 그녀는 진실을 말했고 믿을 만한 사람이었다. 하지만 진정 나는 그녀에 대해 제대로 알고 있었을까? 그때의 나는 어렸고 순수했고 경험도 없었다. 나 역시 환상과 상상, 예술의 꿈속에서 살았기에 나는 내가 상상했던 대로 사람들을 생각했고, 몇 주, 몇 달, 또는 몇 년 뒤에야 그것이 환상이었음을 깨닫거나 아예 알지 못한 적도 있었다. 나는 내가 좋아하는 측면과 상상하는 대로만 상대를 보았고, 항상 사람들에 대한 형상과 이미지를 가지고 있었다. 그러나 현실은, 대체 현실은 어디에 있단 말인가? 육십 년이 지난 지금까지 여러 경험을 가지고 있음에도 불구하고, 나는 진짜 현실이 무엇인지 알고 있는 걸까? 마리암은 그림이었고 나는 그녀를 그리는 사람이었다. 이제 그녀가 소설을 통해 나를 그리고 있다. 그녀는 대체 어떤 눈으로 나를 바라보았을까?'

나는 다시 원고로 돌아와서 페이지들을 넘기며, 마리암이 나를 어떻게 생각했는지 묘사한 글을 찾아냈다.

**

"그 둘은 정보를 얻고 남은 달러를 환전하기 위해 호스텔로 들어갔다. 그녀는 이 세상과 예루살렘에 대해 알고 싶었다. 예루살렘은 항상 관광객들로 붐볐고 그녀 자신도 역시 '아랍인' 관광객이었다. 그녀는 이상한 억양으로 아랍어를 했고, 특히 아랍어 자음인 '아인 (ﻉ)'을 발음하는 것을 힘들어했다. '아인(ﻉ)'을 발음하려 해도 결국 에는 '알리프(ﺍ)' 발음*이 되어버렸기에, 그는 그런 그녀를 보며 웃었다. "자, '아인'이 들어간 단어들을 한 번 말해봐요." 하지만 쉽지 않았다. 그래서 그녀는 "제가 잘못하지 않도록 잘 알려주세요"라고 그에게 부탁했다. 그러자 그는 "우리가 함께 잘못을 저지를 수 있도록 제가 당신에게 뭔가를 알려줄게요"라고 그녀에게 말했다. 결국 그날 호스텔에서 그 둘은 엄청난 죄를 저지르고 말았다. 수녀원에서는 그녀에게 뭐라고 했을까? 그렇다면 왜 그녀는 수녀원에 있었을까? 왜 그곳에 숨었고, 왜 그곳으로 도망을 쳤을까? 그녀는 어떻게 하다가 그처럼 걸작에 대한 꿈을 꾸게 되었을까? 그는 현실에 대한 이야기를 쓴다. 그녀는 사람들로부터 듣는 이야기들을 제외하면 현실에 대해 알지 못했다. 하지만 그녀도 이제 현실을 알게 되었다. 그러나 그녀는 그만큼의 대가를 치러야 했다."

나머지 부분은 어디에 있을까? 이 뒤의 이야기가 없다. 나머지 페이지들은 검은색으로만 되어 있었다. 복사본은 다섯 부나 됐는데, 다섯 부 모두 완성된 이야기나 나머지 이야기들 없이, 그 부분은 검게 되어 있었다. 이 글을 다시 천천히 곱씹어 보았다. 그녀가 잘못을 하지 않도록 알려달라고 했더니, 그는 함께 잘못을 할 수 있도록 그

---

* 아랍어에서 저 두 문자는 우리나라의 '이응' 발음과 유사한데, 외국인에게는 서로 같은 소리로 들리지만 실은 각자 다른 소리와 조음점을 가지고 있다.

녀에게 뭔가를 알려준다고 했다. 대체 무슨 말인가? 나는 마리암에
게 이런 말을 한 적이 없었다. 오히려 그 반대로 말했을 뿐이다. 비슷
한 말들을 했었지만 그런 문맥은 아니었다. 마리암이 쓴 글은 사실
이 아니었다. 달러를 환전하러 호스텔에 갔다고? 그건 단지 그녀가
나를 호스텔로 데려간 것을 정당화시키기 위한 핑계일 뿐이다. 술기
운에서 깨어났을 때, 나는 그녀가 내게서 도망가버린 것을 깨닫게
되었다. 그리고 내가 아버지께 도움을 청하러 갔을 때 그녀는 사라
져버렸다. 그녀는 나를 곤란한 상황에 빠트리고는 그렇게 사라져버
렸다. 그것은 바로 그녀의 습관이었다. 그녀는 그렇게 남자가 자신
에게 다가올 수 있도록 끌어당기다가, 곧 묻지도 않고 놓아버린다.
그러면 그 남자는 미친 사람처럼 그녀의 뒤를 쫓아 달리기 시작한
다. 지금 여기에 있는 나 역시 그녀의 뒤를 쫓고 있는 미친 사람이다.
나는 67년 전쟁의 참패와 타향 생활, 여러 사건들과 패배 이후 항상
미친 사람처럼 지내왔다.

　마리암은 사막에 있는 신기루처럼 내게 손짓하다가 아무 말 없이
또 사라져버렸다. 마리암, 대체 현실은 어디에 있고, 길은 어디에 있
단 말이오? 우리는 어디까지 온 것이오?

　"그는 그녀가 마치 관광객이나 외국인 같은 경험을 갖고 있다고
믿었다. 또 그는 두 개의 다른 시선으로 그녀를 바라보았다. 하나는
마치 그보다 더 많은 것을 아는 선생님을 바라보는 듯한 시선이었
고, 다른 하나는 아주 특별한 이야기와 분위기를 바라보는 시선이었
다. 그 오묘한 분위기는 그에게 영감을 주었고, 그의 상상에 이미지

와 감성을 가득 채워주었다. 그럴 때마다 그는 눈물을 흘렸다. 그리고 그 이야기는 그의 마음을 파고들며 동정심과 애잔함을 불러일으켰기에 그의 두 눈에는 어느새 눈물이 고여 있었다. 그는 이제 위험, 도망, 희생자, 지진, 대추야자나무, 기선, 침투, 전쟁, 부정, 감옥, 태풍이 있는 큰 이야기 안에서 살고 싶어 했다. 그는 그녀가 불같은 여자라고 생각했다. 그래서 그는 그 여자로 인해 불타버렸다. 그는 이제 그녀가 만들어낸 이야기에 갇힌 포로가 되어버렸다. 그녀는 이것에 큰 만족과 기쁨을 느꼈다. 우리가 원하는 대로 사람들이 우리를 바라보는 것이 얼마나 멋진 일인가? 사람들의 상상력에 날개를 달아주는 것 역시 아름다운 일이다. 언젠가 그녀는 자신이 쓴 글을 책으로 출판해서 사람들이 읽게끔 할 것이다. 하지만 그녀 역시 자신이 쓴 글 안에서 살게 되었기에, 그 이야기 안에서 살면서 그 분위기에 흠뻑 빠지고, 자신이 상상한 것들을 믿고 있기에, 이 주제는 위험하다고 할 수 있다. 그녀는 그를 사랑했을까? 그것은 자명하다. 하지만 그는 어떠했을까? 그는 그녀 자체를 사랑했을까, 아니면 그녀의 이미지를 사랑했던 것일까? 그는 마리암과 그녀의 이야기를 사랑했던 걸까, 아니면 그녀의 이야기 때문에 마리암을 사랑하게 된 것일까? 그녀가 그 진실을 알게 되면 좋겠다."

나는 손에 들고 있던 원고를 던져버렸다. 마치 얼굴을 크게 한대 맞은 느낌이었다. 그렇다면, 나는 멍청이였다는 말인가. 마리암은 지난 몇십 년간 거짓말로 날 속였고, 지난 세월 내내 나를 괴롭게 했다. 나는 과거에 있었던 일들과 그녀가 말한 모든 것을 믿었다. 그런데 이제 와서 마리암은 그녀가 나를 가지고 놀았다는 사실을 스스로 밝히고 있다. 이게 말이 되는 일인가?! 그렇다면 임신은? 아들, 아니 딸에 대한 이야기는? 그것도 거짓이었단 말인가? 아냐, 그럴 리 없다. 조금 전 내가 봤던 아기 옷들과 포대기는 대체 누구의 것이란 말인가?

마리암의 가족 중, 그녀의 조카가 입었던 것일까? 아니면 옥탑방에 쌓인 오십 년대의 공책들처럼 그녀의 오빠들이 어린 시절에 직접 사용했던 물건인 걸까? 만약 마리암이 임신했다는 것도 거짓이라면, 이 세상에 더는 내 뒤를 이을 자식은 없다. 또 미셸이 내 아들임을 부정했던 것도 진심이었던 것이다. 만약 마리암과 그녀가 말하는 사랑이 단지 이미지에 불과하고, 그동안의 모든 일들과 경험, 그리고 임신마저 의심스러운 것이라면, 미셸 역시 이미지일 뿐이고 내가 지금 미친 듯이 찾고 있는 행위 역시 공연한 쓸데없는 일이 되어버린다. 하지만 침착하자, 자밀라 말고는 어느 누구도 마리암이 쓴 글이 옳다고 확정 지을 수 없다. 자밀라만이 진실을 알려줄 것이다. 자밀라는 어디에 있을까? 그녀를 찾아야 한다.

나는 종이뭉치들을 들고 집 밖으로 나왔다. 그리고 자밀라를 찾아서, 이미지가 아닌 진짜 본질을 찾기 위해 예루살렘으로 돌아갔다.

* *

자밀라에게 나의 의도를 사실대로 말하기 전에, 나는 그녀의 정신 상태나 살아온 배경, 그녀가 가지고 있는 장, 단점 같은 성격을 충분히 파악해야 했다. 나는 그녀가 고집이 세고 완고한 사람인지 아니면 다소 부드럽고 다루기 쉬운 사람인지 알고 싶었다. 만약 자밀라가 후자 쪽이라면, 나는 그녀에게 지난날에 있었던 일은 단순한 실수이자 운명의 장난이었다고 설득하려고 했다. 또 이 세상에는 작가들도 쓸 수 없는 놀라운 일이나 다양한 사람들의 이야기가 있다고 말하고 싶었다. 분명 지금은 과거 오십 년대, 육십 년대의 상황과는 다르지만 자밀라의 성장 배경과 그녀의 나이로 짐작해 보았을 때, 그녀는 여전히 과거 세대에 속한 사람이었고 나크바 세기의 영향을 받은 사람임이 분명했다.

하지만 놀랍게도 자밀라에 대한 내 예상은 빗나갔다. 어린 시절부터 세인트 일리아스 병원에서 일했던 그녀는 여러 비극과 불행, 모순적인 일들을 직접 보고, 경험하면서 남들보다 더 허심탄회하고 대담해졌다. 그런 그녀는 웬만한 일로 쉽게 눈 하나 깜짝하거나 놀라지도 않았고 그것을 이상하게 여기지도 않았다.

자밀라는 병원에서 음식 조달과 저장 업무를 전담했는데, 이런 직책은 끊임없이 여러 어려움과 유혹에 시달리기 마련이었다. 그녀도 이런 일을 한두 번 겪은 것이 아니었다. 그녀는 자신의 위, 아래에서 일어나는 일들을 눈감아 주는 대신에 셀 수도 없이 많은 약속과 유혹을 받았다. 자밀라의 위에서 일어나는 일들은 행정, 회계, 문서, 포대의 수, 곡물과 음식의 충족 조건, 음식 생산 날짜와 유통 기한과 관련된 것이었고, 그녀의 아래에서 일어나는 일들은 시트나 비누,

그릇, 숟가락, 생리대, 기저귀, 설탕, 차 등의 물건을 훔치는 도난과 관련된 것이었다. 자밀라는 훔쳐가는 물건이나 그 수량에 상관없이 도난과 관련된 일이라면, 어떠한 추문이나 소동도 벌이지 않고 조용하고 엄중하게 대처했다. 그리고 결국에는 도난당한 물건을 되찾아 제자리에 돌려놓고야 말았다. 자밀라는 원래 종교적인 사람이었지만, 속세의 여러 일들과 다양한 사람들을 겪으면서 종교 대신 원칙을 고수하는 원칙주의자가 되었다. 처음에는 그 원칙도 종교에 기반을 둔 것이었지만 시간이 흐르면서 그녀 자신이 종교를 대신한 원칙이 되어버렸다. 그래서 그녀는 누군가 선행을 하면 그를 위해 성모 마리아에게 촛불을 피웠고, 반대로 누군가가 악행을 저지르면 그 일에 대하여 악마에게 촛불을 피웠다. 이제 그녀에게 있어 '선과 악'은 그 사람이 물건을 훔치는지, 믿음직한지, 비밀을 지키는지의 여부에 따라 결정되는 것이었다. 자밀라는 원래 말도 없고 미소를 짓는 일도 거의 없었으며 주변의 농담에도 웃지 않았다. 그녀가 계속 우울하게 찌푸린 얼굴을 하고 있는 이유는 아마도 그녀의 어린 시절에서 찾을 수 있을 것이다. 고아가 된 그녀는 어린 시절부터 다른 아이들과 함께 고아원에서 지냈다. 그러다가 병든 남자와 결혼하면서 자밀라는 근심과 부담을 동시에 떠안게 되었다. 결국 그녀의 얼굴은 더욱 우울하고 수척해졌고, 그녀는 끊임없이 교회를 찾게 되었다. 그래서 자밀라는 진실과 거짓, 믿음, 비밀을 지키는 일에 대해 더욱 강경한 입장을 취하게 되었다. 몇 년 뒤, 기나긴 고생 끝에 그의 남편이 병으로 죽고 나서야 비로소 그녀는 자신의 영혼을 짓누르고 몸을 힘들게 하고 동시에 잠을 이루지 못하게 하던 모든 짐으로부터 자유로 워질 수 있었다. 하지만 이런 해방감은 그녀에게 말로 형용할 수 없는 은근한 죄책감을 안겨주었다.

자밀라는 그동안 혼신의 힘을 다해 자신의 병든 남편을 돌봐왔고, 예수가 십자가를 등에 짊어졌듯이, 그녀 자신도 남편을 등에 짊어지고 살아왔다. 하지만 그녀는 단 한 번도 앓는 소리를 내거나 불평하지 않았고, 그 누구에게도 도움을 청하지 않았다. 또한 자밀라는 그런 상황에서도 병원 일에 소홀히 하지 않았고, 자기가 맡은 일이라면 마지막 순간까지 모든 일을 열심히 해냈다. 그럼에도 불구하고 남편이 죽은 뒤, 자밀라는 심신이 편안해지고 자유와 해방감을 느끼는 자신에 대해 양심의 가책을 느꼈다. 그녀는 아침에 일어나서 이제는 허둥대며 약 시간을 맞출 필요도 없었고 엑스레이를 찍을 날짜를 기억할 필요도 없었다. 평소처럼 협회에서 운영하는 약국 앞에 길게 줄을 서서 기다릴 필요도 없었고, 수혈이나 그 밖의 간병과 관련된 일들로부터 자유로워진 것이다. 그리고 자밀라는 이제는 기침이나 열로 앓는 소리, 발작 소리 때문에 한밤중 잠에서 깰 필요도 없었다. 그녀는 이제 심신이 편안했고 자유도 느끼게 되었다. 하지만 그녀에게 이러한 느낌은 마치 신의 의지와 시험에 대한 저항이자 죄로 여겨졌기에, 그녀는 자기 자신을 용서할 수 없었다. 그래서 그녀는 진실과 충실함, 비밀을 지키는 것에 대해 더욱 엄격해졌다. 이렇게 자밀라는 모든 직원들과 수십 명의 환자들, 이재민, 구속을 피해 도망친 사람들에게 도움을 주는 안식처가 되었다. 그녀는 낮이 될 때까지, 또는 밤이 되어 다른 곳으로 이동하기 용이해질 때까지 저장 창고에 도망자들을 숨겨주었다. 하지만 곧 자밀라는 이스라엘 정착촌 사람들의 공격을 받은 피해자가 되었다. 어느 날, 미국인인 두 유대인 젊은이들이 그녀의 집에 무단으로 침입해서 위층을 점거해버렸다. 그들은 자신들이 선택받은 민족이고, 그들이 받은 신의 약속을 집행하고자 그곳에 왔다고 하며, 신이 그들에게 팔레스타인 땅을 주기로 했다고 주장했다. 안타깝게도 자밀라는 그 '선택 받은 민족'이 아니었기에 집에 대한 소유권을 박탈당했다. 그녀는 곧장 법원으로 가서 소송을 제기했지만 오랜 시간이 지나도 여전히 해결될 기미는 없었기에 그녀의 분노와 실망은 커져만 갔다. 원래 우울했던 그녀의 얼굴은 더욱 어두워졌고, 누가 묻지 않으면 그녀는 절대 말하지 않았다. 또 그녀의 미소는 비웃음을 머금을 때가 아니면 볼 수 없었고, 정말 그녀의 힘으로 하기 힘든 일이 아니면 그녀는 주위에 도움을 청하지도 않았다.

이것이 바로 자밀라가 살아온 지난날들의 모습이다. 이런 자밀라에게 마리암과 마리암의 아들에 대한 이야기를 꺼내는 것과, 그녀가 가진 정보를 통해 도움을 얻는 것은 쉽지 않았다. 그래서 나는 그녀가 의심하지 않고 일이 복잡해지지 않도록 정면 승부가 아닌, 간접적으로 서서히 그녀에게 다가가고자 했다. 시골 마을에 있는 자밀라의 친척이 사는 집을 보고 난 이후에, 그녀가 내게 말했던 길모퉁이에 위치한 예루살렘의 집을 둘러보러 간다는 것은 평계였다. 사실 나는 다른 목적을 가지고 그녀를 찾아갔던 것이다. 그래서 처음에는 그녀에게 다가가기 위한 미끼로 마음에도 없는 집 구경을 하는 것이 자밀라의 시간을 뺏고 귀찮게 하는 것은 아닌지 죄책감도 들었다. 하지만 시간이 흐르면서 점차 그녀와 함께 있는 것이 편해지기 시작했다. 그녀 역시 나와 함께 이곳저곳을 둘러보는 것을 즐거워하는 것이 느껴졌다. 집을 다 둘러보고 나면 나는 자밀라를 데리고 식당이나 호텔로 가서 맛있는 음식을 대접했다. 우리는 식사를 하면서 지나가는 관광객들의 모습을 지켜봤다. 우리는 낮에 둘러본 집들을 평가하거나 비교할 때가 아니면 서로 많은 대화를 나누지는 않았다. 하지만 시간이 지나면서 함께 집 구경을 다니는 횟수가 늘고, 같이 식사를 하는 시간이 많아지면서, 그녀는 자신의 본모습을 드러내며 편하게 이야기를 하기 시작했다. 또 가끔은 신랄하면서도 통찰력 있는 지적을 했고, 짓궂으면서도 예리한 질문을 하기도 했다. 어느 날 우리는 일곱 개의 아치라는 이름을 가진 호텔 식당에 앉아서 예루살렘의 풍경을 내려다보고 있었다. 예루살렘은 마치 파노라마처럼 우리 앞에 펼쳐져 영원한 아름다움을 자랑할 것만 같았다. 식탁 위에는 애피타이저로 나온 전채 음식과 와인이 있었다. 자밀라는 편해 보이는 자세로 앉아서 살짝 미소를 짓더니 내게 먼저 말을 건넸다. "자네, 내게 솔직히 말해봐. 자네가 원하는 게 뭔가?" 그녀는 넓적한 얼굴에 콕 박힌 주름으로 구겨진 작은 눈으로 나를 가만히 응시했다. 그녀는 미소를 띠고 있었는데 그 미소에는 비웃음과 짓궂음, 그리고 호의가 뒤섞여 있었다. 어쨌든 자밀라는 확신을 하고 싶어 했다. 나는 말을 얼버무리고 아름다운 경치를 구경하느라 바쁜 듯이 시선을 다른 곳으로 돌렸다. 그리고 그 상황을 자연스럽게 넘기고, 자밀라의 따가운 시선을 피하기 위해 일부러 다른 말을 했다. "저는 예루살렘을 원해요." 그러자 자밀라는 그런 내가 가소롭다는 듯 냉소적인 미소를 지었다. 하지만 동시에 슬픔이 드러나는 목소리로 내게 말했다.

"우리들 중 예루살렘을 원하지 않는 사람이 어디 있겠어? 솔직히 말하게." 말을 마친 자밀라는 와인 한 잔을 들이키더니 칼끝으로 치즈를 베어 먹었다. 그리고 확신에 찬 듯이 말했다. "자네가 내게 솔직히 말해도 절대 걱정할 필요가 없네." 그녀는 말을 끝내기가 무섭게 손으로 자신의 가슴을 치며 진심이 묻어나는 목소리로 속삭였다. "나는 입이 무거운 사람이야. 자네가 진짜 원하는 것을 말해보게나."

나는 자밀라에게 내 안에 있는 모든 이야기를 처음부터 끝까지 다 털어놓을 수밖에 없었다. "알라께서는 제게 모든 일을 허락해주셨지만, 결혼과 자식만은 제게 주시지 않았어요. 그래서 지금 저에게는 친구도, 가족도, 사랑이라는 것도 없어요……. 마음은 우울하고 계속 시간은 흘러 나이만 먹어가고 있네요. 저는 이제 더 이상 사랑을 할 수도 없어요. 그렇지만 사랑이 삶의 중심이자 인생을 살아가는 맛이기도 하고, 이 세상의 전부라는 것은 잘 알고 있습니다. 저는 양심의 가책을 느끼고 있어요. 하지만 동시에 계속 의심이 제 머릿속을 떠나지 않고 있어요. 그가 내 아들이라는 것을 몰랐다면, 내가 의심을 품어보지 않았다면, 내가 이곳에 돌아오지 않고 이 세상을, 이 아름다운 풍경과, 하늘, 돔, 종을 보지 않고, 또 아침에 불어오는 산들바람을 느껴보지 않았다면, 카네이션의 향기를 맡아보지 않았다면, 지금쯤 저는 무엇을 하고 있을까요? 분명 상황은 달라졌겠죠. 이곳의 어두운 골목길을 걷다 보면, 마치 어린 시절로 돌아간 것 같아요. 청년이었을 그 시절과, 마리암에 대한 기억도 저절로 떠오르더라고요. 향냄새도 맡고 시장에서 들려오는 오래된 노랫소리를 들으며 걷다가, 오랫동안 고향을 떠나 있었음에도 불구하고 길을 가는 도중에 익숙한 얼굴들도 보게 되더군요. 예루살렘 땅에 무장군인들이 있어서 예전과는 다른 분위기를 풍기기도 하지만, 결국 이곳에 오면 저는 마치 따뜻하고 소중한 곳에 있다는 느낌이 들어요. 그리고 제 심장은 뜨거운 열정과 사랑의 격정으로 미친 듯이 떨리기 시작하고요. 저는 더 이상 감정을 느끼고 다른 이들과 상호 작용을 할 수 없어요. 제 심장은 이미 녹슬어버렸고 감정은 메말랐어요. 저는 여러 차례 전투와 공포스러운 상황에 맞닥뜨린 적도 있었어요. 이제는 타지에서 생활하는 것에 더 익숙해졌고요. 저는 마치 쓰레기처럼 되어버렸어요. 하지만 이곳에 돌아온 뒤, 저는 다시 정이라는 것을 느끼기 시작했고 녹슬었던 제 심장이 다시 움직이기 시작했어요. 다시 울기도 하고 그리워하기도 하고, 과거를 회상하기도 했어요. 그녀는 저를 기억할까요? 이렇게 오랜 세월 동안 떨어져 있었는데 저를 알아볼까요? 그녀도 제 감정에 응답해 줄 수 있을까요?"

자밀라는 내 얼굴을 쳐다보았다. 그녀도 나처럼 술기운과 예루살렘의 아름다움에 취해 있었다. 이 분위기라면 서로 허심탄회하게 자신의 고민을 말할 수 있을 것 같았다. 그녀는 나를 보며 속삭였다.

"이상하군! 나는 자네가 창고에 있는 무언가를 원할 거라고 생각했네!" 창고라니! 나는 놀란 눈으로 자밀라를 바라보았다. 동정과 애잔함과는 전혀 거리가 먼, 심지어 비난이나 질책이라도 할 줄 알았던 그녀의 반응에 나는 충격을 받았다. 슬프게도 나는 나와 자밀라가 서로 다른 곳을 바라보고 있음을 깨달았다. 나는 마리암과 과거의 이야기, 기억 속의 노래, 애잔함에 대해 이야기하는 반면, 자밀라는 쌀과 설탕, 아이들의 기저귀를 생각하고 있었다! 잠시 뒤, 우리는 서로의 잔을 바라보다가 방금 전의 대화를 곱씹어 보았다. 자밀라가 먼저 말을 꺼냈다. "그러면 자네가 원하는 것이 마리암인가? 모두 마리암에 대한 것이란 말이야?!" 나는 놀라서 그녀에게 되물었다. "마리암보다 더 중요한 것이 있다는 말입니까?" 하지만 자밀라는 내 말에 대답을 하지 않고 시선을 고정한 채로 올리브 열매와 씨의 개수를 세고 있었다. 나는 가슴이 아파 왔다. 그래서 다시 한 번 자밀라에게 물었다. "마리암보다 더 중요한 것이 있다는 겁니까?"

그러자 자밀라는 건조한 말투로 한 번에 알아듣기 힘든 말을 내뱉었다. "물론이지, 있고말고. 도망간 죄수는 숨을 곳이 필요했어."

**

자밀라는 내게 마리암에 대해서 이야기를 해주었다. 자밀라, 그녀의 병든 남편이 아직 살아 있었을 때, 마리암은 시골 마을과 오빠들, 사람들의 소문으로부터 도망쳐 그들의 집으로 갔다. 자밀라 부부는 마리암을 받아주었고 마리암이 아이를 낳을 때까지 그들 집의 위층에서 살도록 허락해주었다. 그 부부의 집 위층은 특히 명절이나 특정한 시기에 호텔이나 모텔이 관광객과 순례객들로 가득 차면 숙소로 쓰였고 그 부부에게는 꽤나 괜찮은 수입원이기도 했다. 그럼에도 불구하고 처음에 그들은 마리암에게서 방세를 받지 않았다. 그런데 갑자기 그녀의 어머니가 나타나서 딸을 보러 오기 시작하더니 올 때마다 돈을 주고 갔다. 마리암은 곧 아르메니아 구역에 있는 사진관에서 일을 구했다. 그러더니 정기적으로 방세를 내기 시작했고 동시에 상황은 안정되었다. 마리암이 아이를 낳았을 때, 그녀의 어머니는 딸에게 돈을 주었고 마리암은 그 돈으로 병원을 통해 아이의 출생증명서를 준비했다.

그녀는 증명서에 명시된 부모 이름을 적는 칸에 자신의 이름과 남편의 이름을 적었다. 많은 사람들이 그녀가 남편 없이 아이를 출산한 것과 출생증명서를 조작하고 있다는 것, 그리고 그녀의 아이가 사생아라는 사실을 알고 있었지만, 마리암은 아이의 미래와 아이가 누려야 할 권리, 정체성에 대해 너무도 걱정스러웠기에 그런 시선쯤은 무시해버렸다. 아이의 아버지는 죽어서 자신의 이름을 남겼고, 그 아이는 아버지가 남긴 이름을 가지고 살아왔다.* 이게 바로 자밀라를 통해 들은 지난날의 이야기다.

"지금, 제 이름을 말하는 거죠?"

---

* 아랍에서는 작명을 할 때, 본인의 이름 뒤에 아버지와 할아버지의 이름(또는 가문 이름까지)을 붙인다.

나는 마음이 아팠다. 자밀라는 나를 물끄러미 바라보더니 다시 술을 한 모금 들이켰다.

"엄마 이름을 적는 칸에는 마리암의 이름이 들어갔군요?"

그녀는 대답하지 않았다.

"그 둘은 지금 어디에 있습니까?"

"이 년 뒤에, 베이루트에 갈 일이 있었는데 다시 돌아왔을 때는 더 이상 그 둘은 볼 수 없었네. 그때 일어난 지진으로 땅이 갈라지면서 마리암까지 삼켜버렸어."

"그러면 아기는요?"

"그녀와 함께 사라져버렸지."

"마리암이 뭐라도 아니면 어떤 흔적이라도 남긴 것이 있나요?"

"마리암은 아무것도 가지고 가지 않았네. 모든 세간이나 물건들이 쓰던 그대로 남아 있어. 짐이며 옷이며 다 그대로 있었지. 마리암이 돌아오는 것을 단념하고 나서야 그 물건들을 다 모아서 우리집 다락에 두었네."

"그녀의 실종 사실을 알렸나요?"

"그럼, 마리암의 어머니에게 알려줬지."

"경찰이나 보안요원에게는 신고했나요?"

자밀라는 아까와 같은 시선으로 나를 쳐다보더니 냉소를 머금고 말했다.

"자네, 군인을 말하는 겐가?"

나는 대답하지 않았다. 하지만 마리암과 그녀의 아이를 찾는 일을 멈출 수는 없었다. 이제 시작일 뿐이었다. 자밀라가 다락에 뒀다는 마리암의 물건을 찾기 위해, 나는 과거 자밀라가 살았었고 지금은 유대인들에게 점령당한 그 집으로 가기로 했다. 젊은 유대인 청년 둘이 지금 그곳에 살고 있었기에 이번 탐색은 매우 주의를 요하는 일이었고 차근차근 계획을 세워야만 했다.

** **

그 집에 몰래 잠입해서 수색을 하는 동안 들키거나 잡히지 않으려면 조심하고 신중을 기해야 했다. 그 두 명의 유대인 남자들은 이미 그 집을 소유하라는 지시를 받은 상태였다. 어떻게, 도대체 왜, 무슨 법으로 이들이 자밀라의 집을 가지게 되었다는 말인가? 자밀라 역시 그것을 설명할 그 어떠한 근거도 찾지 못했다. 자밀라는 분명 이 집의 주인임을 증명하는 문서를 가지고 있었고, 그 위에는 오스만제국과 영국, 요르단 정부의 도장이 시대 순으로 차례대로 찍혀 있었다. 그럼에도 불구하고 뉴욕에서 온 두 명의 유대인 청년들이 갑자기 자밀라가 살고 있던 집에 들이닥쳐 그녀 대신 이곳에 머물고, 이 집의 소유권까지 갖게 되었다. 대체 이것은 어떻게 설명할 수 있을까? 자밀라는 말도 안 되는 법원의 판결과 골치 아픈 유대인 이웃으로 인해 그동안 정말 많은 고통을 감내해야만 했다. 그녀가 아무리 무슨 말을 해보려고 해도 결국 그녀에게 돌아오는 것이라고는 더러운 쓰레기와 문제들, 위협뿐이었다. 어느 날 자밀라는 자신의 집에 침입한 그 유대인 청년들과 이성적인 대화를 시도해 보려고 했다. 하지만 그녀에게 돌아온 대답은 명백한 위협이었고, 그들은 위층에서 자밀라가 있던 아래층으로 바나나 껍질과 정어리 캔 같은 쓰레기들과 돌들을 던져댔다. 만약 자밀라가 주변 환경에 민감하게 반응하지 않았거나 그들에 대한 저항심을 갖고 있지 않았다면 그녀는 이미 다른 수천 명의 팔레스타인 사람들처럼 자기가 살던 집을 떠나갔거나 쥐도 새도 모르게 사라져서 실종 신고 대상으로 기록되어 있었을 것이다. 그렇다면 이것이 실마리일까? 어쩌됐든 나는 계속 실마리를 찾아야만 한다.

하지만 이번 장소는 다른 어떤 곳들보다 실마리의 흔적을 찾기가 어려웠다. 그래서 우리는 그 유대인 남자들이 집을 비운 사이에 집 안으로 들어가서, 그들이 다시 돌아와서 상황을 파악하기 전까지 위층 다락을 뒤지기로 했다.

나와 자밀라는 함께 계획을 세웠다. 그녀가 출입구 근처에 앉아서 집 앞의 길을 지켜보다가 누가 오기라도 하면 벨을 눌러 내게 알려주기로 했고, 나는 집 안으로 들어가서 마리암의 흔적을 찾기로 했다.

하지만 우리가 계획한 첫 번째 날은 운이 썩 좋지 않았다. 내가 문턱을 밟자마자 벨이 쩌렁쩌렁 울려댔고 나는 그 유대인 남자들과 마주치지 않기 위해 재빨리 계단 밑으로 내려왔다. 자밀라는 내게 다가오더니 멋쩍은 미소를 지으며 사과했다. 그녀는 부끄럽다는 듯이 말했다. "내가 눈이 나빠서 잘못 봤네, 혹시나 내가 실수라도 할까봐 벨을 눌렀어." 그러더니 자밀라는 손을 흔들며 "자 다시 돌아가게, 다시 가서 이번에는 집 안으로 들어가자"라고 말했다. 나는 문 앞으로 다시 돌아와서 잠긴 문을 딸 수 있도록 장치에 손을 좀 보다가 문을 열고 드디어 집 안으로 들어갔다.

집은 넓고 아름다웠다. 창문에는 형형색색의 유리들이 장식되어 있었고 아치들과 커다란 전망대가 있었다. 그 전망대에서는 알아크사 사원과 황금 돔, 그리고 돌로 만들어져 서로 다닥다닥 붙어 있는 주택들이 보였다. 불을 켜는 스위치와 창살 옆으로는 덩굴나무가 타고 올라갈 수 있도록 천장까지 격자 구조물이 걸려 있었다. 그리고 바로 내 앞, 창 너머로 이웃의 빨랫감이 걸려 있었다. 그 집은 커튼을 쳐서 밖에서 집 안의 가족들을 볼 수 없도록 막아놓은 것 같았다. 갑자기 한 여자가 그곳에서 나오더니 내가 있는 쪽을 바라보았다. 대놓고 적대심이 가득한 눈빛으로 날 바라보던 그녀가 잠시 밑을 보더니 문턱에 있는 자밀라를 발견했다. 그녀는 그제야 이해했다는 듯이 미소를 짓고 자밀라를 불렀다. "자밀라, 뭐 잃어버린 거라도 있어서 이 집에 다시 온 거예요?" 그러자 자밀라가 고개를 들고 비꼬는 듯이 쌀쌀맞게 대답했다. "모든 걸 다 잃어버리긴 했지." 그러자 여자는 손에 들고 있던 셔츠를 털어서 빨랫줄에 널며 밝게 말했다. "자밀라, 걱정하지 말아요, 언젠간 꼭 찾게 될 거예요." 그리고 그녀는 다정한 눈빛으로 날 쳐다보며 미소 지었다. 그러고는 같은 말을 반복했다. "언젠가는 꼭 찾을 수 있을 거예요."

나는 다시 탐색을 시작했다. 거실은 옛날 집처럼 넓었고 그 주위로 방들이 쭉 늘어서 있었다. 이 방 저 방을 보다가 마지막으로 들어간 방에는 상자와 컴퓨터 등이 놓여 있었다.

벽에는 흰색과 검은색으로 된 사진들이 있었고, 모자를 쓰고 수염을 기른 채 얼굴을 찌푸리고 있는 남자들의 모습이 담긴 포스터들이 붙어 있었다. 그 옆에는 총과 별, 횃불이 그려진 그림들도 걸려 있었다. 집안의 가구들은 자밀라가 내게 자세히 설명해줬던 그대로의 모습으로 있었다. 침실에는 침대들과 옷장들이 있었고 거실에는 자개로 장식된 올리브나무로 만든 소파 세트와 헤브론의 유리장식이 있었다. 마지막 방에 있었던 상자들과 컴퓨터에서는 이전에 맡을 수 없었던 새로운 냄새가 났다. 기름과 오일, 더러운 옷가지와 양말에서 나는 냄새였다. 뭐라고 설명할 수 없는 이상한 조합의 냄새였는데, 의식을 잃을 정도로 역겹다거나 쉽게 적응할 수 있는 냄새도 아니었다. 낯선 이의 존재로 인해 생긴 이 이상하고도 낯선 냄새와 분위기는 마치 내가 이스라엘의 헤즐리아나 디젠고프에 있는 오래된 카페에 있다는 느낌을 주었다. 나는 상자들을 열어보았다. 그 속에는 책과 무기, 인쇄물들이 있었는데 마리암의 흔적과는 동떨어진 것들이었다. 방구석에는 가구들과 보관함이 있었지만 그 어디에도 마리암와 아이의 흔적을 찾아볼 수 없었다. 그 가구들은 자밀라의 것이었다. 거기에는 자밀라와 그의 아버지, 할아버지로 보이는 사람들의 사진이 있었다. 그 사진에는 남쪽으로 난 창문과 오래된 유리가 있는 넓은 집의 모습도 함께 찍혀 있었다. 나는 창문 밖으로 고개를 내밀어서 낮은 소리로 아래층에 있는 자밀라를 불렀다. 하지만 그녀는 듣지 못한 것 같았다. 그러자 건조대와 빨랫줄을 걸어놓았던 앞집 여자가 나서서 자밀라에게 소리쳤다. "자밀라! 위에서 당신을 불러요, 대답 좀 해줘요!" 그제야 자밀라는 고개를 들어 내게 손짓했다. 내게 뭐라고 말하는 것 같았는데 들리지 않았다. 그러자 앞집 여자는 또 내게 "다락방에 있는 상자를 뒤져봐요!"라고 자밀라의 말을 전하며 내게 미소 지었다.

나는 다시 마리암의 흔적을 찾기 시작했다. 주위를 둘러보다가 우연히 문 뒤에 있는 사다리를 발견했다. 나는 그 사다리를 옮겨서 다락방에 걸쳐놓고 그 위로 올라갔다. 다락에는 상자 여러 개가 있었다. 나는 램프의 불을 켰다. 불빛이 약해 잘 보이지 않아서 빛을 들어오게 하고 환기도 시킬 겸 창문을 열었다.

첫 번째 상자를 열었다. 거기에는 아기용 물건과 옷이 있었다. 하지만 대부분 좀이 슬거나 곰팡이가 생겨서 원래의 형체를 알아보기가 힘들었다. 아기의 윗옷은 부엌에서 쓰는 체처럼 변해버렸고 재킷은 여기저기에 구멍이 뚫려 있었다. 담요 역시 좀먹어서 거의 넝마처럼 너덜너덜해졌다. 삼십 년, 아니 삼십오 년에 가까운 지난 세월은 철이나 자동차, 심지어 길가에 덮인 아스팔트도 부식시킬 수 있는 오랜 시간임에 틀림없다. 옷이나 물건들이 이렇게 낡고 해지는 것도 당연한 일이다. 마리암의 아이도 이제는 성인이 되었겠지. 지금 나는 여기서 무엇을 찾고 있는 걸까? 아이의 흔적과, 정체, 출생 증명서, 미셸이 내 아이라는 것을 증명하고, 그가 다른 사람의 이름을 가지고 있더라도 분명 내 핏줄이라는 것과 우리 가문의 일원이라는 것을 확인하고 싶은 걸까? 그렇다면 내가 사랑했던 그녀, 마리암은? 나는 그녀의 기억에 대해서, 또 내가 생각하지 못했던 숨겨진 그녀의 진짜 모습을 찾고 싶은 것일까?

나는 다시 여기저기를 뒤지기 시작했다. 이 상자, 저 상자를 뒤지며 그릇이나 종이를 살펴보기도 했다. 그렇게 시간이 흘렀다. 건조대가 널려 있던 앞집 여자가 외치는 소리가 들렸다. "이스마일, 떨어지지 않게 조심해!" 나는 좁은 다락의 냄새와 긴박함, 더위, 그리고 좀이 슨 물건들에서 나오는 특유한 냄새로 인해 숨이 막혀왔다. 그렇게 여기저기를 뒤지다가 결국 또 다른 상자의 깊숙한 곳에서 노트를 발견했다. 그 노트는 다이어리처럼 월, 일별로 날짜가 적혀 있었다. 각 페이지마다 날짜가 적혀 있고 그 밑에는 그날의 일정을 적을 수 있는 칸이 있었다. 첫 장에는 다음과 같은 내용이 쓰여 있었다. '우유 한 병, 분유, 파우더, 크림, 사과 1kg. 다음 날 : 달러 뭉치, 200달러, 부엌용 스펀지, 계란, 치즈, 영아 복통에 좋은 식물추출오일, 빵, 올리브' 그리고 사야 할 물건들을 적은 리스트들 사이에는 짧은 문장으로 된 메모가 이곳저곳에 적혀 있었다.

'주위가 빙빙 도는 것 같다. 압박감에 머리가 터질 것만 같다. 가슴이 답답하고 우울하다. 아기 때문에 진이 빠지고 신경이 날카로워진다. 외로움에 미칠 것만 같다. 그래서 가까운 도서관에 가서 회원 가입을 했다. 아랍어 수업을 듣고 있는데 선생님께서 내가 학생들 중 가장 영리하다고 칭찬해주셨다. 또 선생님은 한 가지 언어로 글을 쓰는 사람은 전 세계에 있는 모든 언어로 글을 쓸 수 있다고 말해주셨다.'

나는 다음 페이지들을 넘겨보다가 날짜 없이 메모로만 가득 찬 면을 발견했다. 마리암이 거기에 쓴 것은 소설이 아니라, 하나의 역사이자 그녀의 기억이었고, 마음속에 있는 그대로를 허심탄회하게 쓴 글이었다. 더 좋았다! 마리암과 나 말고는 어느 누구도 이 글들을 보지 못했을 것이다. 그녀의 비밀은 사람들의 추문에 노출되지 않은 채 안전하게 지켜지고 있었다. 그녀가 쓴 글들 중 다음과 같은 내용이 있었다.

'언젠가 그가 아이를 찾게 될 것이지만 결국 찾아내지는 못할 것이다. 나는 그를 증오하는 걸까? 사람들은 모성애가 기적과 순수한 사랑, 애정, 희생, 인자함 같은 것이라고 한다. 하지만 나는 답답하기만 하고 오히려 반발심만 들 뿐이다. 이런 마음으로부터 벗어나고 싶다. 왜 나 혼자만 이 아이와 연관되어 있는 걸까? 이런 감정들은 나를 짓누르며 괴롭게 한다. 압박감에 머리가 아파 오고 마음은 우울하기만 하다. 나는 철저히 혼자다.'

마침표로 끝난 글 뒤에는 몇 줄 정도 되는 빈 공간이 있었고 다시 새로운 글이 시작됐다. 위에 적힌 글과는 다른 기분을 읽을 수 있는 글이었다.

'아르메니아 구역에서 나는 나 자신을 찾을 수 있었다. 어제는 크리스마스였다. 나는 아기를 자밀라에게 맡기고 그곳에서 밤을 지새웠다. 술을 마시고 춤을 추다가 현기증이 났다. 다시 정신을 차려보니 나는 혼자였다. 그제야 집에 있는 아이가 생각났고 눈물이 나기 시작했다. 주변에 있던 사람들이 내게 몰려와서 "마리암 무슨 일이야? 너의 삶을 살도록 해. 너는 아직 젊고 아름다워. 걱정할 것 없어. 네 아들은 괜찮을 거야. 이제 곧 자라서 어른이 되겠지. 네 아들은 너를 부양하게 될 거야. 모든 것들은 다 변하기 마련이지만 모성애와 혈연관계만은 그렇지 않아." 모성애? 어른이 된다고? 그렇다면 나는?

내가 원하는 것은 무엇이고, 지금 어떤 감정을 느끼고 있는 걸까? 나는 지금 춤을 추고 글을 쓰고 아이를 돌보고 있다. 책을 대출했다가 반납하기도 하고 일자리를 찾고 있다. 내가 원하는 것은 대체 무엇이고, 앞으로 뭘 해야 하는 걸까?'

이 글 뒤에는 구입한 물건의 목록들과 영수증들이 있었다. 다음 페이지를 넘기니 아이를 관찰한 글들이 빼곡하게 있었다.

'아이가 웃고 잘 논다. 아이가 기더니 이제는 걷기도 한다. 나는 아이의 노예가 되었고 이제 아이는 내 삶이 되었다. 펄툭은 내게 "헤이 그가 너를 사랑해"라고 말했다. 나는 웃으며 "나는 나 자신과 이 아름다운 아이의 우유만 사랑해"라고 답했다. 이 아이로 인해 내가 얼마나 많은 고통을 받았고, 사랑으로 인해 얼마나 많은 상처를 받았던가. 사랑은 고통이다. 엄마는 내게 아무리 자식에게 모질게 굴려고 해도 결국엔 다시 돌아가서 그를 용서하고, 사랑으로 감싸주게 된다고 했다. 그래서 엄마도 나를 용서했다. 그렇다면 신께서는 나를 용서해주실까? 이모는 내게 조금 다른 말을 했었다. 사랑은 신의 영혼에서 나오는 것이고, 그것은 곧 평안으로 이어지는 것이라고. 일요일에는 이모를 뵈러 가야겠다.'

"아니 왜들 이렇게 늦게 온 거예요?" 앞집 여자의 소리에 나는 정신이 바짝 들었다. 하지만 이 글에서 눈을 떼기가 힘들었다. 마침표와 공백, 영수증, 그리고 여행에 대한 글이 이어졌다. 그러다가 짧은 문장이 눈에 들어왔다.

'일요일에 나는 나사렛에 갔다. 아이는 수녀원에서 운영하는 탁아소에 맡겼다. 책 몇 권과 참고자료를 좀 빌렸다. 그리고 필요한 물건과 여행 티켓을 샀다.'

그 뒤에는 아무것도 쓰여 있지 않고 공백 상태였다. 다른 페이지들도 마찬가지였다. 나는 새로운 것을 찾으려고 했지만 아무것도 없었다. 출생증명서는 대체 어디에 있고, 아이의 이름은 뭘까? 마리암은 단 한 번도 여기에 아이의 이름을 언급하지 않았다. 자밀라도 마찬가지였다. 나는 자밀라에게 아이의 이름을 물어보는 것을 잊어버렸다. 이따 내려가서 자밀라에게 물어봐야겠다. 꼭 기억해야지. 마음이 아파 왔다. 나는 그녀, 마리암을 느낄 수 있었다. 마리암이 나를 가득 채웠다. 내 마음은 다시 청년 시절의 그것으로 돌아갔다.

팽팽한 악기의 현 같은 나의 슬픔은 내 가슴속을 파고들었다. 내 심장은 사랑을 하는 사람의 심장처럼 울부짖었다. 육십 년도 더 된 지금?!!! 육십 년이 지난 지금, 나의 심장이 젊은 시절의 그것처럼 다시 뛸 수 있단 말인가?!

나는 원하는 것을 찾을 때까지 계속해서 이곳저곳을 뒤졌다. 덕분에 어질러진 물건과 상자 더미들이 점점 높아졌고, 램프에서 나오는 열과 더운 여름 날씨로 인해 다락의 온도도 올라갔다. 그때 갑자기 벨소리가 크게 울렸다. 앞집 여자는 마치 놀고 있던 아들을 부르는 것처럼 내게 소리쳤다. "이스마일, 이리 내려오너라, 어서 서두르렴! 떨어지지 않게 조심하고!" 벨이 계속 울려댔고 나는 헐레벌떡 어질러진 물건들은 제자리에 돌려놓았다. "이스마일! 빨리, 서둘러! 넘어지지 않게 조심해라!" 하지만 나는 서두르다가 결국 거의 다 내려와서 사다리에서 떨어져버렸다. 하지만 재빨리 다시 일어서서 삔 듯한 발을 바닥에 끌며 밖으로 나왔다. 다시 문을 잠그고 계단 밑으로 비틀거리며 내려왔다. 지금 살고 있는 또 다른 자밀라의 집에 도착하자마자 나는 쓰러져버렸다.

**

저녁식사를 할 때, 나는 거의 제정신이 아니었다. 나는 자밀라에게 모든 일이 나 때문에 생겼고, 내가 그 원인을 제공한 사람이라고 말했다. 그러자 자밀라는 내 말에 반박하며 슬픈 목소리로 말했다. "아니, 다 내 잘못이야. 내가 고집이 세지만 않았다면 마리암은 지금쯤 이곳에 있었을 거야. 그리고 내게도 내 집을 물려받고 나를 돌봐줄 자식이 있었겠지. 내가 죽으면 누가 이 집을 물려받고, 누가 재판 중인 소송을 나 대신 맡아줄까? 대체 누가 그들을 내 집에서 쫓아내 줄까?" 자밀라의 말을 듣자 입으로 삼킨 음식물들이 제대로 넘어가지 못한 채 목에 걸리고 말았다. 이제 이 일은 내가 마리암의 아들을 원하고, 그에 대한 것들을 찾아내고, 그가 내게 돌아오기를 기다리는 것에 그치지 않게 됐다. 나는 지금 자밀라와 내 아들을 두고 경쟁을 하게 된 것이다! 하지만 내가 자밀라에게 이 일은 모두 내 잘못이라고 인정한 것처럼, 방금 전 자밀라도 내게 자신이 이 일의 원인을 제공한 사람이라고 고백했다. 대체 그녀가 무엇을 잘못했다는 말인가? 왜 그녀는 이렇게 슬픈 목소리로 말하는 걸까?

자밀라가 입을 열었다. "내 얘기를 잘 들어보게. 나는 옛날 사고 방식을 가지고 있어서 밖에서 외박을 하는 여자를 이해할 수가 없었네. 마리암은 크리스마스에 아르메니아 구역으로 가서 다음 날 아침까지 그곳에 있었어. 바로 몇 주 전에, 내 남편은 세상을 떠났고 나는 그때까지 상복을 입고 그를 애도하고 있었지. 그런데 마리암은 자기 아들은 내게 맡겨놓고 거기서 밤을 샜던 거야. 아기는 엄마를 찾으며 울어댔어. 나는 그때 마음이 너무 아팠어. 죽은 남편에게 소홀했던 것 같다는 생각이 들면서도 한편으로는 무거운 짐을 덜고 자유

를 찾았다는 생각에 기뻐서 양심의 가책을 느꼈던 거야. 이브라힘,
내 남편은 천사 같은 남자였어. 그렇게 병마와 싸우며 고통스러워
했어도 그는 한 번도 불평하지 않았어. 오히려 내게 "고마워, 당신은
정말 최고의 여자야, 당신은 내 삶이야"라고 말해줬다네. 나는 그동
안 그 누구에게도 '당신은 내 삶이고, 최고의 여자야'라는 말을 들어
본 적이 없었어. 그래서 내가 이런 행복한 감정을 느껴도 되는지 두
려웠네. 천사 같은 내 남편은 내가 임신을 하지 못하는 것을 알면서
도 항상 나를 존중해줬어. 나는 그를 위해 자식을 낳아주지도 못했
고 그가 내게 말해줬던 것처럼 아름답거나 최고의 여자도 아니었어.
나는 항상 수심에 가득 찬 얼굴에 웃음을 잃은, 마음에 상처를 입은
고아였다네. 나는 웃지도 않았어. 그래서 사람들은 내가 잠깐이라도
찌푸리고 있던 인상을 펴면 "해가 떴네!"라고 말할 정도였지. 하지
만 내 남편, 칼릴은 내게 아무 말도 하지 않았어. 오히려 내가 아름다
운 공주라도 된 것 같은 기분이 들게 해줬어. 내 가치를 높여줬고, 항
상 활력을 줬지. 그로 인해 내 삶은 기쁨과 안정감으로 가득했어. 하
지만 그가 병마와 싸우기 시작한 뒤, 나는 무서워졌네. 다시 상처 입
은 고아로 돌아간 것 같았지. 세상과 그의 병, 그의 고통, 엑스레이
사진, 채혈, 항암 치료, 이 모든 것들이 다 두려웠네. 어느새 내 안에
가득했던 그 기쁨을 잊어버렸고 슬픔과 비애가 그 자리를 대신했어.
그가 죽고 난 뒤, 나는 너무나 고통스러웠네. 그래서 휴가를 내고 마
음의 안정을 찾을 때까지 계속 잤지. 몇 날, 며칠 밤을 그렇게 계속 자
다가 어느 날 잠에서 깨어나 부엌에 있던 창문을 열고 해를 바라보

왔네. 바깥세상의 냄새와 재스민의 향기를 맡고 나니, 몇 년 만에 숨통이 트이는 것 같았어. 떠오르는 해는 아름답게 빛났고 아침 바람은 설탕처럼 달콤했네. 마치 내 영혼이 날아오를 것만 같았어. 나는 어느새 온전히 숨 쉬고 하늘을 훨훨 날고 있었네.

나는 고개를 들어 하늘을 보고 말했지. "신이시여, 감사합니다. 정말 감사합니다." 그제야 나는 진짜 내 마음을 알아버렸어. 방금 내가 뭐라고 한 거지? 그를 데려간 신께 감사하다고? 그는 천사였어, 내게 친절했고 마음이 넓은 사람이었는데, 나는 그 반대로 보잘것없는 난쟁이에 땅벌레 같은 사람이었던 거야.

나는 신부님께 가서 고해성사를 하고 영성체를 받았어. 신부님은 내게 괜찮다며, 충분히 그럴 수 있다고 했어. 그리고 이제는 나의 삶을 살고 고개를 들고 자신감을 가지라고 했지. 나는 위대한 존재라며. 인간에게 생명을 불어넣어 주는 것도 신이지만, 인간의 목숨을 가져가는 것도 모두 신의 의지에 따른 것이라고 했어. 이제는 온전히 나를 위한 삶을 살라고 했지. 그런데 신께서는 내게 자유를 허락하지 않으셨네. 병든 남편의 자리를 마리암이 대신하게 된 거야. 마리암은 내게 아이를 맡기고 계속 사라져버렸네. 아이는 큰 소리로 울어댔고 나는 이 상황이 혼란스러웠어. 우는 아이를 품에 안고 우유를 먹였네. 하지만 나는 아이의 엄마가 아니었기에 아기는 계속 울면서 엄마를 찾았어. 하지만 믿어주게, 그 아이는 내 삶이었어. 내 삶에서 가장 아름다운 존재였지. 자네가 그 아이의 아름다운 두 눈과 볼을 봤어야 했어! 아이는 오리처럼 통통했고 손등에는 보조개가 움푹 패여 있었지. 나는 그 손을 잡고 예쁜 손가락에 뽀뽀를 해줬어. 그러면 아이는 수선화 같은 두 눈으로 나를 바라보았지. 얼마나 아름다웠는지 몰라! 이브라힘 자네가 봤다면 얼마나 좋았을까. 나는 그 아이만큼 누군가를 사랑해본 적이 없다네. 내 아들보다 더 소중한 존재였어. 믿어주게. 하지만 나는 너무 고집이 세고 완고했어. 자 마셔, 마시게. 한 병 더 가지고 와서 내 잔에 따라주게나. 왜 그래? 자네 피곤한가? 자네 다리는 곧 괜찮아질 거야. 살짝 삔 거라 내일 아침이면 나아질 거네. 내가 어디까지 말했었지?"

나는 혼잣말로 속삭였다. '내 아들이 오리처럼 통통하고 손등에는 보조개가 있고, 두 눈은 수선화 같았다니.'

나는 잔을 들이켰다. 자밀라도 나를 따라 잔을 들었다. 우리는 조용해졌고 침묵은 계속됐다. 그러다가 나는 자밀라를 바라보았다. 그녀의 두 눈에는 눈물이 고여 있었다. 나는 손을 뻗어 그녀의 손을 다독여주었다.

자밀라는 내 손을 잡아당기며 슬픈 목소리로 말했다. "다 내 잘못이야. 내가 마리암을 이해하지 못했네. 내가 그렇게 완강하게 굴지만 않았다면 마리암은 그렇게 사라지지 않았을 거고, 지금쯤 누군가는 이 집에 남아 있었을 거야. 내 집을 좀 보게나. 항상 텅 비어 있고 분위기는 우울하지. 만약 이웃이라도 없었더라면 나는 외로움에 미쳐버렸을 거야. 마리암! 다 내가 원인이야. 나는 어렸고 수녀원에서 교육을 받은 나로서는 이해할 수 없었네. 게다가 그때 나는 감정적으로 힘든 상태였어. 하지만 이제 나는 마리암을 이해할 수 있네. 그래서 후회가 돼. 몇 년 전부터 슬픔이 지나가고 여러 일들을 겪으면서 혼자가 된 지금, 나는 마리암을 이해하게 됐네. 그전에는 마리암을 꾸짖고 비난했네. "이렇게 꽃처럼 예쁜 아이를 방치하다니, 단 한 순간이라도 아이를 혼자 두지 마라. 어떻게 엄마라는 사람이 그럴 수 있니? 정말 놀랍구나! 네가 이 아이의 엄마이기는 하니? 대체 넌 뭐 하는 사람이니?"라고 소리치기도 했지. 그러면 마리암은 아이를 품에 안은 채 울었어. 아이도 엄마를 따라 울었고. 나중에야 나는 마리암의 처지를 이해했어. 두려움과 함께 누군가의 온정이 필요했고, 지금 짊어지고 있는 것들이 너무나 무겁게 느껴졌고, 남편이 그립고 그의 품을 원했음에도 불구하고, 나는 왜 마리암이 느끼는 감정들이 지나친 것이라고 생각했을까?! 자네 내 말을 이해하겠나? 때로는 우리가 사랑하는 것들이 오히려 우리를 괴롭게 할 수도 있다네. 그래서 숨통이 트일 수 있도록 그 짐들을 떨쳐버리는 거지. 이해할 수 있겠나?"

나는 고개를 끄덕이며 한숨을 내쉬었다.

"물론입니다, 이해해요."

자밀라는 계속 깊은 생각에 빠져 있었다.

"나중에서야 우리는 그것을 후회하고 안타까워하지. 내 말 이해하나?"

"네, 이해합니다."

"그 대가로 내게 남은 것은 어마어마한 외로움과 서리와 같은 냉기라네. 지금 내 집을 보게. 차갑고 황량한 텅 빈 곳이 되어버렸지.

자네가 오늘 이곳에 없었더라면 난 지금쯤 혼자 자고 있었을 거야.

아무리 몸이 아파도 칼릴이 이 집에 있었다면, 마리암과 그 아이가 계속 여기 있었다면, 나는 지금처럼 아무도 없는 외톨이 신세가 되지는 않았을 텐데. 지금 내 곁에는 아무도 없네. 자네와 같은 처지라고. 내게 약속해주게. 알라께 맹세해줘, 알라께 맹세코 꼭 약속을 지켜주게."

나는 자밀라의 말에 화들짝 놀랐다.

"대체 무엇을 맹세하라는 말씀입니까?"

"알라께 맹세코 내게 한 약속을 잊지 말아주게나. 만약 그 아이를 찾으면, 내 아들 같은 자네의 아들 말이야, 그 아이를 찾으면 이 집문서를 주게, 이제는 그 아이의 것이야. 절대 잊지 말게. 이 집문서를 가지고 가서 자네가 보관하고 있어. 지금 내 집은 밖으로 노출되어서 안전하지 않아. 만약 그 아이, 미셸을 찾으면…… 알겠지?"

나는 그 말을 듣는 순간 마음이 평안해져 옴을 느꼈다.

"지금 미셸이라고 하셨나요?! 네, 물론이죠, 약속할게요. 집문서를 제게 주세요."

**

다음 날 아침, 나의 수색은 계속되었다. 위에서는 앞집 여자는 빨래를 널고, 혹은 그런 척을 하고 있었고 아래에서는 자밀라가 길목을 지켜보며 망을 보고 있었다. 나는 다친 다리를 이끌고 다락으로 올라가서 어제 못한 수색을 마저 하기로 했다.

내가 그 집으로 들어가기 전에 자밀라는 두려워했다. "이보게, 겁이 나서 심장이 두근거려. 만약 그들이 우리를 보면 어떻게 하지? 당장에라도 잡아서 총을 쏠 거야!" 나는 여유 있는 척, 자밀라에게 말했다. "저는 두렵지 않아요. 제가 다 책임질게요." 하지만 사실 나는 두려웠다. 이 집의 주인이 된 유대인 청년들, 그들은 무기를 가지고 있었지만 나는 그렇지 않았다. 그들에게는 자신들의 편을 들어줄 판사와 법정, 군대와 정부가 있지만, 나와 자밀라에게는 아무것도 없었다. 나는 육십 대, 자밀라는 칠십 대의 노인에 불과했다. 게다가 나는 다리를 다친 절름발이 신세였다. 마치 오랜 경주를 끝마친 늙은 경주용 말처럼 나는 다리를 절뚝거리며 걸었다. 내가 만약 민첩하고 날쌘, 강한 마음을 가진 젊은이였다면, 믿음과 희망으로 가득 찬 그런 젊은 사람이었다면 얼마나 좋았을까.

하지만 괜찮다. 나는 잃을 것이 없다. 가진 것도 없기에 잃을 것도 없다. 나는 가족도 없고 자식도 없고 사랑하는 연인도 없는 혈혈단신이다. 난 가진 것이 없다. 가진 것이 없으니 잃을 것도 없다. 나는 다시 그 집으로 올라갔고 자밀라는 입구 쪽으로 내려갔다.

**

이 상자 안에는 무엇이 있을까? 상자 안을 뒤져보니 잡지들 밑에서 그림들과 십자가, 성상이 나왔다. 그리고 아직 열어보지 않은 채

비닐에 쌓인 새 성경이 있었다. 그 옆에는 카드가 있었는데, 흰색으로 된 카드에는 산호와 예수의 피, 십자가를 등에 진 천사가 그려져 있었고, 그 그림 밑으로 희미하지만 큰 글씨로 짧은 메시지가 적혀 있었다.

"우리는 신의 영혼으로부터 마음의 평화를 느낀다. 1969년 12월 26일 나사렛에서. 사랑하는 이모 '오제니'가."

그렇다면 마리암은 어머니와 함께 요양원에 있는 오제니라는 이름을 가진 이모에게 가버린 걸까? 순간 그녀의 이모와 휠체어, 그리고 마리암의 모습이 나란히 찍힌 사진 한 장이 떠올랐다. 마리암의 어머니도, 마리암도 이모에게 간 것이다. 그녀도 자신의 이모처럼, 수녀들처럼 되었을까? 마리암이 수녀들과 함께, 그들처럼 정결하게 살고 있다고 생각하니 한결 마음이 놓였다. 아르메니아 구역과 그곳에서의 외박, 크리스마스를 생각하니 나도 모르게 화가 치밀었다. 아침까지 우는 아이를 방치하고 그곳에 있었다니! 마리암은 그 아이를 자밀라에게 맡기고 자기는 밤을 새며 술에 취해 있었다. 그리고 자밀라는 "네가 엄마가 맞기는 하니?"라고 말하며 그런 마리암을 다그쳤다. 나 역시 마리암에게 "어떻게 아이를 내버려두고 갈 수 있어? 어떻게 나를 버리고 떠날 수 있어?"라고 말하고 싶었다. 하지만 나는 내가 이런 말을 한다는 것 자체가 난센스라는 것을 잘 알고 있었다. 그래도 내가 자라온 환경과 어린 시절부터 받아온 교육으로 인해 나는 자밀라와 비슷한 사고방식을 가지고 있었다. 아니 나는 이브라힘이기에 그녀보다 더하면 더했지 덜하지는 않을 것이다.

그래서인지 마리암이 다른 수녀들이나 그녀의 이모 같은 삶을 살고 있을 것이라 생각하니 한결 안심이 됐다. 하지만 마리암이 진짜 그곳에 있고 만약 그곳에서의 생활에 익숙해졌다면, 과연 나를 반기고, 나에게 돌아오려고 할까? 아니, 침착하자. 침착해. 서두르지 말고 차근차근 지켜보도록 하자. 앞으로 어떤 일이 생길지 예상할 수 없다! 그때 갑자기 벨소리가 울렸고 앞집 여자가 소리치기 시작했다. "이스마일, 내려와, 내려오럼! 서둘러, 넘어지지 않도록 조심하고!" 벨이 울리고 앞집 여자는 소리쳐대고 나는 이 상황이 혼란스러웠다. 아픈 발을 이끌고 절뚝거리다가 옆에 있던 의자와 옷걸이에 부딪치고 말았다. 발걸음 소리가 들려왔다. 나는 다락의 문을 잠그고 계단에 서 있는 자밀라를 바라보았다. 앞집 여자는 내게 손짓하며 공포에 질린 목소리로 소리쳤다. "빨리 가요, 안 그러면 죽도록 맞을 거예요!"

자밀라는 무거운 몸을 이끌고 가쁜 숨을 쉬며 다른 계단으로 올라가더니 내게 소리쳤다. "뒤로 돌아서 안테나가 있는 곳으로 올라가!" 나는 다리를 절며 힘겹게 계단 위로 올라갔다. 불쌍한 내 영혼을 구하기 위해, 난 넘어지지 않을 것이다. 지금은 절대 넘어질 수 없다! 나는 계단을 오르고 또 올랐다. 결국 옥상에 다다랐고 나는 멈춰서서 숨을 헐떡댔다. 옥상 위에서 자밀라가 있던 아래를 내려다보니 기관총과 천으로 된 가방, 수염이 보였다. 앞집 여자는 빨래 뒤에 숨어서 두려움이 가득한 눈빛으로 그쪽을 바라보았다. 그녀는 딱 보기에도 굳어 있었다. 두 명의 남자가 집 안으로 들어왔고 문이 닫히는 소리가 들려왔다. 나는 뭐라도 훔친 사람처럼 몰래 내려와서 자밀라와 함께 도망쳤다.

우리는 조용히 자밀라의 집으로 돌아왔다. 문을 닫고 자밀라는 아무 말 없이 소파에 앉았다. 우리는 아무 미동도 없이 그렇게 조용히 있었다. 이곳에서도 마치 주인 모르게 남의 집에 몰래 들어가서 염탐을 하는 듯한 행동을 하고 있었다. 아까 그 집은 분명 자밀라의 것이었지만, 주인은 그 유대인 남자들이었다. 우리는 단지 외부 사람일 뿐이었다.

구약

갈릴리 지역에 자리한 산 위의 도시, 나사렛[*]에 아름다운 아침이 찾아왔다. 내 가슴속에는 종소리가 울려댔다. '마리암, 나는 우리가 공유했던 사랑과 과거의 향기, 그리고 초록의 희망을 찾기 위해 이 곳에 있는 당신에게 왔어. 당신에게서 뿜어져 나오는 빛과 태양 그리고 사랑을 되찾기 위해 머나먼 여정을 거쳐 이곳에 왔지. 나는 동쪽으로부터 세례를 받은 젊은이가 되어 당신에게 왔어.'

사람들은 내게 마리암이 이곳에 위치한 한 수녀원에 있었다고 했다. 그 수녀원은 협회와 청소년 여름 캠프장, 그리고 체력단련장 옆에 함께 자리하고 있었다. 그녀의 어머니는 수녀원과 협회에서 운영하는 노인 요양원에 있었고 마리암도 그녀와 함께 그곳에 있었다고 했다. 그러던 어느 날 마리암은 바람처럼 사라져버렸고, 여름이 되자 그곳에 다시 모습을 드러냈다고 했다.

나는 이번에는 마리암을 찾기 시작했다. 마리암은 지금 어디에 있을까? 어디로 가버린 걸까? 사람들에게 수소문해 보니 마리암이 로드로 갔다, 아니다 로쉬 하니크라^{**}로 갔다며 서로 의견이 분분했다. 어떤 사람들은 그녀가 순례객들과 함께 올리브 산과 성묘교회로 순례를 갔다고도 했다. 그녀를 찾아 갈릴리 지역을 다 뒤져야 할까? 아니면 로쉬 하니크라의 해변가나 네게브 지역^{***}까지 샅샅이 뒤져야

---

[*]　이스라엘 갈릴리 고지의 남부에 위치한 도시, 성모 마리아가 천사 가브리엘의 축복을 받고 예수를 잉태한 곳으로 예수가 복음을 전파한 도시로 유명하다. 현재는 이스라엘 내의 아랍인 마을로 이루어져 있다.
^{**}　이스라엘 북쪽에 위치한 해안가로 레바논 국경 바로 아래에 위치해 있다.
^{***}　이스라엘 남부에 있는 지방, 거의 전 지역이 사막으로 이스라엘 국토의 60%를 차지한다.

하는 걸까? 누군가는 여름이 시작될 쯤에 그녀가 다시 올 수도 있다고 하면서, 매일 저녁 이곳 요양원에서 마리암을 기다리는 편이 더 낫다고 했다.

나는 수녀원으로 갔다가 진료소와 요양원이 있는 또 다른 건물로 갔다. 그곳에서는 큰 공터와 캠프장 그리고 피는 소나무 숲이 내려다보였다.

그 건물 안에는 노인들과 흰옷을 입은 의사들, 수녀들이 곳곳에 있었다. 그리고 수영장 같은 넓은 공간도 있었는데, 그 바닥에 깔린 타일들은 반짝였고 거울처럼 나의 모습을 반사하기도 했다.

나는 안내 데스크에 있는 한 수녀에게 말을 걸었고 그녀는 내게 누구냐고 물었다. 그 질문에 나는 예루살렘에서 왔고, 여기에 있는 노인 중 한 명의 친척 되는 사람이라고 답했다. 그러자 그녀는 내게 미소를 지으며, "어서 오세요, 우리 형제를 환영합니다. 편하게 있다가 가세요. 오는 길은 어떠셨나요?"라고 내게 물었다. 나는 "오는 길이 힘들었습니다. 위치로는 그렇게 먼 거리가 아닌데, 여기까지 오는데 오랜 시간이 걸렸네요. 버스를 여러 번 갈아타야 했고 정차해야 하는 정류소도 정말 많았어요. 오는 길에 낯선 이방인들도 많아서 마치 서양에 온 것 같더군요"라고 그녀에게 말했다. 실제로 그랬다. 나는 이곳에 오는 길에 낯선 향기를 맡았고 마치 뉴욕에 온 듯한 착각마저 들었다. 길 위의 끊임없는 검문과 수색 작업으로 인해 나는 겁을 먹기도 했다. 특히나 나는 하이파에서의 검문을 기적적으로 통과했다. 경찰서와 군 초소에서는 아랍인을 찾아내기 위한 수색을 했지만 나는 아마도 생김새 덕에…… 아니, 내 나이 때문에 통과한 것 같았다. 그녀와의 대화를 마치고 나는 주변을 둘러보았다. 휠체어와 들것이 보였고 한 여자가 지팡이에 의지해 걷고 있는 모습이 보였다. 나이가 들어 보이는 어떤 남자는 비틀거리다가 발을 질질 끌며 걸어갔다. 그의 발밑으로 보이는 그림자가 마치 금방이라도 쓰러질 것 같아서 나는 슬펐다. "그래, 바로 제 나이 때문이죠." 그러자 수녀는 내게 속삭였다. "너무 비관하지 마세요. 이곳에서는 젊음이 다시 시작된답니다." 나는 어리둥절했다. "이곳에서요?" 그녀는 창밖을 가리키며 말했다. "저 유리창 밖, 발코니 밑을 보세요. 뭐가 있죠?" "캠프장이 있더군요." "맞아요. 이곳에는 노인들이 있지만 저곳에는 젊은이들이 있어요. 이해하시겠어요?" "네, 물론 알고 있습니다만, 이 소리는 대체 뭐죠?"

나는 발코니로 나가서 캠프장 쪽을 내려다보았다. 그곳의 풍경은 마치 심판의 날이 올 것만 같은 인상을 주었다. 청년들이 여러 조로 나뉘어 일을 하고 있었는데, 어떤 이들은 울타리를 세우고 다른 어떤 이들은 길을 포장하는 작업을 하고 있었다. 다른 조에 속한 사람들은 철에 기름칠을 하고 있었고 그 옆에서 또 다른 조에 속한 청년들은 광주리와 페인트 통을 맨 채 땅을 파고 있었다. 그들은 초기 작업을 하고 있는 듯했는데, 모든 지시 사항들이 스피커를 통해 전해지고 있었다. 이것은 명백한 소음이다.

나는 요양소 근처에 이런 시끄러운 소음이 나도 되는지, 이게 옳은 것인지 수녀에게 물었다. 하지만 그녀는 "물론 방 안은 매우 조용합니다. 직접 보시게 될 거예요"라고 말하며 나를 방으로 데려갔다. 그 방에서 나는 마리암의 어머니를 보았다. 그녀는 아무 말도 없이 조용히 의자에 앉아 있었다. 나는 그제야 두 공간의 차이를 확연하게 느낄 수 있었다. 유리창 밖에는 청년들의 캠핑장이 있었고 방 안에는 움직이지 않는 귀먹은 마리암의 어머니가 있었다.

의사의 말에 따르면 그녀는 귀를 먹은 것이 아니라 혼수상태라고 했는데, 정확히는 그녀만의 세계에 빠져서 헤어나지 못하는 것이라고 했다. 가끔 그녀는 깨어나서 다른 이들에게 반응도 하고 마리암과 다른 자식들에 대해서 물어본다고 했다. 그녀는 우리가 기억하지 못하는 것들에 대해서 말하기도 하고, 노화로 인한 치매 때문에 헛소리를 하기도 한다고 했다. 그 나이에 이런 것들은 자연스러운 현상이라고 하며 의사는 나를 가만히 바라보았다. "네, 잘 알고 있습니다." 나는 왠지 두려워졌다. 나는 의자 끝에 앉아서 마리암의 어머니를 지켜보았다. 그녀는 휠체어에 앉아 있었는데 과거와는 달리 안경은 쓰지 않았고, 머리카락이 많이 빠져서 몇 가닥 없는 섬유 같은 흰머리 사이로 머릿속이 훤하게 드러났다. 두 손등에 튀어나온 힘줄은 마치 벌레 같았다. 참 무서운 일이었다. 그녀의 나이가 되면 우리는 이렇게 마치 식물이나 나무줄기처럼 되어버리는 걸까? 하지만 늙는다는 것에 대한 두려움이 이런 외형적인 모습에서 기인하는 것은 아니다. 나도 모르게 꾸벅꾸벅 존다거나, 혼수상태에 빠지거나 의식에 문제가 생기고 뇌세포가 파괴되는 것이 두려운 것이다.

나는 죽음의 냄새를 피해 발코니로 나갔다. 의사는 나를 따라오더니 이것저것을 묻기 시작했다. 그는 내게 예루살렘은 어떤지, 현재 상황은 어떻게 진행되고 있는지, 내가 무엇을 하는 사람인지, 친척이 맞는지, 여기까지 오는 길은 어땠는지, 검문이나 수색 작업 때 별일 없었는지를 물었다. 내게 혹시 이곳 갈릴리 지역에 머물 곳이나 지인이 있는지를 묻던 의사는 감시나 검문을 받지 않는 숙소를 하나 안다면서, 이 건물 뒤에 있는 작은 여관을 하나 추천해줬다. 그리고 내게 해가 진 뒤, 캠핑장에서 만날 것을 제안했다. 저녁이 되면 그곳에 춤과 노래, 음악이 있다고 하기에 나도 그 제안에 흔쾌히 승낙했다.

하지만 마리암의 이모는 대체 어디에 있는 걸까? 이모라는 그 여인은 만델바움 게이트를 지나 마리암의 집에 오곤 했었다. 그 당시 그녀에 대한 언급으로 인해 나와 마리암은 서로 날을 세우며 논쟁했었다.

나는 아직도 거기에 대해 마리암과 나누었던 대화들을 생생히 기억한다. 우리는 지금 다시 생각해보면 농담이나 다름없는 말들을 했었다. 마리암은 이곳을 '천국'이라고 했다. 마리암으로부터 듣기만 했던 그곳을 지금 이렇게 직접 와보니 그녀의 말대로 정말 천국 같은 곳이라는 생각도 들었다. 이 세상에 카르멜 산*이나 갈릴리의 샘 같은 낙원이 또 어디에 있을까? 나는 허가증을 요구하는 경찰의 눈을 피하기 위해 그곳을 거치는 내내 고개를 숙인 채 결국 여기까지

---

* 이스라엘 하이파의 동남쪽에 있는 산으로, 성경에 등장하는 예언자 엘리야에 관련된 장소로 믿어지고 있다.

왔다. 하지만 그런 두려움이나 검문은 결코 나의 길을 막지 못했다. 자, 이제 마리암의 이모를 찾을 차례다.

나는 아주 조심스럽게 문을 두드렸다. 그러자 방 안에서 "들어오세요"라는 묵직한 목소리가 들려왔다. 나는 두려워졌다. 방 안으로 들어가자 키 큰 수녀가 보였다. 얼핏 나와 비슷하거나 혹은 조금 더 커 보였다. 그녀는 나이가 들어 얼굴에 세월의 흔적이 드러남에도 불구하고 여전히 정정한 모습이었다. 그 옆에는 또 다른 수녀가 있었는데 그녀는 테가 큰 안경을 쓰고 있었지만 그 뒤로 보이는 커다란 두 눈은 다부진 눈빛을 하고 있었다. 그녀는 내가 누군지, 무엇 때문에 이곳에 왔는지를 물었다. 나는 그들에게 서안지구와 예루살렘의 산에 대해, 그리고 옳은 방향으로 가고자 하는 나의 열망에 대해 말했다. 또 나는 꿈과 사랑과 미래를 잃었고 지금은 목표를 찾기 위해 이곳저곳을 돌아다닌다고 했다. 나는 내 할아버지의 이름을 물려받았고 아버지의 특성을 지니고 있지만, 나를 받아들이고 내 이름을 물려받을 아들은 아직 찾지 못했다고 했다. 또 나는 과거에 잘못을 저질렀고 지금은 그것을 후회하고 있다고 그들에게 고백했다. "예수님은 공정한 판결을 내려줄 판사 하나 없이, 죽을 때까지 죄인으로 취급 받으며 고통스러워할 저를 그냥 내버려 두실까요? 만약 예수님께서 그렇게 하신다고 하면, 대체 예수와 일반 사람들의 차이는 무엇입니까? 저는 계속해서 지난 과거와 나의 아름다운 여인, 그리고 자기 아버지의 비밀에 대해 알지 못하는 아들을 찾아 헤매야 하는 겁니까? 제 아들은 지금 행방을 알 수 없습니다. 그리고 그의 어머니 되는 사람이 바로 마리암입니다. 저는 지금 여기서 실마리를 찾고 있습니다. 제게 길을 알려 주세요."

수녀는 생각에 빠진 듯 바닥을 응시했다. 그녀는 예수님께서 이 자의 처지를 보고만 계실지, 이 자의 죄를 용서해주실지, 죄로부터 그를 구원해주실지 판단하는 듯 보였다. 나는 그녀의 판결이 두려워 의자 끝에 앉아서 유리문 밖의 발코니를 응시했다. 밖에서는 젊은이들이 한 목소리로 노래를 부르는 소리가 들려왔는데, 그것은 나도 로마에서 들어본 적이 있는 노래였다. 그 노래를 듣자 로마에 있었던 시절 느꼈던 고향에 대한 향수와 우울한 희망이 뇌리에 떠올랐다.

나는 산길에서 운전을 하며 카세트에서 흘러나오는 그 노래를 듣고 있었다. 나무들과 아몬드 꽃, 소나무 그림자들을 지나치며 저녁에 맡을 수 있는 특유의 꽃향기를 맡았었다. 그 향기는 길가를 가득 채우며 해변가와 강변까지 퍼져나갔었다. 파이루즈*는 바다를 노래했고 우리는 배를 타고 오랜 타향살이라는 모래 위를 건너고 있었다. 그 시절, 고향과는 멀리 떨어진 그곳에서 천국으로 돌아간다는 것은 우리에게 얼룩진 꿈과 희망일 뿐이었다. 우리 모두 누구나 한번쯤은 그 꿈을 가슴속에 품었었다. 하지만 고향 땅과 멀어질수록 그 꿈은 조금씩 사그라져버렸고, 사라진 희망과 함께 우리들 역시 여기저기 뿔뿔이 흩어지게 되었다.

청년들의 노래가 스피커를 통해 크게 울렸고 내 눈에서는 눈물

---

* 레바논 출신의 유명한 아랍 여가수로 수많은 명곡들을 남겼다.

이 흘렀다. 수녀는 내가 눈물짓는 모습을 보더니 내 쪽으로 다가왔다. 그러고는 내 손을 잡고 발코니 문을 열어 나를 그곳으로 데려갔다. 그리고 그녀는 내게 "바로 지금 이 자리에 마리암이 있었어요. 오늘 다시 이곳으로 올지도 모르겠네요. 하지만 그게 오늘일지, 내일일지, 아니면 모레일지 저는 알 수 없어요. 그래도 만약 당신이 인내하고 기다리신다면 반드시 이곳에서 마리암을 찾을 수 있을 겁니다. 마리암의 엄마도, 저도 여기에 있기 때문이죠. 마리암은 여전히 이 수녀원에서 머무르고 있어요. 오늘 저녁에 젊은이들이 시멘트를 붓는 작업을 기념해서 파티를 열 겁니다. 갈릴리 지역 전체와 서안지구의 사람들이 초대된 것으로 봐서 마리암이 오늘 올지도 몰라요. 아마 여기서, 아니면 마리암의 엄마가 있는 곳에서 마리암을 볼 수 있을 거예요. 혹시 마리암의 엄마에게 지금 마리암이 어디에 있는지 물어봤나요?"라고 말했다. "그녀의 어머니는 듣지 못하세요!", "발작 같은 거죠. 가끔 이 세상이 아닌 다른 곳에 있는 것 같이 보이는데, 그때마다 돌로 만든 조각상처럼 되어버리죠. 하지만 다음 날에는 그 상태에서 깨어나서, 온전히 제정신으로 돌아온 상태에서 말도 해요. 그때 마리암이 어디에 있는지 한번 물어보세요."

"이모님께서는 저를 용서하셨나요?" 내가 묻자, 수녀는 내게 미소를 지어보이더니 약간의 질책어린 말투로 얘기했다. "제가 누구를 용서한다는 말입니까?" 그녀는 나를 뚫어질듯이 쳐다보더니 속삭이는 듯이 말했다. "당신은 자기 자신을 용서했나요?" 그녀는 내게 이 말을 남기고 내 쪽으로 손을 뻗어 작별 인사를 했다. 나는 그 손에 입 맞추며 그녀에게 "천국이 얼마나 멀리 떨어져 있는지는 알 수 없지만, 적어도 이곳은 계속 천국으로 남아 있을 겁니다"라고 말했다. 그리고 그 당시 마리암과 내가 이곳에 대해 어떤 대화를 나누었는지 이야기해주었다. 그러자 그녀는 "단지 이름뿐이죠, 모두가 이름뿐입니다. 하지만 천국은 천국이죠!"라고 빙긋 웃으며 다소 난해한 답변을 주었다. 나는 문을 열고 그 방을 나섰다.

* *

수녀원 뒤편의 한 거리에 위치한 그 여관은 수녀원에서 이 분 정도밖에 걸리지 않을 만큼 가까운 곳에 있었다. 여관의 입구는 대가족이 사는 큰 집의 입구와 비슷했고, 그 안에 있는 작은 정원은 이곳이 상업적인 관광객용 숙박시설이라는 느낌을 주지 않았다. 겉으로 본 여관의 외관은 조용한 주택가에 위치한 여느 집들의 외관과 크게 다르지 않았다.

나는 입구에 들어서서 문에 있는 벨을 눌렀다. 그러자 미소를 띤 종업원이 나오더니 아무 말 없이 내 짐을 들어주었다. 그리고 나를 카운터로 데려가서는 내 옆에 조용히 대기하고 있었다. 카운터는 집 안에 자리한 큰 홀의 구석에 있었는데, 안내사항이나 광고물도 붙여 놓지 않았고 아무런 소음도 없이 조용했다. 나는 카운터에 있는 남자에게 내가 지금 허가증을 갖고 있지 않은 상태라고 말했다. 그러자 남자는 방 번호를 등록하면서 쓰고 있던 안경을 콧등 아래로 내리더니 내게 상냥한 목소리로 말했다. "제가 그걸 물었던가요? 저는 손님이 누군지 알고 있습니다. 이곳에 오실 거라는 얘기를 이미 들었어요. 방금 전에 의사 선생님께서 이곳에 있다가 가셨죠. 커피나 오렌지 주스를 좀 드시겠습니까? 환영합니다. 여기가 내 집이다 생각하고 편하게 지내세요."

나는 여관 주인으로 보이는 그와 함께 작은 바에 앉아서 맥주를 마시며 지금의 상황과 미래에 대해서 이야기를 나누었다. 나는 한 시간 남짓한 시간 동안 그가 누구인지, 이 여관과 그에게 어떤 사연이 있는지 알게 되었다. 원래 이 여관은 그의 큰아버지가 소유하고 있던 것인데, 이스라엘이 건국된 1948년 나크바 당시 큰아버지는 이곳을 떠났고 이스라엘이 이 건물을 국유재산으로 소유하게 되었다고 한다. 이스라엘 정부는 자국의 법에 따라 이 건물을 임대했고 그 역시 법에 따라 이 건물을 임차하게 되었다. 그는 이 건물을 여관으로 개조해서 동네 주민이나 일정한 시기마다 이곳에 방문하는 순례객들을 손님으로 맞았다. 수녀원과 가까운 위치 때문에 이곳에 오는 대부분의 투숙객들이 나와 비슷한 처지였고 허가증도 갖고 있지 않았다. 그는 67년 전쟁 이후 지난 몇십 년간 예루살렘이나 서안지구에서 온 사람들은 모두 이곳에서 머물고 있다고 했다.

나는 안타까워하며 그에게 물었다.

"67년 전쟁 이후로요?"

"네 그렇습니다."

그는 내게 미소 지으며 하얗게 센 콧수염을 만졌다. 그리고 농담섞인 말투로 내게 말했다.

"제가 그렇게 늙어 보이지 않나 봐요?"

이번에는 내가 웃음을 띠며 약간은 슬픈 듯이 말했다.

"그렇게 보여요. 나이 먹은 것을 어떻게 숨길 수 있단 말입니까?
우린 이미 늙었어요!"

그러자 그는 잔을 들고 큰 목소리로 외쳤다.

"왜 두려워하시나요? 마음을 단단히 먹으세요, 우리는 아직 젊은
이라구요!"

젊은이라고? 지금의 젊은이들은 대체 무슨 생각을 하고 있을까?
그들은 걱정거리를 갖고 있기는 할까? 왜 나는 그들이 한 무리의 새
처럼 보일까?! 그들은 춤과 노래를 사랑한다. 그리고 행렬이나 밤샘,
먹고 마시기, 그리고 반복되는 노래가 없는 행사는 거들떠보지도 않
는다. 그들이 과연 우리의 일부이기는 할까? 그들은 우리가 겪었던
일들을 겪어 보지도 않았고, 시대의 폭풍에 휩쓸려 보지도 않았다.
그들이 타고 있는 배는 과거에 우리가 그랬던 것처럼 추방이라는 암
초에 걸려 부서지지도 않았다.

남자는 하얀 콧수염을 비비 꼬며 확신에 찬 목소리로 말했다.

"만약 마음의 활력과 젊음이 사라졌다면, 크게 한번 웃어보고 즐
거워지려고 노력해 보세요. 그리고 술탄*처럼 살아보는 거예요. 손
님이나 저나 비슷한 연령대 같은데, 맞나요? 저보고 육십이나 칠십

---

* 이슬람국의 군주, 후에 오스만제국의 황제를 이르기도 했다.

먹은 노인네라고 말하지 마세요. 제 마음은 항상 젊고, 삶은 활력이 넘치죠. 매일 새로운 경험을 하면서 살고 있답니다. 그리고 이 여관은 그동안 아름다운 여인들을 손님으로 여럿 맞이했지요. 그들 중 치명적인 정도로 아름다운 눈을 가진 여인들도 있었답니다. 제가 비밀을 하나 알려드릴까요? 시간이 당신의 힘을 갉아먹는다고 생각하지 마세요. 절대, 절대 그렇게 믿지 마세요. 중요한 것은 당신의 생각과 정신이에요. 그것이라면 손님은 원하는 모든 것을 할 수 있어요. 저는 이곳에 오는 여자 손님이라면, 겉모습에 상관치 않고 그들 모두에게 빠져버렸답니다. 중요한 것은 자신의 마음을 항상 가득 채우고 젊게 유지하는 거예요. 제 말이 틀린가요?"

나는 혼란스러워져서 곁눈질로 그를 바라보며 말했다.

"맞는 말일 수도 있겠네요."

그는 열성적으로 계속 이야기를 이어갔다.

"아름다운 이들에게는 이 세상도 아름다운 법이지요. 한 잔 더 드시겠습니까? 유쑤프, 얘야! 냉장고에서 한 병 더 가지고 오렴. 다른 투숙객을 위해 제가 한 병 더 넣어놓았습니다. 하지만 외국인보다는 동포가 더 소중한 법이지요. 그 빨간 투숙객은 우리 여관에 묵고 있는 러시아 손님을 말하는 건데, 자신이 배우인가 예술가라고 하더군요. 진실은 신만이 아시겠죠. 사람들이 불쌍한 그 남자에게 꿀이 흐르는 이 땅에 와서 살라고 했나봐요. 그런데 그 사람이 꿀 대신에 뭘 먹었는지 아시나요?"

나는 고개를 들어 그를 응시했다. 남자는 내 어깨를 쿡 찌르더니 껄껄 웃으며 말했다.

"양파, 양파를 먹었어요. 진짜 양파를 먹었지 뭐예요. 한마디로 여기에 와서 물먹은 거죠 뭐!"*

나는 그에게 어떤 반응도 보이지 않고 조용히 침묵을 지키고 있었다. 정부나 통치, 규제, 갈릴리 지역의 문제 같은 지루한 이야기가 계속 이어질까봐 두려웠다. 나에게는 마리암이라는 큰 근심이 있었기에, 다른 걱정거리라면 더 듣고 싶지 않았다!"

그는 다시 내 어깨를 찌르며 입을 열었다.

"손님, 그거 아시나요? 소련 유대인이 서양의 유대인보다 더 최악이더군요. 제가 어떻게 알았냐고요? 빨갱이들은 돈을 보면 자신의 이념도 금세 잊어버리더군요. 그 사람들은 레닌이나 스탈린, 그리고 그들의 가르침에 대해 말하면서 우리를 혼란스럽게 만들었어요. 모두 말도 안 되는 것들이죠! 저는 그동안 살아오면서 제 눈으로 직접 보지 않았다면 믿지도 않았어요. 책에 쓰인 말들은 데르비시를 위한 것일 뿐, 우리의 현실과는 동떨어진 것이지요. 하지만 이곳저곳을 다녀보면서 직접 세상이 어떤 곳인지 보고, 사람들이 겪은 일들을 알아온 사람들은 그런 말에 절대 현혹되지 않아요. 제가 얘기 하나 해드릴까요? 저는 레바논에 이주했다가 다시 이곳에 돌아왔어요. 그 당시 저는 젊었었죠. 한 농장에서 일했었는데 어느 순간 그 농

---

* 아랍에서는 꿀(발음 : 아쌀)과 양파(발음 : 바쌀)가 유사한 발음을 가진 서로 반대되는 개념으로 함께 자주 사용된다. 전자가 긍정적인 의미(풍요롭고 안락한 삶)를 가지고 있다면 후자는 부정적인 의미(힘들고 어려운 삶)를 내포하고 있다.

장이 '키부츠*'로 변해버렸어요. 키부츠가 뭔지 아시나요?"

나는 몇 차례나 고개를 끄덕였지만 그는 내 대답을 무시하고 소리쳤다.

"아뇨, 손님은 그게 뭔지 모를 거예요. 완전히 하얗거나 완전히 빨간 키부츠가 있고, 어느 정도만 하얗고 빨간 키부츠가 있지요. 저는 완전히 빨간 키부츠에서 일했는데, 다른 말로 하면 공산주의, 사회주의 키부츠에서 일했어요. 뭐 원하는 대로 이름을 붙여도 상관없어요. 중요한 건 그들이 꽤 괜찮은 사람이었다는 거예요. 물론 그들끼리만 서로 잘 대해서가 아니라 우리에게까지 잘 해주었기 때문에 괜찮다고 했던 건데, 그들은 제게 월급을 줄 때, 동전까지 빼놓지 않고 챙겨서 줬어요. 절대 중간에서 월급을 떼먹거나 하지 않았죠. 그들은 종종 저를 노동자 클럽에 초대했는데, 제가 노동자이기 때문에 노동자들이 어떻게 살아가는지 알아야 하고 교육도 받아야 한다고 했어요. 그리고 그들이 말하고 주장하는 것들은 모두 노동자들을 위한 것이라고 했죠. 저와 동료들은 그 말이 상당히 일리 있는 것이라고 생각해서 그 초대에 응했답니다. 우리는 일이 끝나면 그 클럽에 가서 세미나나 강의, 해설 같은 것들을 들었어요. 한 달, 두 달 그렇게 시간이 흐르고 거의 반 년이 지나면서 눈이 녹더니 결국 그 아래 묻혀 있던 것들이 서서히 드러나기 시작했죠. 그들은 어느 날 저보고 차를 몰아서 다른 사람들의 밭 위를 가로질러 다닐 것을 요구했

---

* 이스라엘 집단농장의 한 형태로, 농업뿐만 아니라 식품가공·기계부품제조 등의 경공업을 포함하는 경우도 많다.

어요. 저는 다른 사람의 땅에 무단으로 침입할 수 없다면서 농부들이 앙갚음을 할 거라고 했어요. 그러자 그들은 제게 "우리도 알고 있어"라고 속삭였죠. 저는 결국 그들의 말을 들을 수밖에 없었어요. 그들은 철과 가시로 만들어진 울타리가 있음에도 불구하고 저에게 차를 타고 그 울타리를 넘어 다른 농부들의 밭 위를 달리게 만들었죠. 저는 그 당시 어렸고 불법으로 고국에 돌아온 지 얼마 되지 않았던 터라 어쩔 수가 없었어요. 그들이 저를 다시 레바논 국경으로 추방시켜서 큰아버지와 거기서 함께 지내야 한다고 생각하니 두려웠죠. 그래서 저는 차를 몰아 다른 이들의 땅 위를 가로질러 다녔어요. 곧 저를 향해 사방에서 돌이 날아왔죠. 왼쪽, 오른쪽, 위, 아래 할 것 없이 마치 강물처럼 돌들이 날아왔죠. 제가 숨을 곳이라고는 아무 데도 없었어요. 제 뒤에서 계속 차를 몰려고 재촉했던 사람은 불과 이틀 전만 해도 책을 읽으며 노동자의 권리와 부의 분배, 가난에 대해 말하던 사람이었어요.

그러던 사람이 큰 목소리로 제게 소리쳤죠. "이 당나귀야* 어서 가라고, 앞으로 가! 밟아버리라고!" 하지만 농부들과 남자, 여자, 어린아이들이 몰려온 그 상황에서 저는 그 땅을 차마 짓밟을 수 없었어요. 그러자 그는 뒤에서 또 "이 당나귀 자식아 서두르라고! 밟아버려!"라고 소리 지르면서 재촉하기 시작했죠. 저는 어쩔 수 없이 차를 몰고 가다가 중간에 멈춰서 차에서 내렸어요. 그리고 "저는 이곳을

---

*   아랍권에서 '당나귀'라는 말은 멍청하거나 모자란 사람을 비유하며 욕으로도 사용된다.

짓밟지 않을 거예요!"라고 소리쳤죠. 제가 이 말을 하자마자 무슨 일이 일어났는지 손님은 아마 상상도 못할 겁니다. 어떻게 두드려 맞았는지 지금도 잘 모르겠어요. 총, 쇠파이프가 보였고 어디서 왔는지도 모르는 차들이 사방에서 몰려왔어요. 저는 그동안 보지 못했던 것을 이 눈으로 똑똑히 봤답니다. 이런 일들을 본 적이 있나요?

"물론이죠."

"그래요? 그때 뭐라고 말씀하십니까?"

"저는 술이나 마시자고 합니다."

그는 몇 분간 나를 뚫어지게 바라보았다. 두 입술에는 맥주 거품이 잔뜩 묻어 있었다. 나도 맥주 한 모금을 마시며 내가 그 상황에 처했더라면 어떻게 했을까 고민했다. 잠시 뒤, 그는 얼굴과 두 눈, 입가를 손으로 문지르더니 큰 소리로 외쳤다.

"애야 유쑤프! 맥주 좀 가져오랬더니 대체 어디에 둔 거니? 그 러시아 사람에게 주려고 사놨던 맥주를 가져오너라! 그 러시아인은 평생 그런 맥주 맛을 보지 못했을 겁니다. 저 맥주를 마시기에는 우리가 더 적격이지요. 손님 그거 아세요? 그들은 러시아 사람들을 데리고 와서는 우리에게 그곳을 떠나라고 했어요. 하지만 난 떠나지 않을 거예요. 저는 레바논 남부에서 큰아버지와 함께 살면서 산전수전을 다 겪은 이후로 절대 이 나라를 떠나지 않을 거라고 마음먹었어요. 그래서 저는 그들의 비위를 맞춰가며 이용하다가 그들에게서 돈을 빼내서 마지막 날 밤에 나사렛으로 돌아왔지요. 저는 그 돈으로 큰아버지인 자말의 집을 다시 손에 넣을 수 있었답니다. 물론 빌린 것이지만 상관없어요. 그냥 이곳에 살면서, 먹고 마시고 아이들을 키우고 있다는 것에 만족하고 있어요.

그리고 제가 원하는 대로 결혼도 했고요. 아내가 죽고 나서 저는 재혼을 했고 지금은 자식들이 한 보따리입니다. 손님은 자유가 뭔지 아세요? 제가 말씀드리죠. 인생은 단 한 번뿐입니다. 지나가면 다시 돌이킬 수 없죠. 그들은 땅을 원해서 땅을 몰수해버렸고, 부동산을 원해서 부동산을 다 차압해버렸어요. 하지만 우리의 삶과 뛰는 심장만은 가져갈 수 없었죠. 저는 걱정하지 않아요. 마치 장님이나 귀머거리가 된 것처럼 그들을 못 본 척할 거예요. 그들은 제 머릿속에 존재하지 않아요. 저는 그냥 법에 따라 살 뿐이에요. 특히 부재지주의 법은 우리에게 안성맞춤인 법이죠. 그들이 이 법을 재단하면 우리가 그걸 입는 거예요. 우리가 부재자냐고요? 아니죠, 그들이 부재자인 겁니다. 저는 지금처럼 그들을 못 본 척하며 살 거예요. 제가 무슨 말을 하는지 이해가 되나요? 때리고 죽이고 소란을 일으키는 것이 꼭 필요한 것들일까요? 아니에요, 나중에 우리 아이들이 법에 따라 투표권을 갖고 크네세트(이스라엘의 국회)를 장악하게 될 거예요. 우리에게 안성맞춤으로 재단된 그런 법 말이에요. 제 말을 이해하시겠어요?"

말을 마친 그는 주변을 둘러보더니 짜증이 난 듯 소리쳤다.

"유쑤프! 맥주 좀 가져오라니까! 아까 말한 러시아인 말이죠, 그 사람은 살면서 평생 동안 그 맥주 맛은 보지도 못했을 겁니다. 앞으로도 마찬가지고요. 방금 어디까지 말했었죠? 맞다, 그들은 제게 "이 나귀야, 빨리 가서 짓밟으라고!"라고 소리쳤죠. 제가 사람들을 밟고 지나갈 수는 없다고 하자, 그들은 제게 법에 따라서 그렇게 해도 된다고 했어요. 그래요, 저는 그들의 말대로 지금 남을 짓밟고 가고 있어요. 대신 그때와는 정반대로 그들을 향해 달려가고 있죠. 저는 계속 법에 따라 그들을 짓밟을 거예요. 제가 무슨 말을 하는지 이해하시죠?"

나는 그를 향해 웃어 보였다. 그도 나를 보고 미소를 짓더니 마음속에 있던 것을 다시 내게 꺼내어 보였다.

"중요한 건 마음이에요. 제 말이 틀린가요? 중요한 건 바로 마음이에요."

나는 대답하지 않고 그의 말이 맞는지를 속으로 가늠해 보았다.

그는 잔을 들이켜 마셨다. 그리고 내 어깨를 두드리며 다정함과 친근함이 가득 묻어나는 어조로 내게 말했다.

"제가 행복하지 않을 이유를 대보세요. 그런 우여곡절을 겪었지만 저는 행복해요. 그들이 뭘 하든지 상관없이 저는 앞으로도 계속 행복할 거예요. 저는 그들의 세금과 법조차도 이제는 두렵지 않아요. 저는 앞으로도 여기에 살면서 맥주를 마시고 사람들을 맞이하고, 지금 손님께 하고 있는 것처럼 이런 저런 이야기도 하고, 여자들도 구경할 거예요. 저는 아직도 젊답니다!"

나는 그의 시름을 덜어주고 분위기 전환도 할 겸 농담을 던졌다.

"진짜 젊은 게 맞나요? 아니면 비아그라 덕분인가요?"

그는 내 말에 시끄러울 정도로 껄껄 웃어댔다.

"비아그라 없이는 상상도 하기 싫군요!"

그는 내게 가까이 다가오더니 슬픔이 묻어나는 웃음을 지으며 말했다.

"이 나이에 우리에게 남을 게 뭐가 있겠습니까? 이건 우리 사이의 비밀로 하죠. 하지만 분명 해결책은 있습니다. 손님도 잘 알다시피, 바로 젊은 마음으로 인생을 사는 겁니다……."

그는 내 얼굴 쪽으로 더 가까이 다가오더니 내 눈을 응시하며 말했다.

"가장 중요한 건 마음이지요, 젊은 마음, 제 말이 맞지 않습니까?"

나는 그의 잔에 내 잔을 부딪치며 미소를 머금고 말했다. "맞아요, 백 번 옳은 말입니다. 자 우리 밖으로 나가서 밤을 지새봅시다."

* *

저녁이 되자 나는 여관 주인 '아부 유쑤프'*와 함께 시멘트 붓는 작업을 기념하는 파티에 가기 위해 길을 나섰다. 우리는 점심에 함께 식사를 하고 술을 마시면서 서로에게 마음을 터놓았다. 그리고 저녁에 열리는 파티에서 밤을 지새울 것을 대비해 낮잠을 자뒀다. 밤을 지새우는 것은 몸을 고단하게 할 것이 분명했기에 미리 나름의 대비를 한 것이다.

방 밖으로 나오자 복도 끝에서 내게 미소를 짓고 있는 러시아인

---

* 직역하면 '유쑤프의 아빠'라는 의미인데, 아랍세계에서는 출산 후 보통 장남의 이름을 따서 본인의 이름 대신 '~엄마', '~아빠'라는 별칭을 이름처럼 따로 사용한다.

이 보였다. 그는 이해할 수 없는 말들을 중얼거렸는데, 그중에 '샬롬'이라는 말을 겨우 하나 알아들을 수 있었다. 나는 그 말을 듣자마자 그를 무시해버렸다. 나는 서둘러 계단을 향해 발걸음을 옮겼고 그 러시아인은 내 뒤를 따라왔다. 내가 빠르게 걷자 그도 덩달아 빨리 걸었고, 우리는 결국 동시에 카운터 앞에 도착했다. 아부 유쑤프는 밤교대 직원에게 방 키와 요청사항들을 전달하고 있었다. 그는 일을 마무리 지으면서 우리 쪽을 향해 씨익 미소를 지어 보였다. 내 뒤를 쫓아왔던 러시아인은 아부 유쑤프에게 내게 했던 말과 같은 말을 하더니 그 뒤로는 내가 이해하지 못하는 말들을 하기 시작했다. 그가 히브리어를 하는 건지, 아니면 러시아어나 이디시어(원래 중앙 및 동부 유럽에서 쓰이던 유대인 언어)를 하는 건지 알 수 없었다. 그의 말을 계속 들어보니 그건 마치 길쭉하게 늘어져서 군데군데 패인 반죽처럼, 결국 그게 납작한 빵인지 말의 편자인지 정체를 알 수 없는 심하게 변형된 아랍어였다! 나는 그가 하는 말 중간 중간에 '카비비'*나 '아부 유쑤프' 같은 몇몇 단어들을 간신히 알아들을 수 있었다. 그리고 아까 맥주를 마시며 아부 유쑤프와 마음을 열고 서로 대화를 나누었을 때, 왜 그가 "저 사람은 평생 살면서 그런 맥주 맛은 못 봤을 거예요!", "그리고 앞으로도 맛보지 못할 테죠!"라는 말을 의식하지 않고 당당히 외쳤는지 그 이유를 알게 되었다.

나는 아부 유쑤프에게 손짓했다. 그는 카운터 뒤에 있는 채로 내

* '하비비'라는 아랍어 발음이 변형된 것으로, 이 단어는 가까운 사람들끼리 서로 부를 때 사용되는 호칭 중 하나이다.

게 가까이 다가왔다. 나는 "보여요? 저 러시아인이 나를 쫓아왔어요!"라고 그의 귀에 속삭였다. 그러자 아부 유쑤프는 내 어깨를 두드리며 걱정하지 말라는 듯 내게 말했다. "저 사람도 우리와 함께 갈 거예요." 그 말을 들은 순간, 마치 차가운 물 한 바가지를 통째로 맞은 것 같았다. 내 얼굴은 잿빛으로 변했고 저절로 인상이 찌푸려졌다. 그 러시아인은 유리창 앞에서 서서 지나가는 행인들과 차를 보며 휘파람을 불고 흥겨워하고 있었다. 왠지 자밀라가 살던 옛집에서 유대인 남자들이 계단을 올라오고 나는 안테나 뒤에 숨어 그들을 바라보고 있었던 그 순간 느꼈던 것과 비슷한 기분이 들었다. 몰래 그들을 훔쳐보다가, 마치 그들이 집주인이고 우리가 외부인인 것처럼 그들을 피해 도망쳤던 그때에 내 몸을 휘감았던 그 감정들이 다시 떠올랐다. 그냥 방으로 돌아가서 파티는 잊고 잠이나 잘까 하는 생각도 들었지만 내가 그곳에 가는 이유는 바로 마리암을 찾기 위함이기에 나는 다시 마음을 다잡고 그들과 함께 파티에 가기로 했다.

마리암은 그 파티에 올 것이다. 만약 내가 저 러시아인 때문에 파티에 가지 않는다면 이렇게 먼 곳까지 와서 마리암을 찾아 헤매던 것이 모두 헛수고가 되어버릴 것이었다. 그래서 나는 아부 유쑤프와 함께 가지 말고 그냥 나 혼자 파티에 갈까도 생각해봤다. 최악의 선택은 이 낯선 러시아인이 우리 사이에 껴서 가는 것이었는데, 절대 용납할 수 없었다. 결국 나는 그들과 동행을 하기로 했지만 대신 조건을 걸었다. 그 러시아인이 내게 한 발짝도 다가오지 않을 것과, 서로의 얼굴을 절대 보지 않는 것, 서로 말을 섞지 않는 것이 바로 그 조건이었는데, 나는 그냥 그가 이 지구상에 없는 사람인 양 생각하기로 했다. 아부 유쑤프를 가운데에 두고 나와 러시아인은 서로 거리를 두며 몇 미터 떨어지지 않은 광장을 향해 함께 걸어갔다. 처음에는 서로 아무 말도 하지 않았지만 곧 아부 유쑤프가 적막을 깨고 이런저런 이야기와 농담을 하기 시작했다. 나는 듣기만 했고 그 러시아인도 아부 유쑤프의 말을 들으며 고개를 끄덕였다. 그는 중간 중간에 기회를 놓치지 않고 내게 미소를 짓고 윙크를 하거나 어리둥절한 표정을 지어 보였다. 나는 아부 유쑤프에게 투덜대면서도 저 러시아인의 정체에 대해 궁금해 했다. 그러자 그는 내 팔을 잡아당기더니 작게 속삭였다. "보드카, 보드카! 저 남자는 곧 보드카를 마시느라 바쁠 거예요. 걱정 마세요. 저 남자는 손님에 대해 별 관심도 없고 그럴 여유도 없어요."

나를 생각할 여유도 없다고? 파티에서 함께 밤을 지새운 뒤 아부 유쑤프에게 들은 말에 따르면, 그는 다른 사람을 생각할 여유가 없을 만큼 이미 충분히 많은 것들을 등에 지고 있었다. 그 러시아 남자의 이름은 '일라이'였다. 그는 체호프 극장에서 일하다가 은퇴했다. 더 정확히 말하면, 국가가 더 이상 예술가들을 지원해주지 않았기 때문에 반 강제적으로 일을 그만두게 되었다. 국가는 파산했고 혼란이 가중되면서 극장도 결국 추락하고 말았다. 작가들이나 예술가, 무용가들은 조국을 떠나 다른 나라로 도망치듯이 가버렸고, '니나' 역시 조국을 떠났다. 니나는 파산 전까지만 해도 일라이의 아름다운 애인이었다. 그는 한창 잘나가던 시절에 자신의 부인과 자식들을 버려둔 채 니나를 쫓아다녔다. 한때 극작가라는 직업은 극장에서 매우 중요한 존재였다. 일라이 역시 그들 중 하나였기에 힘과 특권, 집, 풍족한 생활 모두를 누릴 수 있었다. 그 당시 어린 무용수였던 니나는 어린 나이 때문에, 혹은 그녀가 가진 능력이나 작품의 수가 충분치 않았기에 제대로 된 지원을 받지 못했다. 대신 그녀는 잘나가던 극작가인 일라이에게서 그녀를 충족시켜 줄 만한 것들을 찾았다. 물론 그 둘 사이에는 나이와 이해, 신념의 차이가 존재했지만 어찌됐든 둘은 함께 살게 되었다. 하지만 그 이후 일라이가 쓰는 작품의 수가 줄어들면서 덩달아 그의 인지도도 낮아졌고, 그는 결국 술을 마시기 시작했다. 곧이어 국가가 파산하자 한창 잘나가던 시절도 결국 작별을 고했다.

그 때문에 일라이는 술에 더 의존하게 되었고 결국 그의 상황은 매우 나빠지게 되었다. 그는 니나를 만족시켜줄 젊은이도, 부자도 아니었고 그녀에게 도움을 줄 만큼의 지원을 받지도 못했다. 이러한 상황에서 이스라엘로 가는 것만이 그들에게 주어진 대안이었기에, 니나는 다른 사람들을 따라 이스라엘로 가기로 했고 일라이도 그녀를 쫓아 이곳에 왔다. 이곳 사회는 젊은이와 그들의 혈기왕성함, 댄서, 술집에서 스트립쇼를 할 사람을 필요로 했다. 니나의 경우, 그녀는 이곳 시장의 수요에 충분히 부합하는 사람이었다. 하지만 일라이는 글을 쓰는 재주를 빼고는 그가 할 수 있는 것이 얼마 되지 않았다. 극본을 쓴다고 해도, 그 자신도 잘 모르는 새로운 환경에 대해 무엇을 쓸 수 있으며 배우지도 않은 언어로 어떻게 글을 쓸 수 있다는 말인가? 일라이가 찾아온 그의 새로운 나라는 그에게 특별한 지원을 해주지 않았다. 대신 각자 알아서 자신의 일을 처리하고 스스로가 시장의 수요에 부합할 것을 요구했다. 이 시장에서 일라이는 더이상 잘 팔리는 인기 상품이 아니었고 새로운 사회와는 걸맞지 않은 오래된 물건이었다. 그래서 지금 그는 원래 그의 나라였던 러시아, 모스크바로 다시 돌아가기를 기다리며, 싼값의 작은 여관에서 머물며 전전하고 있었다. 하지만 러시아 역시 그를 환영하지는 않았다. 그는 법에 따라 나나 다른 사람의 처지처럼, 존재하지만 존재하지 않는 사람이 되어버렸다. 그와 나의 또 다른 공통점이라면 내가 마리암을 찾아 이곳에 온 것처럼, 그 역시 자신의 연인이었던 니나를 찾기 위해 여기에 왔다는 것이었다. 하지만 일라이의 경우 그는 유대인이었기에 무슬림인 나보다는 훨씬 더 나은 상황이었다. 그는 나에게는 없는 허가증을 가지고 있었고, 그는 나처럼 이스라엘 정보기관이나 이스라엘 법이라는 유령들에게 시달리지 않아도 됐기 때문이다. 또 그는 보드카를 마시면서 행복을 느꼈고 먹을 것과 탑불라,[*] 다브카 춤을 좋아했다. 그는 춤을 추며 즐거워했고 니나를 잊고 싶어 했다.

먹을 것과 마실 것, 음악이 나오면서 파티가 시작됐다. 곧이어 다브카 춤이 선보여졌고 젊은이들은 피리 소리에 맞춰 무대 위를 날아다녔다. 군중들은 손뼉을 치며 환호했다. 그들의 공연 뒤 북과 우

---

[*] 양파, 토마토, 파슬리, 민트, 올리브 오일 등이 어우러진 아랍의 대표적인 야채샐러드의 이름이다.

드, 덜시머*를 연주하는 밴드가 등장했다. 그들 중 한 청년이 부르는 민속 노래는 하늘 높이 메아리치며 사람들에게 감동을 주었다. 공연을 보는 사람들은 머리를 흔들며 눈물을 흘리기도 했고 공연을 하는 젊은이들의 얼굴에는 땀이 강물처럼 흘러내렸다. 나는 황새처럼 술을 마셔댔고 일라이도 나처럼 술을 들이붓더니 바닥에 구를 정도로 얼큰하게 취했다. 그는 다시 정신을 가다듬더니 지금 자신이 충분히 이 파티를 즐기고 있고, 아랍인들과 함께 즐거운 시간을 보내고 있다는 것을 증명이라도 하듯 냅킨을 흔들어댔다.

아부 유쑤프는 뒤에서 일라이를 잡아당기면서 "앉아요, 앉아서 좀 조용히 하고 있어요!"라며 그를 말렸다. 나는 옆에서 그 둘의 모습을 지켜보았다. 짜증을 내면서 동시에 불안해 보이는 한 남자와 그 옆에서 아무 생각 없이 춤을 추고 있는 또 다른 남자를 보니 웃음이 나기도 하면서 슬퍼지기도 했다. 처음에는 그 모습이 흥미롭기도 했고 웃기기도 했다가 나중에는 일라이가 부러워졌다. 그는 나나 다른 사람들의 시선에 신경 쓰지 않고 자유로워보였다. 그가 외국인이기 때문에 이 사회의 관념에서 자유로울 수 있는 건지, 아니면 예술인이기에 명예나 권위에 대해 신경을 쓰지 않는 것인지는 알 수 없었다. 아마 이해하지도, 알지도 못하는 이곳의 문화를 그냥 거쳐 가는 행인이기에, 심지어 알려고도 노력하지 않는 사람이기에 그는 다른 이의 시선에 관심을 두지 않는 것일 지도 모른다. 그는 냅킨을 흔

---

* 두 개의 나무망치로 철선을 두드려 소리를 내는 타악기를 지칭한다.

들며 이리저리 비틀거리다가 아락*을 견과류 씨앗과 피스타치오가 담긴 접시에 쏟기도 했다. 그리고 우리를 보고 자신의 가슴에 손을 올리더니 "미안합니다. 카비비…… 죄송해요"라고 사과했다. 하지만 그는 또 술을 마시기 시작하더니 큰소리로 소리 지르고 기우뚱 거리며 냅킨을 흔들다가 트림을 했다. 결국 자리에 앉은 일라이는 두 눈을 감더니 정신이 나간 것처럼, 혹은 아픈 가슴을 쥐어짜기라도 하듯 "아, 니나!"라고 외쳤다. 그는 테이블 위에 기대어 자신도 모르게 흘린 눈물을 닦아내더니 껄껄 웃으며 다시 술을 마시기 시작했다. 그리고 "아, 카비비!"라고 소리쳤다.

춤을 추는 시간이 되자 사람들은 자리에서 일어나 광장으로 갔다. 아부 유쑤푸도 일어서더니 나를 두고 사람들을 따라가버렸다. 결국 나는 그 러시아인, 일라이와 둘이 남게 되었다. 우리는 머리가 빙빙 돌 때까지 스펀지처럼 술을 들이부었다. 결국 일라이와 나는 테이블에 나가 떨어져서 함께 엉엉 울기 시작했다. 그는 니나를 외치며 울었고 나는 마리암의 이름을 부르며 울었다. 한참을 그러다가 정신을 잃었고 다시 깨어나 보니 나는 테이블 위 술잔들 사이에 엎드려 자고 있었다. 속이 좋지 않고 메스꺼웠다. 제일 가까운 곳에 있는 나무로 뛰어가서 속을 답답하게 했던 것들을 다 게워내버렸다. 그러자 조금 나아진 기분이 들면서 취기가 가셨다. 조금 전에 뭘 했는지 깨닫고 나니 나 자신이 부끄러워져서 제정신을 차릴 때까지 나

---

* 중동에서 야자의 즙액, 당밀, 쌀 따위를 발효시켜서 만드는 증류주를 지칭한다.

무들 사이를 걸어 다녔다. 나는 나무들 한가운데 있는 바위에 앉아 나머지 사람들이 무엇을 하고 있는지 멀찍이 지켜보았다.

아부 유쑤프는 내가 시끌벅적한 분위기와 동떨어져 저만치 홀로 앉아 있는 것을 봤다. 그는 자기가 춤을 추느라 신경을 못써줘서 내가 서운해 한다고 생각했던 것 같다. 아니면 내가 그 러시아인 때문에 화가 나 있다고 생각한지도 모르겠다. 이유야 어쨌든 그는 그런 분위기를 바꿔보려고 했는지 불쑥 무대 위로 올라가서 마이크를 잡았다. 그러고는 광장에 있던 사람들에게 인사의 말을 건네고 내 쪽을 가리키며 말했다. "여기에 있는 젊은이들과 그들의 노력에, 그들의 반짝이는 두 눈에 경의를 표합니다." 그러자 사람들도 환호성을 지르며 그에게 동조했다. 아부 유쑤프는 다시 같은 말을 하더니 내 쪽을 가리키며 나의 반응을 유도했다. 그래서 나도 그에게 응답했다. 그는 거기서 멈추지 않고 "이 캠프의 책임자이자인 캡틴 이쓰하끄, 그리고 참가자인 젊은이들에게 경의를!"이라고 말했다. 그리고 그는 나를 한번 바라보고는 나와 자기 자신을 가리키며 "청년들 만세! 우리는 그들과 함께할 겁니다. 우리의 마음도 아직 젊으니까요. 마흐무드 북을 쳐주게! 자네의 장단에 맞춰 우리 모두 춤추게 해주시게나!"라고 외쳤다. 북소리가 울리며 광장은 춤을 추는 사람들로 가득했고 말을 마친 아부 유쑤프는 무대 위에서 내려와 그 사람들과 함께 코끼리처럼 뒤뚱뒤뚱 춤을 췄다. 그러다가 나를 보고 그쪽으로 오라는 듯 손짓했다. 하지만 난 여전히 비틀거리는 상태였고 속이 좋지 않아서 계속 트림을 하고 있었기에 그쪽으로 가기를 주저했다.

그러자 아부 유쑤프는 다시 마이크를 잡았다. 격렬하게 춤을 추다 온 탓인지 헐떡거리면서 쉰 듯한 목소리로 말했다. "제가 이 자리에서 또 하나 말할 게 있습니다. 오늘 서안지구에서 예루살렘의 향기를 가득 담아 오신 손님을 소개시켜드릴까 합니다. 우리의 형제 '이브라힘'입니다! 이브라힘 이리 나와요!" 그러자 춤을 추던 사람들이 환호했다. 그들은 내가 있는 쪽을 바라보며 "이브라힘 만세!"라고 외쳤다. 다시 음악이 연주되고 북이 울리면서 가수도 노래하기 시작했다. 사람들은 "이브라힘 어서 이리 나와요, 나와서 고향의 향기를 맡게 해주세요"라고 소리쳤다. 아부 유쑤프는 또 마이크를 잡더니 "이브라힘 어서요! 나와서 마을 사람들에게 인사 한마디 해주세요!"라고 외쳤다. 춤을 춘 탓인지 그는 더 흥분한 듯 보였다. 하지만 나는 여전히 제자리에 굳어 있었다. 그는 아마도 내가 취기와 메스꺼움 탓에 상태가 좋지 않아서 움직이지 않고 있었던 것을 몰랐던 모양이다. 군중들도 "우리는 당신을 원해요!"라고 환호성을 질렀다. 그리고 내 눈에는 어느새 자리에서 일어나 냅킨을 흔들며 "나도요 카비비!"라고 소리치는 일라이가 보였다. 그러자 사람들 중 하나가 "우리도 좀 보게 당신은 좀 앉아 있어요"라고 말하며 그를 잡아당겨 저지시켰다. 하지만 일라이는 제자리에 앉지 않고 사람들과 테이블 사이를 지나 무대 위로 올라가려는 나를 막아섰다.

사람들이 그를 말렸지만 일라이는 굴하지 않고 나를 당기며 거의 울다시피 "나도요 카비비!"라고 외쳤다. 그러자 누군가가 화난 목소리로 "저 사람은 대체 누구야?! 누가 이 파티에 저런 사람을 데려왔어? 이봐요 자리에 앉아요!"라고 말했다. 일라이는 결국 뒤뚱거리다가 의자에 부딪치더니 아락이 담긴 잔을 견과류 씨앗과 피스타치오가 있는 그릇에 쏟아버렸다. 그리고 바로 굽신대며 "정말 죄송합니다"라고 사과하더니, 다시 흐느끼며 "아, 니나!"라고 울부짖었다. 나는 그런 일라이를 보며 알 수 없는 슬픔을 느꼈다.

하지만 무대 위에 올라서서 애정이 듬뿍 담긴 사람들의 눈을 바라보니 어느새 슬픔도 곧 사라져버렸다. 그 자리에 있으니 마음이 사르르 녹으면서 내 영혼이 날아갈 것만 같았고 마을 사람들과 함께 천국에 있는 기분이 들었다. 그들은 천국의 사람들이었을까, 아니면 그냥 단순히 한 마을의 사람들이었을까? 젊은이들과 성인 남녀들, 어린 소년들과 함께 있는 그 자리에서 마리암에 대한 생각이 잊혀질 찰나에, 나는 그들 사이에 있는 마리암을 발견했다. 그녀는 광장 가운데에 있는 탁자에 앉아서 나를 바라보며 이전에 내게 했던 말을 다시 반복하고 있었다. "자, 어서 당신의 상상력을 펼쳐봐요. 당신은 미쳤어요!" 그러면 나는 "괴물 같은 저 염소 보이지? 하지만 당신은 저 괴물보다 더 아름다워"라고 그녀에게 말했었다. 아부 유쑤프는 나를 쿡 찌르더니 "자, 사람들에게 아무 말이나 좀 해줘요"라고 말했다. 나는 입을 열어 사람들에게 인사의 말을 건네려 했으나 "아, 니나!"라고 외치는 일라이의 외침에 다시 입을 다물었다. 사람들은 그런 일라이를 저지했다. 마리암에 대한 기억과 상상이 머릿속을 혼란스럽게 했고 속도 다시 불편해졌다. 마이크를 잡고 사람들의 시선을 받으려니 흥분도 되고 부끄러워져서 떨리기 시작했다. 나는 의미 없는 몇 마디를 던지면서도 당황해서 더듬거리기까지 했다. 왠지 모를 눈물이 흘렀다. "제가 이 자리에서 뭘 말해야 할지 모르겠네요…… 죄송합니다." 그러다 갑자기 눈물이 터져 나와서 나는 말을 더듬거렸고, 하고자 했던 말들은 입 밖으로 나오지 않았다. 목이 쉰 것 같아 나는 헛기침을 하며 목을 가다듬었다.

사람들은 조용해졌고 몇몇의 눈에서도 눈물이 흘렀다. 아부 유쑤프는 내 어깨를 살짝 찌르더니 나를 도와주려는 듯 귀에 대고 속삭였다. "여기 캠프에 참여한 젊은이들과 캡틴에게 인사해요." 나는 얼른 나 자신을 진정시키고 맨 앞줄에 있는 젊은이들을 바라보았다. 그들은 마치 바질과 상추처럼 싱그럽고 생생한 모습이었다. 그들 역시 미소와 슬픔이 뒤섞인 눈빛으로 내 얼굴을 바라보았다. 젊은이들의 얼굴에 비친 것은 미소였을까 아니면 눈물이었을까? 그들 덕분이었는지 나는 어느새 진심을 다해 "안녕하십니까. 캠프에 참여하신 청년 여러분들과 캡틴 이쓰하끄 씨께 경의를 표합니다. 우리는 여러분을 응원합니다!"라고 열정적으로 외치고 있었다. 그러자 사람들도 놀랐는지 함께 흥분하며 내 말에 환호했다. 아부 유쑤프는 다시 내 귀에 대고 "'젊은 심장이여, 거침없이 앞으로 나아가라!'라고 사람들에게 말해요"라고 시켰다. 어느새 마음속의 부끄러움은 사라져 버렸고 나는 아무 생각 없이 그가 시키는 대로 바로 "젊은 심장이여, 거침없이 앞으로 나아가라!"라고 외쳤다. 내 말에 열렬히 환호하는 군중들을 보고 아부 유쑤프는 내게 "아락과 보드카 중 누가 더 바보 같을까요?"라고 속삭였다.

함성과 웃음, 눈물과 대화가 어우러진 이런 분위기 속에서 일라이는 계속 '니나'를 불러댔다. 그러면 뒤에서 사람들은 "앉아서 좀 조용히 해요!"라고 그에게 소리쳤다.

밤늦은 시간을 넘어가자 파티 분위기가 다시 무르익어갔다. 스피커에서 나오는 노래와 자그라다*의 소리가 점점 커지면서 산 정상, 나무 위, 나사렛의 높은 곳까지 그 소리가 울려 퍼져나갔다.

* *

한 여자가 모습을 드러내자 일라이는 그녀에게 "니나!"라고 소리쳤다. 나도 덩달아 그녀에게 "마리암!"이라고 외쳤고 일라이는 그 소리에 놀라 나를 돌아보았다. 나는 그의 옆에 있는 의자에 뛰어들다시피 앉았다. 하지만 그녀는 나나 일라이에게 한 치의 눈길도 주지 않고 춤을 추기 시작했다. 그녀는 하이파 지역의 항구에서 검사원으로 일하는 남자와 함께 동행했는데, 그 남자는 위스키와 초콜릿을 밀반입하는 것으로 유명했다. 그녀는 정확히 말하면 마리암이 이십 대일 때의 모습과 닮은 여인이었지 마리암은 아니었다.

지금의 마리암이라면 나처럼 육십 대의 모습을 하고 있었을 것이다. 하지만 내 눈앞에 있는 그 여자는 금발에 삼십 대의 젊은 여자였다. 그래도 그녀의 키와 얼굴, 허리, 초록색과 밤색이 뒤섞인 아름다

---

*   아랍 여성들이 혀를 굴리면서 소리를 내는 것으로 생일, 약혼식, 결혼식, 파티에서 기쁨을 표현하는 방식으로 여겨진다.

운 눈은 마리암과 꼭 닮아 있었다. 그녀는 시폰 소재의 짧은 치마를 입고 있었는데 그 안에는 실밖에 없어서 가려야 할 부분을 제대로 가리지 못했다. 옆에 있던 일라이는 코를 골기 시작했고 나는 입을 벌린 채 멍하니 그녀를 바라보고 있었다.

캡틴 이쓰하끄는 우리 곁을 지나다가 시체처럼 창백해진 내 얼굴을 보고는 얼른 달려와 내게 괜찮은지 물었다. 나는 "아무것도 아니에요. 괜찮습니다"라고 말하며 그를 안심시켰다. 일라이는 헛소리를 하며 "니나, 니나"라고 중얼거렸다. 그러더니 히브리어와 아랍어가 뒤섞인 러시아말로 알 수 없는 말을 중얼거리다가 미친 사람처럼 껄껄대며 웃었다.

사람들의 춤도 절정에 다다랐다. 팔레스타인의 유명한 노래와 아랍 민요가 나오다가 노래의 분위기가 변하면서 파티 디제이도 아랍어와 히브리어, 러시아어, 에디오피아어가 뒤섞인 단어들을 내뱉기 시작했다. 드럼의 비트도 아랍, 서양, 아프리카의 박자에 맞춰 시시각각 변했다. 내 앞에 있던 마리암을 닮은 그 여자는 몸을 이리저리 비틀며 춤을 췄는데 숄을 둘렀다가 풀기를 반복하며 춤을 췄다. 그러다 가끔 스페인, 이집트의 캐스터네츠를 이용해 딱딱 소리를 내며 춤을 추기도 했다. 아부 유쑤프는 무대로 내려와 그녀에게 다가가서 마치 유혹이라도 하는 듯한 움직임을 보이며 춤을 추기 시작했다. 그는 다브카 춤을 췄지만 곰처럼 무거운 몸 때문에 그가 움직일 때마다 시멘트 바닥이 진동했다. 사람들은 아부 유쑤프의 우스꽝스러운 춤을 보고 박장대소했고 하이파에서 온 남자도 허허 웃으며 아부 유쑤프에게 무대를 양보하고 옆에서 박수를 쳐주었다. 마리암과 닮은 그 여자는 숄을 두르고 시폰 치마와 비단결 같은 머리카락을 휘날리며 빙빙 돌았고 나는 입을 벌리고 멍청하게 그녀의 모습을 바라보았다.

춤을 추던 아부 유쑤프는 헐떡거리며 몸을 던지듯 내 옆에 와서 앉았다. 하지만 일라이는 움직이지 않고 아까부터 가만히 앉아서 술만 마셔댔다. 그러다 가끔 그녀를 바라보며 고개를 저었다. 아부 유쑤프는 내게 다가오더니 껄껄 웃으며 말했다.

"저 여자는 지치지도 않고 계속 춤을 추네요."

그는 내게 동의를 구하려는 듯 내 쪽을 쳐다보았지만 미동도 없이 굳어 있는 나를 보고는 잔을 한 모금 들이키고 얼굴에 흐르는 땀을 닦았다. 그는 혼자서 낄낄대다가 내가 여전히 멍한 눈으로 그 여자를 지켜보고 있는 모습을 보더니 어깨 끝으로 내 어깨를 밀며 물었다.

"저 여자의 뭐가 그렇게 마음에 들어요?"

내가 대답하지 않자 그는 경고라도 하는 듯 내게 말했다.

"조심하세요. 저 여자에게 빠져 익사하고 싶지 않다면 멀리서 지켜보기만 하는 게 좋을 거예요."

나는 무슨 의미인지 이해가 되지 않는다는 표정으로 그를 바라보았다. 그러자 아부 유쑤프는 내 옆에 있는 일라이를 바라보며 내게 윙크했다.

"지금 저 사람 상태를 좀 봐요. 양초처럼 녹아버렸네 아주."

그러다 이번에는 내게 물었다.

"그리고 손님은 무슨 일로 그러세요? 어지러워서 그래요, 아니면 취한 거예요? 그것도 아니면 지난 젊은 시절을 회상하기라도 하는 거예요?"

나는 슬프게 미소 지었다. 하지만 그의 물음에 아무 대답도 하지 않았다. 그러던 그가 놀라워하며 계속 말을 이어갔다.

"저 여자는 대체 언제쯤 만족할 수 있는지 원...... 마치 그 이야기가 회자되기 전, 임신하기 전의 마리암과 똑 닮았네요."

나는 두 눈이 휘둥그레져서 아부 유쑤프를 바라보았다.

"마리암이요? 마리암! 어떤 마리암을 말하는 거예요?"

그러자 아부 유쑤프는 손을 저어 보이더니 다른 한 손으로는 술을 한 모금 마시고 입안에 잠시 머금고 있다가 꿀꺽 삼켜버렸다. 나는 그의 대답을 기다리고 있었다. 그는 눈이 휘둥그레진 나를 바라보다가 불빛 아래에서 사람들의 시선을 받으며 춤을 추는 그 여자를 쳐다보았다. 그러더니 거드름을 피우며 내게 속삭였다.

"마리암 아유브 말이에요, 마리암을 모르세요?"

나는 숨이 막히는 것 같아 차마 그의 말에 대답을 하지 못했다. 가슴이 탁 막혀오면서 나약한 심장이 쿵쾅쿵쾅 진동하기 시작했다. 식은땀이 쌀 낱알처럼 등 뒤로 쏟아지는 것만 같았다. 갈릴리의 바람이 내 피부를 파고들면서 등 뒤에 흘렀던 땀들은 어느새 얼음 막으로 변해버렸다. 나는 어느 날인가 마리암이 나를 데리고 라말라에 있는 큰 호텔로 갔던 날을 기억한다. 그곳에서는 상류 계층의 가족들과 이민자들이 모임을 갖고 있었는데, 마치 서쪽의 숨결과 동쪽의 바람이 한데 어우러져 있는 것 같았다. 금색 바늘과 여름 구름 위로 보이는 소나무들 사이로 석양의 빛이 저물고 있었다. 피눈 소나무의 검은 그림자가 복도 위에 드리워졌고 계피와 민트색의 쿠션은 나무 의자 위에 놓여 있었다. 꼬인 지푸라기와 그 옆에 있던 헤브론의 유리는 석양 속에서 반짝거리고 있었다.

나와 마리암은 탱고 춤을 췄다. 우리는 음악에 맞춰 파도의 물결처럼 부드럽게 몸을 움직였고 마리암은 사랑을 연주하는 작은 밴드의 노래를 흥얼거렸다. 나 역시 익숙한 그 멜로디의 가사를 따라 부르며 내가 그녀와 함께 있고 나는 그녀의 것이며, 앞으로도 영원히 그럴 것임을 다짐했다. 마리암은 두 눈에 눈물이 고인 채, 사람에 의해 꺾인 꽃 한 송이가 결국에는 시들어 죽고 말았다는 어떤 노래의 가사를 따라 불렀다. 가장 아름다운 눈꺼풀을 했던 그 시절, 사람들이 서로 탐을 냈던 그 꽃은 결국 사람들의 싸움 도중 그들의 손에 의해 찢겨져버렸고, 그 아름다움과 신비로움도 저절로 사그라져버렸다는 노랫말이었다.

나는 춤을 추고 있는 마리암을 닮은 여자를 바라보며 내 기억 속, 가슴속에 남아 있던 마리암의 모습과 그녀를 비교해 보았다. 불빛 속에서 춤을 추던 마리암과 닮은 그 여자는 아름다웠지만, 그녀의 춤은 마리암의 것처럼 완벽하지 않았고 어설펐다. 마리암, 당신은 어디에 있는 거요? 당신의 아름다움과 반짝이던 두 눈은 어디에서 찾을 수 있단 말이오?

우리를 파고들며 우리의 이름을 부르던 서쪽 바람이 주던 그 신비스러운 분위기는 대체 어디로 가버린 걸까.

그렇게 파티로 밤을 지새우고 여관으로 돌아가는 길에 나는 아부 유쑤프에게 내가 간직하고 있던 슬픔에 대해 솔직히 털어놓았다. 그러자 그는 놀란 듯 나를 바라보며 "그러면 그 남자가 바로 손님이란 말입니까? 역사의 일부분이 되어버린 그 이야기의 주인공이 정말 손님이라고요?"라고 물었다. 그는 무언가를 기억해내려는 듯하더니, 내 앞에 멈춰 서서 내 어깨를 잡으며 말했다.

"기억해 보세요. 아까 니나를 닮은 그 여자가 춤추고 있을 때 말이에요. 그때 병원 맨 위층 발코니에 있던 그 수녀를 기억하세요? 거기 문 앞에 서 있던 수녀 말이에요.

"글쎄, 기억이 나질 않네요."

"문 앞에 있던 수녀 말이에요!"

"잘 모르겠어요."

"병원 맨 위층에 검은 옷을 입고 서 있던 그 수녀를 모르시겠어요?"

"기억이 나질 않네요."

"니나를 닮은 여자가 춤출 때, 병원에서, 그 투광 조명등 밑에 있던 여자 말이에요."

"그녀가 춤추고 있을 때 저는 취한 상태였어요."

"아이고 이 양반아, 거기에 있던 그 여자가 바로 마리암이란 말이에요!"

나는 지난밤에 있었던 일들을 기억해 내려고 애썼다. 그 정도의 거리에서, 소나무 숲과 시끄러운 소리가 가득했던 파티장이 내려다보이는 그 발코니에 마리암이 있었다니! 찢어질 듯한 노랫소리와 이집트 캐스터네츠 소리 위로 울렸던 무대의 북소리가 어우러졌던 그곳에 마리암이 있었다. 하지만 그때 나는 금발의 어설픈 춤을 추던, 모스크바에서 온 그 여자에게 정신이 팔려 있었다.

그녀는 내 눈을 사로잡았고 잠재되었던 내 감정을 다시 불러일으켰다. 그 꿈과 환상 같은 분위기 속에서 진짜 마리암이 나타났다니! 하지만 그때 나는 불빛 아래에서 춤추고 있는 젊은 여인의 육체와 하늘거리는 시폰 치마, 금발의 머리카락에서 눈을 떼지 못하며 과거의 기억들과 상처에 빠져서 헤어나지 못하고 있었다. 내가 이러고 있는 사이에 마리암은 잠시 모습을 드러냈다가 다시 문을 닫고 사라져버렸던 것이다.

* *

그날로부터 이틀 뒤, 우리 셋은 함께 예루살렘으로 갔다. 나는 마리암을 찾기 위해, 일라이는 예루살렘을 구경하기 위해, 아부 유쑤프는 그곳의 축복을 받기 위해 동행하기로 했다. 수녀원에 연락을 해보니 마리암은 어머니를 보기 위해 잠시 그곳에 들렀다가 다시 그녀가 머물고 있던 예루살렘의 러시아 수녀원으로 갔다고 했다. 그 얘기를 듣자마자 일라이와 아부 유쑤프는 나를 따라 예루살렘에 동행하기로 마음먹었는데, 일라이는 러시아 수도원과 겟세마네 동산을 보고 싶어 했고 아부 유쑤프는 지난 6월 이후로 오랜만에 예루살렘의 사원에 가서 예배를 드리고 싶어 했다. 나는 물론 내 아들의 엄마인 마리암을 찾기 위해 예루살렘으로 다시 돌아가는 길이었다. 이제 와서 다시 사랑을 찾아 헤매려던 것은 아니었다. 나는 단지 추억과 가슴에 남아 있는 향수를 찾고자 했을 뿐이다. 하지만 내 미래이자 내 인생의 본질이고 나의 슬픔과 잃어버린 영혼을 대변하는 나의 아들은 달랐다! 자식 없이 내가 무엇을 할 수 있단 말인가? 자식이라는 동반자 없이 이 구불구불한 길 위에서 내가 할 수 있는 게 뭐가 있을까? 진정 나 혼자 이 길을 걸어가야 하는 걸까? 하지만 난 이 외로움이 지긋지긋했다. 그러면 권력이나 돈, 책에서 위안을 찾아야 하는 걸까? 그러나 이제 나는 과거에는 나름 의미가 있다고 생각했던 모든 것들이 이제는 더 이상 중요하지 않고 모두 허상일 뿐이라는 사실을 깨닫게 되었다. 이것은 마치 내가 믿고 원했던 모든 것들이 신기루가 되어버린 것과 같은 맥락이었다. 시기가 좋지 않았다. 내 아들은 새로운 신기루를 위해 그의 영혼을 바치고 텅 빈 길에서 그의 인생을 낭비하며 환상에만 매달려 있었다. 이런 일들은 내 전 세대나, 내 세대까지만 해도 이미 충분히 겪었다. 하지만 우리의 미래 세대까지 이렇게 되어버리다니! 그건 이 땅의 비극이다.

나는 옆에 있는 일라이를 보고 마음이 찡해졌다. 불쌍한 이 남자는 내 처지와 비슷하게 그를 받아줄 여자를 찾지 못하고 있었다. 그는 이미 자신의 부인과 아이들, 그리고 체호프 극장을 떠나 니나를 따라 이곳에 왔다. 하지만 니나는 그를 버리고 위스키와 초콜릿을 밀반입하는 돈 많은 남자에게로 가버렸다. 일라이는 그 나이가 되도록 가족과 아는 사람들 없이, 그를 반겨줄 조국 없이 외로운 감옥 속에 갇혀서 살고 있었다. 그런 그가 어떤 언어로 무엇을, 대체 누구를 위해 정글 같은 이곳에서 글을 쓸 수 있다는 말인가? 일라이는 과거의 영광 속에서 살고 있었다. 그 시절 모스크바는 위풍당당했고 작가들은 혁명과 민중 해방, 달의 발견이라는 꿈을 꾸며 살았다. 톨스토이부터 고리키까지 그들에게 문학이란 가장 신뢰할 만한 인류의 역사였다. 하지만 다극체제들 중 제일이었던 러시아가 흔들리더니 결국 거대한 곰은 무너져버리고 말았다. 이후 자신의 꿈을 위한 안식처를 찾던 일라이는 이스라엘 남부에 위치한 네게브와 디모나*를 발견했고 '사브라 샤틸라 학살'**과 '헤브론의 스캔들'에 대해서도 알게 되었다. 그는 거대한 학살을 저지른 이 멍청이들이 칼 마르크스(유대인으로 독일 철학자이자 사회학자, 경제학자이며 사회혁명가)와 엠마 골드만(역시 유대인으로 러시아 출생의 미국 무정부주의자)의 후손이라는 사실을 믿지 못했다. 천성적으로 선한 마음을 가지고 태어난 일라이가 과연 남의 것을 취할 수 있었을까? 그는 단지 사색하고 하늘을 날며 꿈을 꾸다가 별 볼 일 없는 여자 하나 때문에 추락했을 뿐이다. 그녀가 할 수 있던 것이라고는 오직 춤밖에 없었고, 그녀는 영화계의 스타가 되겠다는 순진한 꿈을 꾸고 라스베이거스의 카지노에서 공연

---

* 이스라엘 남부 구에 위치한 도시로 네게브 사막에 위치한다.
** 1982년 레바논 사브라·샤틸라의 팔레스타인 난민촌에서 벌어진 학살로, 당시 이스라엘 국방장관 샤론의 사주를 받은 레바논 기독교 민병대가 단 몇 시간 만에 어린이를 포함한 3,000명의 팔레스타인 난민들을 죽인 비극적인 사건이다.

하기를 원했다. 깃털만 입은 여자들이 있는 그곳에서 니나는 여왕이 되어 환한 조명을 받으며 천장에서 내려와 사람들 앞에 등장하기를 원했다. 그녀가 타고 내려온 실크 그네 주위로는 다이아몬드처럼 흩뿌려진 작은 별들이 장식되어 있고 그녀의 뒤로는 야자나무 숲과 아프리카 원숭이들, 뱀, 제물을 바치는 터번을 쓴 아랍인들이 등장하는 스크린이 있을 것이다. 그녀는 시바의 여왕*이 되어 춤을 추고 그 옆에는 솔로몬 왕이 되어 노래하는 남자가 있겠지. 그녀를 향해 카메라가 돌면 니나는 초콜릿이나 화장품 광고, CNN 출연, 또 사자가 개구리가 되고 개구리가 인간이 되는 영화의 트릭과 같이 스크린의 여왕이 되어 있는 자신의 모습을 상상했을 것이다. 이것이 바로 니나의 꿈이었다.

그녀의 꿈은 캘리포니아에서 뉴욕을 거쳐 결국은 이스라엘의 디모나까지 오게 되었다. 캘리포니아에서는 그녀의 꿈이 이루어진다는 보장이 없었던 반면에, 여기에는 아프리카의 원숭이 같은 아랍인들과 흑인들의 춤, 인도인들의 외침이 있었기에 이곳이야말로 니나의 꿈이 이루어지기에는 더 적합했다. 이곳에서는 백인이 흑인과 다른 인종을 압도한다. 니나는 양초처럼, 백설공주처럼, 바브라 스트라이샌드(미국의 가수 겸 배우)만큼이나 하얀 피부를 가지고 있었기에, 여기야말로 그녀의 꿈을 이루기에 안성맞춤이었다.

일라이는 고개를 젓더니 나를 보며 침통하게 말했다.

---

* 시바는 기원전 1000년경 아라비아 반도 남부, 오늘의 예멘의 시바족을 지배한 전설 속의 여왕이다.

"저기 좀 봐요! 세상에, 믿을 수가 없네요."

우리 앞에는 농부로 보이는 한 여인이 돌로 된 땅 위에서 삽질을 하고 있었다. 반면 언덕 위 지평선이 있는 곳에서는 울타리와 물탱크 뒤로 최신 불도저가 보였는데 노란색을 띤 불도저는 햇빛을 받아 반짝이고 있었다. 챙모자를 쓴 정착민으로 보이는 한 남자가 그 불도저를 몰아 포도밭으로 향하고 있었고 그의 앞으로는 개미집 같은 정착촌들이 보였다.

일라이는 그 장면을 뒤로하고 내게 질문을 던졌다.

"당신이 찾는 그 여자의 이름이 뭡니까?"

"마리암 아유브요."

일라이는 미소를 지어 보이더니 "저와 당신의 처지가 별반 다르지 않네요"라는 듯 고개를 끄덕였다. 그러자 옆에 있던 아부 유쑤프가 큰 목소리로 소리쳤다.

"마리암 아유브가 더 아름다웠지. 니나보다 천 배 더 예뻤다고!"

일라이는 내게 "정말 마리암이 더 아름다웠나요?"라고 물었다.

아부 유쑤프는 "오호, 지금 뭐라고 하는 거야? 비교할 상대가 아니라고! 마리암이 니나보다 천 배는 더 아름다웠어. 그렇지 않나요?"라고 말하며 동의를 구하려는 듯 나를 바라보았다. 하지만 나는 다른 생각에 잠겨 있었다.

"제 말이 틀렸나요?"

나는 아부 유쑤프의 성화에 못 이겨 "당신 말이 맞아요"라고 작게 속삭이다가 이 의미 없는 대화에서 빠지기 위해 먼 곳을 향해 시선

을 옮겼다. 이런 대화를 해 봤자 유익할 것이 없었다! 또 지금 여기서
자기 애인이 평가절하를 당한다고 불만을 토로해봤자 무슨 소용이
있단 말인가?

**

아부 유쑤프와 일라이는 나를 '밥 알 아무드' 광장에 홀로 둔 채,
알아크사 사원을 구경하러 가버렸다. 나는 여전히 심신이 지쳐 있었
고 희망을 찾을 수 없어 좌절하고 있었다. 내 곁에는 아들도, 아내도
없었다. 내가 지금 서 있는 이곳 예루살렘도 더는 예전의 그 예루살
렘이 아니었다. 예루살렘은 이제 폐허가 되어 덩그러니 남아 있다.
이곳에서는 현재와 미래에 대한 꿈을 꿀 수 없었기에, 나는 그 꿈을
이루기 위해서 밥 알 만답 해협과 지브롤터*까지 갔었다. 나는 잠깐
옛 생각에 잠겼다가 정신을 차리고 주변을 둘러보았다. 사람들이 가
득한 정글 같은 이곳에서 나는 그들의 어깨에 치여 이리저리 밀려다
녔다. 머리가 지끈지끈 아파 오면서 심장이 고동쳤다. 나는 그라나
따의 가난한 사람들이 길을 헤매듯 광장을 이리저리 배회하기 시작
했다.

　건물 위에 있던 종이 울리자 참새들이 날아올랐고 까마귀들이 울

---

* 밥 알 만답은 아프리카의 뿔로 불리는 소말리아 쪽과 예멘을 가르는 해협이고, 지브롤
터는 스페인의 이베리아 반도 남단에서 지브롤터 해협을 향하여 뻗은 반도이다. 광대
한 영토를 지닌 아랍 국가들의 동쪽 끝에서 서쪽 끝까지의 지리적 경계선을 지칭하는
표현으로써, 이는 결국 아랍 국가들 전체를 의미한다.

기 시작했다. 높은 곳에 장식되어 있던 성모상은 자신에게 의지하고자 하는 이들을 향해 두 팔을 벌리고 있었다. 부겐베리아나무와 관광객들의 소음이 섞인 광장 한가운데에서 나는 여전히 갈피를 잡지 못한 채 방황했다.

그러다 나는 결국 그녀를 찾기 위해 온 예루살렘을 돌아다녀보기로 했다. 나는 시장으로 갔다가 계단을 올라가 태양이 비추지 않는 골목으로도 가보았다.

예루살렘의 중심부로 가자 돌로 만들어진 아치들과 다리들, 그리고 돔 형태의 지붕들이 보였고 곳곳에는 식물들이 자라고 새들이 자리를 잡고 있었다. 나는 어린 시절 친구들과 함께 이곳을 걷다가 구슬 던지기 놀이를 했었다. 그러면 던져진 구슬들은 로마 수도원 정문에서 알아크사 사원까지 굴러갔는데 그때마다 셰이크가 나와서 "이놈의 자식들아, 그만하지 못해? 이 말썽꾸러기 녀석들! 여기는 예배를 드리는 곳이지 놀이터가 아니야!"라고 소리를 질렀다. 우리는 벽 뒤에 숨어서 구슬들이 굴러가면서 참새처럼 톡톡 튀다가 가끔은 오마르 사원까지 굴러가 바닥에서 튀어 다니는 모습을 지켜보았다. 그러면 또 셰이크가 막대기를 들고 나와서 우리를 위협하느라 "저리가, 이것들아! 집으로 가거라! 만약 알라께서 보신다면 너희들에게 크게 노하실 게야!"라고 외치고는 문을 닫아버렸었다. 나는 지금 그때의 그 거리를 홀로 걸으며 혹여나 신께서 내게 노하지 않았을까 두려워져서 그 시절 셰이크가 했던 대로 문을 닫았다.

시장 쪽에서 갑자기 아이들의 찬송가 합창 소리가 들려왔다. 나는 걸음을 멈추고 그들이 지나갈 수 있도록 최대한 벽 가까이에 몸을 붙였다. 아이들은 얇은 흰옷을 입고 있었고 손에는 대추야자나무 가지와 장미 바구니, 분홍 리본과 작은 새 그림으로 장식된 긴 양초들을 들고 있었다. 한 수녀가 그 아이들의 대열을 이끌고 있었는데 그녀는 걸음을 옮기면서 마에스트로가 하는 것처럼 두 손을 움직이고 입을 뻥긋거리며 아이들을 지휘했다. 그들의 노래가 울려 퍼지자 시장의 상인들과 로마에서 온 관광객들, 허브와 민트를 팔던 여자들이 모두 멈춰서 그 노래를 경청했다. "캐롭* 음료 사세요!"라고 외치던 남자도 철판 두드리기를 멈추고 가만히 서서는, 그에게 사진을 요청하거나 음료를 살 관광객들을 찾기 위해 바쁘게 눈을 굴려댔다. 나 역시 멈춰 서서 아이들이 내 옆을 지나갈 때까지 그들을 가만히 지켜보았다. 성가대 아이들 뒤로 사제들과 수녀들이 지나갔고 그 뒤로 상인들과 캐롭 음료를 파는 장사꾼들이 지나갔다.

순간 밥 알 아쓰바뜨 벽 뒤에서 검은 옷을 입은 여자가 모습을 드러냈다. 그녀는 합창단 대열을 따라 노트르담 성당으로 힘겹게 걸음을 옮기고 있었다. 왠지 익숙한 인영에 그녀를 지켜보고 있는데 그쪽에서 먼저 내게 소리쳤다. "이브라힘! 어서 이리와! 어서!" 길 건너에 있던 그녀는 바로 자밀라였다. 내가 그녀에게 손짓하자 자밀라는 내게 서두르라고 신호를 보냈다.

햇빛과 차들, 보행자들의 떠드는 소리, 길거리의 소음 속에서 나

---

* 초콜릿 맛이 나는 암갈색 열매가 달린 유럽산 나무이다.

는 신호등이 빨간색으로 변할 때까지 기다렸다. 자밀라가 있던 쪽으로 건너가자 성가대 무리는 이미 노트르담 성당 건물 안으로 자취를 감춰버렸다.

"왜 이렇게 늦게 왔어?" 자밀라는 안타까워했다. "왜 이렇게 늦었나? 어서 따라 들어가게." 나는 자밀라에게 어떤 반응을 보이거나 질문을 할 겨를도 없었다. 그녀는 손으로 방금 전 성가대가 들어갔던 건물 안을 가리키며 "마리암이 저 안에 있을지도 몰라!"라고 다급하게 외쳤다. 나는 자밀라의 두 손을 꽉 움켜잡고 "진짜 마리암이 확실한가요?"라고 애원하듯이 물었다. 그러자 자밀라는 "확실한 건 아니지만 그래도 가능성이 있네, 주교님이 그렇게 말하……" 나는 그 말이 끝나기도 전에 서둘러 성가대를 따라 건물 안으로 들어갔다. 안에 있는 계단을 뛰어 올라가서 홀로 들어서니 그곳에는 관광객들과 그들의 짐 가방이 여기저기에 널려 있었다. 나는 안내 데스크에 있는 여자에게 성가대가 어디에 있는지 물었다. 그러자 그녀는 짜증을 내며 그곳은 호텔이지 성당이 아니라고 했다. 나는 다시 복도로 나와 또 다른 복도에 있는 계단을 따라 올라갔다. 그곳으로 올라가니 헤브론의 유리와 화분으로 장식된 환한 복도가 나타났고 신부가 설교하는 소리가 들려왔다. 나는 벽에 몸을 밀착해서 조용히 걸으며 자리에 앉아 설교를 듣는 사람들과 그곳에 있는 수녀들, 아이들 쪽을 하나하나 자세히 살펴보았고 제단이 있는 곳까지 바쁘게 눈을 움직였다. 하지만 마리암은 그곳에 없었고 그녀의 흔적 역시 찾을 수 없었다.

나는 밖으로 나오다가 맨 끝 줄에서 설교를 경청하고 있는 자밀라를 발견했다. 나는 그녀에게 다가가 "마리암은 여기에 없어요!"라고 속삭였다. 그러자 그녀는 내가 이 신성한 분위기를 깰까봐 걱정이 됐던지 두 눈을 내리깔며 시선을 피했다. 그러다가 내가 그 자리에 가만히 서 있는 것을 보고는 내 입을 막으려는 듯 꾸짖는 어조로 속삭였다. "자네가 늦어서 그래!" 그러더니 자밀라는 다시 하느님의 말씀이 담긴 성경으로 눈을 돌렸다.

**

정문에 있는 조그만 창문이 열리면서 젊은 수녀가 고개를 내밀었다. 나는 조심스럽게 그녀에게 "혹시 여기에 마리암 아유브라는 사람이 있습니까?"라고 물었다. 그러자 그녀는 갸우뚱한 표정을 짓고 내게 등을 돌리더니 나는 이해하지 못하는 언어로 안에 있는 다른 사람과 대화를 나누는 듯했다.

조금 뒤 얼굴에 주름이 가득한 나이가 들어 보이는 수녀가 대신 나와서 내 얼굴을 찬찬히 살펴보더니 입을 열었다. "마리암 아유브 말인가요? 물론 여기에 있습니다만, 마리암이라는 이름은 옛날에 썼던 이름이고 그녀는 지금 '마리'라고 불립니다. 자 안으로 들어오세요."

나는 정원 안 의자에 앉아서 수녀 '마리'를 기다렸다. 피톤 소나무 잎이 복도와 연못, 풀과 수국 위에 드리워진 그곳에는 나이 든 또 다른 수녀가 꽃과 풀들에게 물을 주고 있었다. 그녀는 잠시 나를 바라보더니 살짝 미소를 보이고는 다시 물을 주기 시작했다. 그곳은 물이 졸졸 흐르는 소리 외에는 아무 소리도 없이 고요한 곳이었다.

나는 정원 안 높은 곳으로 올라가 예루살렘을 내려다보았다. 알 아크사 사원과 벽, 종탑들, 그리고 수천 개의 집들이 서로 다닥다닥 붙어서 수평선 앞에 자리하고 있는 모습이 보였다. 서쪽 경계선이 보이는 수평선 끝자락에는 저녁노을이 서서히 지고 있었다. 노을빛이 집집마다 금색 실을 수놓았고 지붕에 있는 철판들은 그 빛을 받아 반짝거리고 있었다. 올리브 산의 향기와 수도원의 경건함, 수도승들의 성스러움이 가득한 예루살렘, 이곳에서 내려다본 예루살렘은 무엇보다 더 멋지고 아름다웠다. 무두질 공장에는 관광객들과 여행용 가방을 위해 염색된 가죽들이 있었고 그 옆에는 양탄자가 가득 쌓여 있었다. 아름답게 수놓인 옷들과 슬리퍼들을 지나 마리암은 한 가게 앞에 멈춰 서서 옷과 붉은 색 허리띠를 구경하고 있었다. 그러더니 어눌한 아랍어로 "이 드레스는 얼마인가요?"라고 물었다. 가게 주인은 휘둥그레진 눈으로 그녀를 바라보더니 "손님이 원하는 만큼 주세요. 여기에 있는 옷들보다 손님이 훨씬 아름다우시네요"라고 능글맞게 답했다. 마리암이 그 옷을 입어보자 남자는 자기 이마를 때리며 "오! 동정녀 마리아가 환생한 것 같네요!"라고 감탄했다. 마리암은 그 소리를 듣고 나와 그를 번갈아 보며 미소 짓더니, 다시 고개를 돌려 자신 앞에 놓여 있던 거울을 지그시 바라보았다.

마리암! 대체 내 시간은 어디로 흘러가버렸을까? 내가 있던 자리, 그 역사, 당신이 바라보던 그 거울까지, 삼십 년, 아니 오십 년이라는 세월은 대체 어디로 가버렸을까? 시간이 이렇게나 빨리 흘러 결국 우리에게서 젊음을 빼앗아 가버릴 줄 누가 알았을까? 수녀가 된 당신이 그때처럼 거울을 바라본다면, 당신은 그 속에서 무엇을 보게 될까?

나는 내 앞에 서서 나를 내려다보고 있는 여인의 모습을 보기 위해 고개를 들었다. 얼굴을 감싼 흰 천과 검은 옷, 큰 십자가가 차례대로 보이면서 마지막으로 그녀의 얼굴이 나타났다. 변함없는 옛날 그대로의 모습이었다. 두 눈과 입술, 살짝 튀어나온 치아, 긴 얼굴까지, 비록 두 볼과 눈가 주위에는 미세한 주름이 있었지만 섬세한 결을 가진 피부와 맑고 투명한 얼굴은 더욱 빛을 발했다. 이제 그녀는 어떠한 욕망이나 걱정도 없이 편안해 보였다.

나는 천천히 자리에서 일어났다. 온몸이 떨리고 심장이 절구처럼 고동치기 시작하면서 나도 모르게 눈물이 흘러나와 시야를 가렸다. 목이 턱 막혀오면서 아무 말도 할 수 없었고, 열정과 당혹감, 반항심과 자포자기의 심정 등, 여러 감정들이 한데 뒤섞여 나를 덮쳐왔다. 나는 마리암에게 뭐라고 말을 꺼내야 할지 몰랐다. 그녀에게서 연민과 동정심을 자아내는 말을 해야 할까? 아니면 그녀의 희생에 대해 이야기해야 할까? 그것도 아니면 그녀에 대한 나의 사랑과 열정, 두려움에 대해 말하면서, 내가 방방곡곡 그녀를 찾아다녔다고 말해야 할까? 그러면 그녀는 "당신은 내게 아무 말도 해주지 않고 도망쳐버렸잖아요"라고 말할 것이다. 또 내가 평생 동안 길을 잃고 헤맸다는 말을 한다면 마리암은 자신이 누리지 못한 젊음에 대해 이야기할 것이 분명했다. 만약 내가 지금 편하게 쉴 수 있는 안식처와 가족, 그리고 아들을 찾아 헤매고 있다고 말하면 그녀는 "가족이란 사랑에 대한 약속을 지킨 사람들을 위한 것이에요"라고 답하겠지. 내가 나의 젊은 시절과 그녀의 젊은 시절에 대해 말한다면 그녀는 뭐라고 말할까? 아마 그녀 자신의 젊음은 그녀의 영혼 속에, 마음의 평안 속에 있다고 할 것이다. 그렇다면 내가 그녀의 아들에 대해 묻는다면? 그렇다면 그녀는 자신의 아들은 모든 사람들, 즉 인류이며, 예수의 고통 속에서 태어났다고 대답할 것이다. 나는 그녀가 뭐라고 말할지 이미 다 알고 있었다. 그것은 모두 설교와 신약성서에서 언급된 것들이었다.

마리암은 어떤 감정도 드러나지 않는 미소를 보이며 내게 손을 뻗었다. 그녀는 마치 한두 시간 만에 다시 만난 친척을 보고 놀란 듯이 나를 대했다. 나 역시 그녀의 모습을 바라보며 그녀를 향해 두 손을 뻗었다. 꽁꽁 얼었던 심장이 사랑에 빠진 남자의 마음처럼 서서히 녹았고 두 눈에서는 눈물이 흘러 마치 눈앞에 뿌연 안개가 낀 것만 같았다. 마리암은 내 손을 잡아 나무 밑 의자로 나를 데려갔다. 그녀는 미소를 띠며 따뜻함이 묻어나는 목소리로 내게 입을 열었다.

"이브라힘, 이브라힘 당신이군요!"

마리암은 조용히 의자에 앉더니 나를 그녀의 옆자리에 앉도록 이끌었다. 그녀는 그 와중에도 계속 내 머리와 눈, 관자놀이에 생긴 검버섯, 그리고 심장병 증상으로 인해 생긴 흔적들을 찬찬히 살펴보고 있었다. 그러더니 마리암은 마치 "당신 정말 많이 늙었군요!"라고 말하듯 고개를 저어 보였다. 하지만 나는 그와는 반대로 그녀가 늙었다는 느낌을 받지 못했다. 실제로 그녀는 거의 늙지 않은 모습이었다. 아무리 그녀에게 세월의 흔적이 남아 있다고 해도, 그것은 작은 나비와 새의 깃털 같은 아주 미세한 정도일 뿐이었다. 마리암은 슬픈 기색 하나 없이 편안해 보였기에 나는 왠지 모르게 심술이 났다. 나는 그동안 내가 죄인이고 그녀가 피해자라고 생각했기에 늘 괴로웠다. 단순히 몇 년 동안 그래 왔던 것이 아니라 평생을 그런 죄책감을 가지고 살았다. 마리암이 최악의 상황에서 살아왔다는 죄책감은 마치 칼처럼 내 기억과 양심에 깊숙하게 박혀 있었지만, 지금 내 앞에 있는 그녀는 아주 평안해 보였다. 그렇다면 진짜 죄인은 대체 누구일까?

마리암은 내가 자신의 눈앞에 있다는 사실을 믿지 못하겠다는 듯 계속 고개를 저으며 말했다.

"이브라힘 정말 당신이군요!"

나는 마리암 앞에서 왠지 모르게 위축되었다. 그녀의 눈을 피하고 싶은 마음이 들면서 열등감이 나를 잠식하기 시작했다. 나는 두 손을 가슴 언저리에 놓았다가 다시 주머니 속으로 깊숙이 넣었다.

마리암은 그런 내게 물었다.

"당신 정말 돌아온 거예요?"

순간 알 수 없는 화가 치밀었다. 마치 그녀가 내게 왜 돌아왔냐고 추궁하면서 나를 비웃는 것만 같았다. 만약 내가 정말 돌아왔다 해도 무엇이 문제될 게 있단 말인가? 오랜 시간 동안 조국을 떠나있던 망명자가 고향으로 다시 돌아오는 것은 그의 자유가 아닌가? 자신의 가족과 정체성을 찾기 위해 망명지로부터 돌아오는 것은 자연스러운 일이었고, 더구나 갈 길을 잃은 사람이 자신의 사랑과 추억, 미래를 찾아 헤매는 것 역시 전혀 이상한 일이 아니었다. 나는 마리암에게 가슴 주머니에 보관하고 있던 그녀의 사진에 대해 이야기할지, 그녀와 그녀의 사진을 찾아 내가 그동안 어떻게 방방곳곳을 헤매고 다녔는지 이야기할까 고민했다.

그리고 다락방에 있는 짐들과 가구 먼지 사이에서 그녀의 사진을 찾아냈을 때, 그 사진이 좀먹지 않고 찬바람을 맞지 않도록 내 가슴에 있는 주머니에 보관했다고 마리암에게 이야기하고 싶었다. 그래서 나는 주머니에 있는 사진을 꺼내 마리암에게 보여주었다.

"다락방에서 이 사진을 찾았어."

하지만 그녀는 사진을 만지지도 않고 눈웃음을 지은 채 거기에 살짝 시선을 주더니 내게 조용히 말했다.

"사진이요?!"

나는 그녀의 목소리를 통해 그녀에게 이 사진은 보잘것없는 아무 의미 없는 것이고, 글자나 역사가 쓰여 있지 않은 단순한 종잇조각뿐이라는 사실을 알아차렸다.

나는 내가 그 사진을 찾기 위해 얼마나 많은 고생을 했는지 마리암이 알아줬으면 하는 마음에 상처 입은 목소리로 그녀에게 말했다.

"이 오래된 사진이 다락방 먼지 아래에 있었어. 자, 가져가서 한

번 보라고."

마리암은 사진을 향해 손을 뻗는 듯하더니 다시 멀찍이 손을 치웠다. 그러고는 타박이라도 하듯 조근조근한 말투로 내게 말했다.

"낡은 사진이군요. 제가 지금 이런 사진이 왜 필요하겠어요?"

날카로운 창끝이 심장을 도려내는 것 같았다. 그녀가 말하고자 하는 것은 무엇일까? 낡은 사진? 그 말은 우리의 사랑이 낡은 것이고 지금은 이미 끝나버린 것이라는 의미일까? 우리의 사랑은 젊은 시절에나 있었던 것이지 지금은 이미 사라져버리고 없다는 말일까? 그때의 약속은 이제 낡은 것이 되어 더 이상 의미가 없다는 의미일까? 그렇다면 내게, 또는 마리암에게 남아 있는 것은 대체 무엇일까? 이곳저곳을 찾아 헤맸던 나의 노력이 보람 있는 일이기는 했을까?

나는 내게 남아 있던 그 오래된 약속의 끈을 놓치지 않기 위해 서둘러 그녀에게 말했다.

"집문서와 출생증명서를 찾았어. 바로 미셸의 방에서 찾았지. 미셸, 그 아이가 바로 내 아들 맞지?"

마리암은 내 물음에 답하지 않고 미소만 짓고 있었다. 그 미소에는 유감스러움과 동시에 내 질문에 대한 그녀의 무시가 드러나 있었다.

나는 그런 마리암에게 더 날카롭게 말했다.

"자밀라에게 출생증명서와 집문서가 있었어. 나는 자밀라라는 사람도 알게 됐다고. 그녀가 그동안에 무슨 일이 있었는지 처음부터 끝까지 내게 다 말해줬어. 대체 어디로 갔던 거야? 왜 아이가 희생하도록 만든 거야? 대체 그 아이가 무슨 죄를 졌길래?!"

하지만 마리암은 그런 나를 바라보며 내 말에는 관심이 없다는 듯 미소를 지은 채 고개만 저었다. 나는 그런 마리암의 손을 움켜쥐고 그녀가 느낄 수 있을 정도로 손에 힘을 주었다. 그녀의 손은 나의 손보다 더 따뜻했고 부드러웠다. 순간 절망감이 온몸을 가득 채우는 것 같았고 마리암과 그녀의 평온한 모습에 화가 치밀어 올랐다. 그녀를 때려야 할까? 아니면 앞에서 울어야 할까? 그것도 아니면 그녀에게 욕이라도 해야 할까? 나는 결국 자리에서 일어나 그녀 앞에 무릎을 꿇고 그녀의 옷을 당기며 감정에 호소했다.

"내 아들, 미셸, 나와 당신의 아들 말이야. 어떻게 엄마라는 사람이 그럴 수 있어? 이런 얼굴과 이런 모습을 하고, 이 세상과 감정을 사랑하는 사람이 어떻게 아이를 두고 도망가버릴 수가 있어? 내가 도망쳐버려서 그랬던 거야? 내가 배은망덕한 놈이라서, 아주 이기적인 놈이라 그랬던 거야? 그래서 그 아이에게 벌을 줬던 거냐고? 대체 그 아이가 무슨 죄를 지었길래?"

마리암은 내 쪽은 보지도 않고 저 멀리 지평선과 서쪽에 있는 구름을 응시하고 있었다. 저 멀리 석양은 피처럼 진한 붉은색을 띠고 있었고 소나무 사이로는 산들바람이 불어왔다. 어디선가 황금방울새들의 지저귀는 소리가 나기 시작하더니 어느새 시끄러운 소음이 되어 내 귀를 가득 메워버렸다. 새들은 해가 지기 전 마지막 남은 한 줄기의 빛이라도 더 받으려고 마치 서로 경쟁하듯 소리를 내는 것 같았다.

나는 해가 다 지기 전에, 이 소리가 더 시끄러워지기 전에 서둘러 마리암에게 말했다.

"목사님이 이해할 수 없는 말들을 내게 하셨어. 난 당신의 아들도 도무지 이해할 수가 없어. 그 아이는 기 치료, 영혼, 사람의 숨겨진 힘 같은 무섭고도 터무니없는 말들을 하더군. 농부들은 하나같이 염소들 같았고 그 아이는 미친 사람 같았어. 당신의 아들은 미쳤다고. 직접 가서 그 아이의 꼴을 봐봐. 사제 같은 옷을 입고서는 데르비시처럼 야생의 삶을 살고 있다고, 자기 자신을 잊은 채 말이야. 나는 그 아이에게 너는 내 핏줄이라고 말했어. 하지만 그 아이는 왜 그 사실을 받아들이지 못하고 자신의 삶을 즐기지도 못하는 거지? 마리암, 당신도 이 일을 다 알고 있는 거야? 아니면 수녀원에 살면서 사람들이나 애정, 핏줄에 대해서는 아예 다 잊어버린 거야?"

마리암은 한 손으로 내 머리를 쓰다듬으며 느릿느릿한 말로 속삭였다.

"결국 당신이 돌아왔군요!"

"무슨 말이야 마리암? 대체 무슨 얘기를 하고 있는 거야?"

나는 마리암이 내 감정 따위는 안중에도 없고, 내가 하는 말에 전혀 의미를 두고 있지 않다는 생각에 가슴이 타오르는 것 같아 버럭 소리를 질러버렸다. 내 아들, 그 아이의 삶, 기 치료와 영혼까지, 그 아이는 세상과 자기 자신을 잊어버린 채 제 정신이 아닌 상태로 살고 있었다. 하지만 나는 어떠한가? 나는 세상과 내 감정을 쫓고자, 내 핏줄이자 나의 후계자를 찾기 위해 고군분투하고 있었다.

"대체 누가 내 뒤를 잇는다는 말이야?"

나는 몸을 바르르 떨면서 마리암에게 소리쳤다.

"나, 바로 나 말이야, 누가 내 뒤를 이을 수 있냐고!"

마리암은 베일 뒤에 가려진 것 같은 먼 시선으로 나를 바라보다가, 내가 소리를 지르자 처음으로 지그시 나를 바라보았다. 그녀는 입 밖으로 한마디도 꺼내지 않았지만 나는 그게 무슨 의미인지를 이해했다. 나는 마리암의 가슴속에 있는 나에 대한 증오심을 읽을 수 있었다. 순간 나도 모르게 그녀에게 소리 질러버렸다.

"지금 당신의 마음속에는 증오심이 가득해. 이게 바로 예수의 가르침이야? 만약 내가 잘못했다고 생각한다면 '너는 죄인이고 겁쟁이고, 배신자야!'라고 내게 직접 말을 해! 그렇게 하라고! 하지만 그 아이는, 그 애는 대체 무슨 죄야?"

그러자 마리암이 나긋나긋하게 속삭였다.

"그렇다면 내 죄는 뭐죠?"

"그래, 맞아. 당신은 증오심이 가득할 수밖에 없어. 복수로 그 원한을 풀 수밖에 없겠지. 나는 당신에게 충분히 원한을 살 만해. 하지만 그 아이는? 그 아이에게는 아무 죄도 없잖아!"

마리암은 조용히 내게 말했다.

"이제 더 이상 아이가 아니에요."

나는 가슴이 타는 것 같아 나도 모르게 언성을 높였다.

"아니, 걔는 아직 애야. 영혼이나, 기 치료 같은 것들에 몰두해서 자기 자신이 누구인지도 모르고 이 세상 사람에 대해서도 까맣게 잊어버렸단 말이야!"

마리암은 나를 바라보더니 살포시 미소 지었다. 그리고 상냥한 목소리로 물었다.

"사람들을 잊었다고요?"

나는 그 질문에 뭐라고 대답해야 할지 몰라 우선 자리에서 벌떡 일어났다. 그리고 잠시 숨을 고르고 그녀의 입을 꾹 다물게 할 만한 대답을 찾기 위해 약간의 거리를 두고 마리암에게서 등을 돌렸다. 나는 그녀의 가슴에 상처를 내고, 내가 느끼는 감정을 그녀도 똑같이 느낄 수 있을 만한 말을 해주고 싶었다. 나는 그녀가 자신의 아들에 대해 걱정하는 모습을 보고 싶었다.

"당신이 아는지 모르겠지만, 당신 아들은 단 한 번도 여자와 접촉해 본 적이 없어. 당신 아들은 제정신이 아니야, 복잡한 사람이라고. 아는지는 모르겠지만, 당신 아들은 정말 아무것도 모르는 사람이야. 당신 아들은 사랑이 뭔지도 모르고 사랑이라는 감정을 단 한 번도 느껴본 적이 없다고!"

마리암은 내 말을 듣더니 미소를 띤 채 먼 곳을 바라보았다. 그녀의 그런 태도는 마치 내 존재는 아무것도 아니고 내가 한 말들은 아무 의미 없는 그저 헛소리에 지나지 않는 것이라는 느낌을 주었다. 나는 바보에 멍청이가 된 기분이었다. 내게 있어 사랑이 갖고 있는 의미는 무엇일까? 마리암에게 사랑은 과연 어떤 의미를 가지고 있을까? 나 혼자만 사랑에 빠진 사람이었던 걸까? 나는 언제인가 미셸이 내게 "선생님께서는 잃어버린 사랑을 찾고 있고, 그 사랑은 마치 여자인 것 같군요"라고 말했던 것이 떠올랐다. 나는 마리암에게 소리쳤다.

"마리암, 당신에게 사랑은 뭐야? 말해봐, 어서 말해."

하지만 마리암은 대답하지 않았다. 그저 나를 바라보며 질책이 뒤섞인 미소와 가면 뒤에 가려진 듯한 신비로운 미소를 지을 뿐이었다. 나는 다시금 스며드는 절망감에 그녀에게 되물었다.

"그렇게 웃지만 말고 말해봐. 대체 당신에게 사랑은 뭐야? 사랑이 단순히 한 여자를 뜻하거나 손을 어루만지는 것이 아니라면, 그게 열망에 한숨짓는 여자를 뜻하는 것이 아니라면, 그 사랑이라는 게 아이에 대한 사랑이나 모성애, 가족에 대한 애정이 아니라면 대체 사랑이라는 게 뭐야?"

마리암은 여전히 입을 열지 않았다. 계속되는 침묵 속에서 나는 수녀원에 있는 방 한편을 바라보았다. 그러자 갑자기 왠지 모를 증오심이 불타올랐다. 그곳은 마치 나를 나 자신에게서, 또 그녀에게서 멀어지게 만드는 감옥 같았다. 대체 이 감옥은 무엇일까? 내 눈에 비친 수녀원은 마치 아주 먼 옛날에나 존재하던 요새 같았다. 발을 헛디뎌 점점 느려지다가 결국 다시 돌아오기에 너무 멀어져버린 옛날의 그 요새는 거대하게만 느껴졌다. 땅바닥에 붙을 정도로 작은 난쟁이 같은 나와는 달리 그곳은 너무나 거대해서 나를 압도했다. 나는 무의미하게 계속 같은 말만 중얼댔다.

"대체 사랑이라는 게 뭐야?"

그렇게 내 질문은 해답을 찾지 못한 채 서쪽 경계선이 보이는 수녀원 하늘에 둥둥 떠다니고 있었다. 나는 그곳을 떠나기 위해 복도

쪽으로 발걸음을 옮겼다. 내 손끝에 쥐어진 마리암의 사진은 내 걸음걸이를 따라 앞뒤로 흔들렸다. 나는 잠시 멈춰 뒤를 돌아봤다. 그리고 마리암에게 이 사진은 당신의 모습이 담긴 사진이고, 역사와 소중한 가치가 담겨 있는 것이라고, 이것은 보물이고 나의 소중한 기억이자 사랑, 내 인생의 흔적이라고 말하고 싶었다. 하지만 마리암은 내가 아닌 다른 곳을 바라보며 내게는 관심을 두지 않았고 내 말을 들으려 하지도 않았다. 나는 슬픔에 빠져 터벅터벅 길을 걸으며 혼잣말을 했다. "이걸 고작 낡은 사진이라고 하다니!"

나는 이 모든 것을 잊기 위해 먼 곳을 응시했다. 저녁노을과 함께 점차 어둠이 찾아오면서 사이프러스나무 그림자도 점점 진해지고 있었다. 진한 붉은색과 어두운 파란색이 뒤섞여 하늘을 덮었고 돔 주변의 탐조등에서 나오는 밝은 빛은 마치 하나로 정렬된 베개 아니면 신의 램프 같았다.

나는 수녀원에서 나와 길가에서 택시를 잡아탔다. 그리고 스테반 문(사자문) 앞에서 내려 문 안으로 들어섰다. 시장으로 통하는 계단으로 발걸음을 옮기니 가게들의 문은 이미 닫혀 있었다. 이 문, 저 문을 지나 돌로 만들어진 동상들을 거쳐 성묘교회에 가까워질 때쯤, 성가대 아이들의 합창소리와 오르간 연주 소리가 멀리서 들려왔다. 그 소리는 마치 산들바람이나 영혼의 목소리처럼 깨끗하고 맑았다. 나는 예배당 계단 언저리에 앉아 영혼의 소리와 신의 부름 같은 그 노래에 취해 있었다. 나는 나도 모르게 어느새 '잃어버린 내 사랑을 다시 되돌려달라'고 신께 기도를 드리고 있었다. 말을 뱉고 나니 왠지 부끄러워졌다.

자리에서 일어난 나는 저 멀리 들려오는 오르간 소리를 들으며 다시 조용히 걷기 시작했다. 하지만 은은한 음악 소리와 함께했던 그 고요함은 군인들과 순찰대, 시끄러운 엔진 소리를 내는 지프차의 등장과 함께 소음으로 변해버렸다. 그때 누군가가 "타흐씬, 조심해! 순찰대가 왔어! 알아크사 사원 근처에 있는 십자가의 길로 방향을 바꾸는 게 좋겠어! 순찰대가 왔다고!"라고 외쳤다.

나는 조용히 다른 곳으로 발걸음을 재촉했고 그 자리는 군인들이 장악해버렸다.

* *

우리 세 남자는 원래는 수도원이었다가 개조된 예루살렘의 카사노바 호스텔에서 하룻밤을 묵었다. 이 근방에서 숙박비가 가장 저렴해서 고른 곳이었다. 아부 유쑤프는 일라이가 파산한 상태나 다름없었기에 돈을 쥐꼬리만큼만 낼 거라고 내게 일러주며, 본인은 적당한 액수의 돈을 지불할 거라고 했다. 나 같은 경우는 마음만 내키면 호스텔 맞은편에 있는 오성급 호텔에 묵을 수도 있었다. 그곳은 관광객들이 많이 드나들고 고급 음식도 맛볼 수 있는 곳이었다.

아부 유쑤프는 카사노바 호스텔에는 이탈리아 수도사들이 있고 그곳에 머무는 손님들 모두가 이탈리아 사람들이기 때문에 만약 이 호스텔에 묵게 된다면 이탈리아인들처럼 먹고 마시면서 즐길 수 있을 거라고 했다. 그래서인지 그는 이탈리아 북부에 있는 크레모나산 와인을 마시고 라자냐, 마카로나 같은 음식을 먹을 수 있다는 기대 감에 잔뜩 부풀어 있었다.

하지만 아부 유쑤프의 예측은 보기 좋게 빗나갔다. 그날 저녁 그 호스텔에 머문 이들은 이탈리아인도, 다른 국적을 가진 외국인도 아 닌 서안지구와 이스라엘에서 온 아랍인들이었다. 나는 그곳에 머물 면서 얼마 지나지 않아 이 호스텔이 매주 목요일만 되면 서안지구와 이스라엘에서 온 아랍인들로 가득 찬다는 것을 알게 되었는데, 그 이유는 간단했다. 그들은 매주 금요일마다 알아크사 사원을 직접 방 문해 예배를 드리기 위하여 전날 멀리서 예루살렘까지 찾아오는 수 고를 마다하지 않았던 것이다. 그들에게 이런 노력은 심판의 날에 천국으로 갈 수 있는 보증수표나 다름없었다.

참 이상한 일이었다! 금요예배와 알아크사 사원, 그리고 수도사 와 크레모나산 와인의 조합이라니? 그래, 이것이 바로 예루살렘이 다. 어떤 이는 각성해 있는 상태에서 신과 영접하고 어떤 이들은 취 한 상태에서 신과 가까워진다. 신은 마치 드넓은 광장처럼 관대하기 에 우리와 그들을 모두 포용한다. 우리 역시 묻거나 따지지 않고 우 리와는 다른 이들을 인정하고 포용했다. 또 그것은 이곳 카사노바의 수도사들 역시 마찬가지였다.

호스텔에 들어온 새로운 시골내기 무리에 우리는 깜짝 놀랐다. 그들은 다름 아닌 내 아들, 미셸과 내가 잠시 머물던 마을의 주민들 이었다. 이곳에서는 금요일이 금요예배의 날인 동시에 시위와 혼란의 날이기도 했다. 이스라엘 경찰이나 군인들에게 돌을 던지는 날로 여겨질 만큼 혼잡한 날이었기에 그 어느 때보다 검문이 삼엄했음이 분명했다. 그런 날에 여러 검문소와 군인 초소를 거쳐 먼 길을 달려온 그들을 보니 놀라지 않을 수 없었다. 어쨌든 그날 저녁 카사노 바에는 여러 종류의 사람들이 뒤섞여 함께 어울렸다. 사람들은 짧은 바지와 티셔츠를 입고 기타를 맨 이탈리아인들과 머리에 전통 의상이나 두건을 쓰지 않은 도시화된 아랍인들, 이렇게 크게 두 가지 유형으로 나누어졌다. 사람들에게 예루살렘은 다른 시골 마을과는 달리 어떠한 감시나 제약 없이 입고 마시고 어울려 노는 것이 가능한 도시였다.

우리는 한때 수도원의 도서관이었다가 교회로 바뀌기도 했고, 예루살렘의 대대적인 변화와 함께 지금은 호스텔로 변해버린 이곳의 넓은 홀에 함께 둘러앉았다. 저녁 식사가 시작되었고 우리는 라자냐와 토마토 소스, 라비올리(이탈리아식 네모 또는 반달 모양으로 익힌 만두), 그리고 와인과 사과 케이크를 먹었다. 식사와 함께 끊임없이 와인이 나왔고 이탈리아인들은 기타를 치며 아름다운 노래를 불렀다. 아부 유쑤프와 일라이는 술을 마시기 시작했고 미셸이 앉아 있는 곳을 바라보니 그 역시 술을 마시고 있었다. 쑤카이나의 남편인 마흐무드와 시장도 와인을 마시고 있었지만 그들과 동석한 쑤카이나는 여자라는 이유로 술 한 모금도 입에 대지 못하고 있었다. 그녀는 단지 경멸이 담긴 시선으로 술을 마시면서 다른 여자에게 눈을 돌리는 그녀의 남편, 마흐무드를 바라볼 뿐이었다. 하지만 감히 그에게 "정도껏 해요!"라고 말하지는 못했다. 마흐무드는 떠들썩하게 사람들과 어울리기 시작하더니 티셔츠를 입은 이탈리아 여자들과 짧은 바지 밑으로 보이는 그들의 허벅지, 속옷을 입지 않아 셔츠 아래로 훤히 드러나는 그들의 가슴을 노골적으로 바라보고 있었다.

미셸과 마을 사람들이 앉은 테이블은 우리 테이블과 가까운 곳에 있었다. 미셸은 이쪽으로 다가오더니 상냥하고 예의 바르게 우리의 안부를 물었다. 마흐무드와 시장, 쑤카이나도 차례대로 와서 인사를 건넸다. 쑤카이나는 이전과는 사뭇 달라진 모습이었다. 자수가 새겨진 새 옷을 입은 그녀는 더 말쑥하고 아름다워 보였다. 그 새 옷은 남편이 그녀에게 주먹질을 하고 가죽으로 된 허리띠로 그녀를 때렸던 것을 달래주기 위해, 일종의 보상 차원에서 사준 선물이었다. 쑤카이나는 그녀에게 익숙하지 않은 이런 분위기 속에서 시선을 어디에 둘지 모른 채 여전히 위축된 모습으로 벽과 마흐무드의 의자 사이에 끼어 있었다. 그녀는 가끔 손가락으로 술잔을 가리키는 행동을 했는데 마치 "대체 이 천박한 것은 뭐람!"이라고 말하는 것 같았다. 하지만 그녀의 남편은 이미 크레모나산 와인에 취해 큰 목소리로 껄껄 웃다가 박수를 치고 중얼거리기도 하다가 엉큼한 눈초리로 이탈리아 여자들을 바라보았다. 와인과 맨살이 드러난 허벅지로 인해 이성을 잃은 남편을 본 쑤카이나는 화가 머리끝까지 난 것 같았다. 그녀는 마흐무드를 그곳에 내버려 둔 채, 화장실과 아들인 타우피끄를 보러 간다는 핑계로 자리에서 일어났다. 마흐무드는 그러거나 말거나 자신은 도시 사람이나 다름없고, 키부츠에서 일하고 있기에 서구인들이나 외국인들에게는 익숙하다는 것을 증명하기라도 하듯 시끄러운 분위기를 즐기는 모습이었다.

그에게 와인은 물과 같았고 훤히 드러난 가슴은 익숙한 것이었다. 기타는 깃털 없는 우드이자 '라바바'(줄 하나 달린 아랍 현악기) 같은 악기였다. 그렇게 그에게는 모든 것이 평범하고 익숙했다.

갑자기 술에 취한 한 이탈리아인이 자리에서 일어나더니 사람들 사이에서 춤을 추기 시작했다. 옆에 있던 그의 친구들은 그를 위해 자리를 내주었고 곧 우리가 있던 홀은 사람들의 환호와 기타 연주 소리, 탁자를 두드리는 소리, 숟가락으로 잔을 치는 소리, 그리고 술에 취한 사람들의 함성과 "야 카비비!"라 외치는 일라이의 고함소리가 뒤섞여 떠들썩해졌다. 아부 유쑤프는 그들을 향해 잔을 들더니 '이탈리아인들을 위하여!'라고 외쳤다. 그러자 로마에서 온 수도사도 아부 유쑤프의 인사에 응하여 '아랍인을 위해 건배!'라고 외쳤다. 미셸은 옆에서 가만히 미소를 지으며 술잔에 입술을 살짝 가져다 댔다. 그 모습을 본 나는 다시 슬퍼졌다. 그는 자신을 잊고 세상을 잊고 자신의 감정마저도 잊은 정신 나간 사람일 뿐이었다. 심지어 그는 아무 욕구도 없이 와인에 입술 끝을 댈 뿐이었다. 저 아이가 과연 내 아들, 석공의 아들이 맞기는 한 걸까? 아니면 단지 수도원의 아이일 뿐일까? 로마에서 온 수도사도 술을 마시며 손뼉치고 노래를 부르는 이 와중에 미동도 없이 뻣뻣하게 굳어 있는 저 아이는 대체 뭘까?!

일라이가 냅킨을 빼내서 좌우로 흔들자 아부 유쑤프도 덩달아 신이 났는지 마을 사람들 앞에 서서 춤을 추기 시작했다. 사람들이 열광했고 시장도 "잘한다! 자, 이제 우리의 실력을 보여주자고!"라고 소리쳤다. 이렇게 두 그룹 간의 경쟁이 시작됐다. 하지만 누가 누굴 앞선다는 말인가? 아부 유쑤프 아니면 저 이탈리아인? 시장은 흥분해서 마치 이 경쟁이 남자다움과 아랍의 예루살렘이 가지고 있는 특징을 보여줄 수 있는 민족적이고 성스러운 일인 것처럼 여겼다. 그래서 옆에 앉아 있던 마흐무드를 부추겨서 무대 위에 홀로 춤추고 있는 아부 유쑤프와 함께 하도록 했다. 마흐무드는 이미 거하게 취해서 부끄러움이나 열등감 같은 것은 까맣게 잊어버린 상태였다. 그는 내 앞에 서더니 전문 다브카 댄서처럼 어깨를 거세게 흔들기 시작했다. 이런 격한 움직임과 기술적인 효과로 인해 한낱 시골 농부였던 마흐무드의 어깨 춤사위는 관광객들의 이목과 명성을 한 몸에 받는 도시인 나사렛 출신의 아부 유쑤프의 춤사위보다 훨씬 뛰어나 보였다. 그동안 나사렛은 사람들에게 세상의 중심이자 예수가 발을 디딘 성스러운 도시로 여겨졌었다.

이렇게 시골 농부와 나사렛 사람 간의 경쟁이 시작되었고 그들 사이에서 이탈리아인들의 존재는 어느새 까맣게 잊혀졌다. 어느 한 쪽이 몸을 흔들어대면 다른 한쪽은 발을 굴리며 춤을 추었는데, 이제 이탈리아 사람들이 연주하던 기타 소리는 들리지도 않았다. 아랍인들만의 리그는 치열해져서 그 소리만 들으면 마치 폭격이나 교전이 벌어진 것만 같았고 그 분위기는 마치 금요일 예배가 끝난 뒤 예루살렘에서만 느낄 수 있는 그것과 유사했다. 하지만 금요예배는 아직 시작도 하지 않은 상태였다. 잠시 주춤하다 싶었던 이탈리아인들이 다시 기세를 되찾은 것은 순식간이었다. 청바지와 짧은 바지, 인도식 치마를 입은 세 명의 여인이 무대로 올라가자 분위기는 반전되었다. 그들은 금발을 휘날리며 부드럽게 몸을 기울이면서도 때로는 거세게 흔들기도 했다. 이미 신나게 춤을 추고 있던 두 아랍 남자는 여인들의 춤사위를 보고 입이 딱 벌어졌다. 그들은 서양인 관광객들과의 경쟁에서 자신의 다브카 춤과 어깨춤 덕분에 승부는 이미 결정된 것이나 다름없다고 생각했던 것 같았다. 하지만 어느새 이 여인들의 출현 덕분에 승부는 원점으로 돌아왔고 오히려 어느새 그들의 승리로 기울어지고 있었다. 아부 유쑤프와 마흐무드는 자신들의 춤이 한참 밀린다고 느껴졌는지 마을 사람들을 향해 지원을 요청했다. 하지만 아무도 선뜻 나서지 못했다. 나는 심장에 문제가 있었기에 춤을 추지 못했고 내 아들 미셸은 감기에 걸린 상태였다. 또 시장은 춤에는 영 소질이 없었다. 그때 마침 잠깐 화장실에 갔던 쑤카이나가 돌아왔다. 그녀는 그 상황에 얼떨떨했는지 멍하니 서서 이쪽을 지켜보았다. 뜨거운 춤사위 현장과 이탈리아 여자들의 훤히 들어난 허벅지를 보던 쑤카이나는 아무도 알아들을 수 없는 혼잣말을 했다. 시끄러운 노랫소리와, 이탈리아 여인들의 등장으로 인해 어지러워진 치열한 춤사위 경쟁에서 그녀는 얼이 빠진 것 같았다. 서양 여자들은 춤에서는 한 베일을 쓰고 자그라다만 할 줄 아는 아랍 여자들보다 더 뛰어났다. 마흐무드는 자신의 아내가 온 것을 보고는 사람들 앞에서 자그라다를 할 것을 요구했다. 하지만 쑤카이나는 그 말이 들리지도 않는 듯 멍하게 이쪽을 바라만 보았다. 마흐무드가 다시 쑤카이나에게 소리쳤지만 쑤카이나는 이 상황이 충격적이었는지 그의 말에 반응하지 않고 베일 끝으로 입을 가린 채 이 광경을 지켜만 보고 있었다.

갑자기 한 이탈리아 소녀가 치마를 들어 올리더니 강렬하게 몸을 흔들었다. 그러자 분위기는 후끈 달아올랐고 여기저기서 사람들의 휘파람소리가 들려오기 시작했다. 아부 유쑤프는 안 되겠다 싶었는지 쑤카이나를 무대 위로 끌어당겼다. 낯선 남자가 정당한 이유 없이 자신의 영토나 다름없는 아내에게 접근한 장면을 붉어진 두 눈으로 목격한 마흐무드는 제자리에 서서 두 눈이 휘둥그레졌다. 세상에 어떤 남자가 단순히 외국인들과의 경쟁에서 이기기 위해 남의 아내를 춤사위 경쟁에 밀어 넣는다는 말인가? 그건 절대 용납될 수 없었다. 그래서 마흐무드는 아부 유쑤프에게 다가가 그의 등을 쿡 찔렀다. 하지만 쑤카이나를 무대로 끌고 가려고 잔뜩 흥분한 아부 유쑤프가 그걸 알아챌 리가 없었다. 마흐무드는 몇 번이나 더 아부 유쑤프의 등을 찌르다가 그가 반응하지 않자 그를 잡고 흔들고 당겨보다 결국 피부가 빨갛게 되도록 아부 유쑤프의 목을 손바닥으로 세차게 때렸다. 그제야 아부 유쑤프는 놀라서 뒤를 돌아보았다. 그들은 마치 성난 수탉처럼 마주 서서는 땀을 흘리며 서로를 뚫어지게 쏘아보았다. 그 사이에서 쑤카이나가 "아이고!"라고 탄식하듯 중얼거리자 마흐무드는 그녀를 밀치며 "아이고? 저 놈 얼굴에 침을 뱉지 못할망정, 고작 그런 말이나 하고 있어?"라고 소리쳤다. 그러자 아부 유쑤프도 얼굴이 새빨개져서는 "내 얼굴에 침을 뱉는다고? 이자식이?" 라고 받아쳤다. 마흐무드는 질 수 없다는 듯이 오른손을 들더니 아부 유쑤프에게 "내가 네놈과 네 아비, 할아비보다 훨씬 낫다!"라는 모욕적인 말을 내뱉었다. 거기에 맞서 아부 유쑤프도 "시골촌뜨기 주제에, 나보다 더 낫다고? 농사나 짓는 네놈은 문맹에 무식해서 일 파운드짜리 동전만도 못한 놈이야!"라고 사납게 쏘아붙였다.

그때 시장이 자리에서 벌떡 일어나 발로 의자를 뻥 차버리더니 옷 주머니에서 이깔*을 꺼내 머리 위로 빙빙 돌리면서 일이 커져버렸다. 그는 성난 황소처럼 씩씩대며 아부 유쑤프에게 외쳤다. "지금 한 말을 똑똑히 기억하는 게 좋을 거야. 이 무식하고 근본 없는 놈아. 농부가 뭐 어때서? 네 놈보다, 네 조상들보다 훨씬 낫다고, 이 유대인 앞잡이야!"

그 말을 들은 아부 유쑤프는 깜짝 놀랐는지 미친 사람처럼 소리치기 시작했다. "내가 유대인의 끄나풀이라고? 내가 유대인들의 편이란 말이야? 이 벼락맞을 놈 같으니. 너희 시골 농부 놈들은 하나같이 무식하고 아무 쓰잘머리 없지."

그러자 일라이가 냅킨을 잡은 손을 들어 올리더니 "그러지 말아요, 카비비!"라고 외쳤다. 시장은 그런 일라이의 소매를 잡아당겨 자리에 앉히고 짜증이 난 듯 소리쳤다. "자네는 이 자리에 앉아나 있어, 대체 어떤 망할 놈이 이런 놈을 여기에 데리고 온 거야? 마흐무드!"

---

* 아랍 남성들이 머리 위에 쓴 덮개를 고정하기 위해 두른 검은 띠를 지칭한다.

저놈의 머리를 박살내서 진짜 시골 농부가 어떤 사람인지 알게 해주라고!"

마흐무드는 시장의 말을 듣자마자 주저하지 않고 이 사람 저 사람 얼굴에 주먹을 날리기 시작했다. 주먹에 맞은 코에서는 피가 뿜어져 나왔다. 함께 춤을 추던 동료들 사이에서 뜬금없이 싸움이 시작되었고 이것은 내전의 징후였다. 옆에 있던 이탈리아인들은 당황해서 자리에 멀뚱히 서 있었다. 그들은 아랍인들 사이에서 들려오는 말들을 이해하지는 못했지만 이리저리 오가는 주먹질과 펌프처럼 뿜어지는 피를 보고 이 상황을 파악했다. 그리고 그들 중 누군가가 몇 단어를 알아듣고 "아랍인 농부, 망할 놈, 등등"이라고 통역을 해주자 싸움터에서 오가는 말을 어느 정도 이해한 것 같았다. 그들은 곡식더미 위의 닭처럼 빠른 말투로 자기들끼리 속삭이다가 호기심이 가득한 얼굴로 강 건너 불구경 하듯 멀리서 아랍인들의 싸움을 지켜만 보고 있었다. 그때 "아빠, 아빠!"라고 소리치는 아이의 목소리가 들려왔는데, 그 목소리의 주인공은 타우피끄였다. 타우피끄는 아빠, 엄마 없는 외딴 방에서 자다가 깨어나서는, 부모를 찾으러 파자마 차림으로 이리저리 돌아다니다가 피로 뒤덮인 자신의 아빠를 보고 놀라서 소리를 지른 것이었다. 타우피끄는 한창 싸움을 벌이던 이들 사이로 가서 손을 번쩍 들더니, "제발 그만해요!"라고 외치며 아부 유쑤프에게 달려들어 그 작은 주먹으로 그를 때리며 붙잡고 늘어졌다. 이탈리아인들은 당황해하며 싸움터에 뛰어든 어린 아이가 걱정이라도 되는 듯 자기네끼리 속삭였다. 한편 일라이는 눈물을 흘리며

"카비비!"라고 소리만 질러댔다.

그런 일라이를 보던 시장은 "너는 네 자리에나 잠자코 앉아 있어! 대체 어떤 머저리가 이런 놈을 데려온 거야?"라며 신경질을 냈다.

나는 화가 나서 "내가 데리고 왔습니다!"라고 시장에게 말했다.

하지만 그는 나를 쳐다보지도 않았다. 아마도 그는 내가 이 싸움에 개입해서 중재하려는 것이 단순히 예의를 차리기 위한 것, 아니면 이 분위기를 진정시키려는 쓸데없는 노력이라고 생각하는 것 같았다. 시장은 계속 욕지거리를 하더니 "시골 농부? 농부나 시골 출신이라는 게 대체 무슨 문제가 있단 말이야?"라고 분노했다.

시장은 이 싸움이 어린 타우피끄의 개입으로 어느 정도 진정된 것을 알게 되었지만 다시 고래고래 소리를 질러댔다. "마흐무드! 저놈의 머리를 박살내고, 저놈의 아비를 저주하라고! 저놈에게 진짜 시골 농부가 뭔지 보여줘!"

나는 유감을 표시하며 재차 그를 진정시키고 노력했다. "그러지 마십시오! 아무리 그래도 이런 행동은 옳지 못합니다. 제발 진정하세요!"

하지만 시장은 내 말을 듣지도 않고 "야 카비비!"라고 외치는 일라이에게 욕설을 하며 가만히 있으라고 경고했다.

그에게 말이 통하지 않자 나는 옆에 가만히 앉아 있던 미셸을 바라보며 사람들을 좀 말리고 이 싸움에 종지부를 찍을 수 있도록 도와달라는 눈빛을 보냈다. 하지만 미셸을 핏기가 가신 창백한 얼굴로 당황한 듯 보일 뿐 별다른 움직임을 보이지 않았다. 나는 미셸에게 부탁했다.

"뭔가 좀 해봐, 저 사람들에게 좋은 말을 좀 해보라고."

하지만 그는 멍하니 중얼거리다가 다른 곳으로 얼굴을 돌리며 이 상황을 외면해버렸다.

"대체 이런 사람들에게 무슨 말을 하라는 말인가요?"

나는 미셸의 냉담함에 화가 났다. 그래서 비꼬는 듯이 말했다.

"그렇다면 자네가 말하던 그 영혼은 지금 대체 어디에 있나?"

미셸을 나를 빤히 바라보다가 중얼거렸다.

"이미 우리를 떠나가 버렸어요."

그렇게 미셸은 그 자리를 벗어나 다른 곳으로 가버렸다.

＊＊

나는 그날 저녁 미셸에게 "네게도 책임이 있어"라고 말하며 그를 꾸짖었다. 하지만 그는 내 말에 어떠한 반응도 보이지 않고 묵묵히 빠른 걸음으로 걷기만 했다. 미셸이 걸을 때마다 그의 의복이 다리를 스치며 발끝에서 휘날렸고 허리에 맨 끈은 세차게 흔들렸다. 내가 뒤에서 미셸의 허리춤을 잡아당기자 그는 걸음 속도를 낮추더니 잠깐 나를 바라보았다. 그제야 미셸은 조금 잠잠해져서 천천히 걷기 시작했다. 하지만 여전히 시선을 앞에만 둔 채 나를 보지는 않았다. 그렇게 우리는 시장을 지나 거리로 나가서 노트르담 성당 맞은편 신호등 앞에 잠깐 멈추어 서서 신호가 바뀌기를 기다렸다. 나는 미셸에게 "지금 어디로 가는 게냐?"라고 물었지만 그는 내 물음에 대답하지 않고 밀랍 마스크 같은 경직된 얼굴로 정면만 바라보았다.

그렇게 계속 걷다가 우리는 밥 알 칼릴 앞에 도착했다. 문 앞의 광장은 마치 무대같이 느껴졌다. 그곳에 서 있다 보니 처음 예루살렘으로 돌아왔을 때 목사님과 함께 이곳에 서서 그에게 미셸과 마리암에 대해 물었던 날이 떠올랐다. 그날 저녁 나는 목사님께 마리암이어디에 있는지, 어떻게 살고 있는지 질문을 던지면서도 일이 이렇게진행될 줄은 전혀 예상하지 못했었다. 그때 나는 마리암을 통해 과거의 순수함을 되찾을 수 있을 거라 생각했었다. 하지만 내 아들 미셸이 내게 돌아온다고 해도 그때 그 시절로 다시 돌아갈 수는 없을것이다. 그렇다면 대체 아들이라는 것이 이제 와서 무슨 소용이 있을까? 미셸은 그가 나의 혈육이라는 사실을 부인했고 그의 피는 이미 딱딱한 얼음처럼 굳어버렸다. 사람들의 악행을 막지 못한다면 영혼이나 교회, 황금사원, 성묘교회니 하는 것들이 대체 무슨 소용이있단 말인가?

마흐무드는 예배를 드리기 위해 예루살렘에 왔고, 아부 유쑤프역시 6월 이후 오랜만에 축복을 받기 위하여 예루살렘을 방문했다. 하지만 그 둘은 싸움터로 변해버린 유치한 파티와 크레모나산 와인이라는 덫에 빠져버렸다. 그 상황에서 영혼과 기의 힘을 주장하던내 아들은 사람들이 계속 어리석은 행동을 하도록 내버려둔 채 피로얼룩진 파티에서 도망쳐버렸다. 그런데도 미셸은 끈질기게 진리에대해 논하고 있다. 그는 자신이 다른 사람들보다 더 숭고하고 위대하고 가치 있다고 생각하는 걸까? 그렇다면 대체 왜 저 멀리 시골에서 사람들은 데리고 이곳 알아크사 사원까지 왔단 말인가? 또 왜 시골 촌구석까지 직접 찾아가서 그들과 함께 양치기처럼 살고 있는 걸까? 그는 왜 자신이 숨겨진 것들을 찾아내고 미래를 볼 수 있으며 심지어 병까지 고칠 수 있다고 하는 걸까? 이게 바로 기와 영혼을 통해 이루어지는 일인 걸까? 아니면 수녀원에 틀어박혀 있는 자신의 엄마처럼 그는 단지 사람과 혈연으로부터 벗어나고자 이런 일들을 하는 걸까?

나는 미셸을 바라보았다. 시청과 지나가는 차에서 나온 불빛들이 그의 얼굴을 비추자 얼굴에 패인 골들과 튀어나온 눈썹이 더 선명하게 보였다. 내가 바라보고 있는 그의 얼굴은 마치 오늘 처음 본 사람의 얼굴처럼 낯설었다. 하지만 그는 지금 가지고 있는 이름이 어떻든 간에 분명 내 아들, 이브라힘의 아들이었다.

나는 그에게 소리쳤다. "대체 마음속에 뭘 담아두고 있는지 말해봐! 왜 오늘 파티장에서 침묵으로만 일관했는지 그 이유를 말해보란 말이야. 너는 방관하지 말고 사람들을 말려야 했어."

하지만 미셸은 반감이 가득한 어조로 속삭였다.

"그러면 선생님은 왜 사람들을 말리지 않았나요?"

나는 화가 났다.

"나는 병들고 나이가 많아서 숫염소처럼 머리를 받고 싸우던 두 남자를 중재하기에는 너무 벅찼단다."

하지만 미셸은 차갑게 말했다.

"무슨 말씀을 하는 건지 잘 알겠습니다."

나는 조심스럽게 한 발짝 물러서서 미셸을 타일렀다.

"숫염소라고 표현한 것은 다른 게 아니라, 서로 치고 박고 싸우던 그 남자들을 표현하려고 한 말일 뿐이야. 또 내 나이가 되면 그런 싸움에 쉽게 맞설 수도 없단다. 게다가 나는 심장도 약한데 그런 상황을 어떻게 버틸 수 있겠니? 하지만 너는 삼십 대의 건강하고 많이 배운 청년이잖니, 이미 네겐 나도 알고 너도 알고 있는 신비한 능력도 있고 말이야. 나는 시골에 있을 때 네가 바위에서 나무로 뛰어올라 절벽 끝에 있던 버스에서 아이를 구했던 것을 기억한단다. 그때 네가 서둘러 아이를 구하지 않았다면 버스가 뒤집혀 아이가 죽고 말았을 거야. 하지만 그때 너는 네 목숨을 걸고 아이를 구했어. 그런데 왜 오늘은 사람들의 싸움을 말리지도 않고 가만히 보고만 있었던 게냐?"

미셸을 고개를 저으며 무심한 듯 차갑게 속삭였다.

"아이를 위해서 그랬었죠…… 당신이 끼어들었던 것처럼."

나는 고개를 돌려 미셸을 바라보았다.

"그래, 이제야 이해가 됐다. 네가 대체 뭘 말하고 싶은지 알겠어. 다시 이야기의 원점으로 돌아가야겠구나! 이제야 정말 뭐가 뭔지 알겠어. 나는 내 죄가 뭔지 잘 알고 있고, 항상 그 죄를 되새기며 살아왔다. 그러다가 결국 내가 지은 죄를 속죄하고자 이곳에 돌아왔지. 어떻게 하면 내가 속죄할 수 있을지 그 방법을 좀 알려주어라. 내가 네 두 손에 키스를 하거나 네 발을 닦아야 용서가 되겠니? 아니면 내가 그녀 앞에서 그랬던 것처럼 네 앞에서도 무릎을 꿇을까? 하지만 무릎을 꿇는다고 뭐가 달라지겠니? 나는 아무것도 없이 혈혈단신으로 이곳에 돌아왔어. 오직 너를 만난다는 희망만을 품고 여기에 왔지. 그리고 이렇게 너를 만나게 되었단다. 하지만 내가 무엇을 봤는지 아니?"

미셸을 조용히 물었다.

"무엇을 봤는데요?"

"나는 오늘 말만 번지르르하고 실제로는 아무것도 하지 않는 다른 사람들과 별반 다를 게 없는 한 남자를 보았단다. 지금 네가 입고 있는 옷을 그도 입고 있었지. 너는 다른 사람들과 다르지 않아. 너 역시 다른 이들처럼 복잡하고도 쓰라린 영혼을 가졌고 인생의 길을 잃었지. 세상에 좌절하고 단 한 번도 사랑을 해보지 못했고 말이야. 이제는 그 닫힌 마음을 좀 열어라. 그리고 너를 옭매는 것들에서 빠져나와서 이 세상을 살아가렴. 너는 한창 때의 젊고 아름다운 청년이야. 이 세상의 어떤 여자든지 너를 보면 네 매력에 빠져버릴 거다. 네가 뭐가 부족한 게 있니? 솔직히 말해보렴, 대체 네가 뭐가 부족해? 네 엄마가 비록 우리를 버리고 수녀원으로 도망쳐버렸다고 해도, 너는 강하고 배울 만큼 배운 유식한 남자잖니? 네 외삼촌처럼 재능도 있고 말이야. 너는 예술가의 피를 가지고 있단다. 내 아들이기 때문이지. 나도 한때는 작가 비슷한 사람이었단다. 망명이나 국가 간의 분쟁, 정치의 회오리 속에 빠지지만 않았다면 아마 지금쯤 가장 위대한 작가가 되어 있었겠지. 혹시 너는 네가 기나 영혼 같은 것들에 미쳐 있는 것이 왠지 이상하다고 생각해 본 적이 있니? 사실은 그게 절대 이상한 것이 아니란다. 그건 네가 핏줄을 통해 물려받은 예술적 감성에서 비롯된 거야. 내가 가지고 있고, 내 외삼촌, 할아버지가 가지고 있던 예술의 광기에서 기인한 것이지. 너는 뛰어난 재주를 가지고 있는 사람들의 핏줄을 물려받았단다. 그런데 왜 너는 나와 네 핏줄을 부끄러워하는 거니? 우리는 꽤 괜찮은 사람들이고 다른 사람들처럼 사랑을 꿈꾸는 불쌍한 이들이란다. 너는 우리의 핏줄을 물려받았다는 것과 네가 내 아들이라는 것을 부정할 셈이니? 너는 내 아들이야. 나는 네가 내게 돌아와서 나를 돕고 부양해주면 좋겠구나. 아는 이미 늙어버렸고 세상살이와 잃어버린 사랑 때문에 고단하단다. 네가 원하는 것을 내게서 가져가고, 대신 내게 사랑을 돌려주렴. 네가 원하는 모든 것을 내게서 가져가거라."

그러자 미셸은 멍하게 중얼거렸다.

"당신이 원한 말고 내게 뭘 줄 수 있다는 말입니까?"

"원한? 원한이라고! 내가 네게 원한만 줄 뿐이라고? 아니, 전혀 그렇지 않아. 나는 네게 모든 사랑과 감정, 그리고 세상의 부와 돈을 줄 수 있단다. 자, 내가 가지고 있는 것을 가져가렴, 내 삶까지 모두 가져가거라. 이 세상 모두를 가져가고 대신 내게 새로운 세상을 만날 수 있다는 희망을 주렴."

"새로운 세상이요? 대체 그런 게 어디 있다는 말입니까?"

"새로운 세상은 바로 아이의 미소 속에 있단다. 아이의 세상 속에 있지. 이 세상에서 아이보다 더 아름답고 귀한 것이 있을까? 아이들이 가득한 천국은 이 세상의 기쁨이고 매일이 명절이나 다름없는 행복한 곳이란다. 아버지의 품속에서 뒹굴며 노는 아이보다 더 아름다운 것이 또 있을까? 잠에서 막 깨어난 아이의 두 눈을 보면 마치 수선화를 보는 것과 같은 느낌일 거야. 작은 몸집의 아이라니…… 아, 아들아!"

나는 자밀라가 미셸의 어린 시절 모습이 어땠는지 내게 얘기해줬던 것이 생각났다……. '아이는 오리처럼 통통했고 손등에는 보조개가 움푹 패여 있었지. 나는 그 손을 잡고 예쁜 손가락에 뽀뽀를 해줬어. 그러면 아이는 수선화 같은 두 눈으로 나를 바라보았지. 얼마나 아름다웠는지 몰라! 이브라힘 자네가 봤다면 얼마나 좋았을까.'

내 목소리는 떨려왔고 어느새 두 눈에서는 눈물이 터져 나왔다. 하지만 미셸은 그 모습에 전혀 동요하지 않고 그의 앞에 있는 불빛만 바라보았다. 그는 대체 무엇을 보고, 무엇을 꿈꾸고, 뭘 생각하는 걸까? 분명 영혼에 대한 것들을 생각하고 있겠지. 갑자기 골치가 아파 왔다. 세상에 어떤 영혼이 얼음처럼 꽁꽁 얼어버린 이 아이를 내게 다시 돌려줄 수 있을까?

하지만 나는 그의 정서에 최대한 맞추기 위해 노력하며 조심스럽게 말을 건넸다.

"네가 저번에 영혼들이 우리를 잊지 않고, 우리가 그들을 필요로 하면 다시 돌아온다고 했었지?"

미셸은 내 질문에 반응하지 않았지만, 나는 거기서 말을 멈추지 않았다.

"나는 그렇게 들었는데, 그 시골 마을에서 내가 기절했을 때 분명 그런 말을 들었었어. 그곳에서 아침에 쑤카이나를 두고 언쟁을 벌였을 때, 네가 했던 말을 난 분명 기억한단다."

내 말에 미셸은 차갑게 말했다.

"그건, 그때의 상황 때문에 그렇게 말했던 겁니다!"

"나는 바닥에 던져져 있었지만 네가 한 말을 똑똑히 들었어. 너는 영혼이 우리에게 오고, 죽음은 끝이 아니라고 했지. 우리가 열린 마음으로 그들을 부른다면 영혼도 다시 우리에게 돌아온다고 했어. 맞지?"

"네, 그렇게 말했었죠."

"그런데 오늘은 왜 또 말을 바꾸는 거냐?"

그러자 미셸은 버럭 화를 냈다.

"저는 말을 바꾼 적이 없습니다."

나도 열이 올라 미셸의 말을 받아 쳤다.

"하지만 오늘 내가 봤던 너는 전혀 다른 모습이더구나. 영혼 없는 육신을 가지고 있는, 마치 죽은 사람 같았지. 아무것도 느끼지 못하고 반응하지도 않았어. 왜 전과 달라진 거니? 그 이유가 뭔지 말해보아라."

미셸은 내 말에 이미 자제력을 잃고 격분한 것 같았다. 그는 내게 날카롭게 말했다.

"왜냐고요? 전 화가 났어요!"

"화가 나? 화가 났다고? 고작 술 취한 사람들의 주먹다툼에 화가 났단 말이야? 만약 네가 전쟁이나 전투에 참전해서 주변에 한 가득한 피와 사람들의 시체를 봤다면 과연 어떻게 했을까? 두 눈으로 직접 집단 학살을 목격하고 폐허 속에서 우리와 함께 서성이거나, 겁에 질린 개처럼 공습을 피해 거리로 도망 나온 사람들과 함께 있었다면 대체 너는 무엇을 할 수 있었을까? 이런 것도 경험해 보지 않은 네가 고작 술주정뱅이들의 싸움에 화가 났다고?"

"아니요, 저는 당신에게 화가 난 겁니다."

"나 때문에 화가 났단 말이야? 왜? 내가 뭘 했기에? 내가 뭐라고 말하기라도 했니? 나는 그때 아무것도 하지 않았는데, 대체 왜 내게 화가 난 거니?"

"왜냐고요? 당신이 내 일에 참견하고 나에 대해 몰래 뒷조사를 했기 때문이죠."

"내가 뒷조사를 했다고?"

"여기저기 모든 곳에서 저를 찾아다니셨더군요. 당신이 살던 마을에 가서는 엄마를 찾아다니다가 거기서 엄마를 못 찾자 결국 제가 있던 곳까지 오셨다고 들었습니다. 자밀라 아주머니와 어머니의 이모 되시는 분께도 가셨다고요.

오래된 다락방에서는 엄마 사진을 찾고 엄마를 쫓아 갈릴리에 갔다가 이곳 예루살렘까지 왔다고 들었어요. 대체 당신이 원하는 게 뭡니까? 우리 엄마를 원해요? 하지만 엄마는 당신을 원치 않습니다. 아니면 내가 당신에게 돌아가서 아들 노릇을 하길 원하는 겁니까? 나는 당신에게 가지 않을 거예요. 혹시 내가 당신을 마음에 들어 해서 아버지로 받아들이길 원하나요? 그렇게 되지는 않을 겁니다. 그

날도 얘기했지만 나에게는 나만의 갈 길과 나만의 영혼이 있고, 나만의 삶이 있어요. 저를 그냥 내버려 두시란 말입니다. 왜 가만히 있는 나를 이제는 다 잊은 과거로 되돌아가게 만드는 겁니까? 우리 엄마는 죽었어요. 수녀원으로 들어갔단 말입니다. 그녀는 이제 내게 나이 많은 수녀일 뿐이에요. 당신은 내게 그저 아무 의미 없는 수심에 잠긴 낯선 남자일 뿐입니다. 그 남자는 지금 지푸라기라도 잡고 싶은 심정이고, 그 지푸라기는 바로 나라는 것을 저도 잘 알고 있습니다. 당신에게 저는 지푸라기일 뿐이에요. 하지만 나는 지푸라기가 아니에요. 나는 인간입니다. 나는 몸과 영혼을 가진, 감정과 깊이가 있는 인간이란 말입니다. 당신은 과거를 잊은 채 현재를 살 수 있다고 생각하나요? 시간이 지나면 사람이 갖고 있는 상처가 아물 거라고 생각해요? 혹시 당신이 사과만 한다면 그 사람의 근심과 고통이 줄어들 거라 믿는 건가요?"

나는 당황해서 소리를 질러버렸다.

"너는 지금 내게 원한을 품고 있는 거지!"

미셸도 내게 날카롭게 소리쳤다.

"내가 왜 당신에게 원한을 갖지 않아야 하죠? 하지만 전 이제 당신에게 아무런 원한이나 증오심도 갖지 않아요. 그냥 당신이 나와 내 엄마를 잊어주길 바랄 뿐입니다. 저희가 계속 우리의 세계에서 살 수 있도록 그냥 내버려 두세요. 우리는 당신을 잊었어요. 우리를 떠나줘요. 그리고 그냥 평화롭게 살게 해주세요."

나는 두려워졌다.

"아니, 그럴 수 없어! 너는 내 아들이고, 내 희망이자, 내 삶이야. 네가 가버린다면 누가 내 곁에 남아 있겠니?"

"아부 유쑤프와 술에 취한 니나의 애인이 당신 곁에 있을 겁니다. 그리고 크레인이 남아 있겠군요."

"크레인도 남아 있다니? 무슨 말이니? 계속 그렇게 나를 비난만 할 셈이야!"

그러자 미셸은 힘이 실린 목소리로 다시 고집스럽게 말했다.

"저에게는 저만의 삶이 있어요, 저를 떠나주세요, 그냥 지금처럼 편안하게 살 수 있도록 해주세요."

나는 혼란스러웠다.

"나는 이해할 수가 없구나."

그러자 그는 감정적으로 내게 말했다.

"나는 당신이 불쌍해요. 당신의 상황이 딱하기도 하고요. 아주 가끔 이런 감정이 들기도 하지만 저는 그럴 때마다 얼른 그 감정을 마음속에서 지워버립니다. 만약 내가 과거로 돌아간다면 과거의 그것을 다시 겪어야 하기 때문이죠."

"우리가 과거로 돌아간다는 게 대체 무슨 문제가 있단 말이야?"

미셸은 가슴 윗부분에 손을 올려놓더니 슬픈 미소를 지었다.

"내가 과거로 돌아간다면요? 내가 돌아간다면?!"

그는 내 얼굴을 피해 먼 곳을 바라보더니 혼자 중얼거리다가 고개를 저었다. 그러고는 슬픈 얼굴로 한숨을 쉬었다······. "내가 과거로 돌아간다면, 어린 시절의 그 고통을 또 겪게 되겠죠." 나는 그제야 자밀라가 내게 했던 말들을 기억해냈다. 그녀는 미셸이 어린 시절 계속 울어 댔다고 내게 이야기해주었다. '아이는 쉴 새 없이 울어 댔어. 내가 안아줘도, 젖을 물리려 해도 소리를 질러댔지. 캐모마일을 끓여서 먹이려 해도 울며 소리를 질러댔었어. 아이는 엄마를 원해서 그렇게 울어댔던 거야. 하지만 아이의 엄마는 수녀원으로 갔어. 이 세상을 떠나서 그녀가 가지고 있던 것을 모두 버리고 수녀원으로 가 버렸지. 아이도 자신의 엄마가 했던 것처럼 똑같이 수도원으로 가버렸어.' 그러나 여기 내 앞에 있는 내 아들은 수도원에 있는 것도 아니고 속세에서 살고 있는 것도 아닌, 나처럼 가야 할 길을 잃은 상태였다. 그가 정착해야 할 곳은 대체 어디일까?

나는 잠시 생각에 잠겼다가, 감정적이거나 날 서지 않은 침착한 대화로 미셸을 이끌어 가기 위해 노력했다. 감정적인 것들은 나와 그 사이를 더 멀어지게 만들 뿐이고, 그에게 지난 과거의 일들을 상기시켜 줄 것이 분명했기 때문이다. 잘은 모르지만 아마도 미셸은 그 과거를 잊기 위해 부단히 노력했었을 것이다.

"네 엄마는 수녀원에서 안식을 찾았단다. 하지만 너는 수도원에 있는 것도 아니고, 그렇다고 이 속세에 있는 것도 아니야. 너는 그 두 세계 사이에서 무엇을 하고 있는 거니?"

미셸을 쓰게 웃음 지었다.

"제가 두 세계 사이에 있다고요?"

그는 나를 보더니 처음으로 미소를 지어 보였다.

"두 세계 사이라니? 멋진 표현이네요. 어디서 그런 표현을 생각해

낸 거죠?"

나는 그를 내 곁으로 데려와서 내게 관심을 갖게 만들고, 내가 하는 말을 경청하게끔 하기 위해 열정적으로 말했다.

"그건 내가 작가이기 때문이지. 내가 방금 전에 말하지 않았나? 이 세상의 여러 복잡한 일들과 망명, 정치적인 사안들 때문에 비록 그렇게 되지는 못했지만, 그것만 아니었다면 나는 지금쯤 위대한 작가가 되어 있었을 거야."

미셸은 미소를 지었다.

"위대한 작가라."

"나라고 안 될 게 뭐 있어? 내가 뭐가 부족해서? 내게는 예술적인 면과 상상력, 뛰어난 표현력이 있단다. 나는 작가이고 너는 예술인이고 우리에게는 공통점이 있구나."

미셸은 고개를 저었다.

"두 세계 사이에 있다니."

"그래서 나는 너의 감정을 이해하는 거야. 내가 글을 쓰는 사람이기 때문이지."

그는 다시 똑같은 말을 반복해서 읊조렸다.

"두 세계 사이에 있다라."

"그래서 나는 네가 느끼는 감정을 똑같이 느낀단다."

미셸은 냉소적으로 내게 물었다.

"당신이 글을 쓰는 작가이기 때문에?"

나는 어떻게 대답을 해야 할지 망설였다. 그러자 미셸이 다시 질문을 던졌다.

"당신이 작가이기 때문에 그렇다는 말인가요?"

나는 가슴이 뭉클해지면서도 동시에 저릿함을 느꼈다.

"사실 나는 너이기 때문이야. 너는 바로 나이고."

내 말을 듣던 미셸은 고개를 젓더니 나직하게 말했다.

"아니요, 당신은 내가 아니에요."

"그렇다면 너는 누구니?"

미셸은 내 얼굴을 쳐다보았다.

"정말 알기를 원해요?"

"물론, 나는 알고 싶구나."

"대체 뭘 알고 싶은 거죠? 솔직히, 어렵게 말하지 말고 간단하게 말해봐요. 무엇을 알고 싶은 거죠?"

그 질문에 나는 조용히 입을 다물고 잠시 생각에 빠졌다. 나는 그에게 왜 영혼의 세계에 머물고 있으면서도 내게 증오심을 품고 있는지, 또 충분히 기억에서 지울 수 있음에도 불구하고 왜 과거의 슬픔을 아직도 잊지 않고 있는지 묻고 싶었다. 그리고 그에게 이 세상은 사랑 없이는 아무 의미가 없다는 것을 이야기해주고 싶었다. 내가 말하는 사랑이란 전에 얘기했던 것처럼 단순히 여자를 의미하는 것이 아니라, 엄마, 아빠, 누나, 형제, 같은 모든 사람들, 인류에 대한 사랑을 뜻하는 것이었다.

그건 미셸도 알고 동의했던 것이었다. 그런데 그는 왜 오늘 술 취한 이들에게 조소를 머금을 뿐 그들의 싸움을 말리지 않았던 걸까?

왜 이탈리아인들 앞에서 우리의 파티가 웃음거리가 될 때까지 방관하기만 했을까? 나로서는 도저히 이해할 수 없었다. 그의 진료소에 있었던 사랑과 영혼은 사람들이 사는 속세로 나오면서 눈 녹듯 사라져버리는 것이었을까? 세상에 나온 그는 어느새 그의 가르침을 잊고 사랑의 의미를 부정하게 된 걸까? 그가 말했던 사랑이 진실이 아니라면, 이 세상에서는 실현되지 않는 것이었다면, 그것은 단순한 형상이자 이미지일 뿐이다. 우리가 노트르담 성당이나 카사노바 호스텔에서 관광객을 위해 걸어놓은 보기 좋은 이미지 같은 것이다. 이게 그가 말했던 사랑인가? 그게 아니라면 왜 미셸은 그날 밤 쑤카이나가 당하는 폭력을 모르는 체하고 카사노바 호스텔에서 일어난 싸움을 보고만 있었을까? 왜 나의 나약함에 모질게 굴고 내가 후회하고 반성하고 있음에도 불구하고 나는 용서하지 않았던 걸까? 자기의 목숨을 걸고 아이를 구했다가 왜 거기서 멈춰서 이제는 모든 일에 방관으로 일관하는 걸까? 모든 게 뒤죽박죽이다. 나는 그를 이해할 수 없었다.

밤이 찾아오고 사방이 고요해지면서 차가 다니는 소리도 점차 줄어들었다. 예루살렘의 산들바람은 9월의 이슬이 머금은 향기를 우리에게 전해주었다. 스산한 추위가 뼛속에 스며들었고 예루살렘의 골목 곳곳에도 추위가 찾아왔다. 이날은 9월의 마지막 날이자, 힘겨웠던 나의 탐색과 뜨거웠던 여름의 끝을 고하는 날이기도 했다. 나는 조용히 미셸에게 말했다.

"나는 이해할 수 없구나. 이제는 이해하고 싶지도 않아. 사랑을 하는 데 있어 이해를 하려는 것은 오히려 방해가 될 뿐이니까."

미셸은 차갑게 응수했다.

"그게 당신이 내린 결론입니까?"

나는 결심한 듯이 그에게 말했다.

"나는 네게 약속하지는 않을 거야. 너를 떠나지도 않을 거고. 너는 내 아들이다. 너는 내 사랑이야."

우리는 그 뒤로 아무 대화도 나누지 않고 호스텔로 돌아왔다.

**

다음 날 아침식사 시간이 되도록 아부 유쑤프와 마흐무드는 서로 화해하기를 거부했다. 그러다가 결국 아이들이 하는 것처럼 둘 사이에는 평화협정이 맺어졌다. 이탈리아인들은 갑작스러운 화해 뒤에 그들이 나누는 키스와 인사, 웃음소리를 신기한 듯 구경했고 매우 흥미로워했다. 반면 우리는 별로 놀라워하지 않았다. 처음에 아부 유쑤프는 잔뜩 골이 난 아이처럼 "내가 유대인 끄나풀이라고 말했던 무식쟁이 아니야?"라고 말을 건넸고 마흐무드는 "내가 동전 하나만도 못한 별 볼 일 없는 농부라고 말했던 사람이 누구였더라?"라고 응수했다. 어쨌든 그 둘은 서로 윙크를 나누며 화해를 했다. 그 둘이 화해의 대화를 나누는 동안 그들 앞에 놓인 식사는 차갑게 식어 버렸다. 그 자리에 있던 다른 사람들은 그 둘의 '화해 기념식'을 보지 못한 채 모두 아침 식사를 마치고 시장으로, 베다니아 교회로, 올리브 산으로 각자 갈 길을 가버렸다. 사람들은 저마다 무리를 지어 누구는 카메라를, 누구는 달러를, 다른 누군가는 예쁜 여자들과 함께 짝을 지어 나갔다. 나는 마흐무드가 어제 크레모나산 와인을 마시고 무슨 일들을 했는지 상기시켜주기 위해 일부러 짓궂게 그를 놀렸다. "이봐, 저들을 빨리 따라가게. 저 그룹에는 아름다운 여자들이 있던데 가서 함께 어울리는 건 어때?" 그러자 마흐무드는 사뭇 엄숙한 표정을 지으며 "오늘은 그렇게 할 만큼 한가롭지 않아요. 지금은 제정신이라고요. 바로 우두를 하고 금요예배를 드리러 갈 거예요"라고 내게 대답했다.

사람들은 예루살렘의 알아크사 사원에서 금요예배를 드리기 위하여 모두 세정을 하러 갔다. 그날의 예루살렘은 마치 시끌벅적한 결혼식장 같았다. 예배를 위해 사람들이 각자의 손에 양초와 향로를 들고 구름처럼 몰려들었고 새들은 파란 하늘 위를 훨훨 날아다녔다. '9월은 축축한 날이다'라는 속담도 있었지만 9월의 그날은 여느 때와는 달리 햇빛이 환하게 빛났다. 또 여기저기에서 사람들이 돌과 신발을 투척하기 시작하면서 예루살렘의 거리는 뜨겁게 달아올랐다. 그들이 던진 신발들은 마치 까마귀처럼 하늘을 날아 다녔고 그것은 마치 불길한 징조처럼 느껴졌다. 곧이어 시위 진압용 총알들이 빗발치기 시작했는데 그것은 마치 빗방울이나 쌀의 낟알과도 같았다. 총소리가 들리자마자 관광객들은 닭처럼 흩어져 정신없이 뛰었고 수도사들과 사제들은 수도원으로 몸을 숨겼다. 그 와중에 나는 사람들 사이에서 내 아들, 미셸을 찾아다녔지만 그것은 마치 모래사

장에서 바늘을 찾는 일과 같았다. 사람들은 미친 것처럼 이리저리 도망가고 자신의 뺨을 때리기도 했는데, 어떤 여자는 소리를 지르며 도움을 요청하기도 했다. 나는 관광객들과 카메라, 기자들 사이를 헤집고 들어가 내 아들과 아부 유쑤프, 그리고 다른 사람들을 찾아 헤맸다.

그러다 저 멀리 시장이 홀로 서 있는 것을 목격했는데 그의 옆에는 마흐무드도, 쑤카이나도 없었다. 나는 그의 앞에 멈춰 서서 "나머지 사람들은 어디에 있어요? 어디로 갔나요?"라고 소리쳐 물었지만 그는 내 말을 듣지 못한 채 젊은이들 사이로 달려가다가 돌부리에 걸려 땅바닥에 넘어졌다. 그러자 갑자기 쑤카이나가 나타나서 시장의 어깨를 끌어당기며 옆에 있던 자신의 아들, 타우피끄에게 자기 곁에 가만히 있으라고 경고했다. 하지만 타우피끄는 눈 깜짝할 사이에 사람들과 정신없는 교전, 최루탄, 화염병 사이로 사라져버렸다. 곧이어 말을 탄 경찰들이 나타나서 곤봉으로 사람들을 때리며 제압을 시도했다. 그러나 쑤카이나는 아랑곳하지 않고 큰 소리로 주변사람들에게 자신의 남편과 타우피끄의 행방에 대해 물었다.

그때 나는 저 멀리 창문에서 자밀라가 나를 가리키며 "거기에서 얼른 나와! 빨리 나와서 이리로 오라고!"라고 목멘 소리로 외치는 것을 들었다. 나는 옆에 있던 쑤카이나의 손을 잡고 자밀라의 집으로 뛰기 시작했다. 쑤카이나는 나를 따라 몇 걸음 뛰다가 갑자기 멈춰 서서 성을 냈다. "내 아들 타우피끄는 어떻게 하고요?" 그러고는 다시 주변을 돌아보면서 "타우피끄 어디에 있니?"라고 외쳤다. 자밀라는 당장 경찰을 피해 자신의 집으로 오라고 소리를 질러댔지만 쑤카이나는 그곳을 떠나지 않았다. 그리고 내가 잡은 손을 내려치더니 미친 사람처럼 나를 쳐다보며 소리쳤다. "내 아들 타우피끄와 애 아빠를 찾아야 해요! 나는 여기서 혼자 빠져나갈 수 없어요!" 그러고는 다시 여기저기 타우피끄를 찾아다니기 시작했다.

결국 나는 홀로 자밀라의 집으로 달려갔다. 그녀의 집 안으로 들어가자마자 위층으로 가서 시위의 현장을 지켜보았다. 사람들이 정신없이 뛰어다녔고 최루탄과 사람들의 고함, 돌을 던지는 복면을 쓴 젊은이들이 서로 한데 뒤엉켜 말 그대로 혼란스러운 상황이었다. 그 와중에 나는 쑤카이나의 아들, 타우피끄를 발견했는데 그는 벽 모서리에 올라서서 돌을 던지는 젊은이들과 총알을 퍼붓는 군인들 사이에 있었다. 나는 타우피끄에게 그곳에서 빠져나오라고 소리를 질렀지만 그는 듣지 못한 채 어떤 젊은 청년에게 작은 돌멩이를 건네주었다. 그러자 그 청년은 건네받은 돌멩이를 새총에 끼워 경찰이 타고 있던 말에게 조준했다. 새총의 돌이 말의 얼굴에 명중하자 그 말은 팔짝 뛰면서 마치 미치기라도 한 듯 제자리에서 뱅뱅 돌기 시작했다. 그러자 그 위에 타고 있던 경찰이 바닥으로 고꾸라졌다.

말은 재갈로부터 자유로워졌고 이리저리 날뛰면서 사람들을 밟고 발로 걷어차기도 하며 큰 소리로 울기 시작했다. 벽 위에 서 있던 그 청년은 다시 새총에 돌을 장전하고 군인들 무리를 향해 새총을 쏘았다. 돌멩이가 쌩 하고 날아가더니 군인들 중 한 명에게 명중했고 돌을 맞은 그 군인은 피를 흘렸다. 그가 새총을 쏜 젊은이를 가리키자 그 무리 중 하나가 젊은이를 향해 비정하게 기관총을 쏘아댔다. 결국 그 청년은 군인들에게 돌멩이를 던진 대가로 싸늘한 죽음을 맞이했다. 그가 무너지듯 땅 위로 쓰러지자 타우피끄는 그의 싸늘한 주검에 자신의 몸을 던지듯 올라타더니 엉엉 울기 시작했다. 그러자 쿠피야*를 쓴 또 다른 청년이 타우피끄를 잡아당기며 여기서는 들리지 않는 소리로 그에게 뭐라고 말하면서 타우피끄의 머리를 쓰다듬었다. 그러고는 주검이 되어버린 청년이 쓰고 있던 쿠피야를 벗겨서 그것을 타우피끄에게 씌워 주었다. 쑤카이나는 타우피끄가 다른 청년들이나 성인들처럼 쿠피야를 쓰고 있는 모습을 목격하고는 자신의 뺨을 때리며 그녀에게 닥칠 운명을 예감하듯 비통해했다. 나는 자밀라에게 쑤카이나가 지금 제정신이 아닌 것 같다고 말했다. 그러자 자밀라는 내 어깨를 잡아당기더니 아주 분명한 목소리로 "자, 우리도 어서 저곳으로 내려가지"라고 말했다. 나는 우왕좌왕 달리는 사람들과 호루라기 소리, 구조대, 경찰, 군인, 말의 울음소리가 뒤섞인 그 광장과 거리를 가리키며 겁에 질려서 "지금 저기로 가자는 말씀인가요?!"라고 자밀라에게 재차 물었다. 하지만 그녀는 아무런 망설임 없이 단호하게 "그래, 어서 가자고"라고 말하며, 병원에서 쓰는 약들과 알코올, 요오드가 든 가방을 들고 서둘러 계단으로 내려갔다. 나는 그녀의 손에서 가방을 빼앗아 대신 들었다. 그러면서 속으로는 내가 마리암이나 미셸처럼 겁쟁이라는 생각을 했다. 나

---

* 아랍 국가에서 사용하는 터번 모양의 천으로 주로 남성들이 머리에 둘러쓰거나 스카프처럼 목에 감싸기도 한다.

는 저들 사이에서 도무지 미셸을 볼 수 없었다. 그는 수도원이나 교회로 숨어버린 수도사들처럼 어디론가 사라져버렸다. 하지만 문제될 것은 없었다. 여전히 날은 밝았고 내가 만약 자밀라의 집에 계속 있었다면 아부 유쑤프나 시장, 마흐무드를 찾을 수 없을 것이 분명했다. 그리고 그 먼 거리에서 어떻게 다른 사람들 사이에 섞여 있는 내 아들을 찾아낼 수 있단 말인가? 내 아들 미셸은 겁쟁이가 아니었다. 그는 입고 있던 옷을 끌어당겨 허리띠를 풀어 매듭을 만들어서 결국 한 아이를 구해냈다. 내 아들은 자기의 목숨을 걸고 아이를 구했다. 아마도 지금쯤 위기에 처한 쑤카이나와 그의 아들을 보면서 인상적인 무엇인가를 해낼 것이 분명했다. 하지만 나는 어떻게 내 아들을 설명해야 할지 몰랐다. 언제 그가 대담성을 보일지, 언제 화를 내는지, 언제 다가올지, 그리고 언제 도망을 칠지 알 수가 없었다.

내 아들은 기분파이면서도 복잡한 성격을 가진, 좌절감에 빠진 사람이었다. 그는 내 아들이지만 나는 그에 대해 뭐라고 설명해야 할지 몰랐다. 그는 내 아들인 걸까? 아니면 수도원의 사람일 뿐일까?!

나는 저 멀리서 타우피끄가 돌을 하나 잡더니 벽 위에서 군인들을 향해 돌멩이를 조준하는 모습을 보고는 "얘야, 안 돼! 너는 아직 어려!"라고 외쳤다. 자밀라는 내 어깨를 잡아끌더니 "진정하게, 이렇게 예고 없이 찾아온 어지러운 시기에, 나이가 어리다 한들 무슨 상관이 있단 말인가? 그 누구든 발 벗고 나서야지. 자 빨리 움직이게, 사람들이 죽어가고 있어!"라고 말했다. 나는 그동안 이런 일들에 대해 내가 너무 무심했다는 생각에 창피해졌고 양심의 가책을 느꼈다.

자밀라가 먼저 나를 앞서갔고 나는 그녀의 뒤를 따라 뛰어서 계단을 내려갔다. 자밀라에게 건네받은 가방도 바닥과 계단 위를 스치며 함께 끌려왔다.

우리는 군중들이 가득한 곳으로 갔다가 길을 잃었다. 하지만 근방의 길을 잘 알고 있었던 검은 옷차림의 자밀라는 나를 돌아보더니 "이쪽으로 가면 더 가깝다네"라고 말했다. 나는 그녀에게 "우리는 지금 어디로 가는 건가요?"라고 큰 소리로 외쳤다. 그녀는 성난 모습으로 나처럼 큰 소리로 "빨리 움직이자고! 사람들이 죽어가고 있어!"라고 답했다. 나는 헐떡대며 자밀라를 따라 돌로 된 골목들을 지나갔고 몇 걸음 더 가니 어느새 우리는 알아크사 사원 밑에 도착해 있었다. 여기저기 날아다니는 돌과 짙은 연기, 새총과 사람들의 외침, 카메라와 기자들, 기관총들까지 눈앞에 가까이 보이기 시작했다. 갑자기 최루탄 가스가 벽 위와 아래에서 나오더니 우리가 있는 곳까지 퍼져왔다. 그러자 자밀라는 나를 한 구석으로 밀어 넣더니 가지고 온 가방을 빨리 열라고 했다. 가방을 열자 자밀라는 그 안에서 거즈와 알코올이 담긴 작은 유리병을 꺼내더니 내게 거즈를 건네주며 "자, 이걸 대고 숨을 쉬게나!"라고 말했다. 나는 놀라서 이게 뭐냐고 물었지만 그녀는 내 물음에 답하지 않고 거즈를 입에 대며 고개를 돌렸다. 나 역시 사람들이 있는 쪽으로 고개를 돌렸고 우리는 홍수 같은 군중들 속으로 달려갔다. 그 속에서 어떤 사람들은 다른 이들을 밀기도 했고 다른 어떤 이들은 도망치기에 급급했다. 그 와중에 쑤카이나는 벽 위에 올라가 있는 자신의 아들을 손으로 가리키며 당장 거기서 내려오라고 소리를 질러댔다.

그때 사람들 사이에서 마흐무드가 뛰쳐나오더니 쑤카이나를 잡아당기며 "왜 애가 저렇게 되도록 내버려 둔거야?"라고 소리쳤다. 그러자 쑤카이나는 두려움에 떨며 "내가 내버려 둔 게 아니라, 쟤가 도망쳐버렸다고요!"라고 남편에게 변명했다. 그 말을 들은 마흐무드는 그녀를 때리기라도 할 듯 두 손을 번쩍 들어 주먹을 불끈 쥐더니 "이놈의 여자들이란……"이라고 어금니를 씹은 채 중얼거렸지만 더는 아무 말도 하지 않았다. 그러더니 아들 타우피끄가 있는 벽 위로 올라가기 위해 그 벽의 뒤편으로 뛰어갔다. 순간 시골 마을에서 있었던 일들이 머릿속에 다시 떠올랐다. 그때 미셸은 펄쩍 뛰어올라 위기에 처한 타우피끄를 구해냈었다. 하지만 그때와는 다르게 이번에는 미셸이 나타나지 않았다. 그는 아무 곳에서도 보이지 않았다. 많은 군중들과 기자들 사이, 차들과 들것, 그리고 구급차량 근처에도 그는 없었다. 진압을 위해 때리는 사람들, 그걸 맞는 사람들, 그리고 간호사들 사이에도 미셸은 보이지 않았다. 그는 대체 어디로 가버린 걸까? 이탈리아 사람들을 포함한 모든 이들이 내 시야 안에 있었지만, 내 아들만은 볼 수가 없었다. 그때 일라이가 쉰 목소리로 "아부 유쑤프!"라고 소리치는 것이 귀에 들려왔다. 하지만 아부 유쑤프와 시장, 마흐무드는 그 자리에 없었고, 쑤카이나는 타우피끄와 젊은이들이 서 있는 곳을 가리키며 연신 소리만 질러댈 뿐이었다. 그녀는 다시 그곳으로 간 내 모습을 보더니 "뭐라도 좀 해보세요!"라며 내 어깨를 잡아당겨 도움을 요청했다. 나는 두 손에 얼굴을 묻으며 나의 무기력함에 괴로워했다. 대체 이런 상황에서 내가 대체 무엇을 할 수 있다는 말인가? 나는 저들처럼 맞서 싸울 수 없었다.

그때 자밀라가 내 소매를 잡아당기며 가방을 열라고 했다. 나는 내 눈앞의 광경에 놀라 덜덜 몸을 떨었다. 내 앞으로 부상자들과 빨간 피, 거즈, 알코올이 보였고 요오드 냄새가 코를 찔렀다.

자밀라는 다시 걸음을 옮기기 시작했고 나는 그녀의 뒤를 따랐다. 조금 뒤 자밀라는 내게 가방을 열라고 했고 몇 걸음 더 가더니 내게 다시 가방을 열 것을 주문했다. 나는 아무 생각 없이 그녀의 말에 자동적으로 가방을 열고 닫았다. 같은 패턴이 계속 반복되자 나도 이제 이 상황에 익숙해졌다! 더 이상 두렵지 않았고 눈앞에 보이는 피 때문에 충격을 받지도 않았다. 나는 어느새 이런 광경에 적응해버린 것이다. 사람들이 크게 부상을 입은 모습을 봐도 이제 그것이 일상적인 것으로 느껴졌다. 기관총이나 사람들의 외침, 사상자와 부상자, 여기저기 날아다니는 돌, 군인들의 총알도 익숙하게 느껴졌다.

대체 이건 뭘까? 나는 왜 마비라도 된 것처럼 더 이상 아무것도 느끼지 못하게 되었을까? 이제는 총소리를 들어도 깜짝 놀라지 않았다. 나는 왜 더 이상 요오드 냄새나 최루탄 가스, 먼지 냄새도 맡지 못하게 된 걸까? 왜 부상자들과 죽음의 유령을 보는 것에도 익숙해져버렸을까? 죽음은 이제 더 이상 검은 유령이 아니라 우리의 일부가 되어버렸다. 우리에게는 더 이상 두려움이라는 게 없었다. 우리가 어떻게 하다가 이렇게 되어버렸을까, 이 가련한 국가여!

나의 뇌리 속에는 또 다른 9월의 기억이 떠올랐다. 그때는 형제들과 가족들이 함께 있었다. 그러다가 베이루트에서 형제들, 이웃나라 간의 전쟁이 일어났고 그 후, 걸프지역에서도 형제들, 이웃국가 간의 전쟁이 일어났었다. 나는 누구 편에 서 있었을까? 그 일들을 겪으며 나는 그들에 대한 믿음을 잃었고 결국 내 아버지와 그의 사업장으로 돌아갔었다.

갑자기 인파가 구름 떼처럼 몰리더니 경찰들과 그들이 타고 있는 말 앞으로 돌진하기 시작했다. 그 와중에 자밀라는 내 손을 끌어 벽 가까이에 붙으라고 했다. 하지만 일라이는 제자리에서 움직이지 않고 "아부 유쑤프, 자네 대체 어디에 있나?"라고 외치고 있었다. 그러자 경찰이 곤봉으로 그의 머리를 내려쳤고 일라이는 땅바닥에 쓰러져버렸다. 놀란 말은 뒷발로 섰고 사람들은 소리를 질러댔다. 경찰은 곤봉으로 사람들을 내리쳤고 말은 넘어진 사람들 위를 밟고 지나갔다. 나는 "일라이! 일라이!"라고 안타깝게 소리만 질러 대다가 그를 구하기 위해 그곳으로 달려가려고 했다. 하지만 자밀라가 그런 나를 다시 끌어다가 벽 쪽에 붙어 있게 했다. 그러고는 화난 듯 소리쳤다. "자네 미쳤어?" 나는 결국 일라이가 넘어진 바닥을 가리키며 그의 이름을 외칠 수밖에 없었다. 자밀라는 그런 내 심정을 이해하지 못하고 "거기 그대로 서 있어! 움직이지 말고!"라고 소리치며 나를 막아섰다. 나는 어떻게 할 바를 몰랐고 결국 불쌍한 일라이가 땅 위에 쓰러진 채 발에 치이는 모습을 보고만 있었다. 어느새 아부 유쑤프가 헐떡이며 내 뒤에 나타났다. 그는 "일라이가 어디로 갔는지 아시나요?"라고 물었고 나는 그가 쓰러져 있는 곳을 손으로 가리켰다. 그러자 아부 유쑤프는 화난 목소리로 "일라이가 당신이 보는 앞에서 쓰러졌는데, 당신은 왜 아무것도 안 하고 그를 가만히 내버려두고만 있는 겁니까?"라고 내게 소리쳤다. 그 뒤에서는 쑤카이나가 "맹세하건대 내가 그렇게 내버려 둔 게 아니라 걔가 도망을 가버린 거라고요!"라고 울부짖으며 자신의 뺨을 때리고 있었다.

몇 분 뒤, 내가 있던 쪽의 상황은 좀 진정되었다. 하지만 일라이가 있는 쪽을 다시 바라보니 그는 피를 잔뜩 뒤집어쓴 채 쓰러져 있었다. 아부 유쑤프는 일라이 곁으로 달려가 그 옆에 무릎을 꿇고 앉아서 미동이 없는 일라이의 차가운 몸을 흔들었다. "일라이, 일라이! 일어나게! 빨리 집으로 가야지!" 하지만 그의 몸뚱이는 이제 영혼도 담고 있지 않았고 반죽이나 넝마처럼 제대로 된 형체도 남아 있지 않았다. 아부 유쑤프는 훼손된 일라이의 시체를 보고 두려움에 소리질렀다. 그리고 "일라이, 왜 저 먼 곳으로 떠나버린 겐가?"라고 울부짖기 시작했다. 나는 그런 아부 유쑤프를 잡고 "아부 유쑤프, 일라이는 이미 세상을 떠났어"라고 말하며 그를 진정시켰다. 하지만 아부 유쑤프는 나를 밀며 "아니야, 말도 안 돼, 일라이가 죽다니 말도 안된다고!"라고 소리 질러댔다. "이보게 아부 유쑤프, 일라이는 이미 죽었다고." 그러자 그는 나를 돌아보더니 날카로운 목소리로 외쳤다. "당신은 예루살렘 출신이라 이 상황을 모를 거예요. 일라이 없이 고향에 돌아갔을 때 사람들이 일라이의 행방을 물으면 제가 대체 뭐라고 해야 할까요? 밝혀 죽었다고 말할까요? 이 친구 없이 나사렛에 홀로 돌아가서 사람에게 제가 뭐라고 말해야 합니까?"

"고인이 예루살렘에서 세상을 떠났다고 말하게."

"고인이라니, 믿을 수 없어요. 이보게 일라이, 어서 일어나서 집으로 가자고. 이 친구야! 일라이!" 나는 일라이의 차가운 몸을 잡고 목 놓아 우는 아부 유쑤프를 당겨 안으며 그를 위로했다. 그러자 이번에는 자밀라가 "자네, 빨리 가방을 열어! 사람들이 죽어가고 있어!"라고 말하며 나를 잡아끌었다. 나는 일라이의 시체를 손으로 가리키며 자밀라의 눈을 바라보았다. 그러자 자밀라는 내 손에 있는 가방을 채어 가더니 단호하게 말했다. "죽은 사람보다 지금 살아 있는 사람이 더 중요하네. 가방을 들게." 요오드가 거즈 위로 쏟아지고 피와 최루탄으로 인한 눈물, 폭탄들이 함께 뒤엉켜 쏟아졌다. 쑤카이나는 여전히 "아이고 타우피끄야, 제발 내려와라, 거기서 내려와! 너 가만두지 않을 거야!"라고 외치고 있었고, 나도 뒤돌아서 수많은 사람들 가운데 내 아들, 미셸을 여기저기 눈으로 바쁘게 찾아 헤맸다. 그때 타우피끄가 서 있는 벽 끝머리에서 아들의 이름을 부르며 타우피끄에게 달려가는 마흐무드의 모습이 보였다. 군인들의 총과 돌, 차, 구급차들이 어지럽게 있는 그곳 상공에는 전투용 비행기들이 여러 대 집결해 있었다. 나는 고개를 들고 뒷걸음질 쳤다. 하늘에는 전투용 비행기 떼들이 까맣게 몰려왔다. 그것은 언젠가 베트남전에서 쓰였던 것들이었다. 우리는 이제 또 다른 베트남이 되어버린 것이다!

그때 비행기 무리 중 하나가 벽이 있는 상공으로 날아왔다. 나는 놀란 토끼 눈이 돼서 독수리나 연처럼 빙빙 하늘을 맴도는 비행기를 바라보았는데 실감이 나지 않았다. 마치 내가 영화관의 관객이 되어 액션과 서스펜스로 가득한 할리우드 영화를 한 편 보는 것만 같았다. 내 옆의 기자들은 가만히 서서 셔터를 눌러댔고 무언가 기록을 하기도 했으며 어떤 이들은 필름을 가져오라고 소리를 질러댔다. 이 상황이 이해되지 않았다. 나는 이제 아무런 겁도 나지 않아서 자밀라를 지나 마흐무드가 있는 방향으로 뛰어갔다. 그 장면은 현실이 아니라 마치 영화나 텔레비전에서 나오는 것만 같았다. 우리는 하나의 쇼에 등장하게 된 것이다!

한편 마흐무드는 비행기의 굉음에 놀라 위를 올려다보았다. 그러더니 몇 발짝 뒷걸음을 치다가 그만 균형을 잃고 벽 아래로 마치 깃털처럼 추락해버렸다. 크고 검은 깃털이 최루 가스 사이에서 이리저리 흩날렸고, 그가 두르고 있던 스카프는 목에서 빠져나와 바람에 날리는 돛처럼 공중에 펄럭였다. 그리고 곧이어 마흐무드의 몸이 땅에 떨어졌다. 쑤카이나는 놀라 미친 사람처럼 마흐무드에게 달려갔다. 그리고 그의 몸에 올라타서는 "아이고 마흐무드! 타우피끄 아버지! 좀 움직여 봐요!"라고 울부짖었다. 마흐무드는 "쑤카이나" 이 한마디를 남기고 바닥에 축 늘어져서 더 이상 아무런 움직임도 보이지 않았다. 그때 자밀라가 가방과 요오드를 가져오라고 외쳤다. 자밀라의 응급처치 뒤, 마흐무드가 재채기와 기침을 하면서 상황이 좀 나아지는 것 같았다. 하지만 상황이 괜찮아질 것이라는 믿음은 마치 짓궂은 장난이나, 사람들의 눈을 속이는 신기루와 같았다. 언젠가 비가 그칠 거라 생각했지만 결국 그치지 않고, 가뭄이 끝날 것이라 믿었지만 뜨거운 폭염이 계속되는 것과 같은 이치였다. 봄과 여름, 겨울로 계절이 바뀌고 눈이 오면서 그에 따라 상황도 변할 것이라 기대했지만 결국 죽음의 게임 같은 이 무대는 그대로 남아 있고 그 배경이 되는 계절만 마치 장식처럼 변할 뿐이었다. 우리는 타 죽을 것만 같은 이 가뭄을 멈추고 비를 내려달라고 신께 기도드린다. 하지만 만약 신이 노하기라도 해서 그렇게 바라던 비를 내려주지 않는다면, 결국 우리도 신에 대한 마음의 문을 닫아버리게 된다. 그리고 그 문을 닫는 순간 우리는 마치 지옥이나 답답한 유리병에 갇힌 것 같은 경험을 하게 될 것이다.

신이시여, 나는 당신의 존재를 부정하는 것이 아닙니다. 하지만 나는 나의 나약함과 당신에게 전적으로 의지했던 나 자신 때문에 믿음을 잃게 되었습니다. 왜 사람들의 목숨과 그들의 눈물, 피로 장난을 치시는 겁니까? 왜 우리에게서 무언가를 가져가기만 할 뿐 되돌려 주지는 않는 겁니까?

왜 하필 불쌍한 쑤카이나에게 이런 시련을 주십니까? 마흐무드가 마지막 숨을 내쉬고 눈을 뜨지 못하자 쑤카이나는 자신의 뺨을 때리며 울부짖기 시작했다. 사람들이 마흐무드의 주검을 들것으로 옮기면서 쑤카이나는 보이지 않았던 그의 깊은 상흔을 보게 되었다. 그녀는 어느새 타우피끄의 존재는 잊어버리고 미친 듯이 오열했다. "마흐무드! 애들 아빠! 어떻게 나를 혼자 두고 이렇게 떠나버릴 수 있어요? 일어나봐요! 나를 과부로 만들지 말고 어서 일어나요!" 그러던 쑤카이나가 갑자기 시장을 찾기 시작했다. 그러다 그녀의 곁에 있던 시장을 발견하고는 손을 뻗어 마흐무드가 있는 쪽을 가리켰다.

시장은 연민의 목소리로 "일어나시게, 이 사람아. 이렇게 된 것도 다 그의 운명이야"라고 쑤카이나를 위로했다. 그러자 쑤카이나는 울부짖으며 자신의 머리카락을 잡아당겼고 머리에 쓰고 있던 베일을 벗어 던져버렸다. "마흐무드! 애들 아빠! 이 망할 사람아 어서 일어나라고, 나를 과부로 만들지 말란 말이야!" 쑤카이나의 울부짖음에 시장은 "이보게 그러는 거 아니야! 신이 아니고는 누구나 다 죽게 마련일세, 자네 남편은 팔레스타인을 위해 희생한 순교자야!"라고 그녀에게 꾸짖듯이 외쳤다.

그러자 그 말을 들은 쑤카이나가 미친 사람처럼 시장을 바라보며 외쳤다. "팔레스타인을 위해서라고요? 팔레스타인이 나를 동정해주기나 할까요? 이제 누가 나를 먹여 살리죠? 이제 누가 나의 명예와 정조를 지켜주고, 누가 나를 보호해주나요? 아이고 마흐무드! 당신은 내 머리에 씌워진 왕관 같은 사람이었는데……* 당신이 없으면 난 이제 어떻게 살아요?"

나는 그녀의 말에 놀라 아무도 모르게 혼자 속삭였다. "마흐무드가 왕관이라고? 가죽 벨트가 아니라?!" 하지만 쑤카이나는 누가 뭐래도 유일하게 마흐무드를 위해 울어주는 여자였다. 물론 앞으로의 생계에 대한 걱정도 그녀를 더 울게 만드는 요소 중 하나였다.

나는 쑤카이나를 위로하기 위해 그녀에게 가까이 다가갔다. 그리

---

* '당신은 내 머리 위의 왕관 같다. 혹은 내 머리 위에 있다'라는 말은 아랍에서 자신보다 나이가 많거나 높은 위치에 있는 사람들에게, 자식들이 부모에게, 또는 부부끼리 서로 사용하는 존경의 의미가 담긴 표현이다.

고 "세상은 당신을 잊지 않을 겁니다. 당신을 도와줄 선의를 가진 사람들도 마찬가지이고요. 시장님이나 아부 유쑤프, 저, 그리고 자밀라 역시 당신을 잊지 않을 겁니다"라고 그녀에게 위로의 말을 건넸다. 그러자 쑤카이나는 고래고래 고함을 질러댔다. "선의를 가진 사람들? 이게 대체 무슨 일이야! 내가 이런 엄청난 일을 당하다니, 불쌍한 쑤카이나! 그냥 죽어버릴래요. 예배를 드리러 오지 말았어야 했는데!"

그러자 옆에서 그녀의 외침을 듣고 있던 시장이 "그러면 안 되네, 이 사람아! 지금 여기가 알아크사 사원이라는 사실을 잊은 겐가? 그만하고 들어가 있게!!"라며 쑤카이나를 나무랐다.

그 말을 들은 쑤카이나는 엉엉 통곡했다. "제가 소리 지르게 그냥 내버려 두세요. 이래야 답답한 가슴이 좀 뻥 뚫릴 것 같다고요, 그냥 소리 지르게 내버려 두라고요!"

하지만 시장은 명령조로 목소리를 높여 말했다. "이봐, 그만하라고! 여기서 이러는 건 안 될 일이야. 자네 남편 마흐무드는 알아크사 사원을 위해 희생했어. 만약 다른 사람이 이런 상황을 겪는다면 고인이 순교를 했다는 기쁨에 자그라다 소리라도 냈을 거야."

그때 자밀라가 나타나 한창 잔소리를 하고 있는 시장을 가방으로 밀어내며 그에게 쑤카이나 옆에서 물러나라고 소리쳤다. 그러고는 쑤카이나 옆에 앉아 그녀를 위로했다. "이보게 동생, 마음껏 소리 지르게. 가슴속에 응어리로 남은 것들을 다 말로 토해내게. 그리고 다른 사람들처럼 두려워하지 말게나." 말을 마친 자밀라는 사람들이 마흐무드의 시신을 옮길 때까지 쑤카이나를 가만히 품에 안아주었다.

** **

나는 시체들과 폐허 사이, 그리고 벽 뒤까지 샅샅이 뒤지며 내 아들을 찾아다녔다. 하지만 그곳에는 사람들이 쓰고 있던 머릿수건과 시신들, 태양빛을 받아 검게 굳어가기 시작한 핏자국만이 남아 있을 뿐이었다. 고개를 들어 하늘을 바라보니 석양이 막 날개를 드리우고 있었고 어느새 무덤이 되어버린 이곳의 적막함과 고요함이 광장과 시장을 지배하고 있었다. 가게들은 모두 문을 닫았고 차들도 소음 없이 느리게 움직였다. 아니면 내가 그런 소음들과 혼란스러운 상황을 이미 한차례 크게 겪었기 때문에 이제 다른 것들은 자각할 수 없게 되어버린 것일 수도 있다.

이제 광장에는 아무도 없고 나와 자밀라만이 남았다. 아부 유쑤프는 일라이 없이 갈릴리로 돌아갔고 시장은 쑤카이나와 타우피끄를 데리고 시골 마을로 갔다. 나와 자밀라는 단 둘이 시장의 오래된 계단 끝에 앉아 광장을 바라보았다. 그곳에는 유령들과 오늘 일어났던 사건의 흔적만이 남아 있었다.

"자, 이제 돌아가자고."

자밀라가 내게 먼저 말을 건넸다.

"어디로 가자는 말씀입니까?"

"일단 우리 집으로 가서 뭐라도 좀 먹게나."

"쑤카이나는 지금쯤 계속 굶어서 배고파할 텐데, 저보고 뭘 먹으라고요?"

"가서 자네 얼굴과 손을 좀 씻게나."

"손을 씻는다고 과연 깨끗해질까요?"

"긍정적으로 생각하게, 비관하지 말고 희망을 갖게나."

대체 내가 어떻게 비관하지 않을 수 있단 말인가? 왜 그래야만 하는 것일까? 오늘 금요예배는 피의 파티로 완전히 뒤바뀌어버렸다. 결혼식에서 쏘아대는 총의 총알처럼* 그렇게 순식간에 마흐무드가 죽었고 일라이가 저세상으로 가버렸다. 쑤카이나는 계속 자신의 뺨을 때려댔고 너무 많이 울어대서 이제 더 이상 흘릴 눈물도 없었다. 사실 그것보다 더 중요한 것은 오늘 내가 이리저리 헤매는 동안 내 아들이 사라져버렸다는 것이다. 이제 나는 원점으로 돌아가 다시 내 아들을 찾기 시작할 것이다. 나는 이미 그를 찾았다고 생각했었다. 하지만 그는 사라져버렸고 그의 흔적도 온데간데없었다. 내 아들 미셸이 살아 있음에도 불구하고 내가 그를 볼 수 없고 그의 소식에 대해 들을 수 없다는 것은 참으로 아이러니한 일이었다. 분명 미셸은 예루살렘에 있었지만 그는 다른 사람들처럼 소란을 피해 이리저리 뛰어다니지 않았다. 그를 찾아 바쁘게 움직이던 내 눈은 그 어디에서도 미셸을 발견하지 못했다. 경찰들에게 진압당하며 맞는 사람들이나 기자들 사이에도 그는 없었고 구급차 위나 구조대 사이에서도 그는 보이지 않았다. 일라이가 죽었을 때, 사람들이 마흐무드

---

* 아랍의 결혼식에서는 전통적으로 기쁨을 표시하는 의미로 하늘을 향해 총을 쏜다. 하지만 매우 위험하고 사고로 이어질 수 있기 때문에 현재 많은 국가에서는 이를 법적으로 금지하고 있다.

의 시신을 들것에 지고 나갔을 때도 미셸은 그곳에 없었다. 오늘 그는 부상자를 자신의 어깨에 진다거나 옛날처럼 아이를 구하기 위해 나무나 바위로 뛰어들지도 않았다. 그렇다면 그는 대체 어디로 가버린 걸까? 다치기라도 한 걸까? 아니면 구금되었거나 죽은 것은 아닐까? 아들을 찾는다는 신념으로 먼 길을 달려왔는데 그가 죽어버리기라도 한다면? 미셸이 존재함에도 불구하고 내 앞에 나타나지 않는다는 이 현실을 나는 믿을 수 없다. 그가 이 세상에 존재한다면 왜 나타나지 않고 사라져버린 것일까? 어디로 숨어버린 걸까? 다른 수도사들처럼 수도원이나 교회에 꽁꽁 숨어버린 것일까? 미셸은 의심도 많고 기나 영혼의 힘밖에 모르는 아이인데 교회에 가봤자 무슨 소용이 있을까? 말도 안 되는 일이다. 미셸은 기를 통해 시골 농부들을 치료했었다. 그는 예술가이기도 했고 강한 사람이었다. 아직 사랑을 해보지 못한 삼십 대의 한창인 젊은이였다. 혹시 미셸은 지금 나에게 성을 내고 반항을 하고 있는 걸까? 다른 사람들처럼 마음속에 원한을 품고 나에게 벌을 주려고 하는 것은 아닐까? 그는 마치 자신이 내게 화가 나 있다고 말하는 것만 같았다.

하지만 그렇다고 해도 다른 사람들은 무슨 죄가 있단 말인가? 아무리 내가 잘못을 했다고 해도 다른 사람들은 무슨 죄를 졌단 말인가? 불쌍한 쑤카이나와 그녀의 아이, 일라이와 아부 유쑤프의 죄는 대체 무엇인가? 그들에게는 아무 죄가 없다. 사랑은 또 무슨 죄인가? 만약 사랑이 값싼 물건에 지나지 않는다면 금요예배와 예루살렘의 종들은 어떻게 설명해야 하고, 수천 개의 사원들과 종탑에 대해서는 어떻게 설명할 수 있을까? 나는 해질녘 성묘교회 계단에 앉아 아이들의 목소리로 울려 퍼지는 성가대 노래를 들으며 '신은 결코 나를 잊지 않을 것이고, 나는 꼭 그를 만날 것이다'라고 마음속으로 되뇌었다. 이해를 하고자 한다는 것은 사랑을 하는 데 방해가 되기에 나는 그를 만나게 된다면 그가 무엇을 하는지, 무엇을 알고 있는지 묻지 않을 것이다. 또 내가 알고 싶어 하지 않는 것들에 대해서도 그에게 더 이상 묻지 않을 것이다. 나는 지난밤 "너는 내 아들이자 내 사랑이기에 나는 너를 떠나지 않을 것이야"라는 진심 어린 말들을 그에게 털어놨었다. 하지만 지금 나는 나 자신에게 다시 되묻고 싶어졌다. 이런 아들이 무슨 소용이 있을까, 이것이 사랑이 맞기는 할까? 미셸이 지금처럼 가족의 혈연을 부정한다면 그가 아들이라는 것이 무슨 의미가 있으며, 그의 피가 딱딱하게 굳어 그 뒤에 창백한 귀신들만을 남긴다면 그 피와 혈연이라는 것이 무슨 소용이 있단 말인가? 미셸은 우리를 떠나 그녀에게 가버린 걸까? 마리암이 그랬던 것처럼 수도원으로 도망가버린 걸까? 나는 마리암과 미셸을 찾아 이곳저곳을 헤매면서도 우리가 다 같이 만날 그날만을 꿈꿔왔었다. 그는 저곳에 있을까 아니면 이곳에 있는 걸까? 그것도 아니면 일라이와 마흐무드가 묻힌 것처럼, 사람들의 자비만을 애타게 기다리는 처지가 된 쑤카이나의 청춘이 그 시골 마을에 묻혀버린 것처럼 나도 미셸을 잃고 그를 이 땅에 묻게 된 것은 아닐까? 만약 내가 믿음을 잃고, 의심을 품어 헛소리라도 한다면 이것은 모두 오랫동안 그들을 찾아 헤매다가 결국 몸이 쇠약해지고 지쳐버렸기에 야기된 행동일 것이다. 어느새 내 머리는 하얗게 세 버렸고 심장도 녹아 버렸다. 나의 작가적 상상력은 나를 이곳으로 끌고 왔고 내게 '가을이 한창인 지금 하늘이 깨어나기 시작했고, 수선화와 박하 잎이 초록색을 머금기 시작했으며, 차가운 구름 사이로 파란 하늘빛이 반짝이고 있어'라고 말을 걸어왔다. 미셸은 체포되거나 감금된 걸까? 아니면 수녀원에 꽁꽁 숨어버린 그의 엄마를 따라 가버린 것일까? 만약 그렇다면 미셸은 세상과 이 땅의 사람들을 잊고 지내야 했었다. 하지만 그는 대체 왜 속세의 사람들에게 제 발로 찾아가서 함께 생활하고, 왜 그들을 데리고 이곳 예루살렘 땅까지 오게 된 걸까? 미셸은 왜 내가 그의 아버지이고, 그들이 그의 가족이나 다름없는 사람들임을 부정했을까? 그는 무슨 연유로 우리에게 닥친 범죄를 넘어선 지옥, 죽음의 고통을 부정한 걸까?

이런 그가 내 아들일까? 하지만 이런 아들이 무슨 소용이 있단 말인가! 나와 마리암의 아들이자 사랑의 십자가로 탄생한 내 아들 미셸.

나는 멀리 올리브 산의 정상을 응시했다. 어느새 동쪽 하늘에는 밤의 어둠이 짙게 깔리기 시작했고 도시의 불빛과 알아크사 사원을 비추는 조명등이 내 앞길을 환하게 밝히고 있었다. 나는 고개를 돌려 옆에 있던 자밀라를 바라보며 그녀에게 위로의 말을 건넸다. 근심이 가득한 그녀의 얼굴에는 예루살렘의 빛이 드리워져 있었다. "자, 이제 갈까요?"라고 나는 그녀에게 조용히 말했다.

자밀라는 그런 나를 돌아보더니 내가 뭐라고 말했는지를 물었다.

그래서 나는 다시 천천히 그녀에게 말했다.

"우리도 이제 가서, 뭐라도 먹죠."

그렇게 나와 자밀라는 골목을 향해 함께 걸어갔다.

역자 후기

  우리는 오래 전부터 각종 언론 매체들을 통해 '예루살렘, 그리고 팔레스타인-이스라엘 분쟁'을 접해왔다. 하지만 도무지 끝날 줄 모르고 반복되는 이 분쟁과, 쉬지 않고 쏟아지는 언론의 보도로 인해 어느새 팔레스타인-이스라엘 문제는 이제는 특별한 사건이 아닌 익숙하고도 당연한 것이 되었고 자연스레 이 이슈에 대한 국내의 관심도 전보다 눈에 띄게 줄게 되었다.

  하지만 팔레스타인, 그리고 주변국가인 요르단, 레바논, 시리아에서의 사정은 사뭇 다르다. 그들에게 이 분쟁은 분명 오래 전부터 존재한 익숙한 일이기도 하지만, 동시에 하루하루 그들의 삶에 파고들어 직접적인 영향을 미치는 냉혹한 '현실'이다.

  2008년 12월, 민간인 사상자가 넘쳐났던 이스라엘의 팔레스타인-가자 지구 폭격 당시 역자는 팔레스타인인들이 가장 많이 이주해서 거주하고 있는 이웃 국가인 요르단에서 유학 중이었다. 언론에서는 이스라엘의 가자 침공을 24시간 생방송으로 방영했고, 처참하게 죽어가는 민간인 희생자들을 본 팔레스타인, 요르단 사람들은 분노를 참지 못하고 학생, 직장인, 남녀노소 할 것 없이 거리로 뛰쳐나가 반 이스라엘 항의 시위를 벌였었다. 그리고 그 현장에 있었던 역자는 한국 언론을 통해 간접적으로만 접했던 팔레스타인 분쟁의 현실적인 무게를 몸소 체험하고 실감할 수 있었다.

그렇게 7년이 넘게 지난 2016년 현재, 이 시간에도 팔레스타인-
이스라엘 분쟁은 좀처럼 타협점을 찾지 못한 채, 사실상 시작된 '제
3차 인티파다(봉기)'의 서막과 함께 더욱 악화되어가고 있다. 그리고
바로 그 역사적 현장에서 역자는 팔레스타인 소설가 '사하르 칼리
파'의 작품, 『형상, 성상, 그리고 구약』의 번역본을 완성했다.

시하르 칼리파는 여성 작가 특유의 섬세함과 그녀만의 진취적인
성향을 작품들에 반영해왔다. 서두에서도 언급했듯이, 그녀는 소설
을 통해 '팔레스타인의 국가적 투쟁'이라는 하나의 역사를 기록하고
자 했기에 '내부인'의 시선으로 그 동안 팔레스타인 사람들이 직접
겪어온 고초와 현실적인 삶의 무게를 여러 인물들을 통해서 강하면
서도 담담한 어조로 그려냈다.

『형상, 성상, 그리고 구약』이라는 소설의 제목만 봐서는 소설의
내용이 종교적으로 매우 심오하고, 자칫하면 지루하기까지 할 수 있
다고 생각될 수 있지만, 사실 이 소설은 두 남녀의 이루어질 수 없는
사랑 얘기를 주축으로 전개된다. 하지만 그렇다고 해서 이것이 단순
한 비극적 로맨스는 아니다. 소설은 그들의 사랑을 비극적인 결말로
몰아가는 암울한 사회적, 시대적인 상황을 독자에게 보여주며 역사
의 거대한 물결 속에서 희생된 개인들의 인생을 조명하기도 한다.

또한 소설의 첫 장을 여는 순간, 독자들은 이 작품의 주요 배경인
도시 '예루살렘'의 진한 향기를 맡을 수 있을 것이다. 예루살렘은 오
랜 유구한 역사를 통해 유대교, 기독교, 그리고 이슬람 세 종교가 공

존하는 신성한 지상 낙원의 도시였다. 하지만 이스라엘의 무력 침입으로 인해 이제는 크고 작은 유혈사태와 소유권 분쟁이 끊이지 않는 암흑의 도시가 되어버렸다. 전 세계 무슬림들에게, 특히나 팔레스타인인들에게 있어 '예루살렘'은 절대 빼앗길 수 없는 그들의 성지이자 마지막 자존심이다. 사하르 칼리파는 유구한 역사의 흔적이 그대로 남아있는 예루살렘의 이곳저곳을 상세하게 묘사하면서 독자로 하여금 마치 도시 안으로 빨려 들어가서 직접 그 곳을 둘러보는 듯한 착각을 하게끔 만든다. 또한 그녀는 평화로웠던 예루살렘의 옛 모습과 이별한 옛 연인을 동일화시킴으로써, 다시는 돌아갈 수 없는 과거에 대한 그리움과 회한을 섬세한 감정으로 세련되게 그려냈다.

더불어 이 소설은 현재 이·팔 분쟁의 주요 원인으로 지목되는 '유대인들의 불법 정착촌 건설 문제', '이스라엘의 비인간적인 과격한 시위 진압' 등의 문제들을 생생하게 그려냄으로써, 우리에게는 평범한 몇 줄짜리 뉴스 보도가 팔레스타인인들에게는 피할 수 없는 냉혹한 '현실'임을 다시 한 번 각인시켜준다.

인연이라는 것은 사람과 사람 사이에만 존재하는 게 아닌 것 같다. 역자와 이 소설의 인연도 참으로 신기하다고밖에 볼 수 없다. 본 소설을 번역하기 시작한 지 약 일 년 뒤, 나는 학업을 지속하기 위해 어느덧 요르단으로 다시 돌아와 있었고, 본격적으로 현대아랍문학도의 길에 입문하게 되었다. 그리고 소설의 마지막 부분의 번역을 하던 시기에는 제3차 인티파다의 조짐과 함께 거세게 불붙은 팔레스타인-이스라엘 분쟁을 다시 한번 현장에서 목격하기도 했다.

유대 세력의 부당한 점령과 억압, 제재에 맞서 치열하게 저항하는 팔레스타인들과 그들의 곁에서 펜과 종이로 묵묵히 함께 투쟁하는 문인들을 볼 때마다 일제 강점기 치하에서 고통 받았던 우리의 아픈 과거가 떠오른다. 이 기나긴 분쟁이 언제쯤 끝날지는 아무도 모르지만, 팔레스타인의 완전한 독립과 이 지역의 평화가 하루빨리 찾아오기를 바란다.

많이 늦어진 번역 작업에도 불구하고 믿고 기다려주신 케포이북스 관계자 분들에게 너무나 송구스럽고 감사하다는 말을 전하고 싶다. 그리고 이 책을 만날 수 있게 도와주신 존경하는 박재원 교수님과 학문의 길에서 든든한 등대가 되어 주시는 이인섭 교수님께 감사함을 전하고 싶다. 더불어 번역 작업에 힘을 보태준 요르단, 팔레스타인 현지 친구들에게도 고마움을 표하고 싶다.

마지막으로 나의 힘이자 자랑인 사랑하는 가족과 나의 반쪽에게 사랑의 마음을 보낸다.

2016년 2월 요르단에서

역자 백혜원